Le Maître Sculpteur

Livre I

De la même auteure :

Le théâtre des châtiments, Auto-édition, 2018

www.axelletavernier.com

Axelle Tavernier

Le Maître Sculpteur

Livre I

Roman historique

Auto-édition

Ars longa, vita brevis

Hippocrate

Praefatio

Hiver 1381

BLANDIN maudissait la ronde des saisons qui finissait toujours par entraîner l'hiver. Il y avait trop de neige, surtout à cette altitude. Elle atteignait le milieu des jambes de sa vieille mule et il grelottait malgré l'épaisseur des peaux de bête dans lesquelles il s'était enroulé.

Il avait fait une promesse, il irait donc jusqu'au bout. Plus tard, une fois que tout serait terminé, il pourrait s'installer dans la plaine et pourrait enfin nourrir chacune des sept bouches qu'il avait à charge.

Il se traînait sur la route depuis deux jours déjà. Plus il y songeait, moins les circonstances qui l'avaient amené ici lui paraissaient claires.

Environ une semaine auparavant, alors qu'il livrait ses légumes au château comme tous les matins, un évènement inattendu s'était produit. L'intendant, d'ordinaire discret et somnolent, avait engagé la conversation. La discussion s'était vite transformée en une série de questions tout d'abord anodines, puis de plus en plus personnelles. Il l'avait interrogé sur ses fréquentations, ses moyens de subsistance, son lieu d'habitation. Blandin, qui n'avait pas le temps de discutailler, l'aurait volontiers envoyé paître. Mais l'intendant détenait le pouvoir de lui faire perdre sa seule source de revenus, alors il s'était contenté de répondre sans protester. La dernière question, posée pour la forme, portait sur son intégrité. Tout le monde savait que Blandin était ce que l'on appelle un brave homme.

Avant même qu'il ait réalisé ce qui se passait, on l'avait introduit dans le château. On l'avait prié d'attendre dans une pièce douillette quoiqu'aux dimensions réduites. Elle était agrémentée de deux fauteuils et d'une petite table en pin, sur laquelle étaient posés une carafe ainsi que deux récipients en verre fin. Un bon feu ronflait dans la cheminée. Blandin s'était posté devant et avait savouré la chaleur dans son dos en tortillant son chapeau de toile entre ses mains calleuses. Il avait attendu pendant un long moment sans oser s'asseoir. Un petit homme aux larges épaules était enfin arrivé par une porte dérobée.

Le fermier avait été plus conscient encore de son état miteux face à cet homme respirant l'aisance. Comme l'autre l'avait observé, Blandin s'était incliné gauchement. Le petit homme s'était alors adressé à lui sur un ton poli :

— Vous êtes bien Blandin de Lemen [1], qui habite la ferme aux deux murets ?

— Oui, m'sire, c'est tout moi.

— Vous a-t-on dit qui je suis ?

— Hélas, non m'sire.

— C'est bien ainsi. Moins vous en saurez, mieux ce sera.

Il avait à nouveau jaugé le paysan pendant ce qui parut durer une éternité.

— J'ai fait quelque chose de mal, m'sire ?

— Bien au contraire. Inutile de vous inquiéter.

L'homme s'était tourné vers la table et avait rempli les verres. Il en avait ensuite tendu un à Blandin.

— C'est du vin chaud.

— Merci, m'sire.

Le fermier avait saisi la délicate vaisselle avec précaution tout en attendant la suite.

— Asseyez-vous, Blandin, l'avait invité le petit homme en désignant les fauteuils.

Il avait choisi pour lui-même le plus proche de la cheminée.

— J'vous remercie, m'sire, mais si ça vous ennuie pas, j'préfère rester debout.

— À votre guise.

Le petit homme avait goûté le vin et Blandin s'était senti gêné. Peut-être avait-il fait quelque chose de mal, après tout.

— M'sire, le r'tard d'la semaine dernière était pas ma faute, ma bête était malade et…

L'homme avait aussitôt levé une main baguée.

— Je vous ai dit qu'il n'était pas question d'une quelconque erreur de votre part, mon brave.

— Ah, bien, bien.

Le fermier était de plus en plus surpris.

1. Lémenc.

— Si je vous disais que je suis en mesure d'améliorer votre situation... en échange d'un service...

— Pour sûr, m'sire, à vot' disposition, s'était incliné Blandin.

— J'aurais besoin que vous effectuiez une… course pour moi. Mais je dois auparavant m'assurer de votre loyauté. Et de votre discrétion.

— Ah pour ça, m'sire, j'suis vot' homme. Y a pas plus ordinaire qu'un simp' paysan qui vend ses produits à qui peut s'les offrir.

Sur un hochement de tête de l'inconnu, Blandin avait poursuivi :

— En c'qui concerne la loyauté, c'est tout pareil. J'suis au service de m'sire l'comte depuis des années et j'connais pas d'seigneur meilleur que lui. Enfin... euh… Excusez, m'sire, mais y a rien d'malhonnête dans tout ça, dites ?

— Non. Le fait que vous me le demandiez est en soi un bon signe. Mais comme je l'ai dit, j'ai quelques questions à vous poser. Cela risque d'être un peu long, vous devriez vous asseoir.

Quelque chose dans le regard du bonhomme avait poussé Blandin à lui obéir et il s'était installé du bout des fesses sur le second fauteuil. L'homme avait commencé par répéter les questions de l'intendant avant d'approfondir son examen. L'interrogatoire avait duré un peu plus d'une heure. À la fin de l'audience, l'homme avait paru satisfait et avait révélé à Blandin la tâche qu'il devrait accomplir :

— Il ne s'agit en réalité que de transporter un... disons un paquet, d'un endroit à un autre.

— Ah ça j'peux faire, m'sire, ça m'a pas l'air bien compliqué.

— Vous vous présenterez à la porte habituelle dans trois jours, avant l'aube. Vous viendrez avec une charrette, une monture et des vêtements très chauds. Vous aurez besoin d'environ deux jours de route pour arriver à destination, peut-être plus, alors munissez-vous de provisions.

Blandin était donc revenu le jour convenu. L'homme rencontré l'avant-veille était présent et lui avait exposé les détails de sa mission ainsi que les modalités de leur arrangement. Enfin, il lui avait confié le paquet. Blandin avait blêmi à sa vue. Il s'était mis en route sans tarder avec pour se bercer les promesses du petit homme riche. Le soir venu, il avait fait étape dans la cabane qu'un berger avait abandonnée pour l'hiver.

Et voilà que maintenant, il en était à patauger dans la neige, poussant et tirant la charrette.

Quelques heures plus tard, alors que de timides rayons de soleil éclairaient les cimes enneigées, il arriva en vue d'un creux vallonné où pointaient quelques toits. S'il n'avait été si épuisé, il se serait agenouillé de reconnaissance. Il tapota ta tête de sa mule et l'encouragea :

— Allez, ma belle, encore un effort !

Le chemin était raide et ces derniers mètres furent rudes. Il avait pour consigne de ne pas se présenter à la porte principale. Il devait rejoindre une entrée plus discrète, sur le flanc ouest de la bâtisse. Pour cela, il lui fallait contourner l'édifice.

Le simple fermier qu'il était ne se sentait pas tout à fait à sa place dans ce décor blanc et silencieux. Il trouvait l'atmosphère pesante, engourdie. Le bâtiment, planté à flanc de montagne, était surplombé d'une imposante falaise et bordé par une forêt de sapins immenses. Il s'étonna de ce qu'un lieu si isolé ait été doté d'une enceinte haute comme les jeunes arbres. Les murs épais ne laissaient échapper aucun son.

Blandin se sentit tout petit à l'idée de traverser un paysage qui lui semblait immuable. Pour la première fois depuis son départ, il fut heureux qu'il y ait tant de neige, car elle lui permettait au moins de se déplacer en silence.

Arrivé devant la porte latérale, il poussa un profond soupir avant de prélever une gorgée à sa gourde. Il contourna sa charrette et saisit délicatement le paquet qu'il avait calé avec des sacs de grain. Il se dirigea ensuite vers la poterne.

Suivant les instructions qui lui avaient été données, il frappa deux coups rapprochés puis trois coups lents et enfin deux autres coups rapides contre le bois dur. Quelqu'un devait le guetter, car le battant s'ouvrit aussitôt sur un inconnu à l'allure sèche. Il n'était ni vieux ni jeune et possédait des yeux clairs qui vous transperçaient. Blandin surprit une lueur d'inquiétude dans son regard, qu'il chassa d'un battement de cil. Le fermier prononça la première partie du mot de passe avec peine :

— *Bonum ex malo non fit* [2].

— *Ex malo bonum* [3], compléta l'autre.

---

2. *D'un mal ne peut naître un bien*, Sénèque, Lettres à Lucilius, 9, 87, 22.
3. *Du mal peut naître un bien*, Saint-Augustin, Sermon 61.

Blandin s'empressa de lui confier le paquet. Enfin, il allait pouvoir rentrer chez lui, s'occuper de sa nouvelle terre et de sa famille, et oublier toute cette histoire. L'homme réceptionna le bagage avec soin et lui adressa un dernier signe de tête.

— *Absit omen* [4], murmura-t-il avant de refermer la porte.

4. *Que cela ne soit pas une malédiction.*

Prima pars

Volvitur Orbis

Memoriae

1408

Ils avaient quitté l'auberge depuis une heure à peine et Jean Prindalles était déjà las de la route. Il souffrait du dos, du postérieur et d'une humeur morose.

Sa chevelure et sa barbe noires le démentaient, mais il avait vu le jour et fait ses débuts dans les Flandres. Seule sa grande taille en témoignait. Son père était un drapier respecté de Brucella [1] à la fortune à peine confortable. Hans Prindalles, conscient des aspirations de son fils, avait confié son affaire à un neveu, trop heureux de bénéficier d'une telle chance. Jean avait pu commencer un apprentissage dans un grand atelier, dès 1374. À force d'exercices, il avait acquis la capacité d'évaluer la qualité d'un matériau d'une simple caresse. Il avait intégré une prestigieuse corporation [2] au bout de quelques années. Il aurait pu chercher une place ailleurs, mais il avait préféré demeurer avec maître Claus Sluter qui, en plus de le traiter en fils, comptait parmi les sculpteurs les plus célèbres et les plus talentueux de son temps.

Au début des années 1390, Prindalles l'avait suivi lorsqu'il était parti à Divio [3], pour œuvrer à la Chartreuse de Champmol [4]. Le chantier du duc de Bourgogne avait regroupé deux cent cinquante ouvriers, artisans et artistes, des Français, des Italiens, des Danois et même des Anglais. Maître Sluter y avait constitué un atelier.

Prindalles avait réalisé son chef-d'œuvre au moment où l'on changeait de siècle et avait accédé au rang de maître. Cela n'avait pas modifié sa situation de l'époque, mais c'est grâce à cela qu'il faisait route aujourd'hui.

---

1. Bruxelles.
2. La Steenbickeleren, la corporation des ouvriers du bâtiment de Bruxelles.
3. Dijon.
4. Chartreuse de la Sainte-Trinité de Champmol, monastère de l'ordre des Chartreux, situé à Dijon. Philippe le Hardi, duc de Bourgogne, y sera inhumé. Le chantier dura environ vingt ans et employa de nombreux artistes et artisans.

Prindalles chassa une mouche de ses longs doigts effilés. Le roulis de sa monture le berçait et le plongeait dans une torpeur propice à la rêverie, toutefois évoquer maître Sluter n'améliorerait pas son humeur. Son ancien mentor était décédé deux ans auparavant d'une fluxion de poitrine. Il ne pouvait empêcher l'émotion de le gagner chaque fois qu'il pensait à lui. Le neveu et successeur de maître Sluter, Claus de Werve, était tout aussi talentueux, mais lui et Prindalles n'étaient pas parvenus à tisser les mêmes liens.

Prindalles fut tiré de ses réflexions par maître Werve dont la monture s'était portée à ses côtés. Il essaya d'engager la conversation, mais Prindalles était trop amorphe et il ne répondit que par monosyllabes. Claus n'insista pas et se laissa distancer à nouveau.

Prindalles secoua sa grande carcasse vêtue de noir. Il songea que malgré tout, travailler avec maître Werve lui avait permis d'accéder à ce dont il rêvait le plus : la direction d'un chantier sculptural. Certes, le sien se situerait en Savoy [5], qui n'était pas la cour la plus prestigieuse. Mais toutes les maisons régnantes comptaient au moins un de ses membres originaire de cette région. Il n'y avait donc pas de quoi rougir.

Le comte de Savoy Amédée VIII et sa femme bourguignonne, sœur du duc, se montraient dignes de leur rang en ce sens. Ils consacraient beaucoup de temps et d'argent à l'art sous toutes ses formes, en bons mécènes. Rompant avec ses habitudes, Prindalles remercia le Ciel pour la chance qui l'avait béni. À l'origine, le comte avait fait appel à Claus de Werve, dont le nom était plus réputé. Or, celui-ci était toujours occupé en Bourgogne. Maître Werve avait donc décliné l'offre et invité le comte à engager son confrère.

Le contrat qui liait Prindalles au duc de Bourgogne ne contenait aucune clause d'exclusivité mais, à l'annonce de son départ, il avait perçu de la contrariété chez Monseigneur Jean [6]. Prindalles savait que les deux états, Bourgogne et Savoy, étaient en bons termes. Le prêt d'artistes d'une cour à une autre était commun et n'aurait dû susciter aucune tension. Quelques jours plus tard, le duc leur avait confié les présents diplomatiques destinés à sa sœur et son beau-frère, et Prindalles s'était désintéressé de la question.

---

5. Savoie.
6. Jean sans Peur, duc de Bourgogne de 1404 à 1419.

Un écart de sa monture le ramena au présent une fois de plus et lui rappela dans le même temps pourquoi il n'aimait pas voyager. Son cheval, loué aux frais de son nouveau seigneur, n'était pas aussi facile à diriger qu'il l'avait espéré.

Prindalles se contorsionna sur sa selle pour observer le convoi. Claus de Werve semblait plus mal à l'aise encore que lui. Sa silhouette déjà trapue était avachie sur le dos de son cheval. On devinait à travers ses sourcils gris et broussailleux un regard fixé sur l'horizon. Un chariot, tiré par une mule menée par un paisible vieillard, transportait vivres et affaires personnelles. Enfin, les deux soldats chargés de leur protection, portés par deux impressionnantes montures baies, avançaient au pas.

Depuis plus d'une semaine, les jours semblaient s'étirer. Au départ de Divio, la petite troupe avait fait six étapes. Puis on avait quitté la Bourgogne et la route avait continué sous la protection du comte de Savoy. Partis d'Arthamaraz[7] le matin, ils dormiraient à Chavellu[8] le soir, où il partagerait une chambre avec Claus. Il passerait une partie de la nuit à tracer dans la cire ce qu'il avait imaginé pour la chapelle du comte pour tromper son impatience.

7. Artemare.
8. Saint-Jean-de-Chevelu.

Guigus magnus

Le temps était agréable. L'air frais de l'aube vivifiait le corps et le ciel avait pris cette teinte de rose orangé qui augure le lever du soleil. Guigues d'Entremont et de Montbel, perché sur son cheval, observait la buée sortir de sa bouche. Il était encore très tôt, les oiseaux s'éveillaient à peine. Il avait quitté la chaleur de son lit deux heures auparavant, accompagné du seul Arnaut. Peu de gibier s'était laissé prendre – quelques jeunes lapins – et Guigues avait fini par se lasser de galoper entre les arbres. Il avait lâché à présent la bride de sa monture, qui allait d'un pas tranquille.

L'année écoulée s'était révélée plus que pénible et ces derniers mois avaient achevé de l'accabler. Ses caisses étaient vides depuis plus d'un an et ses créanciers habituels avaient refusé de traiter avec lui. Avec l'aide de père Adenet, qui officiait au château, il avait écrit une fois de plus à Monseigneur. Ce dernier ne s'était pas manifesté depuis des mois, alors Guigues lui avait rappelé qu'il était toujours disposé à le servir. Au bout de la quatrième lettre, le racle-denier avait enfin consenti à envoyer une réponse évasive et y avait adjoint une petite somme. Guigues avait tempêté face à sa pingrerie, mais l'argent était arrivé à point nommé. Il avait pu payer une partie de ses soldats. S'il rognait sur tout, il pourrait tenir quelques semaines tout au plus, puis il devrait les exhorter à patienter. Encore. La suite, il la connaissait. Il serait bientôt en manque de grain et le peu de sujets qui lui restait rechignait déjà à lui obéir. Ils l'abandonneraient à la première occasion, il le savait.

Adenet faisait de son mieux pour le ragaillardir. Hélas ses mots – ramassis de bonnes paroles et de citations au latin douteux – se perdaient dans le vide. Guigues n'était de toute façon pas homme à chercher le réconfort dans la piété. Les *choses d'Église* s'avéraient trop abstraites pour son esprit étroit et contrecarraient en permanence sa nature. Le prêtre n'avait de cesse de lui répéter qu'il devait s'accommoder de sa situation, que l'humilité était l'une des vertus les plus difficiles à acquérir, mais aussi l'une des plus nobles. Guigues s'était promis que la prochaine fois qu'il débiterait de telles idioties, il le ferait fouetter et enfermer dans les cachots pour au moins trois jours. Ce coquebert [1] ne lui apportait jamais de solution concrète à ses difficultés. Il se contentait de l'inviter à prier, avoir confiance et s'agenouiller dans la chapelle glaciale. En revanche, il mangeait et surtout buvait plus que sa part.

Guigues étouffa un cri. Un sanglier colossal déboula sous les sabots de sa jument et traversa le sentier avant de s'engouffrer dans les buissons. Sa monture rua et partit au galop. Il n'eut pas le temps d'empoigner ses rênes, si bien qu'il glissa de sa selle. En tombant, sa tête heurta le sol et il resta à terre, inconscient.

Il est épuisé. Il nage dans une rivière au courant très fort, qui tente de l'emporter au loin de ses bras impitoyables. Il lutte de toutes ses forces pour ne pas se noyer et rejoindre la rive. Il a de plus en plus de mal à garder la tête hors de l'eau. Il réalise brusquement qu'il ne sait pas nager. La panique s'empare de lui. Il agite ses bras, il hurle. Mais plus il crie, plus l'eau s'immisce dans sa bouche, dans sa gorge, dans ses poumons et l'entraîne vers le fond, là où il fait toujours noir.

Guigues ouvrit les yeux. Le soleil luisait à travers la cime des arbres, au-dessus de lui. Il demeura quelques secondes allongé avant de s'asseoir en frottant ses vêtements pour les débarrasser de la terre. Du bout des doigts, il tâta son crâne pour s'assurer qu'il n'y avait pas de sang.

Il mit quelques secondes à revenir au présent et à se rappeler où il était. À pied, crotté et seul au milieu de la forêt, il se sentit ridicule.

— Vous tenez debout ?

— Quoi ?

Troublé par des sensations aussi douloureuses que des coups de fouet, il n'avait pas vu qu'Arnaut se dressait près de lui.

— Vous avez fait une sacrée chute.

— J'ai dû mal entendre, tu te fiches de moi ?

— Non. Je dis juste que vous avez fait une sacrée chute.

— As-tu oublié à qui tu t'adresses ? Je suis ton seigneur !

Sous le regard narquois du soldat, Guigues se leva et donna libre cours à sa colère.

---

1. Nigaud.

— Je suis le maître, tu me dois obéissance et hommage ! Je t'interdis de te foutre de moi !

Il empoigna un bout de bois mort sur le sol et le cogna de toutes ses forces contre un arbre. La branche explosa contre le tronc en une multitude de copeaux qui virevoltèrent dans les airs. Guigues se sentit tout à coup épuisé, comme jamais il ne l'avait été. Il se rassit contre l'arbre et étendit ses jambes devant lui.

Arnaut, impassible comme toujours, partit récupérer son cheval dont il entendait le pas derrière les hautes fougères. Guigues se redressa tandis que son reître revenait avec sa monture. Ils devaient rentrer.

— Ce vieux tas de pierres ne ressemble à rien, soupira-t-il une fois le château en vue.

Un rictus lui tordit la bouche. Il était Guigues, seigneur de Montbel, fils de Jean de Montbel, descendant d'une lignée dont il n'avait pas à rougir, et il en était réduit à mendier. Sa famille était féale du comte de Savoy depuis des décennies, mais les Montbel n'étaient point appréciés. Jamais ils n'étaient invités à la cour et encore moins sollicités pour les expéditions armées. Cela datait du siècle dernier. L'aïeul de Guigues s'était allié au Dauphin lors de la guerre qui l'opposait à la Savoy. Le comte de l'époque, Amédée V, l'avait sévèrement puni. Le château familial avait été détruit puis, quelques années plus tard, le comte avait autorisé la construction d'une nouvelle résidence. L'endroit choisi était situé sur un promontoire et, pour une raison qui échappait à Guigues, encore plus enfoncé dans la montagne que ne l'était la forteresse initiale.

C'était dans cette vieille bâtisse isolée qu'il demeurait. Tout dans le château respirait le manque de prestige. À l'image de la sienne, les chambres étaient à peine plus confortables que celles d'une auberge. Les salles d'apparat, qui ne servaient jamais, étaient laissées à l'abandon.

Adenet soutenait que la présence d'une femme aurait pu changer les choses, mais Guigues n'avait aucune intention de faire venir la sienne à Château-Neuf. Une dizaine d'années plus tôt, il avait épousé Catherine de Maubec. C'était une petite femme rondelette sans grâce qui couinait sous ses assauts et qui, en dehors de cela, n'ouvrait jamais la bouche. Après un an de mariage, elle lui avait donné une fille, Alice. Suivirent deux fausses couches rapprochées, à la suite de quoi son ventre était resté sec. Guigues avait placé la mère et la fille dans un autre de ses châteaux, où elles résidaient depuis des années. Il savait qu'un jour il devrait se remarier car sa lignée devait être perpétuée. Mais dans l'état actuel des choses, il n'en voyait pas l'intérêt.

L'après-midi, à la place du verbiage d'Adenet, il préféra s'abandonner aux soins de Jacotte. Il attendait la catin dans sa chambre. Les tentures élimées ne parvenaient plus à cacher les fissures et la crasse s'était incrustée un peu partout. La pièce maîtresse était le lit en bois sombre dont les courtines étaient si fines qu'elles masquaient à peine la lumière. Le tout offrait peu de confort et laissait une impression tenace de décrépitude.

Il s'étira, passa ses doigts dans sa chevelure blond cendré et frotta ses joues glabres. Il se servit ensuite un gobelet de vin jaune. La boisson était si âcre qu'il grimaça. La fille se présenta enfin. Guigues la toisa. Ses bras maigres pendaient le long de son buste plat. Il les préférait plus charnues, mais Jacotte était particulièrement soumise, qualité qu'il plaçait au-dessus de toute autre.

Il lui désigna la couche où elle s'allongea tout en remontant sa robe. Il se déshabilla et grimpa sur le lit à son tour. Il s'acharna pendant un moment qui leur parut à tous deux fort long. Déterminé, il la retourna et tenta diverses manœuvres, dont certaines firent rougir la fille pourtant habituée à la paillardise des soldats. Malgré les efforts de Guigues, rien n'y fit. Il se releva, débordant de rage. *Cette paillarde*[2] *ne m'aide en rien ! Dès qu'elle sortira d'ici, elle ira raconter à tout le monde à quel point je suis risible.*

Il la mit debout de force, bien décidé à lui rappeler qui était le maître. Il la gifla. Un filet de sang suinta du coin de sa lèvre inférieure et une lueur de peur apparut dans ses yeux. Guigues sentit une vague de fierté le réchauffer. Il l'agrippa par les cheveux, sûr de lui.

Plus tard, après avoir claqué la porte sur la catin larmoyante, Guigues reprit un peu de vin, qu'il trouva meilleur. Toutefois, l'heure de détente qu'il avait prévue s'était révélée inefficace. Il se rhabilla et descendit dans la cour. Il fit appeler le maître d'armes et calma ses nerfs en s'entraînant durant plus de deux heures.

Malgré tous les efforts déployés, il ne réussit pas à faire retomber son anxiété. Il se rendit alors dans la grande salle du château et fit allumer

2. Débauchée.

un feu. Il commençait à pleuvoir et la température tombait vite en fin d'après-midi. Assis devant le foyer, calé entre les coussins usés qui recouvraient son fauteuil favori, il entreprit de s'apitoyer sur son sort. Un vieux chien s'approcha pour quémander un peu de tendresse. Guigues le chassa d'un coup de pied, par réflexe. Il lâcha un soupir face à son regard suppliant et l'autorisa à se coucher à ses pieds.

Tandis qu'il réclamait plus de vin, une idée germa en son esprit. Il manquait de moyens, il lui fallait imaginer une nouvelle source de revenus. Il pensa à l'étendue de ses terres et songea qu'il pourrait installer des péages. Les routes étaient fréquentées et les voyageurs pourraient lui rapporter de précieux subsides.

In via

PRINDALLES était de meilleure humeur. Il avait finalement bien dormi et le repas servi avant de partir – un brouet arrosé de vin léger – l'avait revigoré. Il lui tardait toutefois toujours autant d'arriver et s'il n'observait pas un strict contrôle de lui-même en toutes circonstances, il aurait volontiers éperonné son cheval pour s'élancer au galop. Il entama à la place une discussion avec son compagnon de voyage pour se faire pardonner son mutisme de la veille. Maître Werve, qui n'était pas du matin, se montra à son tour peu loquace. Prindalles ne s'en formalisa pas et en profita pour admirer le paysage, inhabituel pour lui. Les champs vallonnés à perte de vue avaient laissé place à de hautes montagnes couvertes de sapins. Il balançait entre émerveillement et angoisse face à ces édifices naturels d'une taille qu'aucun monument humain ne parvenait à égaler. Il ressentit une pointe de nostalgie en songeant aux vastes et plates étendues de ses Flandres natales.

Il ne leur restait plus qu'un seul village à traverser avant de franchir le col. Novalaisia [1], niché au creux d'une colline, se résumait à quelques fermes et habitations encerclant une minuscule église ancienne. Les habitants semblaient avoir déserté les lieux. Les volets étaient clos et l'on ne percevait pas le moindre bruit, alors que le soleil était déjà haut dans le ciel. La petite troupe s'engagea dans la rue principale en essayant de ne pas remarquer l'atmosphère étrange qui régnait. Ils furent contraints de s'arrêter bien vite. À quelques mètres de là, cinq hommes montés et armés bloquaient le passage. Voilà pourquoi les gens se terraient.

L'un des gardes bourguignons se porta à l'avant du groupe. Prindalles et Claus échangèrent un regard nerveux avant de lui emboiter le pas, le second garde à leurs côtés. Le chariot ferma la marche.

Le plus jeune de l'équipée descendit de sa monture et les salua sur un ton aimable :

— Bien le bon jour, messieurs.

---

1. Novalaise.

Il était plus grand que la moyenne, possédait un corps musculeux et avait la tête surmontée d'une crinière indomptée blond cendré. Il aurait presque pu être beau, si des marques d'amertume n'avaient déjà assombri ses petits yeux clairs et affaissé sa mâchoire carrée.

— Puis-je vous demander où vous allez ? s'enquit-il.

— Cela ne vous regarde en aucun cas, messire, répondit le garde, mais c'est une belle journée, et je ne voudrais point la gâcher par une vaine querelle. Nous nous rendons à Camberio.

— Voilà de sages paroles.

Le jeune homme effectua le tour du groupe, lorgnant sans gêne chacun de ses membres.

— Savez-vous où vous êtes en ce moment ?

— À Novalaisia.

— D'après vous, à qui appartient ce domaine ?

— Au sire Amédée de Savoy.

— Ce n'est pas tout à fait exact. Vous êtes avant tout chez le seigneur de Montbel.

— Qui est-ce ? demanda Prindalles.

— Messire Guigues d'Entremont et de Montbel, pour vous servir, déclara le jeune homme en s'inclinant.

— Messire, salua le garde. Nous allons poursuivre notre route, la bonne journée à vous.

Il fit avancer sa monture, qui n'eut le temps de faire qu'un pas. Guigues lui barrait le passage. Maître Werve ne put réprimer un petit couinement.

— Vous n'êtes pas si pressés, les retint Montbel. Laissez-moi vous expliquer ce qui m'amène ici aujourd'hui. Mes hommes et moi mettons en place de nouveaux péages sur mes terres. Il se trouve que vous êtes les premiers passants. Quel honneur, n'est-ce pas ? Il vous suffit de vous acquitter d'une modique somme, de l'ordre du dérisoire, précisa-t-il avec un geste nonchalant, et nous vous laisserons poursuivre.

— L'endroit est bien choisi, fit remarquer le second garde. C'est un passage obligé pour tous ceux qui veulent traverser le col.

Montbel sourit de ses dents blanches dont il était si fier.

— Nous avons déjà réglé les sommes que nous devions, protesta Prindalles. Il n'y a rien d'officiel ici. Où est le notaire chargé d'enregistrer notre paiement ? Il y a-t-il un métral [2] parmi vous qui puisse le remplacer ? J'en doute fort.

— Qui se permet de l'ouvrir à tout va ?

— Jean Prindalles, maître sculpteur, au service de monseigneur Amédée. Et voici mon estimé confrère, maître Claus de Werve.

— Des artistes ? Tiens donc. Bien, maître Prindalles, maître Werve et vous, soldats, vous me devez un droit de passage. Je compte un sou par monture et six deniers par personne, ce qui donne six sous [3]. Disons qu'on arrondit à dix, avec la charrette.

Prindalles étouffa une exclamation indignée en se redressant sur sa selle :

— C'est insensé ! J'ai là une lettre de monseigneur Amédée qui contient la liste des péages et les montants à verser pour rejoindre sa ville. Il n'y a rien concernant cet endroit. Et la somme que vous réclamez est parfaitement ridicule.

— Tout doux, intervint Claus d'une voix tremblante, ne nous emballons pas. Peut-être pouvons-nous trouver une solution...

— Maître Werve, gardez le silence, je vous prie, trancha Prindalles. Il est hors de question de se laisser larciner sans rien dire. Un petit seigneur tel que vous n'a aucun droit de rançonner les voyageurs, lança-t-il à l'adresse de Guigues. Cela s'apparente à du brigandage !

Montbel dégaina son épée. Ses hommes démontèrent et se placèrent derrière lui tandis qu'il rétorquait, l'œil mauvais :

— Vous allez payer sans discuter. Mais si vous préférez faire votre entrée en ville à poil, ça peut s'arranger. Mes gars se feront un plaisir de vous dépouiller.

— Vos menaces sont sans effet, nous avons le droit pour nous ! Vous n'êtes qu'un coterel. [4], un vassal de monseigneur le comte, s'entêta Prindalles.

Il était furieux de se voir braconné avant même d'arriver.

— Faites-le descendre.

Deux soldats se ruèrent sur lui et le jetèrent au sol. Les gardes bourguignons repoussèrent aussitôt les deux brutes. Prindalles se releva en tremblant, conscient d'être allé trop loin.

2. Fonctionnaire aux ordres du châtelain.
3. Un sou équivaut à douze deniers.
4. Pillard.

— Si j'avais su quel accueil on nous ferait, jamais je n'aurais quitté la Bourgogne ! se lamenta Claus du haut de sa monture.

Guigues se tourna vers lui.

— Vous venez de Bourgogne ?

— Nous sommes envoyés par monseigneur Jean, duc de Bourgogne, pour entrer au service de messire Amédée, comte de Savoy, déclama cérémonieusement le maître.

Les gardes montrèrent leurs pourpoints armoriés jusque là cachés par leurs fines pelisses. La physionomie de Montbel changea tandis qu'un tic nerveux lui échappait. Il conserva néanmoins son air menaçant.

— Qu'importe. Je vais te faire ravaler tes mots, tailleur de pierre ! cracha-t-il en fixant Prindalles.

— Halte ! s'interposa le garde.

— Nous sommes cinq contre deux. Ce sera un jeu d'enfants pour nous.

L'un des hommes de Guigues – un grand brun au visage dur – se pencha vers lui et murmura à son oreille. Montbel le repoussa :

— Je n'ai que faire de tes conseils, Arnaut !

Il sembla toutefois hésiter. Après quelques secondes pendant lesquelles la tension fut à son comble, il finit par baisser son arme. Il tourna le dos au groupe et fit quelques pas pour se calmer. Le dénommé Arnaut leur fit signe d'avancer.

— C'est bon pour cette fois, allez-y.

Prindalles peinait à croire qu'il allait échapper à la correction promise. L'air dépité, les hommes de Guigues s'écartèrent à leur tour. Au moment où il dépassait le groupe, Guigues agrippa le mollet de Prindalles et persifla :

— Tu peux t'en tirer cette fois, l'artiste, mais ne t'avise pas de croire que je vais oublier tes provocations. Tu ne sais pas à qui tu t'es opposé. Je te promets que tu réentendras parler de moi et tu n'auras alors pas de chiens de garde pour te protéger !

Prindalles, livide, dégagea sa jambe et fit avancer son cheval. Il ne parvint à se détendre qu'une fois arrivé au pied du col, alors que les agresseurs les avaient perdus de vue depuis longtemps.

Ils cheminaient à présent sur une petite route pentue bordée de bouleaux. Le sculpteur était concentré sur sa trajectoire alors que son cheval traînait la patte dans la montée. Maître Werve réclama une pause que les gardes lui refusèrent. Il y aurait un meilleur endroit pour se reposer un peu plus haut, assurèrent-ils. Au sommet, ils pourraient profiter de la vue sur lac de Burgeto [5]. L'autre guide rappela que ce serait le dernier col avant une ultime descente et, après cela, la promesse d'un bon bain chaud.

Au bout de plusieurs dizaines de minutes, ils atteignirent enfin le sommet. Les deux compères oublièrent la fatigue et les protestations qui leur brûlaient les lèvres. Face à eux, les arbres s'écartaient pour laisser place à une vue à couper le souffle. Toute la vallée s'étendait à leurs pieds. À droite, au pied d'une pointe rocheuse, on devinait les murailles de la ville. En face se dressait une autre montagne, immense elle aussi. Prindalles demanda à l'un des gardes le nom de ce lieu.

— C'est le col Saint-Michel. Vous n'aurez pas meilleure vue.

Ils s'installèrent pour un rafraîchissement. Maître Werve s'épongeait de temps en temps le front, comme si le souvenir de la rencontre avec Montbel lui donnait encore des sueurs froides. Prindalles se demanda combien de temps les gardes d'Amédée auraient mis pour les retrouver s'ils avaient fini dépouillés et embrochés. Il tenta de faire passer la boule qu'il avait dans la gorge en avalant une galette.

Au terme d'une interminable descente et après avoir surmonté une dernière butte, ils arrivèrent au pied de l'impressionnante enceinte qui encerclait la ville. L'un des gardes expliqua qu'ils entreraient dans Camberio par l'ouest et qu'il y aurait peu de distance à parcourir pour atteindre le château. Prindalles fut déçu par l'aspect peu monumental de la porte dite Mâché, même si ce n'était pas l'entrée principale de la ville. Elle possédait certes de belles dimensions, mais n'était agrémentée d'aucune ornementation et ne ressemblait en somme qu'à un solide empilement de moellons bruts. Il poussa sa monture et s'efforça de se frayer un passage dans la marée humaine qui les entourait.

Ils étaient en effet cernés par une multitude de personnes qui allaient à pied ou à cheval. Il y avait des paysans venus vendre leurs produits, des manouvriers cherchant leur travail du jour, des gens à la mise élégante réglant une affaire. Cette cohue générait un brouhaha continu et donnait l'impression à Prindalles d'étouffer.

---

5. Lac du Bourget.

Au lieu de les faire poursuivre dans la rue Villeneuve, les gardes empruntèrent une allée qui s'enfonçait sur leur droite et abandonnèrent le plus gros de la foule. Plus étroite, elle était aussi plus calme. Seul le charretier devait encore manœuvrer avec prudence – de même que dans les venelles qu'ils empruntèrent ensuite.

Juste avant l'embranchement de la rue du Bourg-Neuf, ils franchirent un pont de bois qui enjambait un large cours d'eau. L'un des gardes expliqua que la rivière – l'Albane – possédait deux bras presque parallèles qui traversaient la ville d'ouest en est. Ils longèrent la rive sur quelques mètres et purent admirer le château. La demeure d'Amédée VIII se situait au sommet d'une petite motte de terre. La haute façade n'avait rien de particulier, si ce n'est qu'elle était percée de nombreuses fenêtres.

Prindalles, heureux d'être enfin arrivé, tournait la tête en tous sens, observait les alentours afin de prendre les premiers repères. En face d'eux se dressait une toute petite église, Saint-Pierre-sous-le-château. Sur l'autre rive, le garde qui semblait connaître la ville sur le bout des doigts, désigna un passage lui aussi encombré :

— Là, c'est la rue de Bellecombette. Elle vous mènera au centre.

Les autres lui emboitèrent le pas tandis qu'il traversait le portail du château.

Nycoleto Roberti

NYCOLET Robert avait toujours aimé être maçon. Le contact de la pierre le rassurait. Il la façonnait de manière à ce qu'elle s'intègre dans un ensemble complexe. Cela lui donnait la sensation plaisante qu'il resterait un peu de lui quand il ne serait plus de ce monde.

Né à Lemen, il avait grandi dans les environs. Il avait commencé son apprentissage dès ses treize ans, dans un atelier de Camberio. On avait craint que ce ne soit prématuré, mais sa carrure déjà impressionnante lui avait permis d'effectuer les tâches les plus dures. Il était devenu compagnon à peine cinq ans plus tard et avait travaillé dans différents ateliers de la région, jusqu'à ce qu'il entre au service d'Amédée VIII. Il avait alors été élevé au rang de maître et exercé ses talents sur les multiples chantiers des châteaux comtaux, Ripaille, Marchis et Burgeto [1]. Nycolet sourit en repensant à ses jeunes années.

Depuis quelque temps, le comte lui laissait le soin d'œuvrer exclusivement dans sa demeure de Camberio, qui devait être rénovée de fond en comble. Il venait d'ailleurs de lui confier la direction de l'ensemble des travaux du site, et il y avait beaucoup à faire. Deux tours avaient besoin d'importantes réparations, aussi bien intérieures qu'extérieures. Le comte avait également l'intention de faire bâtir une nouvelle cuisine. Mais le grand projet d'Amédée – et donc de son maître d'œuvre – c'était la chapelle.

Le chantier en était à l'état de prémices, mais il avait déjà attiré de nombreux artisans – en majorité des maçons et des charpentiers – ainsi que quelques artistes, qui n'étaient pas encore arrivés.

En ce début de semaine, Nycolet s'était installé dans la cour du château. Il se dressait face à une table sur laquelle il avait étalé quantité de feuillets. Vu de l'extérieur, cela ressemblait à un grand fouillis. Il avait réuni les plans et croquis de la future chapelle, la liste des journaliers ainsi que la répartition des maçons pour chaque partie du château en travaux. Caché sous ce désordre se trouvait un récapitulatif des salaires versés à chacun. Nycolet faisait confiance à Guigonet Maréchal, le

1. Les Marches et le Bourget-du-Lac.

secrétaire chargé de la gestion des comptes, mais il tenait à avoir ses propres notes.

Il parcourut la liste qu'il avait en main et fut satisfait de voir que Guigonet avait mis à sa disposition des moyens et du matériel suffisants. Il y avait assez de pierre, de mortier et d'outils pour occuper tout le monde. Une annotation rappelait qu'on engagerait autant de manouvriers et de maçons qu'il en faudrait, car c'était la volonté du comte.

Nycolet relut les noms des ouvriers. Il lui fallait déterminer lesquels méritaient d'être gardés. Certains devaient être remplacés, faute d'avoir fait leurs preuves. Il se rassura en se répétant pour la centième fois qu'il fallait du temps pour former un bataillon d'ouvriers efficaces et que justement, du temps, il en avait. Il n'en demeurait pas moins impatient.

Lorsqu'il entendit un flot de jurons s'échapper des cuisines, situées à l'autre bout de la cour, sa barbe se fendit d'un large sourire. Cette voix peu féminine et qui portait loin était celle de son épouse, Jeannette. Fille de cordonnier originaire d'un village de montagne, elle était l'une des rares femmes à avoir accès aux métiers de cuisine. Elle était dotée d'un corps robuste et d'un solide savoir-faire qui lui permettaient d'effectuer les mêmes tâches que les hommes. Et elle savait mener son petit monde à la baguette.

Elle et Nycolet s'étaient rencontrés très jeunes, à l'occasion d'une foire. Il fut forcé de l'épouser peu de temps après, car elle était enceinte de ses œuvres. Jamais il n'avait regretté cette hâte. Jeannette lui avait offert tout ce qu'il espérait : de la tendresse, de beaux enfants et du répondant.

Il sourit à nouveau en songeant aux trois gaillards qu'elle lui avait donnés. Claude avait dix-sept ans et lui ressemblait beaucoup. Ils avaient tous deux les cheveux bruns, bouclés et drus, et le garçon semblait bien parti pour avoir la même carrure que lui. Il était en apprentissage dans un atelier de maçonnerie et projetait de le rejoindre au service du comte. Jean, qui avait deux ans de moins, était plus difficile. Taciturne, il supportait mal l'autorité. La joie de vivre du petit dernier redonnait le sourire à Jeannette quand son frère lui causait du souci. Pierre, qui était dans sa neuvième année, était si menu que Jeannette et lui riaient souvent en se demandant comment ils avaient pu engendrer un être aussi chétif. Sa famille représentait la plus grande fierté de Nycolet. Il espérait d'ailleurs donner une ou deux jolies filles à Nette un de ces jours.

Le cours de ses pensées s'interrompit lorsque son regard se porta sur la porte du château, par laquelle entraient un charriot, deux soldats, et deux hommes qu'il ne connaissait pas. Le plus grand, vêtu d'une tunique courte, de chausses et de bottes de bonne facture, regardait autour de lui de manière frénétique. L'autre, tout aussi bien mis mais trapu et plus âgé, paraissait impatient de s'éloigner de son cheval.

L'un des gardes postés à l'entrée partit prévenir l'intendant de leur arrivée. Les deux inconnus semblèrent faire leurs adieux aux soldats qui les accompagnaient. Par un mouvement d'épaule, l'un d'eux se dégagea de sa cape et Nycolet remarqua qu'il portait les armoiries du duc Jean sans Peur [2]. Il comprit qu'il devait s'agir des sculpteurs venus de Bourgogne.

Guiguemar, l'intendant du château, accueillit les nouveaux venus. Il les entraîna à travers la cour et serpenta entre les zones de travaux pour rejoindre le bâtiment qui abritait la grande salle. Nycolet se remit à l'œuvre, à la fois curieux et impatient de rencontrer ces fameux artistes.

2. Divisées en quatre parties mêlant fleurs de lys jaunes sur fond bleu et bandes jaunes et bleues alternées, avec au centre un lion noir rugissant sur fond jaune.

Castrum Camberiaci

PRINDALLES pénétra dans le corps du château à la suite de maître Werve et de l'intendant, un petit homme maigrelet et chauve. Il se sentait fatigué et son estomac se contractait de faim, si bien qu'il oublia de s'angoisser à l'idée de rencontrer son nouveau maître. Guiguemar leur souhaita la bienvenue, leur apprit que le comte était absent et qu'ils seraient introduits auprès de son épouse. On les mena à l'étage où ils purent se décrasser et avaler un repas léger. Environ un quart d'heure plus tard, on les guida jusqu'à la grande salle où siégeait la comtesse.

La pièce avait de belles dimensions, jugea Prindalles. Elle s'étalait en longueur et de nombreuses claires-voies vitrées l'éclairaient. Elle était chauffée en son centre par une cheminée monumentale. En traversant l'allée, Prindalles se rendit compte qu'elle était en réalité en assez mauvais état. Les tentures qui recouvraient les murs étaient si élimées qu'elles brillaient par endroit et la plupart des fresques étaient écaillées. Il comprit pourquoi le comte avait entrepris de restaurer entièrement sa demeure.

Sur le mur au fond de la pièce pendait une immense tapisserie représentant les armoiries du comte de Savoy[1] et sa devise, *Fert*[2]. En dessous, sur une estrade, siégeaient deux fauteuils en bois ouvragé surmontés de dais. Le plus grand était vide – il devait s'agir de celui d'Amédée – alors que le second était occupé par la comtesse Marie. Les voyageurs se présentèrent devant les trônes encerclés par une vingtaine de courtisans et conseillers. Prindalles aurait préféré une rencontre plus intime, il se sentait toujours empoté lorsqu'il devait s'exprimer devant des inconnus. L'étroitesse de la pièce ajoutait à son malaise et il commença à transpirer sous sa cotte.

1. *De gueule à la croix d'argent*. Une croix blanche sur fond rouge.
2. *Il supporte*. Peut-être considéré comme un acronyme de *Fides Est Regni Tutela* (la foi est la protectrice du royaume) ou de *Foedere Et Religione Tenemur* (nous sommes tenus par l'alliance et la religion).

La comtesse portait une robe de velours grenat décorée d'une somptueuse broche en or massif. Elle était coiffée d'un bonnet de la même étoffe, surmonté d'un bourrelet perlé. Prindalles admira la beauté de son visage illuminé par deux grands yeux verts. Debout près d'elle se dressait un homme aux épaules carrées et aux cheveux blancs coupés court. Il se tenait droit, comme taillé dans la roche. Le héraut fit sursauter Prindalles lorsqu'il proclama d'une voix de stentor :

— Le maître sculpteur Claus de Werve. Le maître sculpteur Jean Prindalles. Tous deux envoyés en cette glorieuse cour par Jean, duc de Bourgogne, en preuve d'amour pour son frère Amédée, notre maître, afin de mettre leur grand talent à son service et au service de notre Seigneur, en participant à l'élévation d'un monument en l'honneur de Dieu, de la Vierge Marie et de toute la cour céleste.

Les artistes s'inclinèrent. La comtesse possédait une silhouette gracile qui lui conférait une apparence de fragilité, pourtant lorsqu'elle s'adressa à eux, sa voix était ferme :

— Bienvenue, maîtres.

— Ma dame, nous vous remercions de votre accueil, répondit Prindalles. C'est un grand honneur pour nous d'être reçus en Savoy, par cette noble cour.

Et comme il ne savait plus que dire, il ajouta :

— Voici des présents de la part de votre frère, monseigneur le duc de Bourgogne.

La comtesse fit un léger signe de tête et s'adressa à l'homme aux cheveux blancs :

— Odon, s'il vous plait.

Odon de Villars – Prindalles l'avait maintenant identifié – était le plus proche conseiller du comte. Il avança, prit les cadeaux des mains des sculpteurs et les présenta à la comtesse, tête baissée.

— Votre voyage s'est-il bien déroulé ? s'enquit-elle en les confiant à l'une de ses suivantes.

— Oui, ma dame, s'inclina maître Werve, le temps fut clément et nous n'avons rencontré d'autres désagréments que ceux inhérents à tout déplacement.

Prindalles haussa un sourcil. Il devina que son confrère n'avait aucune envie de faire étalage de la couardise manifestée lors de leur entrevue malheureuse du matin.

— Vous m'en voyez soulagée. Les nouvelles de Bourgogne sont-elles bonnes ?

— Tout à fait, ma dame, le duc votre frère nous a chargé de vous transmettre cette lettre – il la tendit à Odon – et de vous rassurer sur son état personnel ainsi que sur la santé de son duché.

Le vieux maître se lança dans une description des richesses de la Bourgogne, de la magnificence de la cour et de la grandeur du duc lui-même. Prindalles prit son mal en patience. Il avait toujours eu en horreur ces simagrées à l'inverse de son confrère, qui semblait aussi à l'aise qu'un poisson dans l'eau. Maître Werve termina par un mot sur l'honneur d'être reçu en Savoy et par une si grande dame. Avant qu'il n'enchaîne avec un autre monologue, la comtesse conclut :

— Merci, maître. Messieurs, vous devez être fatigués par la route.

Elle agita la main et l'intendant réapparut. La comtesse se leva et quitta la pièce par une porte située sur la gauche du trône tandis que l'assistance ployait le genou.

Guiguemar leur fit signe de le suivre et les guida jusqu'à l'étage, où ils seraient logés. Prindalles l'arrêta en précisant qu'il avait acheté par avance une petite maison en ville, à deux pas du château. L'intendant prit note, lui donna rendez-vous pour le lendemain et entraîna maître Werve dans son sillage. Prindalles fit demi-tour et se dirigea vers la sortie.

Introductio

PRINDALLES quitta le bâtiment qui abritait la *magna aula* [1], heureux d'être débarrassé pour un moment de la compagnie de Claus. Il s'arrêta pour observer la cour encombrée. Fidèle à sa nature impatiente, il ne voulait pas attendre le lendemain pour découvrir les lieux. Il héla une servante chargée de linges et lui demanda de décrire ce qui les entourait. La jeune femme posa sa panière et s'exécuta.

À leur droite, sur la face sud du château, une grande bâtisse abritait les appartements de la famille comtale et de leurs proches ainsi que, vers l'ouest, les dépendances où la nouvelle cuisine devait être aménagée sous peu. À l'extrémité de cette aile, une tour était en construction. Au milieu de la cour se trouvait une imposante fontaine d'où un léger filet d'eau claire coulait en continu. Sur le côté nord du château se dressait la tour dite de la Trésorerie, placée à gauche du Vieux Pavillon. À côté, on pouvait voir l'emplacement des fondations de la future chapelle. Plus loin, vers la grande entrée, étaient réunis tous les bâtiments administratifs, notamment la Chambre des Comptes.

Prindalles remercia la servante avant d'être pris d'une quinte de toux. De la poussière voletait un peu partout. Il frotta ses yeux irrités puis se dirigea vers la loge des maçons. Là, il tomba sur un homme à la stature impressionnante et à la chevelure noire de jais. Il était penché sur une table et semblait absorbé par ses pensées. Prindalles se racla la gorge et l'homme se redressa.

— Le bon jour. Je suis Jean Prindalles, maître sculpteur.

— Ah oui, l'artiste.

Prindalles, qui crut à un sarcasme, pinça les lèvres tandis qu'ils se serraient la main. L'autre afficha une mine avenante et se présenta à son tour :

— Enchanté, je suis maître Nycolet Robert, maçon et maître d'œuvre du château.

Un silence s'installa, puis Prindalles désigna les feuillets sur la table.

1. Grande salle.

— Ce sont les plans de la chapelle ?

— Oui, tout juste approuvés par monseigneur Amédée.

— Puis-je ?

Nycolet s'écarta pour lui faire de la place et lui décrivit le projet. Prindalles apprécia les bases et l'armature de l'édifice proposées par le maître maçon, qui s'accorderaient sans mal avec le style flamboyant qu'il avait lui-même imaginé.

— Cela me paraît bien, statua-t-il. Il n'est pas aisé de faire dans le monumental lorsque l'on est coincé dans une cour. Mais d'après vos plans, je pense que la chapelle sera tout de même imposante. Votre projet me plait, maître Robert.

Nycolet répondit par un large sourire, soulagé. Dès l'instant où il avait appris qu'on avait fait appel à un grand sculpteur, il avait craint que celui-ci veuille tout régenter et malmène son travail et sa patience. Prindalles le mit toutefois en garde :

— Je préfère vous prévenir, maître Werve a été invité ici à titre de conseiller artistique. Il ne faudra pas vous formaliser de ses manières autoritaires.

— Si ses suggestions sont bonnes, je les lui pardonnerais bien volontiers.

— Il est très éprouvé par le voyage, je pense qu'il ne viendra pas vous visiter avant quelques jours.

— Très bien.

— Voulez-vous que je vous expose ce que j'ai prévu pour l'ornementation ?

Nycolet masqua sa surprise en rassemblant ses feuillets et répondit par l'affirmative.

— Voyez-vous, maître Robert, il est évident que cette chapelle ne brillera pas par ses dimensions exceptionnelles, alors ce sera par sa beauté. À la cour de Bourgogne, qui est très fastueuse, j'ai appris à sublimer la moindre surface. Je voudrais arriver à faire de même ici.

Nycolet s'amusa de son manque de modestie mais garda ses commentaires pour lui. Prindalles se lança dans la description de son projet artistique. Il avait pris soin de tenir compte de l'importance de certains saints dans la région, tel Saint-Georges, patron de la chevalerie. Soucieux de bien se faire comprendre, il demanda à Nycolet s'il arrivait à le suivre sur les points techniques. Le maçon le rassura :

— On engage peu de sculpteurs par ici, vous savez. En général, c'est moi qui me charge de l'ornementation.

— Oh. Dans ce cas...

Prindalles poursuivit son exposé, profitant de cette occasion qui lui était offerte d'évoquer ses idées avec quelqu'un de réceptif.

— J'attache beaucoup d'importance à la lumière. Je veux que celle qui pénètre par les baies soit éclatante. Il faudra que je discute avec le maître vitrier, je ne veux pas de couleurs trop foncées pour les vitraux. Mon désir est que, lorsqu'on franchira la porte de cette chapelle, on se dise "Seigneur, que vous êtes éblouissant!"

Le maçon se réjouit de la future animation qui gagnerait le chantier si le Brucellois continuait ainsi à donner du *je veux* à tout le monde. De son côté, Prindalles se sentait galvanisé par son enthousiasme et oublia sa fatigue. Il lui fit part encore de quelques-unes de ses idées. Lorsqu'ils estimèrent qu'ils en avaient assez dit pour une première réunion de chantier improvisée, la discussion s'orienta vers un sujet plus pragmatique.

— Vous logez au château ?

— Non, j'ai fait l'acquisition d'une petite maison, dans...

Prindalles fit un effort pour se remémorer le nom inscrit sur le contrat qu'il avait reçu peu avant de partir.

— ... la Rue Basse.

— Je vais vous y conduire. Avant cela, je peux vous faire faire un tour rapide du quartier.

— Avec plaisir.

Nycolet lui montra les rues principales et les bonnes adresses, décrivant au passage les commerces. Prindalles but ses recommandations, ravi de cet accueil chaleureux.

Uxor

UNE fois dans ses appartements, Marie s'installa à un scriptorium placé devant la fenêtre. Elle observa les coffrets arrivés de Bourgogne, l'air songeur, avant de se décider à les ouvrir. L'usage voulait qu'elle le fît en public, mais elle était lasse de se plier aux règles du protocole que son mari affectionnait tant. Amédée était convaincu qu'en toute chose la solennité rehaussait son honneur. Dans la mesure où les présents provenaient de son frère, elle avait décidé de faire à sa guise. Ils étaient de bon goût, comme toujours. Marie déchiffra ensuite la lettre. À la fin de sa lecture, elle laissa ses mains retomber sur ses genoux.

Elle avait hâte qu'Amédée revienne, car elle devenait sujette à la mélancolie en son absence. Ces quatre dernières années, ils avaient enterré une fillette et deux garçonnets, le dernier au cours de l'hiver précédent. Ils étaient tous partis avant d'atteindre sept mois. Lorsqu'elle se retrouvait seule, il lui était difficile de ne pas se laisser gagner par l'abattement. Elle chassa ces noirs souvenirs et se sentit reconnaissante que ces épreuves les aient soudés plutôt que de les éloigner. Confiante en l'avenir, elle ne doutait pas de pouvoir un jour mettre au monde un enfant bien portant.

Marie avait grandi et vivait dans un milieu ambivalent, à la fois abrité et pétri de violence. Elle avait choisi de ne pas s'attacher à la noirceur du monde et de n'en retenir que la beauté. Cela avait assez bien fonctionné, jusqu'à peu avant ses fiançailles.

On avait alors commencé à lui enseigner la politique, la négociation et l'éthique, mais aussi la ruse et la manipulation; on lui avait expliqué les guerres et leurs conséquences, les pillages, les incendies, les viols; on lui avait décrit les effets des épidémies, de la famine, des inondations... On lui fit comprendre que la limite entre le Bien et le Mal, entre un homme bon et un mauvais, était floue, tortueuse.

Ugo, son précepteur, l'avait même guidée en cachette hors du château pour l'emmener dans des quartiers de Divio dont elle ne soupçonnait pas l'existence. Les habitations relevaient plus de l'abri de fortune, amas de planches chancelantes et malodorantes pour la plupart. Elle avait croisé le regard des gens qui vivaient là, tantôt vides, tantôt emplis de haine. Ils déambulaient, l'air hagard, enjambant parfois une personne affalée à même le sol sans même voir ce qui les entourait. Tout cela avait heurté sa tendre nature. Elle avait fini par fondre en larmes et avait supplié son maître de ne plus lui parler de ces choses-là. Il avait alors expliqué pourquoi il lui imposait tout cela :

— Un jour, ma dame, vous serez amenée à régner, que ce soit sur la population point trop nombreuse d'un petit comté ou bien sur celle d'un grand royaume. Il faut que vous sachiez à quoi vous attendre et que vous appreniez à y faire face. Vous devez être consciente de vos devoirs. Jusqu'ici votre vie a été remplie de parties de plaisirs, de jeux, de promenades et de belles parures. Ces frivolités continueront à vous accompagner, mais il vous faut à présent grandir.

— Qu'ai-je donc comme autre choix ? avait-elle larmoyé.

— Le couvent, en théorie. Mais je doute que votre père vous y autorise. Vos sœurs étant soient décédées soit mariées, vous êtes la seule qui lui permette de conclure une nouvelle alliance politique. D'autre part, je ne crois pas que cela vous conviendrait.

— Non, vous avez raison. Je pensais juste… Je ne sais pas, que c'était différent.

— Ouvrez les yeux, ma dame, sur le monde qui vous entoure et sur sa réalité. Sinon, vous n'arriverez à rien. Et vous n'en souffrirez que plus.

— Et s'il ne me plait pas ce monde ?

— Nous n'en connaissons pas d'autres ici-bas.

Marie s'était résignée et avait appris tout ce que son maître lui transmettait. Dès qu'elle en avait l'occasion, elle se réfugiait dans son univers à elle, plus beau et plus serein, qu'elle entretenait par des lectures ou sa propre imagination.

Lorsqu'elle devint nubile, sa mère lui enseigna toutes les choses que les femmes doivent savoir. À mots choisis, elle lui parla de ce qui se passerait le soir de ses noces et de ses futures grossesses. Elle fit de son mieux pour la rassurer et lui apprendre à ne pas en avoir peur, car c'était là son rôle : fournir un allié à son père en épousant un prince ou un roi et donner à celui-ci une descendance nombreuse.

Marie, trouvant ces tâches pour le moins limitées, avait demandé à son maître si c'était là tout ce qu'on attendait d'elle.

— À peu près, avait-il répondu. Avec le soin des pauvres et des miséreux. Mais vous, vous pouvez accomplir plus que cela. Si j'élargis votre instruction en allant au-delà de la lecture pieuse, de la géographie et de la danse, dépassant par là ce que l'on inculque aux femmes, et même les enseignements du *trivium* [1] et du *quadrivium* [2], c'est parce que je connais votre intelligence. Si je vous parle de politique, de comptes, de ruses, c'est pour que vous vous en serviez. Votre mère vous montre l'exemple, car votre père s'en remet souvent à elle. D'autres femmes dans votre position ont fait le choix de rester éloignées des affaires de leurs maris. Si elles ne s'en sentent pas capables, elles font bien de se consacrer à leur famille, leurs bonnes œuvres et leur tapisserie.

— Et si mon époux refuse de m'entendre ?

— Vous saurez vous imposer.

Marie revint au présent et rangea la lettre dans le coffret ouvragé où elle conservait son courrier. Elle était comtesse depuis plusieurs années et avait connu les joies et les tristesses liées à l'enfantement. Pourtant, son frère continuait de la traiter comme une enfant.

Grâce au Ciel, son époux était un homme bon. Plus important encore, il lui faisait confiance et lui avait octroyé une place dans la gestion de son comté. Lorsqu'il s'absentait, elle seule avait en charge le domaine où elle se trouvait. Il lui demandait toujours conseil avant de prendre une décision et, même s'il leur arrivait de ne pas tomber d'accord, il ne manquait jamais de l'écouter.

Elle repensa à la jeune fille qu'elle avait été, pleine d'insouciance et de rêves. Le poids de son devoir l'avait assagie et même un peu bridée. Elle se sentait parfois triste de ne plus être cette joyeuse petite personne. Elle soupira en songeant qu'il lui restait beaucoup d'efforts à fournir avant de pouvoir aspirer à un peu de sagesse.

Elle appela Emma, sa suivante favorite. Plus qu'une domestique, ce petit bout de femme au menton pointu et aux yeux légèrement écartés était son amie la plus proche.

— Ma bonne, faites seller mon cheval, je veux me rendre en ville, lui dit-elle. À mon retour, je prendrai un bain.

— Bien, ma dame.

---

1. Grammaire, rhétorique, dialectique.
2. Arithmétique, musique, astronomie, géométrie.

Une heure plus tard, Marie était perchée sur sa jument et sillonnait les rues entourée de quatre gardes à la mine revêche. Les gens qui la croisaient s'inclinaient sur son passage. Son escorte s'engageait dans les grandes artères et elle dut insister pour se faire conduire dans les quartiers pauvres.

Comme chaque fois qu'elle s'y efforçait, ces visites lui brisaient le cœur. Elle avait beau tenter d'aider les miséreux, il en venait toujours plus et le sort de ceux qui étaient déjà là ne s'améliorait guère. Elle acheta du pain pour les enfants qu'on lui présenta et distribua le contenu de sa bourse. Elle vit un homme gifler un gamin famélique et s'emparer du morceau de pain qu'elle lui avait donné. *La vilénie du monde ne cessera jamais de me choquer.*

De retour au château, elle convoqua quelques conseillers :

— Pourquoi la rue Vieille n'a-t-elle pas été rénovée, comme j'en avais donné l'ordre ?

— Ma dame, s'avança un homme rondelet, comme vous le savez, cette rue et le quartier qui l'abrite ont été construits sur l'emplacement de l'ancienne muraille. La zone est étriquée et surchargée. Nous ne pouvons rien faire à cela.

— Je ne veux pas redessiner la ville, mais sans doute quelques améliorations pourraient être apportées.

— Je me permets de rappeler à ma dame que l'état des comptes ne nous autorise pas de telles extravagances.

Les yeux de Marie lancèrent des éclairs.

— Depuis combien de temps n'êtes-vous pas allé dans ces quartiers, Aymard ? Pensez-vous que nous puissions laisser des gens vivre dans de telles conditions alors qu'ils sont notre responsabilité ?

— Certes non, ma dame. Mais avec quel argent comptez-vous…

— J'ai saisi le problème lié aux finances, interrompit-elle. Je ne suis toutefois pas dénuée d'idées et peut-être pourrais-je réduire nos dépenses en supprimant une ou deux fonctions inutiles…

Le conseiller blêmit et recula d'un pas. Marie ne supportait plus les obséquieux qui l'entouraient, incapables de la moindre once de compassion ou de sincérité. Elle-même n'avait pas le pouvoir d'exécuter sa menace, mais personne n'ignorait que le comte se rangeait souvent à son avis. Elle se tourna vers un autre conseiller et ordonna d'une voix claire :

— Raimon, je voudrais que vous me proposiez un projet d'amélioration de ce quartier le plus vite possible, en accord avec le syndic. Vous prendrez la moitié de la somme sur ma cassette personnelle.

— Bien, ma dame. Et pour le reste ?

— Offrons à l'Église le loisir de mettre en pratique ses préceptes. Vous irez au monastère Saint-François et inviterez en mon nom les bons moines à participer à cette rénovation.

— Il sera fait selon vos ordres, ma dame.

Tous s'inclinèrent tandis qu'elle sortait et regagnait ses appartements. Elle referma la porte de sa chambre et s'y adossa.

À son arrivée, elle avait éprouvé la plus grande difficulté à s'exprimer devant une assemblée, même réduite, de conseillers plus âgés et expérimentés qu'elle. Elle avait vite compris qu'ils plaçaient leurs intérêts au-dessus de tout le reste. Elle avait dominé sa peur et s'était peu à peu affermie.

Personne ne s'en rendait compte mais, même après toutes ces années, son cœur battait la chamade chaque fois qu'elle devait affronter ces vieux barbons. Elle s'affala sur son lit et sourit, fière d'avoir imposé sa volonté. Elle se releva aussitôt, s'installa à son écritoire et commença une lettre pour Amédée. Son bain attendrait.

Accommodatio

PRINDALLES attendait l'arrivée de ses compagnons avec impatience. Lors de ses échanges épistolaires avec l'intendant, il avait insisté pour qu'on s'en remette à lui quant à leur choix.

Ils ne seraient de fait que quatre sculpteurs pour commencer. En comparaison du chantier de Champmol, c'était presque ridicule. Mais d'après les dires de maître Robert, c'était tout de même quatre fois plus que d'ordinaire.

Dès la confirmation de son engagement, Prindalles avait envoyé des courriers un peu partout. Les trois artistes qui avaient accepté son offre étaient originaires de Brucella, tout comme lui. Il y avait Janin, Colin et un tout jeune sculpteur du nom de Gilet. Prindalles connaissait les deux premiers et avait apprécié leur ouvrage soigné et leur dévotion à leur art. Il estimait tellement Janin qu'il comptait en faire plus ou moins son second. Gilet avait quant à lui fourni d'excellentes références et il était convaincu qu'un regard neuf se révélait toujours utile sur un tel projet.

Les trois Brucellois se présentèrent à la mi-juin. Les retrouvailles firent grand bruit. Prindalles introduisit ses compagnons auprès de Nycolet, qui les accueillit avec autant de chaleur qu'il l'avait fait avec lui-même.

Après une phase de préparation – installation de la nouvelle loge commune, achat des outils, visite des carrières – le début officiel des travaux fut déclaré le jour de la Saint-Thierry [1].

Les maçons commencèrent par se charger des bases de la future chapelle. Il fallait en tout premier lieu creuser une partie des fondations, avant que le froid ne gèle la terre. C'était un ouvrage fastidieux et peu gratifiant. Ils étaient secondés par de nombreux manouvriers supervisés par Nycolet. Ce dernier estimait que si le chantier se déroulait comme prévu – ce qui n'était jamais le cas – les premiers murs pourraient être érigés d'ici deux ou trois ans.

---

1. 1er juillet.

Les sculpteurs ne participaient pas à cette tâche harassante sans pour autant rester inactifs. Les trois compagnons commencèrent la taille de la pierre, suivant les patrons que leur maître avait élaborés en amont. Leur travail consistait en majeure partie à la taille des *operii minuti* [2]. C'était une véritable débauche d'animaux et d'oiseaux aux plumes surdimensionnées.

Prindalles dut par ailleurs réajuster certains de ses croquis pour les faire correspondre à la configuration du château. Il n'hésita pas à y adjoindre les idées qu'il retira de ses conversations avec maître Robert, qui naviguait sans cesse entre les maçons, les manouvriers et l'ensemble du chantier. Ils s'appréciaient et passaient volontiers de longues heures à évoquer la chapelle, une fois la journée de travail achevée.

Maître Werve distribuait toute sorte de recommandations et se faisait un devoir de débattre chaque point de détail avec Prindalles. Cela entraînait des discussions sans fin car ils étaient rarement du même avis. Claus était respecté au sein de la profession et Prindalles était contraint à la modération. Il n'avait éprouvé aucune de ces frustrations lorsqu'il était sous ses ordres en Bourgogne, puisqu'il était alors clair que Claus était le maître. Or, il lui coûtait à présent de voir son autorité remise en question. Sa présence le rendait irritable, voire invivable quand il était fatigué. Claus finit par annoncer son départ pour le mois de septembre et l'impatience gagna la loge.

À l'exception de ces petites contrariétés, Prindalles se montrait satisfait. Il refusait de se l'avouer, mais la tâche était plus intense que ce qu'il avait imaginé, et cela lui pesait parfois. Il avait les traits tirés et des marques sombres étaient apparues sous les yeux.

Lorsqu'il rentrait chez lui, l'état de sa maison le déprimait. Prindalles conclut au début du mois d'août qu'il lui fallait engager une gouvernante. Il s'attacha les services d'une veuve recommandée par la femme de Nycolet. Adèle Jacquet, dont l'embonpoint alourdissait encore la courte silhouette, avait des yeux rieurs parés de rides et des cheveux blancs cachés sous un bonnet démodé. Ils s'acclimatèrent l'un à l'autre en un rien de temps et, grâce à ses soins, Prindalles finit par s'attacher à sa maisonnette. Elle était composée d'une salle de réception au rez-de-chaussée, qui menait à la cuisine, elle-même ouverte sur une

---

2. Pourrait être traduit par *petits ouvrages*.

cour intérieure contenant un minuscule jardinet et le coin d'aisance qu'il partageait avec ses deux voisins mitoyens. Juxtaposée à la cuisine, une petite pièce bien aérée servait de lieu de vie à Adèle. À l'étage, on trouvait la chambre de Prindalles. Sur le même palier, le sculpteur avait remisé son atelier personnel. Ici, les murs étaient encombrés de coffres emplis de rouleaux et de tablettes. Face à la fenêtre siégeait une écritoire cachée sous une pile de croquis. C'était là qu'il passait le plus clair de son temps quand il n'était pas sur le chantier. Une fois la bonne humeur rapportée de la loge retombée, il s'y enfermait pour travailler ou ressasser de sombres pensées.

Adèle cuisinait des plats revigorants qu'il dégustait la plupart du temps dans son *atelier*. La vieille gouvernante apprit à ne plus insister pour que son maître renonce à cette habitude et occupa ses soirées à coudre au coin du feu. La pièce du rez-de-chaussée n'accueillait jamais personne et même si elle la maintenait propre et faisait de son mieux, elle manquait de chaleur. Prindalles ne s'y tenait que rarement car lui-même la trouvait sinistre.

Il fréquentait d'ailleurs peu de monde. Il ne s'était lié avec presque personne. Où aurait-il bien pu faire de nouvelles rencontres ? Il ne se rendait plus à l'église depuis des années, sauf les jours de grandes fêtes. Il pouvait toutefois compter sur l'amitié de Nycolet, qui savait se montrer à la fois discret et disponible. Prindalles appréciait sa compagnie. Quand le travail devenait trop pesant, il leur arrivait d'aller marcher le long de l'Albane, parfois sans échanger un mot, pour le simple plaisir de ne plus entendre le bruit des ciseaux sur la pierre. Puis le quotidien reprenait le dessus et Prindalles mettait à nouveau toute son énergie et toute sa créativité au service de son art.

❖

Les mois passèrent vite. Maître Werve partit enfin, avec vingt florins en poche. Prindalles jugea la somme excessive pour l'effort fourni, toutefois les deux confrères se quittèrent de manière cordiale, avec une haute idée de soi pour l'un et un réel soulagement pour l'autre.

Il rencontra le comte, qui visita le chantier dès son retour au début de l'automne. Il faisait frais ce jour-là, Amédée avait revêtu une cape en fourrure de renard fermée par une agrafe décorée de gemmes. Avec ses fins cheveux bruns recouvrant sa nuque, ses yeux clairs, son teint pâle et sa constitution délicate, il ressemblait à un jeune homme un peu maladif. Il avait le rire facile et possédait une élégance naturelle doublée d'un charme attractif. Il conservait une attitude spontanée et ne s'exprimait jamais de manière prétentieuse. Prindalles lui trouva un air innocent, voire naïf. Il donnait l'impression de ne se soucier que de beauté et de joutes épiques, tel un garçon sorti tout droit d'un roman de chevalerie. Le sculpteur savait néanmoins que ce n'était là qu'une apparence. Amédée était au fait des affaires aussi bien savoyardes qu'étrangères. Il prenait son devoir à cœur et tâchait de gouverner avec discernement. Il était en outre réputé pour être un habile diplomate.

La rencontre eut lieu dans la loge, briquée pour l'occasion. Le comte lui rappela :

— Comme je vous l'ai confié dans ma lettre, votre mission est d'importance, maître Prindalles. Je compte redorer l'image de la Savoy. Je veux chasser cette réputation de rusticité que l'on nous attribue. La Savoy est petite par sa taille, mais grande par son ambition. Je rêve de prestige pour elle et je compte le faire savoir à tous.

— Je vous entends, monseigneur.

Le comte se mit à déambuler dans la pièce.

— Pour accomplir cette tâche, il me faut faire usage de symboles forts : une diplomatie reconnue, que je m'efforce d'établir au quotidien car le Seigneur m'a doté de quelque talent en la matière ; des actions militaires fructueuses, ce qui, grâce à Dieu, est le cas pour l'instant ; mais aussi un mécénat inspiré, illustré entre autres par l'élévation de monuments prestigieux. C'est là que j'ai besoin de vous, maître, conclut Amédée en plongeant son regard dans celui du sculpteur.

— Je comprends, monseigneur, répéta ce dernier. Je compte faire de mon mieux et plus encore afin de vous assister dans votre grand dessein. Voyez plutôt…

Prindalles désigna les croquis de ses œuvres et leur disposition sur le plan général de la bâtisse. Le comte se montra exalté à leur vue et le cœur du sculpteur se gonfla de fierté. Amédée partit en félicitant à la fois maître Prindalles et maître Robert. Il assura au maçon qu'il mettait à sa disposition les fonds nécessaires à l'embauche de main-d'œuvre supplémentaire et demanda à Prindalles ce dont il avait besoin.

— Je serais heureux de permettre à mes jeunes condisciples d'acquérir un outillage de meilleure qualité, monseigneur.
— J'en parlerai à l'intendant.

Sibylla

1410

Au début du printemps, Prindalles fut contraint d'effectuer une tâche qui l'ennuyait d'avance. Lors de son arrivée, comme toute personne entrant au service du comte, il s'était vu offrir une livrée aux couleurs du comte. Il n'avait jamais trouvé le temps – ou plutôt pris le temps – de s'en occuper. À la suite d'une réflexion de l'intendant, il se décida enfin. On lui indiqua le chemin de l'échoppe, qui se situait dans une allée perpendiculaire à la Rue Basse, entre le château et sa propre maison.

Jusqu'ici, Prindalles avait eu plaisir à découvrir la ville au cours de ses excursions en compagnie de Nycolet, mais il s'était cantonné aux ruelles limitrophes du château. Il voulut profiter de cette occasion pour se promener dans les quartiers qui lui étaient moins familiers.

Après deux années passées à travailler presque sans cesse, il apprécia ce moment de détente improvisé et déambula sans but précis. Les rues, plutôt étroites, étaient pour la plupart pavées ce qui donnait une impression générale de salubrité malgré les immondices qui stagnaient par endroits. Les façades arboraient des fenêtres aux grandes dimensions. Il eut plaisir à voir qu'il partageait l'amour de la lumière avec les autres sujets du comte. Il ferma les yeux un instant et imagina la chapelle, qui en serait inondée. Un demi-sourire étira ses lèvres lorsqu'il se fit la réflexion que ses pensées le ramenaient invariablement à son métier.

Il poursuivit son excursion et admira les galeries qui reliaient les maisons au niveau du deuxième étage. Il contempla les devantures des échoppes et écouta d'une oreille distraite les conversations qui lui parvenaient par bribes. Il se doutait que ce n'était que le reflet de sa propre bonne humeur, mais il eut le sentiment que l'atmosphère était joyeuse. Les gens bavardaient, riaient et semblaient prendre le temps de vivre, tandis que le soleil printanier faisait scintiller les heurtoirs des portes.

Après avoir cédé face à une pâtisserie débordante de crème, il se décida à faire ce pour quoi il était venu. Il se trompa deux fois de rue avant de tomber sur celle où se trouvait l'échoppe Noraz[1]. Sans originalité, l'enseigne montrait une bobine de fil noir transpercée par une aiguille sur fond rouge. Prindalles entra et battit des cils, le temps que ses yeux s'habituent à la lumière plus douce. Il distingua une grande table en chêne sur laquelle reposaient une paire de ciseaux ainsi qu'une longue règle. Sur des barres accrochées au plafond pendaient des étoffes aux couleurs vives.

Il entendit du bruit sur sa gauche, derrière une porte qui devait relier la boutique à une pièce annexe. Une femme au visage avenant apparut, les bras chargés. Elle portait un bonnet vert qui laissait échapper une boucle brune sur une nuque gracieuse. Tandis qu'elle posait son panier dans un coin, elle accueillit Prindalles :

— Bienvenue à l'échoppe Noraz. Sibylle, pour vous servir.

Sa voix profonde plut à Prindalles.

— Bonjour. J'appartiens à la maison de monseigneur Amédée et je viens pour une livrée.

Il lui tendit le bon rempli par l'intendant. Elle s'en saisit et hocha la tête.

— Je vois. J'en reçois souvent. Il y aura quinze jours de délai.

— Ce n'est pas pressé. Vous avez une bien jolie boutique.

— Merci. Elle appartenait à mon père, puis à mon mari, expliqua-t-elle avec fierté.

— Appartenait ?

— Oui. Mon époux est décédé. L'établissement est donc le mien.

— Vous le gérez seule ?

Prindalles connaissait peu de femmes à la tête de leur affaire. Celle-ci semblait florissante, puisqu'elle comptait le comte lui-même comme client.

— Bien sûr, répondit-elle comme si c'était l'évidence même.

Tandis qu'elle transférait des carrés de son panier à un présentoir, Prindalles l'observa. Elle n'était plus de première jeunesse, elle devait avoir une trentaine d'années, peut-être un peu plus. Cela expliquait en partie le fait qu'elle soit capable de tenir sa boutique et surtout qu'elle

---

1. À prononcer *Nora*. Comme pour beaucoup de noms propres savoyards, le *z* est ici muet.

soit acceptée par sa corporation. Il suivit la ligne élégante de sa taille et de sa lourde poitrine moulées dans un corsage assorti au bonnet. Il détourna le regard et se racla la gorge :

— Sibylle, voilà un prénom bien curieux...

— C'est celui que l'on m'a donné.

Prindalles se rendit compte qu'il avait dû paraître indélicat.

— Veuillez m'excuser, je voulais juste faire remarquer que c'est peu commun.

Sibylle releva les yeux et rencontra ceux du sculpteur. Son expression s'adoucit.

— C'est moi qui devrais m'excuser. C'est en effet un prénom peu répandu par ici. Il se trouve que ma mère était férue d'Histoire et qu'elle aimait par-dessus tout celle des Croisades. Elle me nomma en l'honneur de Sibylle de Jérusalem, la sœur de Baudouin le Lépreux, qui régna en Terre Sainte et lutta contre Saladin l'Infidèle [2].

— C'est une bien belle anecdote pour un patronyme. Je suis pour ma part affublé d'un nom des plus quelconque : Jean Prindalles. Je suis maître sculpteur.

— Enchantée, maître. Je vais demander à Bertin de prendre vos mesures.

Elle fit signe à un garçon assis sous la fenêtre, occupé à trier des fils de couleurs. Prindalles fut tenté de demander à ce qu'elle officie elle-même. Il se fustigea intérieurement avant de se laisser guider dans la pièce arrière.

Bertin lui montra le tissu qui serait utilisé pour sa nouvelle tenue. Prindalles fit la moue face aux tons de rouge et de blanc. Il préférait les teintes plus discrètes. Comme il n'avait pas le choix, il acquiesça et se promit de ne porter la livrée que lorsqu'il y serait contraint. Le garçon prit ensuite ses mesures et reporta les chiffres dans un petit carnet relié de cuir. Une fois la tâche accomplie, le sculpteur le remercia et ressortit.

Sibylle présentait une étoffe à une dame en le passant sur ses épaules et autour de sa taille pour en montrer les reflets chamarrés. Prindalles s'arrêta pour admirer à la fois le tissu et celle qui le tenait. Elle l'aperçut du coin de l'œil. Prindalles se rendit compte qu'il devait avoir l'air

2. Au XIIe siècle

ridicule. Pour se donner une contenance, il affecta de contempler le portrait d'un homme au visage bienveillant accroché au mur.

Tandis que l'admirable créature terminait de servir la dame, il s'étonna que celle-ci fasse ses emplettes sans porteur ni domestique. Les femmes ici semblaient jouir de certaines libertés, bien loin du cadre strict qui engonçait celles de sa ville natale. La cliente parut satisfaite de la démonstration puisqu'elle commanda une robe dans le tissu. Sibylle la pria de patienter car la décence ne permettait pas à Bertin de prendre ses mesures.

Prindalles et Sibylle s'accordèrent sur la date où il viendrait chercher sa livrée. Le sculpteur avait eu le temps de se ressaisir et il la remercia avec froideur. Si la jeune femme en fut déconcertée, elle n'en montra rien.

Il quitta l'échoppe et se dirigea vers le château, contrarié. Cette femme trop séduisante, cette stupide livrée, lui-même qui se conduisait comme un jouvenceau, tout l'agaçait. Et il n'était pas dans ses habitudes d'être attiré par de simples commerçantes. Il ralentit et se rendit compte qu'il ne marchait pas du tout dans la bonne direction. Il se calma et reprit la route d'un pas plus modéré. Il réalisa dans le même temps que sa honte n'était en rien liée au métier de la jeune femme, mais venait du fait qu'il avait le sentiment de trahir Marit. Comme toujours.

Delirium

Guigues souffrait d'insomnies. Il se couchait fatigué, cependant il tournait et se retournait sur son matelas et ne parvenait à s'endormir qu'aux premières lueurs de l'aube. La journée, il errait, les yeux hagards et le cerveau embrumé.

Ce soir-là, il ordonna à Crépin – un physicien à l'allure rebutante qui occupait une pièce emplie de fioles et de rats – de lui fournir une décoction qui pourrait l'aider à dormir. Il l'ingurgita et grimaça tant elle était amère.

Il s'allongea sur son lit et se détendit. Il avait l'impression que mille pensées se bousculaient dans sa tête. Peu à peu, le brouhaha qui lui vrillait les tempes s'apaisa et laissa place à quelque chose qu'il connaissait bien. Plus il tentait de refouler les souvenirs, plus ils s'imposaient à lui. Il était enfant et son père était absent. Il songeait à sa mère, qu'il n'avait pas revue depuis plusieurs semaines, jusqu'à un après-midi où il avait échappé à la surveillance de son maître…

Guigues se réveilla en sursaut, le corps couvert de transpiration glacée. La tête entre les mains, il tenta de reprendre le contrôle de ses pensées. Aussi violente que soudaine, une douleur se manifesta dans son ventre. Il eut à peine le temps de courir jusqu'aux latrines avant de se vider. Il rejoignit ensuite son lit, épuisé.

Des images diffuses de son enfance – les cris de sa mère au cours d'une nuit terrifiante, la froideur qu'elle lui manifestait chaque jour, le départ précipité de son père – envahissaient son esprit fatigué. Il se souvenait que son père dînait chez un de ses obligés quand il avait été embroché à même son siège, la bouche encore pleine de pâté.

Guigues avait mis des années à réaliser que sa mère était sans doute à l'origine de cette attaque. Les rares regards emplis de répulsion qu'elle lui accordait de temps à autre l'avaient également éclairé quant à la nature de la *tisane* qu'elle ingurgitait dès qu'elle prenait du poids. Il s'était promis qu'un jour, lorsqu'il serait prêt, il lui ferait la démonstration de toute la haine qu'elle lui inspirait.

Guigues s'épongea le front avec son drap. Nu comme un ver, il se posta devant la fenêtre pour profiter de la brise nocturne. Au bout d'un long moment, il parvint à remiser au fond de sa mémoire toutes ces pensées qui l'encombraient. Il fallait qu'il se concentre sur sa situation actuelle. S'il ne pouvait pas changer le passé, il aspirait à un avenir meilleur. Il se recoucha dans l'espoir de se rendormir, en vain.

Il finit par se lever en même temps que les premières lueurs du jour. Il s'aspergea le visage et réclama à manger. Son esprit s'éclaircissait peu à peu et la colère commença à le tarauder. *Tout ça, c'est la faute de ce maudit rebouteux!* Il l'avait pris à son service quelques années auparavant et, jusqu'à présent, il n'avait pas eu à se plaindre des rares tâches qu'il lui avait confiées.

Après son déjeuner, il se rendit dans le cloaque qu'occupait Crépin. Il le trouva penché sur un ouvrage de botanique aux pages jaunies, le vieux chien sommeillant près de lui.

— Avez-vous passé une meilleure nuit, monseigneur? s'informa Crépin sans lever les yeux de son livre.

— Qu'as-tu mis dans ta mixture?

— Comme je vous l'ai dit hier au soir, c'était une infusion à base de valériane, monseigneur. A-t-elle été efficace?

— Non. J'étais plongé dans un demi-sommeil et j'avais des sortes de songes éveillés.

Cette fois, Crépin se redressa, les sourcils relevés.

— Vraiment? Avez-vous eu des visions? Étiez-vous allongé ou debout? Marchiez-vous?

— La paix! Je veux savoir ce que tu m'as fait avaler. J'ai déliré toute la nuit et au réveil je me suis presque conchié dessus.

— Oui, cela peut faire partie des effets indésirables. C'est intéressant.

Guigues fit un pas en avant et plissa les yeux.

— Je te pose la question une toute dernière fois : il y avait quoi dans la boisson?

— Je ne peux vous le révéler, messire, mais je vous assure que les effets en sont à présent estompés. Vous ne serez plus ennuyé.

La gifle qu'il reçut lui coupa le souffle.

— *Mandragora*, avoua-t-il, la main sur sa pommette brûlante.

— Je me doutais bien que tu y avais mis une saloperie. Pourquoi?

— Je voulais éprouver son action.

Guigues entreprit de faire le tour de la pièce, observant Crépin d'un œil. Il passa devant un panier à l'odeur nauséabonde placé dans un coin et en souleva le couvercle. Il se pencha dessus puis eut un mouvement de recul.

— C'est pour quoi ça ?

— Certaines expérimentations. Ces chats avaient envahi le château.

Guigues poursuivit son inspection. Sur un guéridon, il trouva quelques ouvrages : le *Petit* et le *Grand Albert*, très abimés, une version ancienne du *Picatrix*, ainsi que deux autres rouleaux sans titre.

— Monseigneur, ce ne sont que de simples livres de botanique…

— Ne me prends pas pour une perdrix. Je sais qu'ils traitent de choses secrètes. Occultes. Interdites.

— Je me permets de vous rappeler que vous ne les avez pas toujours dénigrées, messire. Il y a quelques années, quand vous m'avez demandé de préparer certains philtres, vous n'avez pas cherché à savoir d'où venait ma science.

— Tais-toi, l'infâme !

— Vos projets de l'époque sont arrivés à leur terme, grâce à moi !

— Un mot de plus et je te fracasse le crâne !

Crépin baissa la tête. Guigues continuait de fouiller, ouvrant coffres et paniers. Dans l'un d'eux, il trouva un sablier, un petit cadran solaire, un compas et une sorte de médaille en métal faite de trois plaques superposées, gravées de signes et symboles inconnus de Guigues.

— Mon matériel, messire, je vous en prie… Non, pas celui-là !

Guigues avait ouvert un nouveau coffret. Cette fois, il resta stupéfait. La boîte contenait un jeu de longues aiguilles ainsi qu'une petite figurine de cire. Vêtue d'une tenue de toile, elle arborait une touffe de cheveux blonds. Sur sa poitrine, un G avait été brodé. Guigues se retourna, sous le choc.

— Les chats, les instruments, les grimoires et les aiguilles, énuméra Guigues tout en réfléchissant… Toutes ces mauvaises choses qui m'arrivent, c'est à cause de tes envoûtements !

— Non, monseigneur, non ! implora Crépin en se mettant à genoux. Je vous assure que je n'ai rien fait. Mon but est de comprendre et d'expliquer ce qui ne l'est pas.

— Mon indigence, ma malchance, mon incapacité à… tout ça c'est toi !

Fou de rage, Guigues le saisit à la gorge et le força à s'allonger sur la table, renversant au passage un lutrin et plusieurs récipients. Le chien, réveillé par les cris, s'attaqua à son mollet. Il le rejeta d'un coup de pied mais l'animal revint à la charge. Guigues empoigna une cruche et la lui brisa sur la tête. La bête s'effondra en couinant. Crépin en profita pour tenter de s'échapper. Guigues le rattrapa et le remit violemment en place sur la table.

— Pitié, messire, je vous en conjure…

— Pas de pitié pour les suppôts de Satan ! Tu voulais livrer mon âme à ton seigneur démoniaque ! Tu as essayé de m'envoûter avec la *mandragora*. Pourquoi pas avec ceci, c'est peut-être plus efficace ?

Guigues s'empara de la première fiole qu'il trouva. Après l'avoir débouchée avec les dents, il versa le contenu entre les lèvres de Crépin, qui secoua la tête en suffoquant.

— Ou celle-là, la couleur est intéressante.

Il répéta l'opération, vidant pots et flacons sans distinction, tandis qu'une écume de bulles verdâtres jaillissait de la bouche de Crépin. Lorsqu'il cessa de se débattre, le corps traversé de quelques spasmes intermittents, Guigues le lâcha enfin. Il s'essuya les mains à l'aide d'un chiffon crasseux tout en s'adressant au cadavre :

— Dis-moi, vieux culvert, c'était quoi le pire ? Être étranglé ou avaler tes maudits breuvages ? Quelle mauvaise volonté, tu pourrais avoir pitié de ma curiosité !

Il quitta la pièce et descendit dans la grande salle. Deux gardes y jouaient aux dés, installés sur des coussièges [1]. Guigues empoigna son fauteuil et le traîna jusque devant la cheminée, bien que l'âtre soit vide. Il arrêta un larbin qui passait :

— Amène un autre avec toi et allez récupérer ce qui reste du rebouteux dans ses appartements. Prenez le chien avec. Brûlez-les.

Guigues était satisfait. Sa mauvaise fortune allait prendre fin. Après tout, ne venait-il pas de débarrasser le monde d'une sale engeance ? Un sorcier ! Et dire qu'il l'avait abrité tout ce temps. Les grimoires, les potions, le chien – l'une des formes favorites du diable – tout aurait dû éveiller ses soupçons. Il faudrait envoyer Adenet purifier les lieux.

1. Petit siège aménagé dans l'embrasure d'une baie.

Cette histoire réglée, il pouvait revenir à ses préoccupations. Aucun seigneur ne pouvait tenir son rang sans argent ni appui. Tout ça par la faute de ce maudit Amédée qui le traitait en moins que rien ! Être le vassal du comte aurait dû lui procurer certains privilèges dont il ne voyait jamais la couleur. Du plus profond de son être, Guigues détestait Amédée et tout ce qu'il représentait, le sens du devoir, l'incorruptibilité, la grandeur d'âme. Il ne pourrait rien obtenir de lui, il le savait, il lui fallait toutefois trouver le moyen de se remplumer, d'une manière ou d'une autre. Et si au passage il pouvait écorcher la nature délicate de son maître, ça n'en serait que plus distrayant.

Pas de précipitation… Il devait tout prévoir dans les moindres détails, en digne fils de sa mère. Il se fit apporter une seconde collation de pain et de confiture, étendit ses jambes devant lui et se plongea dans la réflexion.

Il en fut tiré par le bruit de sabots résonnant dans la cour. Il se leva et se pencha à la fenêtre, stupéfait. Personne ne venait jamais ici. Il aperçut un homme enveloppé dans une cape noire descendre de sa monture et s'engouffrer par la porte. Comment sait-il que j'ai besoin de lui ? se demanda Guigues. Il restait toujours perplexe face aux qualités surprenantes de son allié. Il entendit sa voix profonde grimper les escaliers en même temps que lui :

— Monseigneur de Montbel, mon ami. J'ai pour votre seigneurie d'excellentes nouvelles…

— Oreste. Vous ne pouvez pas tomber plus à pic.

Il était sexte passé lorsque Guigues se coucha pour faire une courte sieste. À son réveil, il fit un peu d'exercice. Adenet l'accompagna ensuite à la bibliothèque du château, vestige du temps de son grand-père, pour consulter des cartes. Il leur fallut le reste de l'après-midi pour trouver ce qu'ils cherchaient. Guigues décida que lorsque ses finances seraient en meilleure santé, il ferait trier et ranger tous les ouvrages qu'il possédait. Lui-même ne lisait pas, mais on lui avait enseigné que l'entretien d'une bibliothèque fournie était révélateur d'une maison de qualité.

Le soir, depuis le fond de son lit, il ressentit une sérénité depuis longtemps oubliée. Les plans qu'Oreste et lui avaient échafaudés au cours de la matinée semblaient parfaits.

Sa dernière pensée fut que le lendemain était jour de justice. Pendre quelques malandrins lui remontait toujours le moral. Il se laissa aller et sombra dans un sommeil sans rêves.

Vexatio

Un après-midi glacial bien qu'ensoleillé, Nycolet se dirigea vers *la loge de Prindalles* – il lui avait fallu un certain temps pour accepter de la nommer ainsi. Le sculpteur se l'était naturellement appropriée et il avait fini par rendre les armes. Il avait besoin d'un nouveau marteau-pioche car il venait de déposer le sien, fendu, à la forge.

En entrant, il vit Prindalles assis à une table, ses outils étalés devant lui. À ses côtés se tenait un garçonnet, le menton posé sur le plateau. Nycolet reconnut son plus jeune fils, Pierre.

Prindalles désignait chaque outil et en indiquait l'usage, face à l'enfant attentif :

— Au fur et à mesure que le travail s'affine et se précise, la taille des outils réduit. Ceci, vois-tu, est un marteau. On l'utilise pour dégrossir la pierre. Là, ce sont des ciseaux, qui servent à tailler plus finement. Et là, c'est une gradine. Elles peuvent avoir jusqu'à six dents. Celle-ci n'en a que trois, sais-tu pourquoi ?

Le garçon leva les yeux au plafond tandis qu'il réfléchissait.

— Pour ne pas abîmer la pierre ?

— L'idée est là. Les gradines à six dents sont réservées aux pierres très dures, comme le marbre par exemple. En revanche, la pierre blanche que nous travaillons ici est plus fine, plus fragile…

— Alors trois dents ça suffit !

— C'est cela, mon garçon, tu comprends vite.

Nycolet fut touché lorsque la poitrine de son fils se gonfla de fierté. Il était surpris de la bienveillance avec laquelle Prindalles s'adressait à lui, et même de le voir sourire. Ces derniers temps, Nycolet l'avait trouvé plutôt taciturne.

Il pénétra dans la loge et les salua gaiement. Il embrassa le petit sur le sommet du crâne et lança :

— Tu n'es pas au marché avec ta mère, fils ?

— Non et elle n'y est pas non plus. Jean s'est fait renvoyer à la maison…

— Ah, encore… Et que fais-tu ici, à importuner ce pauvre Prindalles ?

— Mais je le dérange pas ! Enfin, je crois.

— Pas du tout, confirma le sculpteur. Votre fils est très vif, Nycolet.

— Oui, mais c'est une tête folle. Allez, rentre maintenant.

Il donna un léger coup de pied sur le derrière de Pierre qui partit en courant. Il se retourna pour leur faire un grand signe de la main, puis il disparut.

— Il est drôle ce petit, sourit Prindalles. Il est venu, m'a demandé qui j'étais et quand je lui ai dit que j'étais sculpteur, il s'est exclamé : *Apprends-moi !*

— C'est un bon gamin. Il aura une belle vie s'il arrive à se discipliner un peu.

— Il a le temps.

— Nous verrons. En tout, cas, pour son aîné, je perds peu à peu espoir… C'est la quatrième fois qu'il se fait renvoyer. Il est en apprentissage chez Landot.

— Le maître charpentier ?

— Lui-même. C'est un ami, c'est pour ça qu'il le garde. Mais si cette tête de mule continue à faire des siennes, je ne suis pas sûr que ça durera encore longtemps.

Nycolet soupira avant de changer de physionomie. Il donna une tape vigoureuse dans le dos du sculpteur :

— Il serait temps de songer à prendre femme, Prindalles, afin de vous régaler de ces petits tracas à votre tour !

Nycolet se rendit compte à l'instant qu'il avait commis un impair. Le visage de Prindalles s'était refermé. Il retourna à la table pour ranger ses outils avec des gestes secs. Le maçon l'observa en se demandant ce qui avait bien pu lui arriver. Comme il ne voulait pas rester sur une mauvaise note, il enchaîna :

— Mais vous ne connaissez que mon dernier. Si vous veniez à la maison à l'occasion, je vous présenterais tout le monde.

Le premier réflexe de Prindalles fut de refuser. Il se retourna et rencontra le regard du maçon, franc et amical. Il eut la surprise de s'entendre répondre :

— Avec plaisir.

— Parfait ! Il faudra fixer une date.

Nycolet trouva le marteau qu'il était venu chercher et repartit. Prindalles resta quelques instants appuyé sur la table, accaparé par de lointaines pensées. Il était las de ces allusions qu'on lui servait depuis des années. Il parvenait à les ignorer la plupart du temps. D'autres fois, comme aujourd'hui, cela le plongeait dans une colère sans fond.

Nycolet avait de bonnes intentions, mais il ne savait rien des aspirations de Prindalles, de ses désirs. Il avait atteint l'âge où le fait de demeurer célibataire devenait suspicieux. On attendait de lui qu'il agisse comme tout le monde, car un homme seul ne peut se suffire à lui-même. Il pesta dans sa barbe, conscient que cette vieille rage qui l'habitait s'était installée pour de bon. Il balaya la table devant lui d'un revers de bras et quitta brusquement la loge.

Inclinatio

Toujours en colère, Prindalles laissait ses pieds le guider. Il avançait sans rien voir de ce qui l'entourait, ni l'apothicaire qui vantait les vertus de son élixir contre les rhumatismes, ni la petite mendiante glissant une pomme dans sa manche après l'avoir dérobée à un marchand inattentif.

Perdu dans ses pensées, il ruminait lorsqu'il heurta quelqu'un qui tomba à la renverse sous le choc. Prindalles était sur le point de déverser sa colère quand il reconnut Sibylle Noraz. Il se pencha en se tenant les côtes et l'aida à se relever. Elle ramassa le paquet qu'elle avait laissé échapper, puis vérifia le côté de sa robe. Elle soupira en les trouvant tous deux couverts de boue. Elle se tourna vers Prindalles et le fustigea :

— Qu'est-ce qui vous prend, nom de Dieu ? Vous ne regardez jamais devant vous ?

— Je pourrais vous retourner la même question ! Vous avanciez comme si vous étiez seule au monde !

— Quelle mauvaise foi ! Vous m'avez foncé dessus…

— C'est vous qui m'êtes rentrée dedans ! hurla Prindalles en serrant les poings.

Quelques passants s'arrêtèrent pour observer l'altercation. Sibylle resta interdite un instant, puis, à la surprise de Prindalles, elle se mit à rire. La réaction exagérée du sculpteur lui avait fait oublier sa propre colère. Elle remit en place une mèche qui lui tombait devant les yeux.

— Je crois, maître Prindalles, que vous avez eu une journée pire que la mienne…

— Vous avez raison. Pardonnez-moi, je n'aurais pas dû vous aboyer dessus comme ça.

— Vous avez l'air d'avoir besoin d'un peu de douceur, maître, et moi aussi. Je connais une taverne agréable et de bonne réputation, à deux pas d'ici, si vous avez un moment à me consacrer. Pour vous faire pardonner.

— Euh… oui, d'accord. Je vous suis, bougonna-t-il en lui emboitant le pas.

Les badauds, déçus que l'on n'en vienne pas aux mains, reprirent leurs activités sans plus s'occuper d'eux.

Prindalles était décontenancé par l'audace de la jeune femme. Il lui demanda si elle n'avait pas peur que l'on jase de la voir en compagnie d'un célibataire. Il accordait lui-même peu d'importance aux commérages, mais ne voulait pas la mettre dans l'embarras. Elle écarta ses objections d'un geste dédaigneux.

— Quoi que vous fassiez, il y aura toujours des gens pour médire. Autant faire d'emblée ce qui vous plait.

Ils arrivèrent devant la jolie façade du *Logis de l'Ange*, dans la rue Saint-Antoine. De délicats coussins ornaient les bancs et invitaient les clients à profiter d'un bon repas au coin du feu. Le silence s'installa tandis qu'ils savouraient leurs boissons. Prindalles eut envie d'en savoir plus sur la jeune femme.

— Avez-vous été mariée pendant longtemps ?

Il la vit hésiter et s'excusa d'avoir été si direct.

— Ça va, assura-t-elle. Si nous voulons oublier nos horribles journées, il faut bien faire quelques entorses aux règles de la conversation anodine. J'ai été mariée pendant douze ans. Paul était bien plus âgé que moi. Il m'a appris toutes les ficelles du métier.

— Votre père était tailleur aussi, je crois me rappeler.

— Oui, confirma-t-elle, étonnée qu'il se souvienne de ce qu'elle lui avait dit lors de leur première rencontre. Mais il n'aurait jamais voulu que je tienne seule le commerce. Paul, lui, avait compris. C'était un homme bon mais de santé fragile. Une mauvaise toux l'a emporté un hiver, il y a maintenant six ans.

Elle s'interrompit, le temps de porter le godet à sa bouche et de chasser le souvenir de son chagrin.

— Et vous, avez-vous de la famille ? se renseigna-t-elle à son tour.

— Non. Que s'est-il passé pour que votre journée soit si déplaisante ?

Sibylle lui raconta ses déboires avec fougue. Quand elle eut fini, elle déballa le fin voilage qui protégeait son paquet pour constater l'ampleur des dégâts. Le beau velours ocre d'origine était maculé de boue.

— Il faut que j'enlève le plus gros avant que cela ne sèche.

Puis, se tournant vers la servante :

— Perrine, peux-tu m'apporter une jatte remplie d'eau, ainsi qu'un chiffon et une brosse ?

— Apportez deux brosses, Perrine.

Devant le regard surpris de Sibylle, Prindalles haussa les épaules.

— Je ne vais pas rester à ne rien faire pendant que vous réparez mes maladresses. Ça ira bien plus vite à deux.

Dès que la jeune fille fut revenue, ils s'activèrent. Le tissu reprit un aspect presque présentable et Sibylle déclara qu'après une séance de lavage à grande eau, il serait comme neuf. Ils commandèrent à manger et la discussion se poursuivit. Prindalles se montrait comme toujours discret sur sa vie personnelle et Sibylle sut respecter ses silences et ses demi-réponses. Ce n'est que lorsque la soirée fut bien avancée qu'ils décidèrent de se séparer enfin.

Prindalles prit le chemin de sa propre maison. Il devait bien se l'avouer, Sibylle lui plaisait. Il trouva Adèle occupée à rapiécer une robe à la lueur de quelques bougies et d'un feu de cheminée.

— Bonsoir, Adèle.

Le ton joyeux de son maître attira l'attention de la vieille femme.

— Votre journée a-t-elle été bonne, maître ?

— Pas vraiment. Mais j'ai passé ensuite un moment délicieux. Avec Sibylle Noraz.

— La veuve Noraz ?

— Vous la connaissez ?

— Sa famille vit ici depuis longtemps, alors oui je la connais. De nom. Et de réputation…

— Comment cela ?

— Il se dit un peu partout qu'elle est assez libre...

Adèle fit semblant d'être absorbée par les mouvements du fil et de l'aiguille entre ses doigts habiles.

— Ma chère Adèle, vous êtes la plus grande mine d'informations sur les bonnes gens de cette ville. S'il y a quelque chose à savoir, vous le savez.

— Messire sait me flatter, sourit la gouvernante en abandonnant sa couture sur ses genoux. Eh bien voilà, on raconte qu'après la mort de son époux, elle s'est tenue tranquille un moment, et qu'ensuite elle a eu plusieurs… fréquentations. Je n'ai aucune certitude, mais je suis assez sûre de moi concernant deux d'entre eux, ainsi que le fils de ce marchand dont le nom m'échappe…

— Taisez-vous.

Prindalles avait perdu son sourire.

— Messire, je ne voulais pas être médisante…

— Alors cessez de colporter de tels ragots.

Devant la mine inquiète de sa servante, il tempéra :

— Je ne suis pas en colère contre vous, Adèle, mais Sibylle semble être tout à fait respectable.

— Bien, maître. Je ne dirais plus rien à son sujet qui pourrait vous fâcher.

Adèle reprit son travail de couture et Prindalles examina le tissu qu'elle avait entre les mains avec plus d'attention. Il avait été rapiécé maintes fois et paraissait usé jusqu'à la trame.

— Peut-être serait-il temps de vous en séparer, ne croyez-vous pas ?

— Ah ça non, messire, je n'ai que deux robes.

Prindalles l'observa de plus près. Celle qu'elle portait avait l'air en tout aussi mauvais état et la semelle de ses chaussures était usée à l'extrême. Quant à son bonnet, il n'était plus blanc mais jaunâtre. Il se sentit coupable de ne pas l'avoir remarqué plus tôt. Il plongea la main dans sa bourse et lui tendit quelques deniers.

— Demain, vous irez vous acheter deux robes de bonne facture, une paire de sabots et un bonnet neuf.

— Oh, non, messire, je ne peux pas…

— Vous ferez ce que je vous dis, Adèle. Je ne peux me permettre d'avoir une servante mal vêtue.

Il répugnait à lui faire honte, mais il savait qu'elle n'accepterait jamais ce qu'elle prendrait pour de la charité.

— Oui, messire, bien sûr. Merci beaucoup, messire.

— Allez vous coucher maintenant, ma bonne.

Prindalles monta à l'étage et se mit au lit. Cette journée s'était mieux terminée qu'il n'avait craint.

Intimus

APRÈS plusieurs rencontres étalées sur quelques mois, Prindalles avait réussi à convaincre Sibylle qu'il était meilleur homme que ce qu'elle avait cru au départ. Elle s'était révélée réticente car elle l'avait trouvé froid et prétentieux au premier abord. Que ce soit lors des promenades chaperonnées par le jeune Pierre ou au cours de repas partagés, il s'était montré enjoué. Il lui avait parlé de son enfance, de la famille aimante dont il était issu et de sa dévotion à son métier. Elle aussi s'était livrée, décrivant plus en détail sa jeunesse et son mariage. Il fut attentif et intéressant. Malgré son orgueil, elle reconnut qu'il lui plaisait ainsi.

Un soir, après avoir fait durer le souper à leur taverne favorite, ils se promenaient le long de la Leysse. Sibylle racontait une anecdote, souriait. Prindalles éprouvait de plus en plus de difficultés à garder les idées claires. Il avait le sentiment d'être pris en tenaille entre le souvenir de ces derniers jours et d'autres, plus anciens.

Il l'emmena au château pour lui montrer l'avancée des travaux. Ils passèrent devant les gardes, l'un posté à l'entrée et l'autre occupé à effectuer sa ronde. À la lueur d'une lanterne, le sculpteur exposa ses œuvres. Sibylle posa de nombreuses questions et les derniers doutes de Prindalles – il craignait de l'ennuyer – se dissipèrent lorsqu'elle déclara qu'elle admirait sa passion et était heureuse de le voir ainsi s'animer. Il chercha le schéma d'une gargouille dont il était particulièrement fier avant de réaliser qu'il l'avait laissé chez lui. À tout hasard, il proposa de s'y rendre pour le lui montrer. Elle accepta malgré la nuit presque tombée.

Adèle était partie la veille pour soigner son frère en pleine crise de goutte. Prindalles alluma quelques bougies et monta à l'étage. Il redescendit avec une liasse de feuillets contenant projets de chapiteaux, de gargouilles et autres ornementations. Une fois encore, le temps fila. Sibylle fit remarquer qu'il était tard. Prindalles proposa de goûter la tourte qu'Adèle avait préparée avant de partir. Un silence gêné s'installa à la fin du repas. La jeune femme finit par se lever.

— Je vais rentrer chez moi.

Prindalles s'humecta les lèvres et se lança :

— Me trouveriez-vous inconvenant si je vous demandais de rester ?

Sibylle pencha la tête sur le côté et son visage s'illumina d'un large sourire.

— Ah, Prindalles, j'ai cru que vous ne vous décideriez jamais !

— Vous vous riez toujours de moi, protesta-t-il au creux de son oreille.

Il l'attira par la taille, déposa un léger baiser sur sa joue droite, puis sur la gauche. Enfin, il pressa ses lèvres contre les siennes. Il la guida vers la chambre où il alluma plusieurs bougies. Il la serra à nouveau contre lui et l'embrassa à pleine bouche.

Elle s'écarta un instant pour se dévêtir. Le cœur de Prindalles battait la chamade et il se sentait aussi ému qu'un jouvenceau. Il observa Sibylle retirer son bonnet et s'aperçut à son regard baissé qu'elle était troublée tout autant que lui. Il la trouva si belle qu'il aurait voulu la sculpter. De chacun de ses gestes – le bras levé saisissant le carré de tissu ou le mouvement de ses boucles qui s'écoulaient dans son dos – émanait une grâce qu'il doutait de parvenir un jour à capturer et à retranscrire dans la pierre.

Il tendit la main et l'aida à retirer les dernières épingles qui restaient accrochées dans ses cheveux. Ils étaient lourds et soyeux. Il dégagea sa nuque et se pencha pour y déposer un baiser. Sibylle frissonna. Il délaça sa robe et la laissa tomber à terre. D'un geste de l'épaule, elle fit glisser sa chainse [1] le long de son corps. Elle se retourna vers lui tandis qu'il la caressait des yeux, s'émerveillant de sa peau si blanche. Du bout des doigts, il suivit le galbe d'un sein, la courbe délicate de la taille et descendit plus bas encore.

Au réveil, Sibylle trouva Prindalles lové contre elle. Il paraissait si paisible qu'elle ne voulut pas le déranger et resta étendue, laissant ses pensées dériver. Elle avait éprouvé beaucoup d'affection pour son défunt mari, mais elle lui avait été reconnaissante de ne pas avoir eu des désirs trop exigeants. Quant à ses précédents *amis*, ils étaient charmants mais n'avaient jamais représenté plus qu'un divertissement. Prindalles, lui, avait touché son âme.

1. *Chemise*. Sous-vêtement porté à la fois par les hommes et par les femmes.

Sibylle se leva, s'habilla et déposa son bonnet sur l'oreiller à côté de Prindalles avant de descendre à la cuisine. Elle avala un morceau de pain. Elle nettoyait les miettes qu'elle avait laissées sur la table lorsqu'Adèle rentra. Les sourcils de la gouvernante se rejoignirent en une moue désapprobatrice tandis que Sibylle retenait un sourire. Elle lissa sa robe, lança un *bonjour Adèle* maîtrisé et quitta la maison.

Timor

Nycolet avait décidé de former deux apprentis et avait nommé second un jeune homme que tout le monde appelait Petit en raison de sa carrure relativement frêle. Nycolet appréciait ses talents d'intendance et il lui était devenu indispensable.

Il avait constitué un groupe de treize maçons dévoués à l'édification de la chapelle. Il les avait sélectionnés après les avoir vus à l'œuvre sur d'autres parties du chantier. S'ils ne formaient pas encore son atelier définitif, il pouvait s'appuyer sur leur savoir-faire et l'expérience des plus chevronnés. Les moins qualifiés étaient chargés de creuser les fondations avec les ouvriers et de recouvrir les façades de chaux. Le gros des troupes élevait des murs, effectuait des réparations dans les autres bâtiments et assumait l'entretien et les simples aménagements.

Il était plus difficile pour Nycolet de diriger la flopée de manouvriers. On avait besoin d'eux au quotidien et en quantité, pourtant ils n'étaient engagés qu'à la journée. Il aurait souhaité constituer un groupe semblable à celui des maçons, mais le responsable des comptes avait été clair, le fonctionnement du chantier le lui interdisait. Nycolet devait donc désigner tous les matins ceux dont il avait besoin parmi la multitude qui se présentait.

Au cours du mois de mai, Prindalles eut de son côté le déplaisir de se voir imposer la présence d'un cinquième sculpteur originaire de Reims. Le jeune artiste avait été recommandé au comte lui-même, qui demanda à ce que le maître le prenne sous son aile. Refroidi par un a priori doublé de mauvaise foi, Prindalles décida d'emblée que le garçon ne lui plaisait pas. Ce dernier se montra d'ailleurs peu reconnaissant et sujet à la maladresse, ce qui n'arrangea rien.

— Je n'ai pas l'intention de laisser qui que ce soit déprécier la qualité des ouvrages qui portent ma marque, se plaignit Prindalles auprès de Nycolet, encore moins un incapable doté d'une vague recommandation !

Les deux amis marchaient au bord de la rivière, comme ils le faisaient presque chaque soir depuis l'arrivée des beaux jours. Nycolet écoutait le sculpteur d'une oreille indulgente. Il le laissa râler tout son saoul avant de lui rappeler que le comte lui avait simplement demandé de donner une chance au jeune homme.

— Faites-lui faire quelques essais, attendez quelques semaines. S'il ne vous convient toujours pas, écrivez-lui une lettre de recommandation et bon vent !

Prindalles hocha la tête et loua la sagesse de son ami. Ils s'arrêtèrent un instant pour regarder les poissons. Nycolet posa une question que Prindalles n'entendit pas. Les yeux du sculpteur pointaient derrière lui. Une silhouette encapuchonnée de noir se tenait immobile parmi la foule remuante. Il ne pouvait distinguer son visage, pourtant Prindalles avait la désagréable sensation qu'elle le fixait.

— Vous m'écoutez ? insista Nycolet.

Prindalles se retourna vers lui et lui demanda de l'excuser.

— Vous vous sentez bien ?

— Je suis juste un peu fatigué.

Prindalles restait distrait, il cherchait des yeux l'étrange silhouette. Elle semblait avoir disparu.

— Le soleil est bas, dit-il à Nycolet. Je vais rentrer chez moi sans repasser par le chantier. Je ferai une meilleure journée demain !

Ils se dirent au revoir et Nycolet reprit la direction du château tandis que Prindalles s'engageait sous les halles. Il les traversa sans parvenir à se débarrasser de cette sensation singulière qui l'avait saisi quelques instants plus tôt. Il crut apercevoir une ombre du coin de l'œil, tout proche de lui. Il se retourna plusieurs fois sans rien remarquer de particulier.

Prindalles commença à se sentir franchement nerveux lorsque son chemin le mena dans une venelle. Elle était déserte. Il perçut rapidement des pas derrière lui, dont la cadence épousait celle des siens. Sa respiration s'accéléra sans qu'il en ait conscience. Il arriva enfin en vue de sa maison et la gagna presque en courant.

Prindalles s'engouffra chez lui avec un immense soulagement. Il se retourna pour fermer la porte et se rendit compte qu'une ombre se tenait dans l'embrasure. Il étouffa un cri de surprise en reconnaissant le visage sous la capuche.

— C'est donc ici que tu vis, l'artiste, salua Guigues de Montbel.

Prindalles demeura pétrifié, incapable de la moindre réaction. Les prunelles de Montbel luisaient dans la demi-obscurité et lui donnaient l'air diabolique.

— Je ne savais pas que tu étais du genre à bonneter [1] pour t'attirer les grâces du comte… Tu as été facile à trouver, somme toute.

— Que… que faites-vous chez moi ? bafouilla Prindalles.

Le sourire carnassier de Guigues s'élargit.

— Je suis venu m'occuper de ma promesse, bien sûr.

Prindalles trouva le courage de peser de tout son poids sur la porte, tandis que Guigues la poussait dans l'autre sens. Il fixait le visage terrifié du sculpteur sans ciller, un pli cruel lui déformant la bouche. Sa capuche retomba en arrière et découvrit sa chevelure désordonnée.

Les deux hommes luttaient, l'un au maximum de ses capacités, l'autre visiblement amusé par la situation, quand un garde apparut au coin de la rue. Il s'approcha, la main sur le pommeau de son épée. Guigues entendit ses pas. Il relâcha la pression et remit sa capuche. Prindalles faillit trébucher et lui tomber dessus. Le garde les observa d'un œil sévère.

— Tout va bien ici ? demanda-t-il.

— Il n'y a pas d'embrouille, répondit Montbel, j'échangeais juste quelques mots avec un vieil ami.

Le garde ne parut pas convaincu, pourtant il se contenta de l'avertir :

— Il va bientôt faire nuit. Si vous n'avez pas de lanterne, je vous conseille de rentrer au plus vite [2].

Montbel hésita un moment, puis il se résolut à ne pas créer de trouble. Tout du moins pour l'instant.

— J'allais partir.

Puis, plus bas, se tournant vers Prindalles :

— Je ne te dis pas adieu, l'artiste. On se recroisera très bientôt. Peut-être même que tu ne me verras pas venir… Je serais toi, je tâcherais d'avoir l'œil au bois [3].

1. Fayoter.

2. Il était interdit de parcourir les rues la nuit sans lumière. Les amendes étaient assez élevées.

3. Être sur ses gardes. L'expression vient du fait qu'il fallait être prudent en voyage, encore plus vers les zones boisées qui pouvaient abriter des voleurs.

Il le quitta d'une démarche désinvolte, sûr de son effet. Le garde adressa un dernier signe de tête à Prindalles et reprit sa ronde.

Le sculpteur verrouilla la serrure et se rendit compte qu'il avait oublié de respirer. Les mains tremblantes, il vérifia plusieurs fois que la porte était bien fermée. Il gagna ensuite l'arrière de la maison et s'assura que celle qui menait à la cour l'était également.

Amicitiae

PRINDALLES se préparait pour aller chez Nycolet. Ils n'avaient jamais pris le temps d'organiser ce souper, pourtant prévu de longue date. Cette fois, le maçon ne lui avait pas laissé le loisir de se défiler. Il se demanda s'il devait amener les esquisses qu'il avait dessinées la veille avant de décider de mettre le travail de côté pour la soirée.

Il avait conscience de s'être montré aussi gracieux qu'un fagot d'épines [1] au cours de la dernière semaine, à la limite du supportable. La rencontre avec Montbel n'avait rien arrangé. Il voulait profiter de cette soirée pour se rattraper.

Il quitta son logis et regarda le ciel en quête de nuages, heureusement absents. Il emboita le pas au garde qui faisait sa tournée et resta prudemment dans son sillage, comme il le faisait depuis plusieurs jours. Nycolet habitait une maison dans la Rue-sous-le-Château. Prindalles activa le simple anneau de métal servant de heurtoir et se composa une mine agréable. C'est le jeune Pierre qui ouvrit la porte.

— Bonsoir Monseigneur ! Veuillez entrer dans notre modeste logis, déclama-t-il tout en s'inclinant.

Nycolet arriva dans son dos et le gratifia de la petite tape habituelle sur le derrière. Il entraîna le sculpteur à l'intérieur et l'accueillit avec plus de simplicité :

— Bienvenue chez nous. Vous connaissez Pierre, mon dernier-né, qui est très en forme ce soir. Voici mon aîné, Claude et mon second fils, Jean.

Claude, qu'il avait déjà rencontré, lui adressa une solide poignée de main. Prindalles fut frappé de voir à quel point il ressemblait à son père – même tignasse bouclée et même regard franc. Jean le salua du bout des lèvres. Enfin, une femme presque aussi grande et robuste que Nycolet apparut. Prindalles l'avait croisée quelques fois, il n'en fut pas moins impressionné. Elle arborait un sourire chaleureux et lui tendit la main, comme un homme.

---

1. Avoir montré son mauvais caractère.

— Vous connaissez mon épouse, Jeannette.

Jeannette repartit en cuisine et il y eut quelques secondes de flottement, pendant lesquelles Nycolet et Prindalles restèrent face à face, un peu mal à l'aise. C'était la première fois qu'ils se retrouvaient dans un cadre aussi intime. Sans interrompre sa tâche, Jeannette leur lança :

— Eh bien, vous attendez quoi ? Vous n'allez pas passer la soirée debout comme des roseaux ! Nycolet, fais-nous donc goûter le vin.

Les deux amis s'exécutèrent et s'assirent à la grande table. Prindalles en profita pour observer ce qui l'entourait.

L'habitation était divisée en plusieurs espaces aux proportions fort acceptables. Il y avait la cuisine, d'où s'échappaient des sons et des fumets à même d'étayer la réputation de Jeannette. La salle où ils étaient installés était meublée avec simplicité. La cheminée ouvragée, œuvre de Nycolet, chauffait toute la maison. Il y avait une autre porte, opposée à l'entrée, qui devait mener aux chambres. Le maçon, suivant le regard de son invité, expliqua sans chercher à cacher sa fierté que le comte lui avait accordé le droit de se construire cette belle maison environ cinq ans auparavant.

— Messire Amédée se montre toujours satisfait de mon travail, se rengorgea Nycolet, et je sais qu'il redoute que je le quitte un jour pour un employeur plus généreux. Il ne peut pas se permettre de me payer plus, alors la maison constitue un avantage en nature très appréciable.

Prindalles comprit mieux la loyauté sans bornes qui liait Nycolet au comte.

Le vin était fameux et il fit son office, car l'ambiance se détendit, même si Prindalles se tenait encore sur la réserve. Il se montrait néanmoins agréable et Nycolet ne désespérait pas d'arriver à le dérider un peu.

Prindalles passait pourtant une bonne soirée. Les Robert étaient d'une extrême gentillesse et généreux en anecdotes. Claude lui posa mille questions sur son métier. Il semblait passionné par le travail de la pierre et Prindalles s'aperçut qu'il possédait déjà de solides connaissances. Il proposa de l'emmener un jour prochain dans la loge et de lui montrer ses ouvrages, à la grande joie du jeune homme.

Pierre, de son côté, faisait de son mieux pour distraire l'invité. Il raconta l'histoire d'un pays enchanteur où régnait la chevalerie. Il mima les aventures de ses héros et berça le tout de chansonnettes qu'il disait très anciennes. Son petit visage s'illuminait chaque fois que ses parents souriaient ou figuraient l'émerveillement. Jean semblait quant à lui s'ennuyer ferme et observait un silence boudeur. Pierre le bouscula par mégarde et fut vertement repoussé :

— Fais attention, merdaillon ! Tu nous fais honte avec tes singeries !

— Jean, surveille tes mots ! le rabroua Nycolet.

— Laisse-moi, tu me scies le dos avec une latte [2]

— Ce n'est pas une façon de parler à son père ! Où est passé ton respect ?

Jean se fendit d'une moue méprisante et répliqua :

— Pfff, tu n'es qu'un laquais du comte. Tout ce que tu sais faire, c'est servir. Tu es voué à ça et tu ne cherches même pas à t'élever. Tu es un dégonflé et un médiocre !

Jeannette tendit le bras et lui assena une sévère taloche à l'arrière de la tête. S'en suivit un lourd silence. Jean resta abasourdi, tant par la soudaineté que par la virulence de la claque. Des larmes pointèrent aux coins de ses yeux. Prindalles fixait la fenêtre située de l'autre côté de la pièce, gêné au plus haut point, tandis que Pierre sanglotait en silence dans le giron de Claude. Le visage de Nycolet était blême. Il se redressa en renversant son tabouret et gagna la cuisine en une immense enjambée. Un bruit de poterie brisée résonna. Jeannette s'adressa à son fils d'une voix tremblante de colère :

— C'est toi qui nous fais honte. Tu iras t'excuser auprès de ton père demain, s'il accepte de te parler à nouveau. Pour l'heure, monte te coucher.

— Je ne suis pas fa…

— Maintenant !

Le gamin se leva et, après avoir essuyé son nez d'un geste rageur, il cracha :

— Il me tarde de foutre le camp d'ici et de ne plus voir vos trognes de vilains !

Il disparut derrière la porte qui menait à l'étage. Pierre se jeta aussitôt dans les bras de Jeannette qui le réconforta par de douces paroles. Elle lança un regard d'excuses à Prindalles, qui aurait souhaité se trouver à

---

2. *Tu m'emmerdes !*

mille lieues d'ici. Il ignorait ce qu'il était censé faire, alors il restait et se sentait de trop.

Nycolet revint. Il se rassit et se servit une coupe de vin, les mâchoires serrées. Jeannette lui prit la main et il grimaça un sourire à l'adresse de Pierre. Il croisa enfin le regard de Prindalles, où il lut un mélange d'embarras et d'empathie.

Encouragé par Jeannette qui voulait lui rendre sa bonne humeur et connaître la fin de l'aventure, Pierre reprit son récit avec toutefois plus de retenue. L'ambiance se détendit peu à peu sans pour autant égaler la gaité du début de soirée.

Pierre s'était si bien agité qu'il dormait à présent sur la table, la tête dans le creux de son coude. Claude le prit dans ses bras pour l'emmener se coucher et Jeannette laissa les deux hommes seuls pour remettre sa cuisine en ordre.

Prindalles commença à parler du chantier. Il souhaitait avoir l'aval du maçon à propos d'un modèle de talon [3] qui ornerait une arche. Au début, Nycolet répondit à peine, puis intrigué malgré lui par le dilemme du sculpteur – à savoir si le tout serait placé au-dessus d'une niche ou plutôt d'une porte – il s'anima peu à peu. Prindalles se savait impuissant à réparer les dégâts causés par Jean, au moins pouvait-il changer les idées de son ami. Il proposa d'aller chercher le schéma qu'il avait laissé dans la loge et de revenir pour poursuivre la discussion.

Une fois dehors, il respira l'air froid de la nuit et fit quelques pas devant la maison, ressassant ce qui venait de se passer. Un frémissement lui parcourut le dos. Il regarda tout autour de lui, tourna sur lui-même plusieurs fois. Il se sentait étrangement observé. Il ne distingua cependant rien d'anormal dans l'obscurité de la rue. Il s'ébroua pour dissiper cette impression – il était en sécurité ici – et se dirigea vers le château.

Prindalles avait cru que, tout comme lui, le maçon plaçait son métier au-dessus de tout le reste. Il s'était trompé du tout au tout. Nycolet vivait pour sa famille et le cœur de Prindalles était en proie à un sentiment de jalousie teinté de culpabilité. Il sentit une rage bien connue le gagner. Au prix d'un gros effort, il parvint à la remiser dans un coin de sa tête.

---

3. Corps de moulure composé de deux courbes contraires concaves et convexes, disposées à la suite en forme de S.

Il passa devant un garde somnolant au guichet et pénétra dans la cour. Il observa ce qui serait la chapelle dans quelques années et qui n'était pour le moment que fondations et murs imaginaires. Sa vie à lui, c'était cela.

Il se rendit dans la loge et fouilla pour trouver le schéma qui l'intéressait. Mais il y faisait plus sombre qu'à l'extérieur et il dut sortir, quelques feuillets en main, pour distinguer celui qu'il était venu chercher. Il le repéra et, après avoir remis les autres en place, il rejoignit la cour.

Prindalles n'était toutefois pas encore prêt à rentrer. Il s'arrêta devant la fontaine ornée de quatre mascarons [4] figurant des têtes de lions. Il déambulait, perdu dans sa contemplation. La lueur de la lune et les quelques fenêtres éclairées dans les appartements princiers lui permettaient de distinguer les obstacles. Ses yeux s'habituaient peu à peu à la pénombre et il marcha vers la vieille chapelle. Située dans le coin sud du château, elle était vétuste et petite.

Prindalles poursuivit son tour, longea le bâtiment qui abritait les logements. Il sentit un frisson se déplacer le long de son échine et éprouva de nouveau cette sensation de ne pas être seul. Des effluves familiers, mais qu'il ne parvenait pas à identifier, vinrent lui caresser les narines. Il pressa le pas, reniflant tel un chien de chasse. Personne. Puis une vive lueur attira son attention. Il tressaillit et s'élança en avant.

4. Ornement. Souvent apposé sur les clefs de voûte, les linteaux ou les modillons. Sur une fontaine, il crache de l'eau.

Amantes

Pourquoi me fixez-vous ainsi ? demanda Marie sans lever les yeux de son ouvrage.

Elle avait pris place dans un faudesteuil [1] garni de coussins moelleux et recouvert de brocart assez long pour que ses pieds reposent dessus. Un feu réchauffait la pièce et faisait danser les personnages sur les tapisseries. À ses côtés se dressait un dévidoir de bois sculpté [2]. Face à elle, dans un siège semblable au sien, Amédée sirotait du vin dans une coupe émaillée. Il profitait de cet instant de calme pour jouir des simples plaisirs de la vie conjugale. Marie et lui s'étaient installés dans ce petit salon où un serviteur avait allumé un feu. Elle achevait une broderie destinée à l'une de ses dames, tandis qu'il feuilletait un exemplaire de *Summa theologica* [3].

Le couple se sentait à son aise dans cette pièce. Elle n'était pas la plus grande ni la mieux décorée, mais ils l'avaient rendue confortable et plus chaleureuse que les salles d'apparat. La cheminée était petite, les tapisseries d'une qualité discutable et, mal orientée, la fenêtre n'offrait que peu de lumière. Pourtant, ici, le comte parvenait à se détendre. Il s'imaginait en simple bourgeois s'instruisant grâce à de savantes lectures et se repaissait de la vue de son épouse. Il était rare qu'il s'accorde ce plaisir, car il interdisait alors à quiconque de le déranger. Odon veillait et il pouvait soulager son esprit de tous ses soucis durant quelques heures.

Ce soir, ses pensées refusaient de se concentrer sur sa lecture. À cet instant, il n'était plus le prince assailli par la charge de ses devoirs ni le chrétien féru de théologie, mais un homme heureux et amoureux de sa femme. Il remerciait chaque jour le Ciel pour cette chance.

Marie sentait son regard peser sur elle. Après toutes ces années, il la mettait toujours en émoi.

---

1. Fauteuil pliant, souvent recouvert d'un coussin ou d'une tapisserie. Au XVe siècle., il garde la même forme pliante mais devient plus lourd et fixe.
2. Accessoires de couture.
3. De Saint-Thomas d'Aquin.

— Pourquoi me fixez-vous ainsi ? répéta-t-elle.

— Parce que la vue que vous m'offrez est fort réjouissante.

— Et qu'a-t-elle de si singulier qu'elle vous détourne de votre adoration pour Saint-Thomas ?

— Voyons voir. Votre silhouette gracieuse est rehaussée par le rose qui teinte vos joues ; vous portez une tenue simple qui laisse entrevoir votre cou et vos cheveux, ce qui est plutôt rare ; vos mains s'agitent, habiles, et votre regard parait serein. Vous m'offrez la plus parfaite des visions, ma mie.

Marie posa sa broderie et vint s'asseoir à ses pieds. Elle aussi savourait ces instants privilégiés rendus occasionnels par leurs devoirs. Le sujet dont elle souhaitait l'entretenir ce soir relevait pourtant d'une importance fondamentale.

— Mon ami, j'ai une nouvelle à vous apprendre qui, je l'espère, vous apportera une grande joie.

La comtesse n'eut pas le temps de poursuivre. Un garde surgit en trombe dans le salon, le regard paniqué.

— Que signifie cette intrusion ? s'exclama Amédée.

Le garde avait préparé une tournure appropriée à l'annonce d'une telle nouvelle, mais la terreur lui avait fait tout oublier. Il prononça sans plus de forme :

— Le feu ! Il y a le feu, messire !

— Seigneur !

Le comte enfila une pelisse et quitta la pièce, le tout en un instant. Marie fixa la porte, désemparée. Puis elle se secoua et appela Emma à qui elle réclama un manteau. Elle voulait entendre les détails. Elle devrait ensuite veiller à faire sortir tout le monde du lit.

Nebula

PRINDALLES luttait pour ouvrir les yeux. Il voulait suivre cette voix intérieure qui l'enjoignait à s'abandonner, tandis qu'une autre, plus impérieuse, l'encourageait à se réveiller. Ses paupières lui obéirent et se soulevèrent enfin. Tout était flou, puis les formes se dévoilèrent peu à peu. Il reconnut Jeannette, penchée sur lui.

— Allez, Prindalles, rabâchait-elle, il faut sortir du brouillard maintenant. Vous nous avez assez inquiétés comme ça.

Il avait la bouche pâteuse et les idées confuses.

— Que s'est-il passé ? marmonna-t-il.

Il essaya de se redresser et il sentit qu'il allait vomir. Jeannette lui tendit un seau puis un chiffon pour s'essuyer le menton. Il retomba ensuite sur les oreillers. Il referma les yeux, la tête dans un étau de fer, et tenta de se souvenir :

— Il me semble que j'ai passé la soirée chez vous. Je suis parti… je voulais revenir. Je… devais montrer… quelque chose à Nycolet.

— Des plans, oui.

— À boire…

Jeannette porta un gobelet de vin léger à ses lèvres et il se redressa. Il ressentit une douleur à l'arrière du crâne et grimaça. Jeannette reposa la boisson et sonda son regard.

— Vous avez une sale bosse. Vous ne savez pas d'où elle pourrait venir, à tout hasard ?

Prindalles secoua la tête et le regretta aussitôt. Il se sentait faible et lourd, comme s'il s'enfonçait dans le matelas.

— Où sommes-nous ? finit-il par articuler.

— Chez nous. Vous tardiez à revenir alors Nycolet est parti à votre recherche. Il vous a trouvé dans les vapes.

Prindalles écarquilla les yeux.

— On attendait votre réveil pour avoir des explications. Mon Nycolet vous a ramassé juste avant que vous ne soyez frit comme un lavaret !

Prindalles ne comprit pas ce qu'elle avait voulu dire. Une quinte de toux le dispensa de répondre et il porta ses mains à sa bouche. Il tiqua en voyant que ses paumes étaient très sales. Ses vêtements et ses bras étaient également noircis. Il commençait à reprendre ses esprits et quantité de questions brûlaient ses lèvres sèches.

— Pourquoi suis-je recouvert de suie ? Et où Nycolet m'a-t-il trouvé ?

— Vous étiez dans la vieille cuisine. Enfin, ce qu'il en reste. Elle est partie en fumée !

— Quoi ?

— Arrêtez de me faire me répéter et laissez-moi parler d'une traite. Quand vous nous avez quittés…

— Alors, il est réveillé ? interrompit Nycolet en entrant dans la chambre.

— Ah ! C'est impossible de raconter une histoire ici ! s'impatienta Jeannette. Bon, puisque tu es là, tu n'as qu'à lui expliquer.

— J'ai commencé à m'inquiéter de ne pas vous voir revenir, enchaîna Nycolet, et je suis parti à votre recherche. Mais vous n'étiez pas dans la loge. Quand j'y pense, j'en ai encore la chair de poule.

Arrêté au milieu de la cour, Nycolet lançait des regards dans tous les sens. Il voyait mieux depuis quelques instants. Vraiment mieux. Il lui fallut quelques secondes pour réaliser que la lueur projetée par la vieille cuisine n'avait rien de normal. Il courut vers le bâtiment et sentit une odeur de fumée. La température augmentait au fur et à mesure qu'il approchait.

Il s'élança pour ouvrir la porte et lâcha un cri. La poignée était brûlante. Il s'appuya contre les planches chaudes et poussa. Quelque chose bloquait de l'intérieur.

Il jeta sa puissante carcasse contre le bois qui céda au bout du deuxième assaut. Nycolet s'effondra parmi les débris tandis qu'un revers de flamme noircissait le sommet de sa chevelure. En relevant la tête, il distingua de la fumée et, à sa grande surprise, des pieds. C'était sans doute ce qui l'avait empêché d'entrer.

Il empoigna les jambes et traîna le corps à l'écart. Alors qu'il cherchait des yeux quelque chose qui pourrait être utile – une bassine, une couverture, n'importe quoi – un mouvement attira son regard. Une silhouette sombre se déplaçait à petits pas rapides le long du mur de la panèterie, sur sa gauche. Il sonda les ténèbres où elle avait disparu, puis les plaintes du bois qui flambait le rappelèrent à l'ordre.

Il fit demi-tour et réveilla le garde qui cuvait à la porte du château. Il courut ensuite jusqu'à chez lui.

— Il y a le feu à la cuisine ! hurla-t-il.

Jeannette bondit sur ses pieds. Elle sortit à son tour et, de sa voix de stentor, alerta le voisinage. Nycolet retourna dans la cour, suivi de près par Claude. À l'intérieur, presque toutes les personnes valides étaient à l'ouvrage. La fumée et le halo surnaturel qui surplombaient la cuisine avaient achevé d'ameuter les habitants du château.

Dans un fracas assourdissant, l'un des murs s'effondra en créant une pluie de débris incandescents. L'assistance recula d'un même mouvement puis resta pétrifiée devant le rougeoiement diabolique. Nycolet hurla quelque chose et tout le monde reprit ses esprits. Une chaîne se forma, reliant la fontaine à la cuisine. Les fenêtres cédèrent sous les coups de pieds et, à l'aide de seaux et de tous les récipients qu'on avait pu dénicher, on arrosa le feu.

Les flammes semblaient s'élever toujours plus haut malgré tout et Nycolet pria de nouveau pour une idée miraculeuse. Il trouva ce qu'il cherchait.

Il enfonça son seau dans les côtes de son voisin et fit signe à son fils de le suivre. Ils coururent jusqu'aux fondations. Claude comprit en voyant le tas de terre qui avait été excavée. Nycolet s'empara d'une brouette et le garçon la remplit à l'aide d'une pelle. Jeannette, qu'ils n'avaient pas vue arriver, la lui prit des mains et la poussa en courant vers la cuisine. Claude et Nycolet en emplirent une deuxième, formant ainsi une chaîne parallèle à celle de l'eau. Nycolet et Jeannette effectuaient les allers-retours tandis que leur fils jetait la terre dans les brouettes sans s'arrêter.

Au bout de quelques voyages, le feu baissa en intensité. On redoubla d'efforts et, après trois quarts d'heure d'un combat acharné, l'incendie fut anéanti.

Dans le grand silence qui suivit, Nycolet observa les décombres. Plus de la moitié de la cuisine avait été détruite, le reste gisait sous une couche de terre mouillée. Le plafond s'était partiellement effondré et avait démoli au passage la plupart des murs. Seuls quelques pans avaient résisté. L'arrière-salle, bien qu'en triste état, avait toutefois refusé de se soumettre aux flammes. Une suie noire, rendue pâteuse par l'eau et les cendres, avait recouvert les quelques meubles épargnés. La disposition du bâtiment, séparé en deux espaces réduits – et qui était la raison de sa future démolition – l'avait en partie préservé.

Nycolet fut parcouru de tremblements. Il s'assit à même le sol sans quitter des yeux le triste spectacle. Quelques minutes plus tard, Amédée, resté jusqu'ici à l'abri du bâtiment principal, descendit constater l'étendue des dégâts. Il affichait une expression d'autorité soucieuse, bien loin de l'innocence que Prindalles lui attribuait.

Le comte aperçut Guiguemar, en chemise et bonnet de nuit, et se renseigna auprès de lui. Nycolet se releva et tenta d'épousseter sa tunique. Amédée le rejoignit en quelques enjambées. Sans se préoccuper de la crasse, il empoigna sa main droite et la serra entre les siennes. Nycolet ressentit une vive douleur dans le creux de sa paume et réprima une grimace.

— Guiguemar vient de m'informer que l'incendie a été maîtrisé grâce à vous, maître Robert. Pour cela je vous remercie. C'est vous qui avez donné l'alerte ?

— Oui, monseigneur, mais...

— Et c'est vous qui avez eu l'idée d'utiliser la terre pour étouffer le feu ?

— Oui.

— Alors nous vous sommes tous redevables.

Puis il haussa la voix pour s'adresser à tout le monde :

— Vous tous avez été d'un grand courage. Retournez chez vous et soyez assurés de la gratitude de votre seigneur. Mais sachez aussi que dès la première heure demain, tout sera mis en œuvre pour découvrir l'origine de l'incendie !

Il salua l'assemblée d'un signe de tête et regagna le bâtiment. Il allait passer la porte lorsqu'un grand bruit le retint. L'un des derniers murs s'était écroulé dans un nuage de cendres.

⁂

— Et tout d'un coup, je me suis rappelé la raison de ma venue, acheva Nycolet. Je suis retourné à l'endroit où j'avais laissé le corps. Comme je le craignais, c'était vous, Prindalles. Je vous ai ramené ici, ça fait bien une heure. Vous êtes resté sonné tout ce temps. Reposez-vous à présent. On reparlera demain.

Prindalles ne se fit pas prier et sombra dans un sommeil agité en s'imaginant balloté comme un sac de grain sur l'épaule de Nycolet.

Suspicio

Mais bon Dieu, Prindalles, que faisiez-vous dans la cuisine ?

– Je me pose la question depuis deux jours, Nycolet.

Les deux amis étaient attablés chez le maçon. Jeannette avait refusé de le laisser rentrer chez lui et quand Sibylle était venue à son chevet, elle avait même réussi à tenir sa langue, une fois n'est pas coutume. Prindalles se sentait enfin assez solide pour se lever et faire quelques pas sans être assailli de nausées et de vertiges.

— Je ne suis pas le seul à me le demander, renchérit Nycolet. Le comte veut attendre que vous soyez rétabli pour vous interroger, mais il finira par le faire.

— Je sais.

— Et il faudra lui donner des réponses.

— Je sais, Nycolet ! J'étais là ce soir-là, pourtant je ne me rappelle rien. J'ai pris un coup sur la tête et sans vous je serais réduit en cendre à l'heure qu'il est. C'est insensé, je serais mort, brûlé vif comme, comme…

— Comme ?

— Peu importe.

Prindalles laissa échapper un profond soupir avant de poursuivre :

— J'ai beau chercher dans ma mémoire les raisons qui m'ont poussé à entrer dans cette cuisine, je reste dans l'incompréhension. Je n'avais pas faim puisque je venais de souper chez vous ; le bâtiment n'est sur le chemin ni de la loge ni de votre maison ; et je ne me souviens pas avoir rencontré qui que ce soit. Peut-être ai-je vu quelque chose ? Racontez-moi encore comment vous m'avez trouvé.

— Vous étiez étalé sur le ventre, la tête recouverte d'une poutre.

— Et mon corps bloquait la porte d'entrée, c'est cela ?

— Oui. Prindalles, à quoi cela rime-t-il de répéter encore et encore la même chose ?

— Peut-être avons-nous laissé passer un détail. Je sais que c'est fastidieux pour vous, mais c'est perturbant pour moi. Je ne me souviens de rien.

— Alors il faudra dire la vérité à monseigneur.

Prindalles fut convoqué dès le lendemain. L'interrogatoire fut mené par le comte et Odon de Villars, assistés de l'intendant Guiguemar. Amédée demanda à Prindalles de raconter la soirée. Le sculpteur s'exécuta et s'arrêta au moment où il contemplait la fontaine. Après, il n'avait aucune idée de ce qui s'était passé. Odon de Villars parut fort mécontent. Sa voix grave et glacée s'éleva dans la petite salle :

— Aviez-vous bu ?

— Oui, un peu. Vous savez comment c'est…

— Étiez-vous ivre, c'est là ma question, s'impatienta Odon.

— Non, messire, je ne l'étais pas.

— Alors comment expliquez-vous votre perte de mémoire ?

— Je tiens à rappeler que maître Prindalles a reçu un violent coup sur la tête, intervint Guiguemar.

Odon eut l'air de mâchouiller toutes les interrogations qui lui montaient aux lèvres, puis il s'engagea sur une autre voie :

— Diriez-vous que vous êtes une personne de confiance ?

— Oui, messire, répondit prudemment Prindalles. J'essaye d'être quelqu'un de bien. De ne pas être hypocrite. J'évite de mentir.

— Il nous a été rapporté que vous ne vous rendez jamais à la messe. Est-ce vrai ?

— D'où tenez-vous cela ?

Guiguemar détourna les yeux et se mit à croiser et décroiser ses doigts. Prindalles ravala sa colère et répondit :

— J'y suis lors des grandes fêtes. Je respecte les jeûnes, les jours chômés et le carême.

Nycolet fit un pas en avant et réclama la parole. Le comte la lui accorda d'un signe.

— Tout le monde sait que je suis un homme de droiture. Je peux affirmer que Prindalles l'est tout autant. Je ne lui connais pas de dettes. Il accomplit son travail avec respectabilité. Je suis prêt à me porter garant de son honnêteté.

Odon allait insister quand le comte trancha.

— Ce n'est pas le sujet et je ne peux pas m'attarder. Revenons-en au soir de l'incendie. Votre dernier souvenir, quel est-il, maître ?

Prindalles évoqua une fois de plus sa promenade solitaire dans la cour. Puis Amédée se tourna vers Nycolet et lui posa également quelques questions. Ils furent bientôt congédiés, sans savoir ce qui allait se passer par la suite.

Ils retournèrent chez le maçon qui servit un peu de vin tandis que Prindalles se massait le front d'une main tremblante.

— Cet Odon me croit coupable. Pour lui, je suis un mauvais chrétien qui se saoule et allume des incendies pour le plaisir.

— Il doit désespérer de trouver une explication. Je ne me ferais pas trop de souci, le comte ne paraissait pas vous croire coupable.

— Il fait confiance à Odon... Et maintenant, je me sens épié. Guiguemar a dû leur rapporter mes moindres faits et gestes.

— Camberio est une petite ville, Prindalles. Tout le monde sait ce que tout le monde y fait. Si vous ne voulez pas faire jaser, facilitez-vous la vie et rendez-vous à l'office toutes les semaines.

— Je vais rentrer chez moi, à présent, annonça Prindalles en se levant.

— Allons, mon vieux, ne vous fâchez pas…

— Pas du tout, mon ami, je vous assure. Je me sens juste fatigué. Merci de ce que vous avez dit devant le comte. Je suis très touché.

— Il n'y a pas de quoi. Claude va vous raccompagner. Reposez-vous, j'ai encore besoin de vous sur le chantier.

Milites

MALGRÉ la satisfaction qu'ils lui procuraient, Guigues ne pouvait se contenter d'observer les troubles qui s'étaient emparés de Camberio, aussi divertissants soient-ils. Il lui fallait recruter des soldats. Il n'employait au quotidien que quelques gardes pour le château et une maigre escorte lors de ses rares sorties. Il avait désormais besoin de gaillards obéissants, discrets et efficaces. Il ordonna à son fidèle Arnaut de les lui trouver.

Quelques jours plus tard, le reître en réunit une quinzaine dans la cour du château. Guigues ne chercha pas à masquer sa déception.

— C'est quoi ce tas de bouseux que tu m'as ramené ?

— C'est tout ce que j'ai dégoté dans les alentours qui tient à peu près debout. Ils n'ont point d'allure, mais il y aura moyen d'en faire quelque chose.

— Tu te fous de moi ? Je t'avais demandé de vrais soldats, disciplinés et redoutables. Dis-moi, ils ont l'air disciplinés et redoutables à ton avis ? ragea Guigues en désignant les hommes qui leur faisaient face.

Sales, hirsutes, ils lançaient autour d'eux des coups d'œil vaguement inquiets.

— On dirait des brutes sans cervelles !

Arnaut cracha sur le sol poussiéreux avant de rétorquer :

— Ils crèvent la faim. Regardez-les. Si vous leur promettez une petite somme et des victuailles, ils vous suivront jusqu'en enfer !

C'est peut-être mieux ainsi, finit par admettre Guigues. Si ses soldats se mettaient à réfléchir à autre chose que leur panse vide, ils se poseraient des questions.

— Je fournis les montures, commença-t-il en les fixant un à un, mais pas les armes ni la tambouille. Une bonne épée, un arc ou une hache feront l'affaire. Ça prendra pas plus de trois ou quatre jours, trajet compris, alors faites léger.

— C'est pour quoi faire, m'sire ? demanda Jorioz, un grand brun aux dents noires.

— Vous le saurez en temps voulu. Il n'y aura rien de trop compliqué pour les gueux que vous êtes. On arrive, on entre, on se sert et on repart.

— Aussi simple que ça ?

— Aussi simple que ça.

— Et on gagne combien ?

— Dix sous chacun et le partage de ce qu'on trouvera sur place.

— Vingt seraient mieux, objecta un gaillard renfrogné au cheveu rare du nom de Mauris.

— Oui, c'est sûr. Et pourquoi pas cinquante ? Avec une tournée à la taverne et une putain en prime, aussi ?

— Si c'est proposé gentiment, on va pas r'fuser.

— J'irai jusqu'à quinze, concéda Guigues, pas un denier de plus. Quinze sous chacun pour à peine trois jours. Ça vous intéresse oui ou non ?

— Pour sûr, monseigneur ! Quand c'est qu'on part ?

Il y avait bien longtemps que la cour de Château-Neuf n'avait connu une telle animation. Le bruit des épées qui s'entrechoquaient résonnait et se mêlait aux râles des combattants. Arnaut et le maître d'armes évaluaient les compétences des nouveaux soldats et s'attelaient à pallier grossièrement les lacunes.

Sur les quinze recrues qu'Arnaut lui avait présentées, Guigues n'en avait gardé que dix. Les autres s'étaient révélés trop faibles ou indociles. L'un d'eux s'était introduit dans le château et avait tenté de lui dérober quelque bien. Depuis deux jours, il trônait au milieu de la cour, attaché à un pilori. Il hurlait sa soif et en appelait à sa miséricorde. Sur un signe de Guigues, Arnaut s'approcha du voleur et, soulevant sa lourde épée à deux mains, lui trancha la main droite. Son cri résonna contre les murs. On le jeta dehors, puis Guigues ordonna qu'on reprenne l'entraînement.

Tous les occupants étaient dans la cour ou penchés aux fenêtres. Guigues observait le spectacle d'un œil sceptique. Il se rassura en se disant qu'il n'avait de toute façon pas besoin de guerriers accomplis pour ce qui les attendait.

Presque tous possédaient une lame que le forgeron du château avait aiguisée la veille. Deux d'entre eux, Denis et Gonin, s'en sortaient mieux à la hache. Un jeune homme à la chevelure rousse flamboyante, que tout le monde appelait le Rouquin, ne possédait qu'un arc. Arnaut lui demanda de montrer ce dont il était capable.

On installa une balle de paille, le Rouquin plaça une flèche sur la corde, banda son arc et tira. La pointe vint se planter au milieu de la cible. Sa prouesse recueillit quelques applaudissements. Sur un signe de sa part, les serviteurs soulevèrent à nouveau la botte et la reculèrent. À l'instant où ils allaient la reposer, une nouvelle flèche frôla le coude de l'un d'eux et finit sa course au centre du cercle. Un silence impressionné salua la prestation tandis que Guigues lui accordait un hochement de tête approbateur.

Accidens

Le dimanche suivant, Prindalles dut se rendre au château. Il était impatient de découvrir ce que le comte leur apprendrait. Comme personne n'était venu l'arrêter, il avait conclu qu'on l'estimait innocent.

À son lever, il avait pris un bain complet. Cela lui avait demandé plus de temps qu'anticipé – Adèle avait dû aller chercher l'eau à la fontaine, au bout de la rue. Il avait ensuite fait appel à son barbier qui s'était fait prier, parce qu'on était dimanche.

De ce fait, Prindalles courait maintenant. Il n'avait pu se résoudre à porter sa livrée aux couleurs criardes, malgré l'insistance de Sibylle. Il avait revêtu à la place ses habits les plus beaux – bien qu'un peu vieillots – soigneusement brossés par Adèle.

Il arriva essoufflé dans la cour du château où régnait une certaine agitation. Prindalles cherchait des yeux quelqu'un qu'il connaissait lorsqu'il aperçut Nycolet fendant la foule en sa direction. L'affluence était si dense qu'ils n'atteignirent la *magna aula* qu'à coups de coude. Au bout de quelques minutes interminables, l'intendant ouvrit enfin les portes.

Pour l'occasion, la salle avait été décorée de guirlandes de fleurs et de centaines de bougies. Prindalles remarqua qu'en plus des courtisans, on avait convié tous ceux qui avaient participé à l'extinction de l'incendie. Les invités furent répartis en deux groupes le long de l'allée, les nobles à droite, le reste à gauche. Au centre siégeaient Amédée et Marie. Prindalles chercha la silhouette de Montbel d'un regard nerveux avant de se rappeler pour la énième fois qu'il avait dû repartir chez lui. Il alla se poster derrière la foule, contre le mur, mal à l'aise comme à son habitude.

Le comte fit un signe bienveillant à l'adresse de l'assistance afin d'obtenir le silence.

— Il y a peu, nous sommes passés proches d'un drame lorsqu'un incendie s'est déclaré dans les cuisines, déclama-t-il en survolant la foule du regard. Cet évènement malheureux résultait d'un terrible accident.

Amédée poursuivit son discours, félicitant les gens présents et se félicitant lui-même de les avoir à son service. Des récompenses furent distribuées – dix deniers pour les domestiques, deux quades [1] de Roussette [2] et dix deniers pour les gardes et, à maître Robert, un ensemble complet d'outils neufs ainsi que vingt deniers. Pour les autres, un banquet avait été organisé. Prindalles songea à s'éclipser, mais il semblait plus raisonnable de ne pas attirer l'attention. Auparavant, une grande messe devait être célébrée.

La partie la moins endommagée de la cuisine avait été restaurée au cours des jours précédents. On avait donc pu y préparer ce qui ne pouvait être déplacé ainsi que les mets les plus simples. Pour le reste, on avait réquisitionné les fourneaux du couvent des frères mineurs, situé à une centaine de mètres du château.

Trois tables avaient été dressées, une pour le comte et ses proches, une deuxième pour les habitants du quartier Sous-le-Château qui avaient prêté main-forte et une troisième, plus petite, accueillait les domestiques et le reste des invités.

Prindalles siégeait à la dernière, à son entière satisfaction. Il ne se sentait pas à sa place parmi les courtisans et ne possédait pas non plus les facilités de Nycolet en matière de sociabilité. Toutefois, il s'ennuyait ferme et il aurait voulu pouvoir rentrer chez lui. Il engloutissait distraitement un fruit confit lorsque son voisin de gauche s'adressa à lui et le fit sursauter – il demeurait nerveux depuis l'incendie. Il s'agissait d'un homme entre deux âges au visage bienveillant. Le coin de ses yeux était marqué par des petites ridules, témoins de sa nature enjouée.

— Moi non plus, je ne raffole pas de ces banquets fastueux, glissa-t-il au sculpteur. J'aimerais mieux être à mille lieues de tout ce bruit et de toutes ces têtes vides.

Il désigna la table principale d'un geste discret.

— Et je vous accompagnerais volontiers.

Les deux hommes rirent ensemble.

— Je suis maître Prindalles.

---

1. Environ 4 litres.
2. Vin issu des vignes plantées sur la Montagne du Chat, au-dessus de Chambéry.

— Je vous connais de nom. Ravi de vous rencontrer enfin, messire Amédée ne tarit pas d'éloges sur votre talent. Je m'appelle Hanguis [3]. Je suis secrétaire à la Chancellerie.

— La Chancellerie ?

— C'est l'administration qui couche sur le papier et qui rend publiques les décisions du comte, de ses conseils et de ses officiers.

— Cela doit représenter une quantité astronomique de travail…

— C'est le cas. À titre d'exemple, la Savoy Propre tient sa place parmi les treize bailliages principaux et englobe à elle seule quatorze châtellenies. Je vous laisse imaginer l'ampleur de la tâche.

— Je crois que je ne m'étais jamais rendu compte à quel point il doit être compliqué d'administrer un État, même de la taille de la Savoy.

— C'est là où réside le talent de notre comte et de ses prédécesseurs. Ils se sont employés à faire de ces lieux dispersés une unité cohérente.

La conversation se poursuivit et Prindalles finit par se détendre quelque peu. Les heures s'écoulaient, rythmées par la succession des mets et des mélodies entonnées par une troupe bourguignonne.

Marie passait un moment agréable. Elle devisait avec Odon de Villars, assis à sa gauche. Il lui avait confié qu'Amédée avait adhéré bien vite à la thèse de l'accident à son goût et que, de ce fait, il ne pouvait apprécier les réjouissances du jour sans arrière-pensées. Malgré les efforts qu'elle déployait pour mener la conversation, il demeurait grognon. Elle n'eut d'autre choix que de se rabattre sur la compagnie des plus proches courtisans du comte, placés sur le même banc. Tandis qu'elle s'informait de la santé de la famille de chacun, elle surveillait d'un œil expert le déroulement du banquet.

Amédée avait insisté pour avoir le héros du jour, maître Robert, à sa droite. Ensemble, ils engloutirent plus de gâteaux au miel que Marie put compter. Alors qu'il remplissait une coupe de vin clair, le comte s'exclama :

— Ah, mon cher Nycolet ! Rien n'est plus revigorant que d'entrer dans les cuisines, humer le parfum d'une tourte tout juste sortie du four et d'entendre votre épouse déclamer un chapelet de jurons à faire pâlir un escorcheur [4] !

3. À prononcer *Hanguisse*.
4. Équarrisseur. Personne chargée de dépecer et de découper les animaux abattus.

— Imaginez mon bonheur au quotidien. Je bénis votre générosité chaque jour que Dieu fait, monseigneur ! Grâce à vous, ma femme dispose d'une cuisine à part et le reste de la maison peut vivre dans le calme.

Marie sourit malgré elle. La confiance et le respect qui liaient son époux à maître Robert l'avaient tout d'abord surprise. Avec le temps, elle avait fini par s'en réjouir. Elle savait qu'Amédée appréciait le caractère franc et spontané du maçon. Elle se resservit une part de gâteau aux pommes et se cala contre son dossier. Odon pouvait bien râler tout son saoul, elle ne le laisserait pas gâcher une si belle journée.

Entre deux bouchées de tarte, Nycolet demanda au comte s'il avait des précisions quant à l'origine de l'incendie.

— Il semblerait qu'un des marmitons ait mal éteint l'un des foyers. Votre ami est donc hors de cause.

— Je ne suis pas surpris mais je m'en réjouis, monseigneur.

— Aucun élément n'a pu être trouvé pour prouver sa culpabilité, grommela Odon d'un ton sinistre.

— C'est qu'il n'y en avait pas, répliqua le maçon sans se démonter. Mais comment ça a pu prendre une telle ampleur ? Et en si peu de temps ?

— Je ne saurais vous répondre avec exactitude, regretta le comte. Il est toutefois fréquent de voir ce genre d'accident se produire. La cuisine était très vieille et mal aérée, je suis surpris qu'il n'y ait pas eu d'incident plus tôt. Figurez-vous que le toit était recouvert d'ancelles [5] !

Une fois les festivités achevées, Amédée exprima le désir de chevaucher en forêt. Une partie de l'assemblée le suivit. Marie préféra se rendre dans ses appartements pour prendre un peu de repos. Depuis qu'elle était certaine de porter un enfant, elle prenait soin d'éviter de troubler cette grossesse qu'elle avait appelée de tous ses vœux.

5. Tuiles de bois. Malgré le fait qu'elles s'abîmaient rapidement et qu'elles facilitaient la propagation des incendies, elles étaient souvent préférées aux autres en raison de leur bas prix.

Artifex

Ce matin-là, Prindalles fit son entrée dans la cour au son des rugissements de Nycolet. Il trouva tous les maçons dehors, bien à l'écart. Il inspira un grand coup et pénétra dans la loge.

Nycolet tournait et virait comme une bête en cage, le visage cramoisi. On aurait presque pu compter les veines qui saillaient sur son cou de taureau.

— Bigre, hurlait-il, est-il possible que le seul ouvrage qu'on ait effectué jusqu'à présent soit à ce point mal fagoté ?

Puis, apercevant le regard interrogateur de Prindalles :

— Le maudit coffrage qui maintenait les fondations, les fon-da-tions, s'est effondré cette nuit et le mur qu'il soutenait avec ! Il va falloir tout recommencer ! Comme si on avait du temps à perdre, foutre dieu !

C'est donc ça, se rassura Prindalles. Il s'assit sur le rebord d'une table, croisa les bras et attendit que l'orage passe.

Nycolet s'énervait tout en marchant au hasard. De rage, il jeta un trépied qui termina sa course dans la cour. Prindalles se pencha pour s'assurer qu'il n'avait heurté personne.

Nycolet arriva à court de jurons. Il poussa un profond soupir et s'appuya lourdement sur la table. Prindalles comprit que la tempête s'était apaisée. Il se leva et posa sa main sur son épaule.

— Ce sont des choses qui arrivent sur un chantier de cette taille, mon ami. Il n'y a pas de quoi se mettre dans un tel état.

— Tu sais ce qui me tue ? répliqua Nycolet en oubliant de le vouvoyer. C'est que j'ai moi-même conçu les plans, pour éviter ce genre de problème.

— Tu es le meilleur maçon que j'ai jamais rencontré, Nycolet, tu vas réparer tout cela en un rien de temps. Je vais t'aider.

Nycolet croisa son regard, puis il claqua ses mains l'une contre l'autre, remonta ses manches et appela son second. Le moment de faiblesse était passé.

Après vérification, il s'avéra que le mortier utilisé pour le mur de soutènement était de mauvaise qualité et que la pluie qui était tombée presque tous les soirs depuis une semaine avait suffi à le ramollir. L'échafaudage avait glissé en entraînant la paroi avec lui. Nycolet insista pour retrouver les manouvriers qui avaient fabriqué le mortier.

— Je compte bien leur dire ma façon de penser à ces couillards !

La semaine suivante, alors que Prindalles avait achevé son repas depuis presque deux heures, il entendit quelqu'un frapper à sa porte. Il posa son stylet avec regret et sortit sur le palier de l'étage. Il ne devait pas voir Sibylle ce jour-là et il se demanda quel importun se permettait de déranger les gens à une heure pareille. Montbel oserait-il revenir chez lui ? Il descendit les marches avec prudence, s'empara d'un tisonnier et entrouvrit la porte. Il eut la surprise de découvrir Jeannette. Il la fit entrer et assoir devant la cheminée.

— Prindalles, pardon de venir si tard !

— Il n'y a rien de grave, j'espère ? Les enfants ?

— Tout le monde va bien.

Adèle arriva, les cheveux en bataille. Prindalles la rassura et la renvoya au lit. Il revint vers Jeannette qui avoua en rougissant :

— En fait, je ne sais pas trop pourquoi je suis venue. J'ai dit à Nycolet que je rendais visite à une amie malade...

Prindalles lui accorda quelques secondes pour rassembler ses pensées. Il s'installa sur la deuxième chaise, face à elle.

— Nycolet ne va pas bien, admit Jeannette. C'est... sa tête.

Prindalles dut avoir l'air confus car elle eut une mimique agacée.

— Ah ! Je ne sais pas mettre les mots sur ces choses-là. Voilà ce qu'il en est. Il est renfrogné et il ne parle presque plus. Quand je lui demande ce qu'il a, il répond que tout va bien. Mais je le connais, mon Nycolet, je vois bien qu'il y a quelque chose qui lui retourne le ventre. Vous n'avez pas idée de ce que ça pourrait bien être ?

— J'avoue ne pas m'être montré très attentif cette semaine, regretta Prindalles. Depuis quand cela dure-t-il ?

— Je pensais que c'était depuis le problème avec les fondations, mais j'ai réfléchi. Ça date du jour du banquet. Il n'a plus été pareil depuis.

— Aucune lumière ne vient m'éclairer pour l'instant, mais je vous promets de lui parler.

— Merci, Prindalles.

— C'est tout naturel, entre amis. Rentrez chez vous à présent, avant que Nycolet s'inquiète.

Le lendemain, lorsqu'il se présenta sur le chantier, Nycolet était déjà là. Le jour était pourtant à peine levé et l'activité ne reprendrait pas avant une bonne heure. Le maçon se tenait immobile au-dessus des fondations, le regard perdu dans le vide. Prindalles en profita pour l'observer discrètement. Il avait les traits tirés et le front soucieux. Le sculpteur se demanda comment il avait pu ne pas s'en rendre compte. Il avança et Nycolet se retourna.

— Ah, Prindalles. Je pensais être seul à une heure pareille.

— Je me suis levé tôt. J'avais besoin de réfléchir. Nycolet, tu parais tourmenté…

Prindalles ressentit un soudain embarras à l'idée d'avouer à son ami que sa femme s'était trouvée chez lui en pleine nuit. D'autant plus que Nycolet, les sourcils froncés, ne semblait pas apprécier le ton de la conversation, alors même que les sujets fâcheux n'avaient pas été abordés. Se rappelant la promesse qu'il avait faite à Jeannette, il poursuivit :

— Et bien… pour dire la vérité, tu as une vilaine tête. Et pour être encore plus honnête, j'ai parlé avec Jeannette. Elle est venue me voir hier soir… euh… je suis désolé, je n'aurais pas dû…

Il se mit à bafouiller alors que le maçon ne l'écoutait plus.

— Nom de Dieu ! Elle devait vraiment être désespérée.

Prindalles l'observa. À l'inverse de ce qu'il avait cru, Nycolet n'était pas en colère. Il paraissait triste.

— Je suis désolé de t'avoir imposé ça. Et à ma Jeannette. Je pensais pouvoir agir comme si de rien n'était…

— Maintenant que tout est dit à ce sujet, peut-être voudras-tu bien m'expliquer ce qui ne va pas ? C'est le chantier ? Tu n'es pas malade au moins ?

— Non, rien de si dramatique. À présent que je dois le dire à voix haute, je me sens un peu idiot. Ça n'a plus l'air si important tout d'un coup…

— Dis toujours, on jugera après.

— D'accord. C'est à propos de Jean.

— Et du soir de l'incendie ?

— C'est plus ou moins la suite. On a eu des mots et… je ne sais pas comment réparer les choses.

— Oh. À propos de quoi vous êtes-vous disputés, cette fois ?

— Comme d'habitude, il a fait n'importe quoi à l'atelier de Landot. Il s'est permis de faire les yeux doux à sa fille. Il s'est de nouveau absenté, a aussi perdu un marteau et cassé une plane [1].

— Allons dans la loge, proposa Prindalles.

Une fois installé devant l'une des grandes tables, Nycolet commença à raconter ce qui s'était passé.

— Landot est venu me voir pour me dire que malgré toute l'amitié qu'il me porte, il ne voulait plus garder Jean dans son atelier. Je l'ai supplié de réserver encore un peu sa décision et je suis allé trouver mon bon à rien de fils. Il m'a avoué que la charpenterie ne l'intéresse pas. C'est ma faute. Il m'en avait déjà parlé, mais je ne l'ai pas écouté. Je pensais que ça viendrait, que quand il commencerait à se débrouiller, ça finirait par lui plaire.

— Soit. Mais ça ne justifie pas un tel manque de respect pour son maître.

— C'est ce que je lui ai dit. Et là, il a crié qu'il ne voulait pas et ne voudrait jamais être charpentier. Je lui ai proposé de venir travailler avec moi. Il a ricané.

Nycolet marqua une pause.

— Il ne veut pas être artisan. Ni charpentier, ni maçon, ni ferronnier, ni rien de tout ça. Prindalles, si tu voyais le mépris dans ses yeux quand il prononce ce mot. *Artisan*. On dirait une insulte dans sa bouche.

— Que veut-il faire alors ?

— Il dit qu'il va partir dans le sud et se mettre au service d'un Lombard [2] de sa connaissance.

— C'est une plaisanterie ?

— J'aimerais bien. Il l'a rencontré à la taverne – je ne savais même pas qu'il fréquentait ce genre d'endroit. Il l'a trouvé malin et il l'a engagé.

— Comme ça ?

1. Lame munie de poignées à ses extrémités.

2. Lombard était le nom donné aux prêteurs sur gages. Dans la mesure où les Saintes Écritures interdisaient à un chrétien de prêter de l'argent à un autre contre des intérêts, et les Lombards pratiquant souvent l'usure, la profession était assez mal vue par le reste de la société.

— Le Lombard lui a assuré qu'il apprendrait sur le tas. Jean dit que c'est tout ce qu'il a toujours voulu. Voir du pays et gagner de l'argent sans se salir les mains. Enfin, au sens propre. Comment est-ce que je vais annoncer ça à Nette ?

— Elle ne sait rien ?

— Non. J'ai convaincu Jean de terminer son année, le temps que Landot trouve un nouvel apprenti.

— Comment as-tu réussi ?

— Il n'est pas si irresponsable que ça. Quoique… Tu te rends compte que le soir de l'accident, ce benêt est resté dans sa chambre parce qu'il était trop têtu pour venir nous aider ?

Prindalles fixa le bout de ses bottes, avant de reprendre doucement :

— Nycolet, tu peux me le dire à moi, comment tu l'as convaincu.

— Non. C'est trop honteux.

— Je promets de ne rien dire à ta femme.

Nycolet soupira avant de rendre les armes :

— Il a accepté de rester à condition que je lui paye le salaire d'un an de compagnon charpentier.

— Oh, Nycolet…

— Je sais. C'est pour ça que je ne peux pas en parler à Jeannette. C'est trop humiliant.

— Comme tu voudras. C'est bien tout, cette fois ? Tu ne t'inquiètes pas d'autre chose ? De l'incendie par exemple ?

— Euh, non. Pourquoi, ça devrait ?

— Peut-être. Toute cette histoire m'a perturbé. Écoute, Nycolet, j'ai des choses à te confier, seulement ce n'est pas un endroit pour le faire.

— Rejoins-moi à la maison avant de rentrer chez toi ce soir.

— Entendu. À tout à l'heure.

Lux

COMME convenu, Prindalles et Nycolet se rejoignirent à la fin de la journée autour d'un pichet de verjus. Prindalles commença son explication sans faire languir davantage son ami :

— L'incendie ne peut pas être dû à un accident.

— Je ne comprends pas. Cette histoire a été réglée, non ?

— J'ai beau y réfléchir, je ne vois pas comment un feu peut se déclarer si soudainement.

— Ce que tu dis n'a aucun sens, Prindalles. Rentre chez toi et oublie tout ça.

Nycolet se leva et désigna la porte d'un geste théâtral. Prindalles insista :

— Ils m'ont innocenté, car ils n'ont pas de preuve contre moi à l'exception de ma présence sur les lieux. Mais il n'y en a pas non plus pour attester leur version. Tu soutiens, en toute franchise, que cette explication répond à toutes tes questions ?

— Le comte a parlé d'un marmiton qui aurait oublié d'éteindre le foyer, rappela Nycolet en se rasseyant de mauvaise grâce.

— C'est possible. Mais dans ce cas le feu aurait dû mourir au bout de quelques minutes, faute d'entretien.

— Sauf s'il a été relancé, par un courant d'air ou bien…

— … ou bien par une personne qui se serait trouvée là. Et même ainsi, comment les flammes ont-elles pu sortir du foyer et réduire en cendre la moitié de la cuisine ?

Nycolet lâcha un soupir. Ils restèrent silencieux quelques instants, absorbés par une profonde réflexion.

— En as-tu parlé à Sibylle ? finit par demander Nycolet.

Prindalles répondit par la négative. Il ne voulait pas inquiéter inutilement la jeune femme.

— Bon, reprit le maçon, tu as une idée en tête ?

— Jeannette connaît-elle le fameux marmiton ? Elle peut sans doute le retrouver et l'interroger, non ?

— Pourquoi pas. Je lui demanderai tout à l'heure. Mais je pose une condition. Si ça ne donne rien, tu laisses tomber cette histoire.

— C'est entendu.

Le soir, Nycolet n'eut pas de mal à convaincre sa femme de les aider. Elle n'avait pas apprécié la façon dont le garçon avait été congédié et elle accepta la mission avec d'autant plus d'enthousiasme que son mari paraissait moins soucieux. Quoi qu'ait fait Prindalles, cela semblait fonctionner.

Le lendemain, le sculpteur eut du mal à se concentrer sur sa mandorle. Il la laissa de côté pour la journée et décida d'examiner les œuvres de ses compagnons et d'aider ceux qui en avaient besoin.

Prindalles raccompagna à nouveau Nycolet chez lui, où ils attendirent le retour de Jeannette dans un silence impatient.

— Alors ? la cueillit son mari dès qu'elle franchit la porte.

— Laisse-moi le temps d'arriver ! Il fait une chaleur à rôtir, sers-moi donc un peu de vin.

Prindalles lui tendit son propre gobelet. Avec un sourire, elle s'installa en face d'eux.

— Je vois que vous êtes affamés de nouvelles. J'ai rencontré le marmiton, Thomas. Il errait autour du marché dans l'espoir de trouver quelque chose à faire. Bigre, il ne doit pas dépasser les douze ans. On va finir par les engager avant même qu'ils ne marchent !

— Qu'a-t-il raconté ? la pressa Prindalles.

— Ce à quoi je m'attendais : il est tout à fait certain d'avoir éteint le feu avant de partir.

— Tu es sûre qu'il dit la vérité ?

— Pour ça, mon mari, j'en mettrai ma tête sur le billot ! Et il avait bien fermé la porte aussi. Il était un peu effrayé, mais quand il a compris que je ne lui voulais pas de mal, il s'est mis à table. J'ai confiance. S'il avait commis une erreur, il me l'aurait dit. C'est un brave gamin, je lui ai trouvé une place. Il ne sera que garçon de courses pour le moment, mais il aura au moins de quoi se nourrir.

Elle préleva plusieurs gorgées de vin avant de reprendre :

— Et ce n'est pas tout. J'ai réfléchi moi aussi. Dans cette vieille cuisine, le foyer était placé loin de tout ce qui est inflammable, justement pour éviter ce genre d'incident. Autour de la cheminée, rien n'aurait pu brûler avec à peine quelques étincelles. Et Thomas m'a juré qu'il avait vérifié que tout était bien rangé avant de partir.

— Nos doutes sont donc bien fondés ! s'exclama Nycolet. Ce n'était pas un accident ! Prindalles, une dernière question. Es-tu tout à fait certain que tu n'avais pas une lanterne ou une bougie qui aurait pu provoquer ça en tombant ?

— Non. Cela je m'en souviens parce que dans la loge, j'ai eu du mal à trouver les plans. Je suis d'ailleurs sorti pour les examiner à la lueur des étoiles.

— Cela ne nous aide pas vraim…

— La lumière ! Nycolet, la lumière ! s'agita soudain le sculpteur.

— Eh bien quoi, quelle lumière ?

— C'est la clef ! Lorsque j'étais au milieu de la cour, je me suis dit que je voyais bien. Trop bien. La lune n'émet pas autant de lumière. Je me rappelle maintenant avoir senti cette odeur de fumée. Ce qui m'a attiré vers la cuisine, c'était l'incendie lui-même ! J'ai dû vouloir rentrer pour l'éteindre et une poutre m'a assommé à ce moment-là.

— Vous oubliez un détail, remarqua Jeannette. Ça n'explique pas comment vous avez verrouillé la porte derrière vous après être tombé dans les vapes.

— C'est vrai. Qui possède un jeu de clefs ?

— Moi et le maître-queux [1] pour sûr. Peut-être l'intendant. Mais quand c'est arrivé, maître Morel était en visite dans sa famille. Et je ne vois pas le sage Guiguemar mettre le feu…

— Ils sont au-dessus de tout soupçon, mais on a pu dérober leurs trousseaux. Ou le vôtre.

Le visage de Nycolet vira tout d'un coup au gris et il commença à se tortiller sur son banc. D'une voix hésitante, il raconta :

— Lorsque je me suis approché de la porte, j'ai aperçu quelqu'un qui longeait le mur de la panèterie.

— Tu as pu discerner quelque chose ? l'assaillit Prindalles en tremblant. La taille, un visage ?

— Non. Je n'avais pas vraiment le temps de lui courir après, il fallait que je te sorte de là et que je donne l'alerte.

— Pourquoi n'en as-tu pas parlé avant ?

1. Maître cuisinier.

— Ça vient de me revenir. Sur le moment, je me suis dit que c'était ridicule, que ça devait être une ombre projetée par les flammes.

— Je crois me souvenir que je n'étais pas tranquille, seul dans la cour, se remémora Prindalles. J'ai eu l'impression de me sentir… observé.

— C'était sans doute dans votre tête, estima Jeannette. Quand on est dans le noir, on s'imagine toujours un tas de choses. On ferait mieux de se concentrer sur ce qu'on a de concret.

— Pas si vite, ma femme, c'est peut-être l'ombre que j'ai aperçue qui le surveillait.

Nycolet se leva et remua ses bras comme s'il voyait la scène se dérouler devant lui.

— Prindalles se retrouve dans la cour. Soudain, il repère de la lumière. Il approche et se rend compte qu'elle émane des flammes. Il pousse la porte et cherche quelque chose pour éteindre le brasier. Là, il tombe évanoui.

— La poutre, précisa Jeannette.

— Pas une poutre, un coup. Donné par-derrière. Cette personne, que Prindalles a surprise en train de fomenter son crime, ou qui avait l'intention de l'en faire accuser, l'assomme et referme la porte derrière lui. Peut-être s'attarde-t-elle un peu pour jouir du spectacle. Là-dessus, j'arrive et je l'effraie. J'aperçois son ombre alors qu'elle s'enfuit.

— Selon toi, récapitula Prindalles, je me suis trouvé au mauvais endroit au mauvais moment. Et quelqu'un a décidé de me laisser rôtir.

— Euh… oui.

Prindalles paraissait sonné. Nycolet se rassit. Jeannette réfléchit à haute voix :

— Et si cette personne vous suivait depuis le début et avait saisi l'occasion de se débarrasser de vous à ce moment-là ? Vous vous connaissez des ennemis, Prindalles ?

— Euh, il y a peu, ce fou furieux de Montbel m'est tombé dessus. Il est venu jusqu'à chez moi et m'a menacé.

— Qui est-ce ?

— Je me suis renseigné, Guigues d'Entremont et de Montbel, vassal de messire le comte. On dit qu'il réunirait à lui seul ce qu'il y a de plus sot et de plus violent.

— Ah. Et quand l'avez-vous vu ?

— Quelques jours avant l'incendie, répondit Prindalles d'une voix d'outre-tombe.

Jeannette ne lui laissa pas le temps d'imaginer tout ce que cela pouvait impliquer.

— Bon, c'est bien beau tout ça, mais on ne va pas se contenter de jouer les becnaudes. Qu'est-ce qu'on fait ? On en parle au comte ?

— Je ne suis pas certain que ce soit une bonne idée, désapprouva Nycolet. Il est persuadé que c'est un accident. Et celui qui a fait le coup appartient à son entourage, il fait partie de sa cour ou de son hôtel. Cela non plus il ne voudra pas l'entendre. Je crois qu'il est dans le Sud en ce moment et Dieu seul sait quand il rentrera.

— Mais nous n'allons pas en rester là ? s'emporta Prindalles. Nous devons le prévenir que ce n'était pas un coup de malchance. Et qu'on en veut à ma peau.

— Nous pourrions en parler à la comtesse. Il se peut qu'elle soit plus à même de s'occuper de ce genre de question que son mari.

— D'accord, si tu penses que c'est mieux. Nous solliciterons une audience dès demain.

Après s'être ainsi accordés, les Robert proposèrent à Prindalles de rester pour le souper.

— Merci, mais non. Je suis fatigué. Je ne sais pas si je dois me sentir nerveux ou si toutes nos hypothèses ne sont que pures spéculations.

— Je ne pense pas qu'il faille s'alarmer mais si j'étais toi, j'éviterais à l'avenir de me promener seul la nuit.

Le sculpteur ne parvint pas à déterminer s'il s'agissait d'humour ou d'un véritable conseil. Lorsque Nycolet insista pour le raccompagner, il se sentit soudain moins sûr de lui.

Le lendemain, Prindalles et Nycolet prièrent Guiguemar de leur organiser une audience avec la comtesse. Nycolet évoqua de vagues difficultés techniques concernant des plans qu'il ne pouvait modifier sans l'accord du comte. Comme il n'avait pas le temps d'attendre son retour, il lui fallait au moins l'aval de son épouse.

Benedic nos, Domine

Mais qu'est-ce qu'il se passe ? s'énerva Guigues.

Arnaut était venu le prévenir que les recrues s'étaient réunies dans la cour.

— C'est les soldats, monseigneur.

— Qu'est-ce qu'ils veulent, encore ? J'ai cédé pour la nourriture et ils peuvent profiter des putains du château tout à loisir.

— C'est différent cette fois, ça va vous plaire. Ils exigent que la mission soit bénie.

Guigues ouvrit la bouche et cligna des yeux à plusieurs reprises. Arnaut eut du mal à réprimer un sourire.

— Mais pourquoi tout est toujours si compliqué ? Bon, allons-y.

Ils descendirent dans la cour. Guigues se campa devant ses hommes, la mine peu avenante.

— Eh bien, bande de bons à rien, quelle est donc cette nouvelle plaisanterie ?

— Y s'agit pas de ça, monseigneur, contesta Gonin de sa voix zézayante.

— Alors quoi ? Seriez-vous devenus des bigots ?

— Non pas, mais on pense qu'c'est nécessaire.

— Et depuis quand vous pensez ?

— On est pas complètement idiots, s'insurgea Nicod, un grand brun aux dents en avant. On s'doute qu'si vous dites pas où on va, c'est qu'y faut pas qu'ça s'sache. Et p't-être même que c'est parce que ça risque de pas êt' joli, joli. Et si vous nous entraînez, c'est qu'y faudra s'battre, pas vrai ? Alors on veut qu'les choses soyent bien faites.

Guigues s'accorda quelques secondes de réflexions. Arnaut s'approcha de lui.

— Je crois pas que ça vous fasse grand-chose que ça soit béni ou pas et ça ne vous enlève rien non plus. Ces imbéciles refuseront de bouger une oreille sinon.

— Quelle bande de truandailles ! Tu as raison, ça ne coûte rien. Allons voir Adenet.

Le prêtre habitait la petite maison de pierres accolée à la chapelle. Arnaut et Guigues le trouvèrent sur une chaise, les pieds sur un tabouret et occupé à vider une cruche. Ses yeux vitreux montraient qu'elle n'était sans doute pas la première.

— Monseigneur, que me vaut l'honneur ?

— Ça pue ici, remarqua Arnaut.

— Remue-toi, ordonna Guigues en mettant un coup de pied dans le tabouret.

Adenet bascula en arrière. Arnaut le récupéra avant qu'il ne s'affale, mais cela ne suffit pas à le maintenir debout. Il se laissa glisser jusqu'à terre en riant. Arnaut devina l'impatience de son maître. Il sortit dans la cour et revint avec un seau à la main. Il jeta l'eau glacée en pleine tête du prêtre. La technique se révéla efficace, Adenet ne riait plus. Il se contenta de s'essuyer le visage avec un linge à l'aspect douteux.

— Viens faire ce pour quoi je te loge et te nourris, somma Guigues. Les hommes veulent que tu les bénisses eux et l'attaque. Dépêche-toi, ils sont dans la cour.

Adenet se releva, la bouche pâteuse.

— Je suis désolé, monseigneur, je ne peux pas faire ça.

— Arnaut, va chercher un deuxième seau, notre ami le réclame.

— Ça ne sera pas nécessaire.

Guigues vint se planter à quelques centimètres du visage du prêtre, qui s'expliqua :

— J'ai béni votre table lors des fêtes, marié deux de vos serviteurs, donné l'extrême onction aux mourants. Je vous ai maintes fois confessé, vous et vos hommes, et Dieu sait quels péchés vous aviez commis alors. Mais je connais la nature de votre expédition, monseigneur. Vous êtes mon maître, mais je ne peux me résoudre à offusquer à ce point le seul vrai Seigneur.

Le silence prolongé de Guigues lui glaça le sang, alors qu'un frisson d'excitation parcourait le dos d'Arnaut.

— Tu crois que tu m'inquiètes, avec tes pleurnicheries ?

Le ton employé par Guigues, doucereux et froid comme une lame, l'effrayait plus que tout. Il tint bon.

— Je sais bien que non, monseigneur. Je... ne veux pas perdre mon âme. Vous agirez selon vos souhaits, car je ne peux vous en empêcher. Mais ce sera sans la bénédiction du Seigneur.

— Si les hommes entendent ce sac à vin, ils ne voudront pas y aller, intervint Arnaut.

Guigues plongea son regard dans celui d'Adenet, qui déglutit bruyamment.

— Peut-être que si vous m'octroyez quelques jours, le temps pour moi de m'accorder avec ma conscience, implora-t-il.

— Entendu. Tout n'est pas encore prêt. En attendant, garde tes hésitations pour toi, compris ?

— Merci, monseigneur !

— Allez, fils de moine, viens faire ton office !

Guigues estimait qu'il avait laissé assez de temps à Adenet pour décuver et se raisonner. Il poussa la porte de sa maison et eut la surprise de la trouver vide. Il échangea un regard incrédule avec Arnaut, qui ouvrit le coffre posé au pied du lit.

— Ses affaires ne sont plus là, monseigneur. Il a fui, le lâche !

Arnaut s'attendait à voir son maître partir dans une de ses noires colères. Il fronça les sourcils lorsqu'il l'entendit rire. Toujours hilare, Guigues exigea qu'on inspecte le château, puis qu'on élargisse les recherches aux alentours.

On retrouva le prêtre deux jours plus tard, terré dans une taverne à une demi-journée de marche. Adenet, saoul et terrifié, fut calé sur le dos d'une mule et ramené au château.

Guigues les attendait en rognant une tranche de pain dur. Il ricana en découvrant Adenet juché sur une bourrique et la robe souillée. Il ordonna à deux garçons de le laver et de le déposer ensuite chez lui où il le rejoindrait.

Guigues retrouva Adenet avachi sur sa paillasse, la tête cachée sous un linge.

— Alors, fripouille, on se sent mal ?

— Ah, messire, pitié, pas si fort !

— Tu n'es qu'un soûlard ! Assieds-toi, j'ai à te parler.

Adenet s'exécuta en grimaçant et se mit à trembler face au calme apparent du maître.

— Tu te rends compte de ce tu as fait ? Tu as fui ton église, mon service et mes ordres.

— Pardon, monseigneur ! J'étais terrifié, je ne savais que faire ! Partir m'a semblé être la solution.

— Ça aurait pu en être une. Seulement tu es un lâche et un indécrottable ivrogne. Si tu avais vraiment essayé de m'échapper, tu aurais pu. En deux jours de galop, tu aurais été loin. Et je ne pense pas que je t'aurais cherché bien longtemps.

Les épaules d'Adenet s'affaissèrent.

— Je me sens blessé, déclara Guigues.

— Blessé, monseigneur ?

— Tu m'as laissé tomber, Adenet. Et tu t'es ridiculisé en t'arrêtant en chemin pour t'aviner.

— Juste pour une chopine, messire, j'ai toujours si soif !

Guigues s'autorisa un sourire.

— Bon, à présent que tu es revenu et que nous savons tous les deux que tu n'es qu'une chiffe molle, tu vas peut-être te décider à m'obéir.

Adenet ne protesta pas, trop conscient de cette vérité. Guigues pointa son index vers lui.

— Tu vas bénir l'expédition.

— N… non, monseigneur. Je veux bien vous satisfaire en tout mais, pour cela, je ne peux m'y résoudre.

La voix de Guigues claqua comme un coup de fouet.

— Arnaut, tiens-le !

Le soldat enfonça un coude entre les omoplates d'Adenet pour le plaquer contre la table, les bras bloqués en avant.

— Non, monseigneur, pitié !

— Alors obéis !

— Je ne peux pas…

Adenet n'eut pas le temps de supplier une seconde fois. Vif comme l'éclair, Guigues dégaina sa dague et trancha l'index de la main gauche à hauteur de la première phalange. Adenet hurla tandis que le sang éclaboussait son visage.

Peu après le coucher du soleil, Guigues et Adenet étaient attablés dans la grande salle. Le premier mangeait de bon appétit et faisait la conversation tout seul :

— Je suis ravi que tu aies accepté de m'aider, mon père. Tu m'auras beaucoup amusé avec ta fuite. Tu étais si saoul, quand on t'a retrouvé ! Enfin, le principal, c'est qu'on soit tombés d'accord.

Guigues fit une pause pour engloutir une bouchée de gâteau aux amandes. Il observa le prêtre par-dessus la table.

— Tu ne manges rien ?

Adenet ne répondit pas. Il regardait son maître s'empiffrer, le cœur au bord des lèvres. Il tenait serrée contre lui sa main gauche enroulée dans des linges maculés de rouge.

— Je dois t'avouer une chose, poursuivit Guigues en secouant son couteau devant lui. Tu m'as impressionné aujourd'hui. Il aura fallu quand même trois phalanges pour te ramener à la raison.

Adenet baissa les yeux.

— Tu béniras les hommes juste avant notre départ.

— À vos ordres, monseigneur.

Anxietudo

PROFITANT du soleil rasant, Marie et Odon cheminaient le long des allées qui sillonnaient les modestes jardins, vieux de presque un siècle. Ils s'y promenaient souvent, car ils pouvaient ici deviser loin des oreilles indiscrètes qui traînaient toujours dans le château.

— Je suis bien aise qu'Amédée ait décidé d'acheter les terres alentour pour agrandir ce charmant jardin, commenta la comtesse.

Odon ne répondit pas.

— J'aimerais qu'il y place une fontaine ou au moins un bassin.

Le conseiller marchait à ses côtés, silencieux. Marie sourit et aborda le sujet qui lui brûlait les lèvres.

— Maître Robert et maître Prindalles sont venus me voir il y a quelques jours. Ils ont exprimé des doutes quant aux causes de l'incendie.

— Comment ?

— Ah, j'ai enfin attiré votre attention. Ils ont feint un problème sur le chantier pour solliciter une audience, cela m'a beaucoup amusée.

— Que vous ont-ils dit ?

— Ils ont mené une petite enquête et il en ressortirait que rien n'aurait pu provoquer un tel incident ; que les clefs de la cuisine auraient été dérobées puis rendues ; que l'auteur de cet acte odieux pourrait faire partie de notre maisonnée.

— Ils vous ont confié tout cela ? Que c'est étrange. Ont-ils réclamé une récompense ?

— Non. Je crois que l'idée ne les a même pas effleurés. Pourquoi cette question ?

— S'ils l'avaient fait, tout aurait pu être inventé.

— J'en doute, Odon.

— Qu'en pensez-vous ?

— Leurs propos ont fait écho à mes propres incertitudes, qui diffèrent seulement en ce qui concerne les causes. Maître Prindalles est persuadé que c'était lui qui était visé. Moi, je pencherais pour Amédée.

— Et selon le sculpteur, qui lui en voudrait ?

— C'est là que ça devient intéressant. Il a évoqué Guigues de Montbel.

Odon s'arrêta pour faire face à la comtesse.

— Montbel ? Voilà un moment que l'on n'a pas entendu parler de lui.

— Je l'ignorais jusqu'ici, mais il se trouve que l'un des gardes qui accompagnaient les sculpteurs lors de leur arrivée a prévenu le sergent avant de repartir en Bourgogne. Il y aurait eu un incident à Novalaisia. Montbel aurait tenté d'y installer un péage. Les Bourguignons ont résisté et il s'en est fallu de peu qu'on en vienne aux mains. Maître Prindalles a été personnellement menacé lors de cet accrochage. Je me suis renseignée, les propos du sculpteur ont été confirmés.

— Cela ne nous avance pas plus concernant notre affaire.

— Je sais. Je suis juste soulagée de compter un menteur de moins parmi nous. Prindalles a reçu de nouvelles provocations de la part de Montbel, ici même, à Camberio. Quelques jours avant l'incendie…

— Diantre, j'ignorais sa présence !

La comtesse entraîna Odon pour quelques pas supplémentaires.

— Amédée ne pense pas à mal et peine toujours à admettre que l'on puisse perpétrer de viles actions. Le postulat de l'accident lui convient. Pour ma part, j'ai des doutes depuis le début. On pourrait trouver tant de causes derrière cet acte. Ce pourrait être l'agissement d'un fou ? Une vengeance entre domestiques ? Voulait-on vraiment détruire le château ? Tous nous tuer ? S'en prendre à Amédée ? Ou bien le sculpteur est-il dans le vrai en estimant être la victime ?

— Il peut tout aussi bien mentir.

— Quel serait son intérêt ? La version de l'accident l'innocente et il s'est efforcé de me démontrer qu'elle ne tient pas debout.

— C'est juste, admit Odon en se frottant le menton.

— Je sais que vous le soupçonnez depuis le début, mais je ne le crois pas coupable.

— Peut-être êtes-vous dans le vrai, après tout.

— J'ai assuré à Prindalles que si Montbel avait voulu le tuer, il se serait contenté de le coincer dans une ruelle et de l'égorger sans plus de façon. Je le crois sincèrement, mais je ne suis pas tranquille à l'idée que l'attention de ce sauvage soit fixée sur nous, ajouta la comtesse en caressant son ventre rebondi.

— Peut-être pourrions-nous éloigner Prindalles pour un temps.

— Si c'est possible, pourquoi pas. Amédée est si pressé que sa chapelle soit terminée qu'il ne le laissera peut-être pas partir aisément.

— Nous verrons cela. Je vais tâcher de poser quelques questions de mon côté. Même si vos amis sont dans le vrai, ma dame, j'ignore ce que nous pouvons faire de plus à l'heure qu'il est.

— C'est bien ce qui m'inquiète, Odon. Je n'aime pas nous sentir ainsi vulnérables.

Convocatio

L'HUMEUR exécrable de Guigues atteignit en ce mardi de septembre un point de paroxysme. L'étroite cour du château de Montbel résonnait d'une émulation fiévreuse. La petite troupe était en train de charger les armes et les victuailles et tentait de maîtriser les chevaux piaffant d'impatience. Ils ignoraient toujours leur destination, ce qui ajoutait à leur fébrilité. Guigues ressentait leurs doutes et cela entretenait son humeur sombre. Il eut un instant de découragement en les observant.

Enfin les hommes se trouvèrent équipés, en selle et prêts à partir. Guigues, vêtu du vieux haubergeon [1] de son père, s'élança et quitta l'abri de la forteresse en trombe. Il fallait à tout prix que cette expédition réussisse. Si tout se déroulait comme prévu, il aurait de quoi nourrir les siens toute une année, s'offrir une nouvelle armure et peut-être même effectuer quelques réparations dans le château. Il espérait de toutes ses forces que ça serait *du tout cuit*, comme Oreste l'avait promis.

Ils devraient chevaucher tout l'après-midi, prendre la voie de la Dent de l'Ours pour gagner le Bovinant. En traversant la forêt, ils éviteraient le village de la Ruchère, qui menait directement au col, et resteraient discrets. Ils passeraient la nuit sous les étoiles et seraient sur place au petit matin, quand tout serait encore endormi.

⁂

Le même jour, Prindalles fut convoqué chez le comte. Il se fraya un chemin dans l'agitation ambiante – Amédée était revenu en avance et avait mis tous les serviteurs de l'hôtel en émoi. Il se présenta peu après tierce dans la grande *aula*, qui lui sembla bien vide sans les courtisans. Le temps était sombre et on avait allumé quantité de chandeliers qui donnaient une allure presque intime à la convocation.

---

1. Haubert court, qui ne protège ni les jambes ni les avant-bras.

Le comte et son épouse l'attendaient à leurs places habituelles. Prindalles les salua et, après les politesses d'usage, Amédée entra dans le vif du sujet :

— Maître Prindalles, nous avons pour ambition de conforter notre amitié avec les bons moines de la Grande Chartreuse. Le monastère se situe dans le Dauphiné, comme vous le savez peut-être. Grâce au Ciel, nous parvenons ces derniers temps à maintenir une cordiale politesse entre nos États. Il n'est pas aisé de composer avec ces gens…

Le comte laissa sa phrase en suspens et sembla se perdre dans ses pensées. Marie exerça une délicate pression de la main sur son avant-bras. Amédée revint au sculpteur avec un sourire d'excuse avant d'enchaîner :

— Je parlais de la Grande Chartreuse. Nous avons toujours eu des relations privilégiées avec cette communauté.

Le comte se retourna alors vers son épouse, ravi de son idée, et annonça :

— Nous voudrions que vous vous rendiez à là-bas. Vous réaliserez un groupe de statues afin de rappeler notre amitié aux bons chartreux.

— Monseigneur, je ne peux abandonner le chantier ici…

— Nul besoin de vous inquiéter. Vous pouvez déléguer votre travail à votre second et maître Robert s'occupera de votre atelier durant les quelques jours où vous serez absent.

Prindalles se dandina sur ses pieds tandis qu'Amédée poursuivait :

— C'est un projet né il y a des années, maître, et je ne peux me permettre de le différer plus longtemps. Cela nous rendrait service.

Prindalles s'inclina une fois encore. On lui disait *service*, il fallait comprendre *ordre*.

— C'est un honneur qui vous est fait, cher maître, intervint la comtesse. Mon époux n'envoie pas son meilleur artiste à n'importe qui. Et vous avez déjà œuvré à une chartreuse, vous ne serez donc pas dépaysé.

Tandis qu'il la remerciait d'un hochement de tête, un homme fit son entrée. Les joues rondes, il était plus petit que Prindalles et devait avoir à peu près le même âge que lui, bien que ses cheveux soient grisonnants. Ses courtes jambes lui conféraient une allure trapue. Il se dégageait de sa personne une bonhomie bienveillante un peu empruntée.

— Voici le secrétaire Hanguis, présenta le comte. Il a toute ma confiance.

— J'ai déjà eu le plaisir de le rencontrer, monseigneur.

— Parfait. Il doit vous accompagner en Chartreuse, pour porter aux moines un don en gage de notre bienveillance. Maître Prindalles, vous irez voir l'intendant qui vous transmettra la commande exacte pour les statues. Il vous fournira de quoi acheter du matériel et louer une monture. Vous serez en outre rétribué pour votre obligeance.

Prindalles remercia le comte alors qu'il aurait préféré refuser.

— Le trajet est assez court, vous n'aurez qu'une seule étape. Hanguis connaît bien le chemin. Vous partirez après-demain.

Amédée mit fin à l'entretien en se levant. Il prit la comtesse par le bras et sortit par la porte menant aux appartements. Hanguis se tourna vers Prindalles et lui tendit la main.

— J'espère que ce déplacement ne vous contrarie pas trop, maître. Je ferai mon possible pour vous le rendre agréable.

— C'est fort aimable à vous.

— Prenez votre mal en patience. Maître, je vous dis à dans deux jours.

— À bientôt.

Hanguis se dirigea vers la sortie et Prindalles allait lui emboiter le pas quand il crut entendre un bruit derrière lui. Il lança des regards autour de lui sans rien remarquer de particulier. Il se tourna à nouveau vers la porte. Cette fois, il distingua un *psst* très clair. Il fit volte-face et aperçut l'une des dames de la comtesse qui, à grand renfort de gestes nerveux, lui enjoignait de la suivre en silence.

Il la rejoignit et se laissa conduire en haut d'un escalier. Elle le fit entrer dans une pièce douillette où la lumière, diffusée par un grand lampier pendu à une poutre, était aussi dorée que dans l'*aula*. La comtesse était installée sur un faudesteuil rembourré. Prindalles se demanda combien de chambres elle avait ainsi aménagées pour son confort personnel.

Elle lui désigna un escabeau à trois pieds placé près d'elle. Prindalles s'avança et s'assit avec raideur, troublé par ce tête-à-tête improvisé. Son attitude fit sourire Marie, creusant deux jolies fossettes sur ces joues.

— Pardonnez-moi de prendre encore de votre temps, maître.

Prindalles aurait voulu répondre quelque chose comme *Ma dame, je suis à votre disposition*. Ne sortit de sa bouche qu'un vague gargouillis. Cette fois, la comtesse rit franchement et lui tendit un verre de vin blanc sucré au miel. Elle retrouva vite son sérieux.

— J'aurais moi aussi un service à vous demander. En mon nom propre. Lorsque vous serez au monastère, je voudrais que vous récupériez quelque chose. Il s'agit d'un parchemin.

— Où le trouverai-je ? s'enquit Prindalles en prélevant une gorgée.

— Il est en possession du prieur vicaire. Vous devrez l'approcher en toute discrétion et vous le faire remettre.

— En toute discrétion, ma dame ?

— C'est cela. Habituellement, les chartreux ne permettent à personne de pénétrer dans l'enceinte de leur monastère. Comme vous devrez prendre des mesures pour vos œuvres, vous seul aurez cette autorisation. Si le prieur ne vous a pas accueilli lui-même, vous vous en servirez pour prendre contact avec lui. Uniquement lui. Il vous sera demandé un gage de vos attributions. Vous lui remettrez ceci, dit-elle en lui tendant un anneau en or orné d'un rubis.

Prindalles déglutit. Jamais de sa vie il n'avait tenu entre ses mains un objet aussi coûteux.

— Fort bien, ma dame. J'aurai soin de vous satisfaire.

— Merci, maître. Ne vous inquiétez pas, le chartreux sait de quoi il s'agit et n'opposera pas d'objection. Il n'est en revanche pas utile que vous connaissiez le contenu du document. Mais n'oubliez pas que c'est important et qu'il faut rester discret.

— Je comprends, acquiesça le sculpteur, de plus en plus intrigué.

— Vous avez rencontré Hanguis, le clerc qui plait tant à mon époux. Que pensez-vous de lui ?

— Nous n'avons échangé que quelques mots lors du banquet, je ne peux avoir d'idée précise à son sujet. Il m'a paru fort courtois.

— Il l'est sans aucun doute. Ne lui parlez pas de notre affaire.

— Je vous donne ma parole, ma dame.

Marie sembla soulagée.

— Tout cela ne devrait pas vous prendre trop de temps. Les routes sont sûres en ce moment.

Le sculpteur ne parvint pas à déterminer si elle était sincère ou si elle cherchait à le tranquilliser.

— Il va de soi que vous ne remettrez ce document qu'à moi, en main propre. Et j'ai peut-être oublié de préciser que vous serez récompensé de vos efforts.

Ce serait au moins ça en plus. Prindalles rassembla son courage puis posa la question qui lui brûlait les lèvres :

— Ma dame, mon éloignement a-t-il quelque chose à voir avec les soupçons qui se sont portés sur moi lors de l'incendie de la cuisine ?

— Pas directement, même s'il serait opportun pour vous d'observer une certaine distance avec le château, pour quelque temps. Vous serez ainsi à l'abri de Montbel.

Cette question réglée, Marie se cala dans son fauteuil. Prindalles se leva, prêt à partir.

— Ma dame, je ne vous ai pas encore félicitée pour l'heureux évènement que vous attendez.

— Il n'existe pas de bonheur plus grand que ceci, sourit Marie en effleurant son ventre.

— Rien n'est plus vrai.

Marie fut surprise par le regard soudain triste de Prindalles. Le retour de sa suivante l'empêcha de poursuivre et elle se leva à son tour.

— Maître, soyez assuré de ma gratitude.

Elle sortit par une loggia et lui-même fut reconduit par là où il était arrivé. Une fois dehors, il inspira un grand bol d'air, stimulé par le travail qu'il lui fallait fournir en peu de temps. Avant cela, il devait se rendre chez Sibylle.

de Sabaudie historia

HANGUIS et Prindalles s'étaient donné rendez-vous juste avant le lever du soleil. La journée promettait d'être belle bien que fraîche. Le sculpteur était ravi que Sibylle ait insisté la veille pour qu'il prenne un manteau de grosse laine, comme il en portait souvent à l'époque où il vivait dans le Nord. Il tenait par la bride deux mules qui transportaient les pierres de taille qui serviraient à réaliser les statues, ainsi que son matériel. Calé sur sa selle, Prindalles attendait l'arrivée de son compagnon de voyage.

Hanguis ne tarda pas. Il croulait sous les manteaux et les sacoches qu'il portait en bandoulière. Une calotte de laine épaisse masquait sa tonsure qui suivait les contours d'une calvitie naturelle. Ils se saluèrent cordialement. Prindalles tendit une longe à Hanguis qui fixa sur le dos de la bête la moins chargée son écritoire portative.

Tout en échangeant quelques banalités, ils empruntèrent la rue du Mazel en direction de la porte Maché. Il n'était usuellement pas si aisé de traverser la ville, surtout à cheval. Prindalles apprécia le calme qui régnait. Il savait que dans moins d'une heure, le vacarme aurait repris le dessus.

Le voyage débuta dans le silence. Ils croisèrent quelques paysans au visage fatigué poussant des charrettes à bras. Les champs arboraient des teintes dorées et le soleil encore très bas faisait scintiller les petits cailloux dispersés sur la route.

Prindalles avait fini par trouver une certaine satisfaction à l'idée de s'absenter quelques jours. Il prendrait ainsi un peu de recul par rapport au chantier, ce qui était toujours bénéfique, et il ne risquerait pas de croiser Montbel là où il allait. Il aurait également le loisir de se faire désirer auprès de Sibylle, ce qui rendrait les retrouvailles sans doute très réjouissantes. Il revivait les nuits passées en sa compagnie, quand Hanguis le tira de sa réflexion en lui désignant le massif montagneux situé sur leur gauche et s'engagea dans un exposé de la région.

— Je ne crois pas que l'intendant nous ait donné de quoi nous acquitter du péage, tenta d'interrompre Prindalles. Je crains que nous ne devions avancer la somme à messire le comte.

— Inutile. Les chartreux en sont exemptés depuis Amédée V, et monseigneur nous fait la grâce de nous en dispenser à notre tour.

Puis le clerc revint à sa description. Prindalles attendit que son compagnon reprenne son souffle pour dévier la conversation. Il l'interrogea sur le comte.

— La famille de Savoy remonte à fort loin, au moins quatre siècles, expliqua Hanguis avec enthousiasme. La lignée a pour racine un duc saxon nommé Bérold, qui était le neveu de l'empereur du Saint Empire. Il fut chassé de la cour impériale pour avoir fricoté avec l'impératrice. Il s'est alors réfugié auprès du roi d'Arles, qu'il aurait défendu contre les Sarrasins. Il serait le père du premier comte, Humbert aux Blanches Mains. Camberio n'est devenue la capitale de nos États qu'à la fin des années 1200. Au départ, la ville importante était Montemeliano et le château principal celui de Thomas II, à Burgeto. Celui que le comte occupe désormais n'a été acquis par Amédée V, à un certain comte de la Rochette, qu'en 1295.

— Je suis impressionné par vos connaissances.

— Je n'ai point de mérite particulier, sourit le clerc. Nous, les secrétaires de la chancellerie et archivistes, représentons en quelque sorte la mémoire vivante du comté.

Le trajet se poursuivit ainsi tandis que le monde s'éveillait et qu'au loin leur route se profilait.

Silencia

GUIGUES fit signe à ses hommes de faire halte, un doigt posé en travers des lèvres. Ils se tapirent sous le couvert des bois, éclairés par la lueur des quelques torches qu'ils avaient emportées. Leurs laines étaient couvertes de sueur et de poussière. Après le trajet fastidieux et une nuit à la belle étoile, ils avaient l'air hagards et frigorifiés.

Guigues descendit de cheval, imité par les autres, et confia ses rênes à Arnaut. Il rassembla les soldats autour de lui et donna ses instructions à voix basse :

— Nous allons bientôt arriver. À partir de maintenant, plus un bruit, je ne veux pas entendre le moindre éternuement. Tout le monde a compris désormais quel est notre but et connaît son rôle.

Un souffle de murmures enthousiastes traversa le groupe. Un regard de Guigues les réduisit au silence.

— Sauf vot' respect, monseigneur, intervint un des soldats, avant d'y aller, y faudrait régler un léger problème. On a toujours pas vu la couleur de not' solde.

Guigues éprouva la soudaine envie de lui fracasser le crâne. Il jeta un coup d'œil aux autres, qui approuvaient par de vigoureux hochements de tête.

— Je vous ai prévenus que vous serez payés après…

— Ouais, mais nous on préfèrerait êt' payés aujourd'hui.

— Mais puisque je vous dis…

— Et nous on vous dit qu'si vous vous voulez qu'on attaque, va falloir plus que des belles paroles.

Guigues fixa ses hommes l'un après l'autre et comprit qu'ils étaient décidés à s'imposer une fois de plus. Il ébaucha quelques pas vers le dissident et l'entraîna un peu à l'écart. Il s'adressa à lui sur le ton de la confidence :

— J'ai saisi, vous êtes fatigués par la chevauchée. Écoute, il faut que je t'explique.

Il passa son bras autour de ses épaules.

— Quel est ton nom déjà ?

— Maillard, m'seigneur.

— Maillard, tu dois comprendre que je représente l'autorité pour vous. Alors si tu remets en cause mon commandement devant les autres, comment est-ce que je peux mener l'attaque ?

— J'remettais rien en cause, m'seigneur, c'est qu'l'argent commence drôl'ment à manquer et que j'voudrais bien marier la Julienne.

— Je vois.

Guigues marqua une pause, comme s'il réfléchissait. Plongeant la main sous son manteau, il chuchota :

— Écoute, ne le dis à personne mais je vais faire un geste. Juste pour toi…

— Ah ça ! Monseigneur, c'est bien généreux d'vot' part.

Maillard eut besoin de quelques secondes pour surmonter l'effet de surprise. Puis il baissa les yeux et vit la garde du poignard dépasser de son flanc. Il releva la tête et son regard exprima l'incompréhension. Guigues retira la lame d'un coup sec et le laissa s'effondrer dans l'herbe humide. Il ignora ses râles et se dirigea vers son cheval. Il sortit une corde d'une de ses sacoches et la lança à Gonin.

— Accroche ça.

Le garçon hésita un instant, puis, sous le regard de Guigues, s'empressa d'attacher la longe à une branche haute. Arnaut et un autre, Denis, relevèrent Maillard. Ils lui lièrent les mains et le hissèrent sur son cheval. Comme il gémissait de plus en plus fort, Guigues lui fourra dans la bouche le bout de tissu dont il s'était servi pour essuyer sa lame. Arnaut passa la corde autour du cou de Maillard, puis Guigues frappa du plat de l'épée la croupe du cheval qui partit en trottant.

Le corps fut saisi de convulsions et les jambes battirent dans le vide. Un mélange d'urine et de sang ruissela le long des cuisses tandis que tous les membres se relâchaient. La langue sortit de la bouche en une grimace grotesque et expulsa le tissu qu'on y avait enfoncé. Guigues éclata de rire.

L'agonie dura peu.

Guigues fit face à ses hommes :

— Si vous êtes de nature trop sensible, vous pouvez partir maintenant. Mais gare à vous que je ne croise jamais plus votre route. Ou alors, vous pourrez remplacer votre copain qui est là, dit-il en désignant le corps qui balançait doucement.

Seul Gaspard, qui était le plus jeune de la troupe, eut le courage de prendre la parole. Il était maigre et élancé, avait la tête surmontée de boucles blondes presque féminines. Cependant, personne ne se serait avisé de le lui faire remarquer.

— Monseigneur, on est pas des femm'lettes !

— Parfait. De toute façon, vous n'avez aucune raison de paniquer. On ne tuera personne aujourd'hui. À vous de faire en sorte qu'ils aient assez peur pour qu'on n'ait pas besoin de taper dessus. Et Adenet nous confessera tous au retour.

Ces mots ne récoltèrent que quelques moues hésitantes et Guigues eut envie de hurler. Il parvint toutefois à se contenir.

— Songez, bande d'imbéciles, à toutes les richesses que ces foutus murs abritent. Il y a du grain, du vin, des fromages, de l'argent, assez de tout pour nous engraisser. Assez perdu de temps maintenant, en route.

La stratégie était somme toute très simple. Arnaut et Nicod passeraient par la poterne nord, petite et facile à forcer. Ils entreraient en vitesse et ouvriraient la grande porte aux autres. L'heure avait été bien choisie, tout le monde dormirait. Ce serait la panique.

On attacha les chevaux aux arbres et on avança à pas de loup. La troupe marcha quelques minutes dans le bois qui bordait le bâtiment, avant de déboucher sur un chemin. Guigues prit la tête du groupe qui allait s'occuper de la grande porte, située sur le côté nord de la bâtisse, dans le prolongement de la poterne. Arnaut et Nicod s'enfoncèrent dans l'ombre.

Le ciel commençait à s'éclaircir, juste assez pour leur permettre de voir devant eux. Le silence les englobait. Les soldats se mirent en place et le temps sembla se suspendre. Alors qu'il tendait l'oreille, Guigues perçut les coups de hache d'Arnaut. La poterne céda au bout de quelques assauts. Guigues se tourna vers ses hommes et leva son épée, prêt à lancer l'attaque. La grande porte s'ouvrit et ils s'élancèrent en hurlant.

Secunda pars

Ruina

de Comes historia

Le chemin sinueux était recouvert de feuilles aux couleurs rougeoyantes qui atténuaient le bruit du pas des montures. L'atmosphère automnale avait déjà envahi la région et la nature semblait s'éteindre progressivement en prévision de l'hiver à venir. Rompant le silence, Prindalles se retourna vers Hanguis :

— Êtes-vous au service du comte depuis longtemps ?

— Cela fait un peu plus de onze ans maintenant. Un de mes oncles travaillait dans l'administration comtale et m'a aidé à m'y faire une place. Mes modestes talents m'ont permis de devenir indispensable à monseigneur Amédée, ajouta-t-il en baissant humblement les yeux.

— Vous devez donc bien le connaître ?

— En effet. Lui aviez-vous été présenté avant votre mésaventure et le banquet ?

— Oui, peu de temps après mon arrivée.

— Et comment l'aviez-vous trouvé alors ?

— J'avais entendu parler de lui et j'avoue que je m'attendais à rencontrer un homme plus âgé et à l'apparence plus solide. Il s'est cependant montré fort courtois et plus sûr de lui que ce que j'avais cru au premier regard. Il semble disposer d'une autorité naturelle peu commune.

Ils avançaient à petite allure. La pente n'était pas très raide, mais ils ne voulaient pas épuiser leurs montures ni leurs mules. Prindalles se demanda comment Amédée pouvait supporter le poids du comté sur ses frêles épaules.

— A-t-il une santé fragile ? s'enquit-il.

— Ce n'est pas une force de la nature, comme on dit. Il compense cette imperfection par un esprit aiguisé et une grande bonté d'âme. Le comté a de la chance d'avoir un tel homme à sa tête. Il n'a pas eu une enfance facile, et son accession au pouvoir a été semée d'embuches.

— Vraiment ? Vous me voyez ignorant à ce sujet.

Hanguis arbora alors un air de docteur d'université.

— Son père est décédé en 1391 des suites d'une chute de cheval. Amédée VIII n'avait que huit ans lorsqu'il hérita du comté. En raison de son âge et des dernières volontés du défunt, une régence fut instaurée. Cette disposition provoqua une crise durant laquelle la mère et la grand-mère du jeune Amédée s'affrontèrent. Amédée VII avait en effet laissé la régence à sa propre mère, Bonne de Bourbon. Mais sa veuve, Bonne de Berry, ne l'entendait pas ainsi. Elle réunit autour d'elle un parti de *mécontents* et tenta de s'emparer du pouvoir. Par-dessus cela s'ajoutaient encore les influences étrangères.

— Quel imbroglio ! Comment le jeune Amédée a-t-il réussi à conserver son titre ?

— Comme la régence était contestée, Odon de Villars que vous connaissez, assura la direction du comté jusqu'à ce qu'Amédée en soit lui-même capable. En 1393, le duc de Bourgogne Philippe le Hardi arma chevalier le comte et rendit ainsi la régence caduque. C'est d'ailleurs à cette occasion que l'union entre Amédée VIII et Marie, la plus jeune fille de Philippe, fut conclue.

— Le comte et la comtesse semblent être proches l'un de l'autre.

— Ils sont en effet très soudés, ce qui est rare chez les puissants. Marie est une bonne épouse, elle veille de près sur les intérêts de son mari.

Prindalles crut déceler une pointe d'aigreur. Il supposa qu'ils devaient avoir eu des mots et que, de par son rang, elle avait eu le dessus. Il délaissa le sujet pour revenir à l'histoire d'Amédée.

— Et que sont devenues sa mère et sa grand-mère ?

— Sa mère finit par tout abandonner pour épouser son cousin Armagnac. Par un jeu de politique complexe, Bonne de Bourbon fut quant à elle contrainte à l'exil. Elle est décédée il y a quelques années.

— Il ne lui reste donc plus de famille ?

— Non. C'est pour cela qu'il est si attaché à son conseiller, messire Villars. Je sais qu'il a été fort chagriné par le départ forcé puis la mort de sa grand-mère, qu'il aimait beaucoup. En revanche il n'a, à ma connaissance, plus jamais évoqué le souvenir de sa mère.

Ce récit laissa Prindalles songeur. Il n'y avait là rien d'étonnant. Dans toutes les cours d'Europe, les hommes – et les femmes – de pouvoir s'affrontaient à coup de complots, d'assassinats et de trahisons de toutes sortes. Il se demanda quel genre de personne pouvait être Bonne de Berry pour s'opposer aux dernières volontés de son époux, tenter d'arracher le pouvoir des mains de son propre fils et ensuite l'abandonner pour de bon. Il fit part de sa réflexion à Hanguis, qui haussa les épaules.

— Elle n'a jamais su inspirer autre chose que de la défiance, même du vivant de son mari. On la qualifiait de colérique et ambitieuse. Certains sont allés jusqu'à l'accuser d'avoir provoqué l'accident qui entraîna le décès du comte, c'est dire tout le crédit qu'on lui accordait.

Hanguis chassa une abeille avant d'alléguer :

— Amédée VII a fait une erreur en confiant la régence à une personne du sexe faible, si vous voulez mon avis, une dame âgée qui plus est. Quel État digne de ce nom a à sa tête une femme, je vous le demande ?

— Vous oubliez que lors des croisades, le roi Louis IX confia la régence à sa mère Blanche de Castille à plusieurs reprises, et que le royaume de France ne s'en est que mieux porté.

— Moui, rechigna Hanguis. Il aurait tout de même dû, dès le début, mettre au pouvoir un homme fort.

— Comme Philippe le Bourguignon, dont vous parliez ?

— Par exemple. Je vous ai raconté de quelle manière il a réglé les problèmes de messire Amédée. S'il avait été là plus tôt, on aurait évité bien des complications.

— Mais cela aurait signifié confier les rênes de son comté à un autre prince. Amédée VII a pu reculer devant cette idée.

Hanguis eut un sourire désabusé.

— C'est, je pense, ce qui s'est passé. Je le comprends même si je reste persuadé que cela aurait été un moindre mal.

Prindalles était surpris par les conclusions d'Hanguis. Malgré la fidélité dont il faisait preuve à l'égard de son maître, il soutenait que soumettre le comté à l'autorité bourguignonne aurait pu être une solution acceptable. On avait vu trop d'exemples, au cours de l'Histoire, de pupilles dépossédés de leurs droits par des régents un peu trop zélés. Prindalles songea que son compagnon avait dû être profondément marqué par ces années de troubles pour penser ainsi.

— Vous aviez raison, Hanguis, la Savoy peut se féliciter que le comte n'ait pas gardé de cette enfance digne d'une tragédie grecque un caractère violent. Le clerc acquiesça d'un hochement de tête. Laissant de côté le sujet des gens de pouvoir, ils poursuivirent leur route d'un pas tranquille, admirant le paysage qui se déroulait devant eux.

Invasio

Le vacarme résonna dans le silence de l'aube tandis qu'un vent de panique s'abattait sur le monastère. Réveillés en sursaut, les moines se précipitèrent dans la cour. La grande porte déversait une vision de cauchemar : une douzaine d'inconnus s'y engouffraient en hurlant et répandaient la terreur.

Devant ce qui ressemblait à un jardin potager en pente douce, Guigues fit immobiliser quelques frères qui fuyaient. Un jeune homme s'interposa lorsqu'un vieillard fut bousculé. Il reçut en réponse un coup de pommeau d'épée en plein visage. Il s'effondra, le visage en sang. Plus personne ne tenta de résister.

Arnaut ordonna à trois soldats d'aller chercher ceux qui s'étaient réfugiés dans les bâtiments et de les rassembler dans la cour. Les moines se serraient les uns contre les autres. Ils ne comprenaient pas ce que venaient faire chez eux ces intrus.

En moins de vingt minutes, tout était terminé. Voilà qui a été rondement bien mené, songea Guigues. On devinait à présent l'arrivée des rayons du soleil, qui ne tarderaient pas à pointer au-dessus de la crête des montagnes environnantes. Guigues fit un pas en avant et proclama :

— Je suis Guigues de Montbel, seigneur d'Entremont. On a l'intention de faire de mal à personne, alors tenez-vous tranquille. Pas comme cet imbécile ! railla-t-il en désignant frère Rostang, qu'on avait rassis à même le sol. On se contentera de vous prendre quelques petites choses.

Il se tourna vers ses sbires qui ricanèrent docilement.

— Je sais que vous n'êtes pas très bavards, mais j'ai besoin d'un interlocuteur. Qui commande ici ?

Un vieil homme avança en repoussant le bras qu'un autre à la stature impressionnante et aux sourcils broussailleux lui offrait.

— Merci, Martin, ça ira. Je suis frère Bérard, le prieur vicaire de la Grande Chartreuse.

— Très bien, l'ancêtre, viens à l'intérieur avec moi et amène celui d'entre vous qui est chargé de vos celliers. Et le trésorier aussi.

Guigues ordonna à ses soldats d'enfermer les autres dans la salle du chapitre [1] et de les surveiller. Il entraîna ensuite Arnaut et les trois moines vers le grand bâtiment abritant le réfectoire. Il fut interrompu par un hurlement soudain. Il se retourna, les doigts crispés sur sa poitrine. Jorioz se tenait la main comme s'il venait de la brûler.

— Il m'a touché ! s'égosillait-il. Il m'a… C'est un démon !

Il désignait frénétiquement un moine que Guigues n'avait pas remarqué dans l'agitation. Les chartreux s'étaient jusque là arrangés pour le garder dissimulé sous sa capuche, entre leurs rangs serrés. Bérard s'approcha de lui et le prit par la main. Il le fit avancer pour qu'il soit visible de tous, ignorant les protestations de dégoût que son geste provoqua.

— Aymon n'a rien d'un démon, assura-t-il. Sa peau est juste un peu plus pâle que d'ordinaire. C'est un homme comme un autre, doté d'une enveloppe charnelle délavée et d'une âme tout ce qu'il y a de plus humaine.

Les moines firent corps autour d'eux et l'approuvèrent par des hochements de tête vigoureux. Guigues ne voulait pas passer pour un pleutre, mais il ne ressentait que répugnance face cet être plus blanc que neige. Il se détourna et ordonna à ses hommes d'exécuter ses instructions sans plus discuter. Jorioz dut s'y résoudre tout en prenant soin de garder ses distances.

Le réfectoire était composé d'une grande salle en longueur meublée d'une table massive en forme de U. Elle longeait le petit cloître et communiquait avec le bâtiment des cellules par un escalier. De l'autre côté se trouvaient les cuisines, elles-mêmes accolées aux celliers à l'arrière et à diverses pièces servant de bureaux aux obédienciers sur la gauche. Dans le prolongement se situait la salle du chapitre qui formait la dernière partie du carré dessiné autour des cloîtres.

Guigues s'assit sur un banc, étendit ses jambes musclées devant lui et croisa les bras. Il se tourna vers Arnaut.

— Emmène le moine chargé des vivres dans les celliers, prends quelques gars avec toi et apportez-moi tout ce qui s'y trouve. De-

1. Ou salle capitulaire, où se réunissent les moines.

mande à l'un de ces culs de plomb [2] de tout noter, jusqu'à la moindre miette de pain, saisi ? Et envoie-moi Gaspard.

Arnaut hocha la tête en poussant frère Anselme.

— De notre côté, mes bons pères, voyons voir ce que contiennent vos coffres.

— Pas grand-chose, je le crains, prévint Bérard.

Guigues s'esclaffa.

— Allons voir ça.

Il se leva alors que Gaspard arrivait. D'un élégant signe de la main, comme s'il était le véritable maître des lieux, il pria le trésorier de le mener jusqu'à son office. Ils traversèrent le petit cloître en suivant le moine à la tonsure parsemée de reflets blonds vénitiens et empruntèrent un escalier étroit, dont les hautes marches firent souffler le vieux vicaire. Ils longèrent ensuite un couloir et s'arrêtèrent devant une porte. Le trésorier hésita et lança un regard interrogateur vers Bérard. Guigues le pressa :

— Ouvre cette porte, moinillon !

Le moine se contenta de baisser les paupières sur ses yeux gris. Bérard craignit un geste d'impatience et, d'une voix calme qui démentait sa peur, il lui recommanda :

— Obéis, Justin.

Ce dernier s'exécuta, le visage impassible. Empoignant un trousseau de clefs qui pendaient à sa ceinture, il en sélectionna une et ouvrit la porte. La pièce était de taille moyenne, mais le nombre élevé de coffres et de tables inondées de paperasse donnait l'impression qu'elle était à peine plus grande qu'un clapier. Les murs étaient recouverts de chaux et n'étaient agrémentés d'aucun ornement, à l'exception d'une croix de bois sombre accrochée au-dessus de la porte.

Sur un signe de son maître, Gaspard commença à ouvrir les coffres. La plupart n'abritaient que des papiers, titres de propriété, copies de testament de riches marchands qui avaient légué leur fortune à la communauté… Cette fouille plongea Bérard dans l'angoisse, car il savait que leur contenu ne satisferait pas Guigues.

Soulevant une planche qui faisait office de console, Gaspard trouva un autre coffre, verrouillé celui-là. Il arracha les clefs de la ceinture du

2. Incapable, qui reste les fesses sur sa chaise.

trésorier, en essaya une, puis une deuxième. La troisième fut la bonne. Guigues s'approcha, impatient. Justin gémit, d'une voix enrouée restée longtemps silencieuse :

— Je vous en prie, c'est tout ce que nous possédons...

— La ferme ! coupa Guigues.

Il écarta Gaspard, s'accroupit devant le coffre et remonta le couvercle. Il n'abritait qu'un sac, pas plus grand qu'une besace, rempli de pièces d'argent. De bons deniers gros. Il fouilla le reste de la caisse, en vain. Il se retourna vers Justin, l'attrapa par les épaules et lui cria dans les oreilles :

— Où est l'or ?

Bérard tenta de s'interposer.

— Messire, il vous l'a dit, c'est tout ce que nous possédons.

— Vous mentez !

— Je vous assure que non ! se défendit le trésorier. Tout l'argent que nous avons est ici.

— Mais on doit bien vous faire des dons ! Et de legs. Où sont-ils ?

— Nous ne conservons que ce qui nous permet de vivre. Le plus gros est réservé à l'achat de terres et de ce que nous ne pouvons produire. Le surplus est livré à ceux qui en ont plus besoin que nous.

Guigues secoua Justin en grognant puis le relâcha. La somme était trop modeste en comparaison de ce qu'il avait imaginé, à peine cent cinquante ou deux cents florins [3], estima-t-il.

Il était stupéfait. Il ne se doutait pas que les moines distribueraient tout leur argent. De ce qu'il savait, les communautés religieuses étaient en général fort riches. La somme contenue dans le sac servirait à peine à payer ses hommes et à survivre quelques mois. Il espérait que les celliers se montreraient plus généreux. Heureusement qu'Oreste avait tout prévu.

— Gaspard, somma-t-il, reste ici avec le trésorier. Comptez l'argent qu'il y a dans le sac. Ensuite, va chercher deux gars au réfectoire et fouillez cette pièce de fond en comble, même les murs et les planchers. Je suis sûr que nos hôtes ont leurs petits secrets.

Il saisit Bérard par le bras.

— Quant à nous, allons faire un tour.

---

3. 1 florin équivalait à 12 deniers. Le denier était une pièce en argent et en cuivre, le florin en or.

Reliquiae

Le jour s'était enfin levé, insensible aux évènements qu'il voyait se dérouler. Une lumière douce éclairait le réfectoire et contrastait avec la détresse que les hommes de Guigues y avaient apportée. Ils transportaient toutes sortes de denrées pour les empiler sur la table : des sacs de toile remplis de grains et de farine, des tas de légumes, de pommes et autres fruits secs, ainsi qu'une petite quantité de viande séchée.

Guigues et Bérard pénétrèrent dans la grande pièce. Installé sur un coin de l'immense table, un moine inventoriait chaque produit, surveillé de près par Arnaut. Guigues se montra nettement plus satisfait par cette partie du pillage et afficha un large sourire.

Le vicaire observa ces hommes frustes qui les dépouillaient sans vergogne, allaient et venaient à leur guise, parlaient fort, juraient sans façon dans ces lieux qu'il aimait tant. Il sentit son cœur se serrer.

Après avoir attrapé une pomme au passage, Guigues entraîna Bérard à l'extérieur, louvoyant avec souplesse entre les soldats. Il se dirigea vers la chapelle, accolée au mur est de l'enceinte. Le chartreux fit de son mieux pour maîtriser les tremblements qui l'avaient saisi et pria le Seigneur de lui accorder le courage de supporter ce qui l'attendait. Ses forces physiques l'avaient abandonné depuis longtemps, mais il détenait l'autorité ici, en tant que prieur vicaire et en tant qu'homme de Dieu. Tout en croquant dans sa pomme, Guigues se sentait disposé à distribuer le nombre de coups nécessaires pour raisonner les inconscients qui s'opposeraient à sa volonté.

Ils arrivèrent enfin devant la bâtisse et Guigues ouvrit la porte. Bérard demanda d'un ton faussement naïf :

— Messire souhaite-t-il se repentir de ses péchés ?

Le visage de Guigues se fendit d'un sourire goguenard.

— C'est ça, mon père. Je veux prier.

Ils pénétrèrent dans l'édifice. Les proportions étaient harmonieuses, les murs arboraient peu d'ornementations, quelques croix en bois de pin ainsi que deux toiles datant du siècle dernier. Bérard cherchait une échappatoire. Il s'approcha d'un banc comme s'il s'apprêtait à prier, tout en sachant qu'on ne lui en laisserait pas le loisir.

En effet, Guigues se dirigea droit sur l'autel où un coffret de la taille d'un reliquaire était posé en évidence. Il se pencha pour l'observer de près. Il s'agissait d'un bel ouvrage. Carré, il était surmonté d'un couvercle ornementé de pierres précieuses – émeraudes et saphirs, espérait-il. Il les caressa, fermant les yeux un instant. Rien que le coffret pourrait lui rapporter une petite fortune. Il se conforma à son rôle et se tourna vers le moine :

— Dites-moi, mon père, qu'est-ce qu'il y a là-dedans ?

Bérard nota que, de façon instinctive, Guigues avait abandonné le tutoiement. La gorge sèche, il indiqua :

— Il s'agit d'un doigt et d'un morceau de fémur ayant appartenu à maître Bruno. Le coffret nous a été offert par un généreux donateur.

— Pourquoi conserver ces vieilleries ?

— Bruno est le fondateur de notre ordre. En ce sens, il est sacré à nos yeux, de même que ses ossements.

— Et vous les gardez pour vous, sans jamais les montrer ? Il est pourtant de coutume d'organiser des processions autour des reliques de saints, afin que les fidèles puissent venir les prier.

Guigues savait que le peuple tenait beaucoup à ces ostentations. Bérard conserva le ton de la conversation :

— Messire devrait se souvenir que nous n'avons que très peu de contact avec l'extérieur. En outre, ce sont les restes du patron de notre communauté. Bruno était le fondateur des Chartreux, ses os n'ont de valeur que pour nous.

— Ces immondices sont sacrées ! Elles pourraient apporter réconfort et protection à bien des gens.

— Messire, malgré nos demandes répétées à l'adresse de Sa Sainteté le Pape, je peux vous assurer que maître Bruno n'est pas considéré comme un saint[1]. Le contenu de ce coffret n'a donc rien de sacré aux yeux du monde.

— Comme si j'étais assez idiot pour croire à ces attrape-minettes[2] !

Bérard lança un regard perplexe à Guigues. Jouait-il au sot ?

1. Bruno ne sera canonisé qu'un siècle plus tard, en 1514.
2. Mensonge grossier destiné à berner les simples d'esprit.

— C'est égoïste de votre part de vous réserver ces objets. C'est bien de vous, les moines ! On garde tout pour sa petite communauté qui se terre derrière ses murs, à ne rien faire d'autre que baragouiner des prières qui restent sans effet. Vous êtes des parasites, vous vivez sur le dos des gens, vous prenez leur argent, leur courage, leurs espoirs et leurs terres, vous en nourrissez alors qu'eux n'ont plus que des racines à se mettre sous la dent !

Bérard se redressa de toute sa taille :

— Messire se laisse emporter par ses paroles ! Les chartreux ne mendient pas. Nous vivons de ce que nous produisons et achetons ce qui nous manque. Si nous recevons quelques dons, nous les acceptons avec reconnaissance mais nous ne les encourageons en rien. Et prenez garde à ne pas blasphémer dans la maison du Seigneur.

— La maison du Seigneur, ricana Guigues.

Il se reprit. Si, en plus du reste, il ne voulait pas être accusé d'hérésie ou pire, d'athéisme, il devait veiller à ne pas aller trop loin.

— Vous avez raison, mon père, ça n'a aucun sens de s'énerver comme ça. De toute façon, ce reliquaire et ce qu'il contient sont maintenant en ma possession.

— Ce sont des ossements d'une valeur inestimable pour notre ordre, un profane ne peut en disposer à sa guise. Vous ne pouvez faire cela !

— Bien sûr que si. Mon but est tout à fait honorable, puisque je souhaite en faire profiter tout le monde. C'est une démarche fort pieuse, ne trouvez-vous pas ?

Bérard voulut protester. Guigues le devança. Il le plaqua contre la colonne la plus proche et lui bloqua le cou avec son avant-bras. Dans un souffle glacé, il murmura :

— Plus un mot, vieille gargouille. J'ai besoin de réfléchir.

Il le repoussa et le força à s'asseoir. Bérard se résigna en se massant la gorge. Il n'avait aucun moyen de lutter contre l'avidité et la violence.

Guigues s'installa sur un autre banc, derrière lui. Il devait rester attentif pour ne pas commettre d'erreur. Tout avait été prévu avec soin, il voulait s'assurer de ne pas perdre le fil.

Son idée initiale avait été de s'emparer des reliques et de les installer dans la chapelle de son propre château. Il aurait auparavant vendu le coffret et l'aurait remplacé par un autre, plus sobre. Il aurait ensuite permis aux gens du peuple de venir prier les restes contre une modeste compensation. Mais il apparaissait même à son esprit lent que c'était une mauvaise idée. On apprendrait vite que le tout était issu d'un larcin honteux.

Non, il devait se débarrasser de la boîte et de son contenu avec. Dans tous les royaumes, un vaste trafic de reliques donnait bien du souci à la papauté. Tout le monde voulait acquérir l'os ou une poignée de cheveux, aussi bien les petites gens que les grands seigneurs. Il s'en tiendrait donc au plan. Il maintiendrait secret le vol des reliques et les vendrait au plus offrant. Pour l'heure, il fallait convaincre le moine de garder ça pour lui.

Guigues se leva et observa le vieil homme, les mains jointes et les yeux fermés. Un sourire cruel se dessina sur son visage. Pris d'une soudaine curiosité, il souleva le couvercle pour voir à quoi les ossements ressemblaient.

Un rire nerveux lui échappa. Le coffret était vide.

Artes

Le trajet se transformait peu à peu en épreuve pour les voyageurs et leurs montures, tandis qu'ils prenaient de l'altitude. L'air se rafraîchissait et de gros nuages envahirent le ciel. Après un passage diablement escarpé, la mule de Prindalles s'arrêta et refusa de faire un pas de plus. Le sculpteur tira sur la bride à maintes reprises, sans succès. Il descendit de son cheval et s'approcha de l'animal. Il lui parla avec douceur, lui cria dans les oreilles puis donna un coup de bâton sur son arrière-train. En vain. Perché sur sa propre monture, Hanguis semblait s'amuser du spectacle et dut faire appel à tout son savoir-vivre pour ne pas rire aux éclats.

À court d'idées, Prindalles s'appuya sur l'une des pierres attachées aux flancs de la mule. L'animal fit un bond et poussa un braiment. Intrigué, le sculpteur examina les fixations et comprit la réaction de la pauvre bête. Le tapis placé sur son dos, destiné à la protéger du frottement, avait glissé. L'une des cordes lui avait causé une brûlure sous les côtes.

Prindalles commença à décharger la mule. De mauvaise grâce, le clerc vint l'aider. La scène n'avait plus rien d'amusant et ils perdaient du temps. Une fois la tâche terminée, le sculpteur remit en place le tapis et fixa à nouveau les pierres et les sacoches. Il en prit néanmoins une de plus sur son propre dos. Tandis qu'il épongeait la sueur sur son front, il s'adressa de nouveau à la mule avec douceur. Au bout de quelques minutes, elle se laissa convaincre de repartir.

Ils devaient passer la nuit dans une modeste auberge, située en amont du col de Couz et dont le tenancier était une vieille connaissance d'Hanguis. Ce dernier promit à Prindalles qu'il dégusterait en ces lieux le meilleur repas de sa vie. Comme ils avaient quitté la ville de bonne heure, et malgré leur pause imprévue, ils arrivèrent à l'auberge juste après sexte. Ils abandonnèrent leurs montures et les confièrent au jeune palefrenier à l'allure bovine. Prindalles lui signala la blessure de sa mule et lui demanda de la nettoyer avant de la panser.

Maître Jacquet accueillit Hanguis avec force sourires et accolades, ravi qu'il était de le revoir enfin. Il lui assura qu'il leur donnerait ses meilleures chambres – les deux seules en réalité – et se dirigea vers la cuisine pour leur préparer un repas réconfortant, après toute cette route. Il avait annoncé tout cela d'une seule traite tandis qu'il les entraînait à l'intérieur, sans leur laisser le loisir de placer un mot. Les voyageurs échangèrent un regard amusé et s'affalèrent sur des bancs. L'aubergiste déposa sur leur table deux gobelets accompagnés d'un pichet de vin et repartit s'affairer en cuisine.

Les deux compagnons savouraient le repos qui s'offrait à eux.

— Je me rends compte que je n'ai fait que jacasser durant le trajet, remarqua Hanguis.

— C'est moi qui vous ai posé quantité de questions.

— Toujours est-il que je ne sais rien de vous, ou presque.

Prindalles lui raconta alors ses années d'apprentissage à Brucella. Il lui parla de la réalisation de son chef-d'œuvre – une statue de Sainte Marie-Madeleine – du désir qui l'animait, dès ses premières années, de s'approcher au plus près de la grâce divine à travers son art. Il évoqua la difficulté de se faire une place de renom lorsque l'on travaille de ses mains. Comme Hanguis l'interrogeait à ce sujet, Prindalles résuma la situation ainsi :

— Il existe une sorte de hiérarchie des arts. L'activité manuelle est considérée comme avilissante par rapport à l'activité intellectuelle qui, elle, élève l'esprit.

— Je vois, c'est pour cela que dans l'enseignement des sept arts libéraux qui composent le *trivium* et le *quadrivium*, il n'y a pas d'activité purement manuelle.

— Voilà. Partant de cette constatation, ceux qui travaillent la pierre ou le bois éprouvent un certain embarras à faire reconnaître leur statut d'artiste. Pour nous autres *ymagiers*, la grande difficulté réside dans la position que nous occupons face aux peintres, qui eux sont libérés des contraintes matérielles qui nous assujettissent. De là vient la doctrine de la supériorité de la peinture sur la sculpture.

— Quelque chose m'échappe. Les orfèvres aussi façonnent la matière de leurs mains. Pourtant, je ne crois pas qu'ils soient méprisés à l'image des *ymaginatores*.

— Ils ne le sont pas parce qu'ils utilisent des matériaux précieux, comme l'or, l'argent ou l'ivoire. Nous, nous travaillons la pierre ou le bois. Ce sont des matières viles, non nobles aux dires des *vrais* artistes. Ils ne peuvent comprendre quelle fierté on ressent quand on fait apparaître des yeux rieurs où perce une lueur de malice à partir d'une simple pierre brute ; ou toute l'application qui doit être fournie pour réaliser un drapé élégant ; la retenue et la délicatesse dont il faut faire preuve lorsque, armé d'outils massifs, on doit graver de minuscules figures. La pierre est noble en réalité car malgré les apparences, elle est fragile et douce sous la main. Elle est comme une femme qui ne se laisserait pas manœuvrer et dont il faudrait prendre soin.

Ils marquèrent une pause lorsque le tenancier déposa devant eux un plat fumant. Il avait préparé des oignons farcis aux champignons accompagnés de pormoniers [1] et d'une potée de panais cuits dans le gras de la viande.

— Et pour le dessert, il y aura des rissoles aux pommes [2], annonça maître Jacquet.

Prindalles et Hanguis le remercièrent et s'attaquèrent au repas avec enthousiasme. Ils mangèrent en silence, signe que les plats étaient savoureux.

— Cela étant, observa le clerc en se léchant les doigts, ça ne vous a pas empêché de vous faire une place. Votre nom, vos talents et votre passion sont reconnus et le seront davantage dans le futur grâce à la chapelle de monseigneur Amédée.

— Je l'espère. Mais j'ai peu confiance en l'avenir. Ces dernières années, il semble que l'on veuille cantonner notre savoir-faire à des ornementations religieuses à l'intérieur des édifices. Il y a moins de sculpture monumentale. Le goût de notre siècle est à la peinture. Mon nom est assez connu dans mon domaine. À l'échelle de la chrétienté, il n'y a guère que mon ancien maître Claus Sluter et Jean de Liège, qui travailla à Paris il y a quelques années, dont on ait retenu l'œuvre. Les autres tombent peu à peu dans l'oubli.

— Voilà un discours bien désabusé, cher maître.

1. Saucisses de porc aux légumes verts (poireaux, choux, etc.).
2. Beignets fourrés de confiture ou de compote.

— Vous avez raison, réalisa Prindalles. Mon caractère taciturne prend parfois le dessus. Je me plains alors que je devrais rendre grâce à Dieu pour le goût de tous les arts dont il a fait don à messire Amédée. Nous allons prouver que la sculpture est un art véritable qui peut, au même titre que la peinture, magnifier la grandeur de notre Seigneur.

— J'aime mieux vous entendre parler ainsi !

Hanguis leva son gobelet, imité par Prindalles.

Repus après le repas qui avait tenu toutes ses promesses, Prindalles et Hanguis se promenaient d'un pas lourd. Le soleil commençait à peine sa descente et disparaîtrait bientôt derrière les hautes montagnes qui les encerclaient. La route était bordée d'immenses épicéas au milieu desquels quelques noyers tentaient de se faire une place. Prindalles appréciait de plus en plus ces montagnes qui avaient tant enflammé son imagination auparavant. Le temps aidant, il avait appris à atténuer la sensation d'étouffement qu'elles lui inspiraient.

Pour se divertir, les deux hommes se racontèrent les anecdotes les plus folles qui couraient sur ces régions. Il se disait que, passée une certaine altitude, elles étaient peuplées de dragons, de petits démons et de créatures malfaisantes. Cette faune maléfique vivait dans des trous creusés à même la roche, dans lesquels on pouvait tomber et disparaître à tout jamais. Certes, il n'était pas exclu de croiser la route d'un farfadet ou d'une mauvaise fée, mais en aucun cas celle d'un dragon !

Prindalles s'approcha du bord du chemin pour observer avec plus d'attention les pierres en contrebas. Tout à coup, Hanguis poussa un cri et s'effondra au milieu de la route. Le sculpteur se précipita vers lui et le releva en le soutenant par les aisselles. À peine s'étaient-ils redressés que le clerc jura et retomba sur le sol.

— Je me suis blessé à la cheville, grimaça-t-il.

— Il faut retourner à l'auberge. Je vais vous aider.

Prindalles empoigna son bras et le posa sur son épaule. Dans le même temps, Hanguis se hissa sur sa jambe valide et prit appui sur lui. Le sculpteur dut se courber car il était bien plus grand. Enchevêtrés de la sorte, il leur fallut un bon moment pour retourner sur leurs pas et ils durent s'arrêter plusieurs fois pour reprendre leur souffle.

Lorsqu'il les vit arriver ainsi, l'aubergiste courut à leur rencontre et aida Prindalles à soutenir Hanguis jusqu'à l'intérieur. Ils l'installèrent sur un banc placé contre le mur, en prenant soin de poser sa jambe sur un tabouret. Maître Jaquet ôta la botte et remonta les chausses au-dessus du genou, afin de s'assurer qu'il n'y avait pas de fracture.

— Que s'est-il passé ?

— Mon pied a roulé sur une pierre, répondit Hanguis d'un air penaud.

— Ça arrive tout le temps, ces petits incidents. Je ne vois rien d'alarmant, estima maître Jaquet en palpant la cheville meurtrie, mais cela risque d'être contraignant. Il faut laisser votre jambe au repos pendant quelques jours.

— C'est impossible, nous devons reprendre la route dès demain.

— Peut-être une journée sera-t-elle suffisante. Mes compétences en la matière sont modestes, mon ami, mais je sais que si vous utilisez votre jambe sans la reposer un tant soit peu, vous souffrirez bien plus.

— Votre mission est d'importance, mais vous ne pouvez bouger, enchérit Prindalles. Prenez donc votre mal en patience.

— Vous avez raison, je ne retarde que moi. Votre besogne n'a rien d'urgent.

Le sculpteur tiqua mais ne protesta pas. Lui et l'aubergiste aidèrent Hanguis à gagner l'étage. Après l'avoir déposé sur sa couche, Prindalles rejoignit sa propre chambre, à la fois désolé pour son compagnon et contrarié par ce retard imprévu.

Opportunitas

LORSQUE le vicaire et Guigues quittèrent la chapelle, le premier avait l'air bouleversé et le second fou de rage. Une heure durant, dans l'intimité de la petite bâtisse, Montbel avait tenté de faire avouer au vieil homme où étaient cachées les reliques, à grand renfort de menaces et de quelques coups retenus. Il n'avait récolté que des prières mêlées de supplications.

De retour à la lumière du jour, il ordonna à l'un de ses sbires d'escorter Bérard jusqu'à sa cellule. Il comptait revenir vers lui plus tard. Il se dirigea vers le réfectoire et traversa pour cela le grand cloître, dont le centre était occupé par le cimetière. Cet agencement lui parut aussi étrange que sordide. Il accéléra le pas et dépassa le petit cloître ombragé par un noyer et recouvert d'herbe.

Il pénétra enfin dans la vaste pièce où l'activité n'était pas retombée. Un moine au ventre proéminent et aux manières obséquieuses se dirigea vers lui. Malgré ses ordres, on avait dû le laisser sortir de la salle du chapitre. Il n'en eut pas le temps de le chasser car il s'inclinait déjà devant lui.

— Monseigneur, je me nomme Albin. Je suis chargé de l'instruction et de la discipline des novices.

— Et alors ?

— Permettez-moi de vous proposer mon assistance pour tout ce qui pourra vous être utile. Je connais les lieux et ses occupants sur le bout des doigts.

Guigues répondit à peine. Il regardait les vivres s'accumuler sur la grande table. Voyant qu'il ne parvenait pas à attirer son attention, Albin le prit familièrement par le bras et l'entraîna devant une haute fenêtre, un peu à l'écart de l'agitation.

— Monseigneur ne devrait pas sous-estimer mes talents, je suis certain que nous pourrions nous entre-aider.

Guigues, amusé par son culot, songea à l'envoyer au diable avant de se raviser. Posséder un allié dans l'enceinte du monastère pourrait s'avérer utile.

— N'êtes-vous pas contraints au silence par la règle de Saint-Benoît ? le provoqua-t-il toutefois.

— Pas tout à fait. Nous ne suivons pas cette règle mais la nôtre, érigée par maître Bruno. Et en théorie, l'observance du silence en fait partie. La situation singulière que nous connaissons aujourd'hui exige néanmoins des dispositions inhabituelles…

Il se lança alors dans une longue justification. Guigues, qui n'en avait cure, l'interrompit :

— Fort bien, mon gros, disons que vous me racontez tous les petits secrets des lieux et que vous m'aidez à m'enrichir. Vous voulez quoi en échange ?

— Monseigneur ne regrettera pas notre collaboration, promit Albin en battant des mains. Ce que je souhaite, c'est très simple : être nommé prieur vicaire pour pouvoir assister notre Général dans sa lourde tâche. Vous devez savoir que le prieur de la Grande Chartreuse l'est aussi pour l'Ordre dans son ensemble.

— Épatant. Et d'ailleurs, il est où ce Général ?

— Dom Jean [1] se trouve à Rome, pour consolider l'unité tout juste retrouvée de notre ordre. En son absence, nous nous en remettons au prieur vicaire.

— Mais il y en a déjà un ici, Bérard.

— Messire est fin observateur, à ce que je vois, flatta Albin en masquant l'ironie de sa remarque derrière un sourire mielleux. Il aura donc relevé que notre cher Bérard est d'un âge très avancé et qu'il ne possède plus sa force de caractère d'antan.

— Si vous le dites.

Tout en repensant aux reliques introuvables, Guigues jugea que le vieil homme n'était pas si faible que ça. Il scruta le moine rondouillard. Peu lui importait ses motivations personnelles, il n'aimait pas l'idée d'être mêlé à des affaires internes au monastère. Comme s'il percevait ses réticences, Albin le rassura :

— Monseigneur, mes intentions sont tout à fait louables. Je considère que frère Bérard n'est plus apte à occuper cette fonction, qui demande fermeté et détermination. Je suis quant à moi certain d'être fait pour cela. Mon souci est qu'il a toute la confiance de notre Très

1. Jean III de Griffemont, Général de l'Ordre des chartreux de 1410 à 1420.

Révérend Père, qui n'est pas conscient de tout ce que je viens de vous dire. Je crains qu'à terme son action soit néfaste à notre communauté.

Guigues suspendit une seconde fois ce flot de paroles :

— N'empêche qu'il est toujours là. Alors qu'est-ce que je peux y faire ?

— Il se trouve que je suis en possession d'informations qui permettraient de le démettre de ses fonctions. Mais seul, ça me paraît difficile. Il me faut votre appui. Attention, il s'agit d'une affaire grave, ajouta-t-il si bas que Guigues dut se pencher pour l'entendre. Il serait inapproprié d'en parler dans le réfectoire, au milieu des soldats.

— D'accord. Mais pour le moment, je n'ai pas le temps pour ça.

Puis, pris d'une soudaine inspiration, il lui tapota l'épaule.

— Si vous souhaitez faire preuve de votre bonne foi dès à présent, trouvez-moi donc de quoi transporter tous ces vivres jusqu'à mon château.

— Bien sûr, je m'en charge tout de suite. Puis-je vous demander l'autorisation d'envoyer Aymon dans sa cellule, afin de lui épargner de nouvelles injures ? Et pour moi-même, celle de demeurer en compagnie des novices dans leur bâtiment ? Je ne voudrais pas qu'ils s'inquiètent ou qu'ils agissent de manière inconsidérée. Ils resteront ainsi bien tranquilles, je vous le promets.

Guigues accepta. Albin s'inclina une dernière fois avant de partir à la recherche de charriots.

Guigues se détendit un peu. Les vivres s'amoncelaient, il avait déjà acquis une petite quantité d'argent qu'il pourrait compléter avec la vente du reliquaire et des ossements – s'il parvenait à mettre la main dessus. Il pourrait peut-être récupérer quelques biens, après avoir apposé une ou deux retouches sur des contrats. Enfin, il venait de gagner un allié. Mais il ne fallait pas s'endormir. Le temps pressait.

Fratres

AYMON rôdait dans sa cellule. Comment ce bast [1] avait-il pu l'insulter devant tout le monde ? C'était lui, le démon. Quel homme pouvait oser attaquer, piller et souiller un monastère ? Son monastère ! Il devait lui faire payer son affront. Sans oublier les autres, qui l'avaient regardé comme s'il était un monstre.

Il fulminait ainsi lorsqu'il entendit un bruit de pas derrière lui. Il se retourna. Sa vue était mauvaise, surtout quand la lumière était basse, en raison de l'extrême pâleur de ses yeux. Il lui fallait s'approcher au plus près des objets et des personnes pour pouvoir les identifier. Bérard se soumit à cet examen sans ciller, comme toujours.

— Ah, mon père, c'est vous.

Aymon était soulagé de reconnaître les traits ridés du vieil homme. Pendant un instant, il avait craint qu'on soit venu le tourmenter.

— Oui, mon frère, je suis là. Cet aimable garçon répondant au nom de Rodolphe m'a autorisé à te rendre visite quelques minutes. J'avais besoin de te voir après ce qui s'est passé. Tu as l'air contrarié, peut-être devrais-tu t'assoir un peu, conseilla le vicaire en désignant la chaise placée devant la table de travail.

Aymon hésita avant d'obtempérer. Bérard avait cette habitude de le commander sans en donner l'impression et il se sentait toujours obligé de l'écouter. Depuis quelque temps, cela l'irritait. Il était d'ailleurs incapable de le tutoyer ou de l'appeler autrement que *mon père*.

Malgré cela, Aymon chérissait la compagnie du vicaire. Il était le seul à lui témoigner une sincère bienveillance, à pressentir le réconfort dont il avait parfois besoin. Il s'assit sur son lit de bois recouvert d'une maigre paillasse et céda la chaise à son aîné. Bérard s'y installa en masquant une grimace. Son entretien avec Montbel avait laissé des traces.

— Tu n'es pas très bavard. D'habitude, je suis obligé de te rappeler nos vœux de silence pour t'arrêter, fit-il observer avec un sourire affectueux.

---

1. Bâtard.

Comme Aymon restait muet, Bérard enchaîna sur le même ton :

— J'ai remarqué que ta voix s'est améliorée lors de la dernière messe. Tes efforts ont porté leurs fruits.

— Merci, mon père.

Bérard soupira et fixa le visage dénué d'expression qui lui faisait face.

— Allons, dis-moi plutôt ce qui te tracasse.

— Vous vous en doutez bien.

— Certes, et tu m'en vois désolé. Il faut du temps aux gens pour apprendre que l'amour de Dieu est réparti entre tous Ses enfants à parts égales. Et que, de cette manière, ils ne sont en rien différents de toi.

— Vous savez bien que si, mon père.

— Je pense que tu devrais t'efforcer de le comprendre. Il n'a sans doute jamais vu d'homme tel que toi avant de venir ici. Il a été surpris.

— Je veux bien le croire.

— Il a eu peur, comme nous faisons tous face à l'inconnu.

— Je le reconnais, mon père.

— Les gens peuvent être cruels, je te l'accorde. Sa réaction était insultante et disproportionnée. Si tu lui offrais ton indulgence…

— Il n'en est pas question !

Aymon regretta aussitôt d'avoir été si véhément, sachant combien cela risquait de peiner son ami. Les épaules basses, il reprit :

— Pardonnez-moi, mon père. Je suis conscient que vous me voudriez différent, plus miséricordieux et moins rancunier, mais cela m'est difficile. C'est que… je suis tellement en colère. Tout le temps.

— Tu te trompes, mon frère, jamais je n'ai éprouvé le désir que tu sois autre. Dieu t'a fait à Son image et Il t'aime, tel que tu es. Et Il n'est pas le seul, tu le sais bien.

La gorge d'Aymon se serra et il prit la main du vieil homme entre les siennes.

Bérard représentait son unique famille. D'aussi loin que remontaient ses souvenirs, il se tenait à ses côtés tandis que les autres se moquaient de lui ou l'ignoraient. Lorsqu'il était enfant, il arrivait que l'injustice de sa condition plonge Aymon dans des crises de rage dont il ressortait épuisé. Le vicaire avait passé de nombreuses nuits à le consoler. Et le temps lui avait donné raison. Les garçons avec qui il avait grandi ne le tourmentaient plus depuis longtemps et la plupart lui manifestaient aujourd'hui la même sympathie qu'à n'importe quel autre frère.

Par son exemple, il avait appris à la communauté à lui témoigner patience et gentillesse, à le traiter avec le respect dû à n'importe quelle créature de Dieu. Grâce à Bérard, les moines lui apportaient leur aide pour se déplacer aux offices nocturnes.

— Je souhaiterais en revanche que ton cœur trouve la paix, reprit Bérard. J'aimerais que tu puisses apprécier ce qui t'a été offert, à savoir une place parmi nous. Que ta foi en notre Seigneur te permette de vivre une vie plus sereine. Enfin, je voudrais que tu chasses cette noire colère de ton cœur, car elle finira par le ronger. Ce sont là les seuls changements que j'espère te voir opérer.

— Oui, mon père.

Aymon baissa la tête et écouta la prière que Bérard avait commencé à psalmodier.

— *Veni, Sancte Spiritus, et emitte caelitus lucis tuae radium. Veni, pater pauperum, veni, dator munerum veni, lumen cordium* [2].

Mais le jeune homme ne parvenait pas à se concentrer sur les mots. Il savait que sa foi n'était pas à la hauteur des attentes du prieur. C'était le seul domaine où il ne suivait pas ses directives. Depuis qu'il était tout petit, le vieux chartreux s'était appliqué à lui enseigner la contrition et la soumission aux volontés divines, aussi pénibles soient-elles, ainsi que la miséricorde et la tempérance.

— *Consolator optime, dulcis hospes animae, dulce refrigerium. In labore requies, in aestu temperies in fletu solatium* [3].

Hélas, Aymon avait beau s'y efforcer de tout son cœur, il n'avait toujours pas trouvé cette paix de l'esprit, cette confiance absolue en Dieu que Bérard possédait et qu'il lui enviait. Il ne le lui avait jamais avoué. Pour rien au monde il n'aurait voulu le blesser.

— *O lux beatissima, reple cordis intima tuorum fidelium. Sine tuo numine, nihil est in homine, nihil est innoxium. Lava quod est sordidum, riga quod est aridum, sana quod est saucium. Flecte quod est rigidum, fove quod est frigidum, rege quod est devium. Da tuis fideli-*

2. Prière *Veni, Sancte Spiritus : Viens, Esprit Saint, et envoie du haut du ciel un rayon de ta lumière. Viens, Père des pauvres, viens, dispensateur des dons, viens, lumière de nos cœurs.*

3. *Consolateur souverain, hôte très doux de nos âmes, adoucissante fraîcheur. Dans le labeur, le repos ; dans la fièvre, la fraîcheur ; dans les pleurs, le réconfort.*

bus, in te confidentibus, sacrum septenarium. Da virtutis meritum, da salutis exitum, da perenne gaudium, Amen [4].

Bérard soupira. Il n'était jamais parvenu à respecter son vœu de silence avec Aymon. Il était en réalité conscient de la fraîcheur de sa foi. Cela le peinait mais pas pour les raisons que le jeune homme imaginait. Il avait certes dépensé beaucoup de temps et d'énergie pour le conforter et s'il avait eu la certitude que sa démarche était féconde, il aurait volontiers fait plus encore. Mais il avait échoué et il le savait.

Il observa ce garçon pour lequel il éprouvait une affection particulière. Bérard le sentait malheureux et cela lui brisait le cœur. Il lui avait offert une vie paisible, au calme et aussi éloignée que possible des moqueries et des peurs que son apparence pourrait susciter. Une existence remplie d'amour, celui de ses frères et celui de Dieu. Il ne voyait pas ce qu'il pouvait faire de plus pour lui.

Aymon le rappela au présent.

— Mon père, je vous prie de m'excuser mais nous avons des problèmes plus importants que mon orgueil blessé. Comment allons-nous nous débarrasser de ces brutes ?

— Je ne le sais pas encore.

— Si vous le souhaitez, chuchota Aymon, si bas que Bérard dut se pencher à son tour, je pourrais me charger des gardes du couloir et, avec l'aide de quelques frères costauds, régler son compte au sire de Montbel...

— Assez ! Je refuse de voir la violence s'immiscer encore plus en ces lieux. Tu te ferais tuer en un rien de temps, ce qui se révèlerait inutile en plus d'être stupide. Si tu veux m'aider, prie Dieu qu'Il t'apporte un peu de sagesse et à moi une solution.

Rodolphe frappa à la porte, signifiant ainsi que le vicaire devait regagner sa cellule. Bérard se leva avec lenteur, salua le jeune chartreux d'une affectueuse tape sur l'épaule et sortit, satisfait d'entendre qu'Aymon suivait son conseil :

---

4. *Ô lumière bienheureuse, viens remplir jusqu'à l'intime le cœur de tous tes fidèles. Sans ta puissance divine, il n'est rien en aucun homme, rien qui ne soit perverti. Lave ce qui est souillé, baigne ce qui est aride, guéris ce qui est blessé. Assouplis ce qui est raide, réchauffe ce qui est froid, rends droit ce qui est faussé. À tous ceux qui ont la foi et qui en toi se confient, donne tes sept dons sacrés. Donne mérite et vertu, donne le salut final, donne la joie éternelle. Ainsi soit-il.*

— Mon Dieu, j'ai un très grand regret de vous avoir offensé parce que vous êtes infiniment bon et que le péché vous déplaît. Je prends la ferme résolution, avec le secours de votre sainte grâce, de ne plus vous offenser et de faire pénitence. Mon Dieu, j'ai un très grand regret…

La proposition d'Aymon lui avait laissé une impression désagréable, comme chaque fois qu'il percevait chez lui cette violence latente. Bérard avait lutté dès son plus jeune âge pour le convaincre qu'il ne fallait faire de mal à personne et encore moins à ceux qui nous avaient blessés. Aymon évoquait souvent la vie en dehors du monastère, ce qui inquiétait Bérard plus que tout, car il ne connaissait rien du monde et de sa cruauté.

Ces deux penchants s'étaient atténués avec les années. Aymon semblait moins enclin à riposter sous les attaques et n'évoquait plus que rarement l'extérieur. Peut-être a-t-il appris à mieux dissimuler ses sentiments, songea Bérard. Il pénétra dans sa cellule et regarda par la fenêtre. Cette journée ne montrait aucune clémence envers ses vieux nerfs.

Frustratio

Un peu plus tard ce jour-là, Guigues partit à la recherche d'Albin. Il traversa la cour en direction du noviciat, placé dans l'angle à gauche de la grande entrée. Alors qu'il ressassait sa mauvaise humeur – les reliques restaient introuvables – il entendit la voix d'Albin s'échappant par une fenêtre ouverte à l'étage. D'après les propos que Guigues pouvait saisir à cette distance, le moine était en train de réprimander un garçon. Il reconnut le son caractéristique d'un coup de trique.

Guigues était surpris car le chartreux lui avait paru mollasson, tout à fait inoffensif. Peut-être faisait-il partie de ces vicieux qui profitaient de leur autorité pour assouvir leurs rêves de domination. Cette pensée raviva certains souvenirs qu'il chassa avec exaspération. *Il faudra se méfier de lui.*

Guigues entra dans le bâtiment, grimpa un escalier et se retrouva dans un étroit couloir. Il ouvrit la première porte sur sa droite et pénétra dans une minuscule pièce meublée d'une paillasse sommaire et d'une écritoire. Percevant des bruits sur sa gauche, il poussa plus loin et arriva dans une salle équipée de tables et de bancs. Il s'accouda contre le mur pour observer la scène.

Face aux novices regroupés dans le fond de la pièce, un adolescent maigrelet était agenouillé sur les pierres froides. Les mains derrière la tête, il récitait une prière entrecoupée de reniflements, sous le regard d'Albin qui se tenait près de lui, une trique entre les doigts. Ce dernier se retourna et aperçut Guigues.

— Messire, je ne vous avais pas vu. J'étais en train d'enseigner le respect de la hiérarchie à ce jeune insolent.

Comme Guigues se contentait de le lorgner d'un œil torve, Albin se plaça face à ses élèves :

— Je pense que notre ami a compris la leçon, ainsi que vous tous. Retournez dans vos cellules et attendez que je vienne vous donner des instructions. Si j'entends le moindre bruit, vous serez tous punis.

Les garçons baissèrent les yeux et quittèrent la salle en silence, tandis que Guigues se dirigeait vers Albin.

— Pourquoi sont-ils tous enfermés dans des cellules comme des prisonniers ?

— Il n'est pas question de détention, messire. Nous voulons nous assurer au plus tôt que nos futurs frères sont capables de supporter la solitude qui est la nôtre. Il serait mal venu de les habituer à un mode de vie en communauté qui ne correspondrait en rien à ce qui les attend.

Tandis que le novice qui avait été châtié disparaissait derrière la porte, Guigues ressentit des picotements sur la peau de son dos.

— Les jeunes sont de plus en plus difficiles à dresser de nos jours, se plaignit Albin. Il me faut sévir plus souvent. D'autant plus qu'avec la présence de sa seigneurie et de ses acolytes, leur sécurité exige une sévérité renforcée.

— Ou peut-être que vous aimez ça, maltraiter les gamins.

— Je n'y prends aucun plaisir ! En revanche, il me plait de leur enseigner l'ordre et l'obéissance, pour en faire par la suite de bons moines.

— De bons moines qui complotent, comme vous ?

— Mes intentions sont louables, messire. Et la faute en revient au prieur Bérard dont la poigne devient de plus en plus faible. Ces jeunes, et tout notre monastère, ont besoin d'une main solide pour les guider et...

— Je sais, coupa Guigues, vous êtes celui qu'il faut, vous l'avez déjà dit.

— C'est exact. Veuillez me suivre à côté, je ne peux vous confier ces informations sans quelques précautions.

Albin désigna une porte située en regard de celle qui menait au couloir. Guigues enfonça son index dans son torse mou.

— Vos petites histoires de trahison ne m'intéressent pas. Mais puisque vous êtes si désireux de m'aider, vous allez plutôt me rendre un service.

Albin hocha de tête et fit de son mieux pour ne rien laisser transparaître de ses sentiments. L'occasion de recevoir un appui tel que le sien ne se représenterait sans doute jamais et il avait assez attendu. *Stat crux dum volvitur orbis*, récita-t-il pour lui-même.

— Le vieux vicaire que vous jugez si faible n'a rien voulu me dire. Alors c'est vous qui allez me trouver les reliques.

— Les reliques, messire ? s'étonna Albin en changeant de physionomie.

— Celles de Bruno.

— Mais, monseigneur, ces ossements ne vous serviraient à rien et ils sont en notre possession depuis plus de trois cents ans…

— Eh bien vous allez les chercher et me les donner.

Les traits de Guigues s'étaient durcis. Le manque de sommeil ajouté à la nervosité lui conférait un air terrifiant. Albin s'humecta les lèvres. Jamais il n'aurait songé à lui offrir les os de maître Bruno. Il évita de refuser tout net et promit de faire son possible.

Une fois seul, Albin se laissa tomber sur un banc. Il ne donnerait rien à Montbel et ne pouvait donc plus compter sur son aide. Ses options se réduisaient à peau de chagrin. À contrecœur, il devait s'engager sur une voie qui lui répugnait.

Les heures s'écoulaient tandis que, grâce aux efforts de Nicod, Gonin, Jorioz et Denis, les denrées s'accumulaient autour de l'immense table en chêne. Guigues s'était installé dans un coin du réfectoire et avait largement goûté à la récolte. Arnaut répartissait le tout sur les charrettes trouvées par Albin – deux engins mal en point qu'un paysan avait cédés à la communauté quelques années auparavant. Gaspard l'avait rejoint. Il avait eu beau soulever toutes les dalles du sol et sonder les pierres des murs, il n'avait pas trouvé plus d'or dans l'office du trésorier.

— On a pourtant r'tourné cet' fichu pièce, messire, tout est sens d'ssus d'ssous !

Guigues pesta, le traita d'incapable et lui ordonna de disparaître. L'affaire prenait trop de temps, ils auraient presque déjà dû être repartis avec or, denrées et reliques en poche.

Au milieu de l'agitation, Guigues finit par avoir l'impression de tourner en rond. Il déambula le long des longues galeries, mais les murs nus et l'ambiance grave qui régnait dans toutes les pièces le mettaient mal à l'aise. Il se résolut à rendre visite au vicaire. Avec un peu de chance, il parviendrait à lui faire avouer où il avait dissimulé les restes de Bruno. Il emprunta des escaliers qui le menèrent à un autre couloir.

Mauris montait la garde devant une cellule et il sut qu'il avait trouvé ce qu'il cherchait.

Guigues s'apprêta à frapper avant d'entrer et retint son geste au dernier moment. Il poussa la porte et se retrouva dans une pièce aux dimensions réduites. À peine plus grande que celle aperçue chez les novices, elle contenait un lit recouvert d'une fine paillasse, un coffre minuscule ainsi qu'une écritoire. Il crut s'être trompé de cellule et supposa qu'elle abritait un frère ordinaire. Il allait faire demi-tour quand il perçut un mouvement sur sa droite. Bérard était agenouillé sur un prie-Dieu, placé dans un renfoncement sous une croix austère.

Guigues se dressait au milieu de la chambre et ne savait comment signifier sa présence. Il finit par se racler la gorge.

— Je vous ai entendu, messire, signala Bérard sans se retourner. Je n'en ai plus pour longtemps.

Guigues hocha la tête, à deux doigts de s'excuser. Il se mordit les doigts de se montrer si veule.

Bérard l'avait percée, cette faiblesse. Il avait compris que Guigues n'était pas le chef incontesté qu'il voulait paraître. Il sentait sa peur transpirer face à l'énormité de son acte et pouvait presque entendre les doutes qui lui passaient par la tête. Le moine devinait sans effort son manque de confiance trahi par ses gestes nerveux, son irascibilité et ses regards fuyants. Avec une certaine inquiétude, il avait constaté que l'intelligence semblait parfois lui faire défaut. Bérard espérait que sa stupidité n'était pas sans limites car, dans le cas contraire, le ramener à la raison relèverait du miracle.

Il se signa une dernière fois, déplia son vieux corps non sans difficulté et se retourna enfin. Guigues s'était affalé sur sa paillasse et se curait les ongles en l'attendant. Sous son regard, il se redressa à l'image d'un enfant pris en faute, ce qui confirma les impressions du chartreux.

— Messire, installez-vous donc sur cette chaise, l'invita-t-il en désignant le meuble placé devant l'écritoire.

Guigues s'exécuta, sans comprendre pourquoi il lui obéissait.

— C'est votre chambre ?

— Nous appelons cela une cellule mais oui, c'est celle que j'occupe.

— Vous avez un statut supérieur, pourquoi n'habitez-vous pas dans des appartements plus grands ?

— Nous vivons tous de la même manière. Et je n'ai besoin de rien d'autre. Ici je peux lire, écrire, prier, travailler et me reposer. Pourquoi voudrais-je plus ?

Guigues haussa les épaules. L'inclination de certains pour la pauvreté avait toujours représenté un mystère pour lui et éveillait même une certaine crainte. Comment négocier avec quelqu'un qui n'a aucun désir ? Il regarda par la fenêtre, laissant ses pensées dériver. La voix basse de Bérard le ramena au présent :

— Pourquoi êtes-vous venu me voir, mon fils ? Vous semblez tourmenté...

— Mes ennuis prendront bientôt fin, grâce à votre généreuse participation.

Il eut un sourire narquois et la physionomie de Bérard passa de bienveillante à soucieuse.

— Comment allons-nous survivre si vous nous privez de tout ?

— Vous n'aurez qu'à mendier ou voler les paysans du coin, et leur faire croire qu'en vous nourrissant ils iront au Paradis. C'est ce que vous faites de mieux.

— Vous recommencez à blasphémer. Vous rendez-vous compte de la misère dans laquelle vous nous plongez ? Comment vais-je faire pour maintenir le monastère en vie ? Et vous ne pouvez ignorer qu'il y aura des plaintes.

— Ah ça ! Je ne me fais pas d'illusions. Mais je vais faire tout mon possible pour retarder votre appel à l'aide, mon père.

— Comment comptez-vous vous y prendre ? En menaçant de tuer tout le monde ?

— Pourquoi pas. Tant que je suis là, il m'est facile de vous surveiller. Pour la suite, je pense vous laisser en souvenir quelques-uns de mes hommes, juste au cas où.

Les épaules de Bérard s'affaissèrent. Il tourna le dos à Guigues.

— Si vous le permettez, messire, j'aimerais revenir à mes prières. Je vais en appeler à la protection du Seigneur ainsi qu'à Sa miséricorde, afin qu'Il vous fasse retrouver la raison. Si tant est que vous n'en ayez jamais eu !

Il s'agenouilla à nouveau et ne se préoccupa plus de Guigues. Ce dernier resta bouche bée. Il quitta la chambre, furieux de n'avoir pas réagi assez tôt pour lui faire ravaler ses mots. Il était temps de secouer ses hommes.

Archium

Dans la salle du chapitre, les autres chartreux avaient été réunis malgré eux. À voix basse pour ne pas déranger ceux qui priaient, deux moines avaient brisé le silence.

— Je ne comprends pas ce qu'il fait, chuchota Morisse, un convers [1] d'une quarantaine d'années.

Martin lui répondit sur le même ton :

— Il cherche à s'enrichir.

— Mais pourquoi venir ici ? Nous sommes à peine une vingtaine, que peut-il espérer d'une si petite communauté ? Pourquoi ne pas attaquer un monastère plus grand, plus opulent ?

— J'ignore ce que son esprit perverti a bien pu imaginer, mon frère. Ce qui est sûr, c'est que nous sommes sans défense et plus isolés que quiconque. Et qu'est-ce qu'il y peut après tout, c'est dans son sang.

— Que veux-tu dire ?

— Que depuis des siècles, les Montbel vont là où leurs intérêts les portent, sans sincérité ni honneur, tout en changeant d'allégeance selon le sens du vent !

— Il faut dire pour leur défense que leur position est loin d'être aisée à tenir. Leurs terres se situent à la fois en Dauphiné et en Savoy. C'est pour cela qu'ils ont souvent été en guerre avec l'un comme avec l'autre.

— C'est une engeance vaine et déloyale. Et Guigues n'est pas le premier de sa famille à s'en prendre à nous, ajouta Martin encore plus bas.

— De quoi parles-tu ? Je ne me souviens pas de cela.

— Sous le généralat de Dom Aymon [2], Guillaume II de Montbel [3] nous attaqua. Il entra dans le monastère armé pendant le Chapitre général, en arguant qu'il était dans son droit en qualité de seigneur du

1. Religieux considéré comme laïc, chargé des tâches matérielles et du service domestique de la communauté.

2. Dans les années 1320.

3. Le grand-père de Guigues.

pays. Il pilla tout le domaine. Dom Aymon réclama justice à la fois au comte de Savoy Édouard, puisque la Chartreuse se trouvait dans ses États, et au dauphin Humbert II, le monastère appartenant au diocèse de Grenovo.

— Qui donc est venu à notre secours ?

— Les deux princes ont promis mais n'ont point agi. Alors le Très Révérend Père en appela au roi de France, Philippe VI de Valois, qui écrivit à Édouard et à Humbert. Il leur dit que s'ils ne rendaient pas bonne justice, il ferait détruire de fond en comble le monastère pour le reconstruire sur ses propres terres, où il serait protégé.

— Comment cela s'est-il terminé ?

— Le comte et le dauphin exigèrent de Guillaume qu'il abandonne tous ses droits, réels ou supposés, sur notre territoire. Pour ménager son ego, on trouva un arrangement : Montbel céda ses privilèges sur la Chartreuse à son propre seigneur, le comte de Savoy, qui lui-même nous en fit don.

— C'est judicieux, en effet. Ne pourrions-nous agir de même aujourd'hui ?

— Si seulement, soupira Martin. Penses-tu que Guigues nous laisserait une chance d'appeler au secours ?

— Je crains que tu n'aies raison. Et nous ne pouvons compter sur aucune aide spontanée. Voilà des mois que nous n'avons vu personne !

— Courage, mon frère.

⁂

Dans la salle située au rez-de-chaussée de la bibliothèque et qui abritait les archives, Jehan [4], frère bibliothécaire, tentait de résister aux assauts répétés de Guigues. Ce dernier avait réclamé qu'on lui montre un certain nombre de documents. Bérard était présent. Jehan était passé outre les manifestations d'impatience de Guigues et était allé le quérir. La tension régnait dans la pièce, d'ordinaire habituée à l'ordre et au calme.

Guigues finit par déclarer son intention de se saisir de la bâtisse et de certaines terres rattachées au monastère. Jehan s'exclama d'une voix tremblante d'indignation :

4. Orthographe ancienne, à prononcer comme *Jean*.

— Vous ne possédez aucun droit ici, messire !

— L'accord que vous avez passé avec mon aïeul [5] est illégal et doit être annulé.

— Cette entente a eu lieu il y a plus de cent quatre-vingts ans, rappela Bérard, il est difficile de la contester maintenant. Le seigneur de l'époque nous a donné des falaises et des pâturages qui n'avaient aucune valeur à ses yeux.

— Et vous en avez honteusement profité pour exploiter les forêts de la Ruchère !

— Nous étions et sommes dans notre bon droit, messire. Si votre illustre ancêtre n'a pas su voir les avantages que pouvaient offrir ces possessions, nous ne sommes pas responsables. Nous avons passé un traité similaire avec le châtelain des Échelles, quelques années auparavant, et il n'est jamais venu se plaindre.

— Ces terres sont situées à deux pas de chez moi et de l'autre côté de la montagne pour vous, contra Guigues. Ça n'a aucun sens ! Je veux voir ce contrat.

— Je ne peux vous le montrer, messire, persévéra Jehan. De toute manière, même si cet accord se révélait discutable, il ne vous donnerait des droits que sur un versant de montagne, en aucun cas sur le monastère.

— Vous avez tout à fait raison, approuva Guigues à la surprise des moines. C'est pour ça que vous allez aussi me fournir les documents où mon grand-père a fait don de ses droits à Édouard de Savoy et celui par lequel ce dernier vous les a remis.

Le silence s'imposa. Bérard baissa la tête et Jehan sentit une sourde angoisse s'insinuer en lui.

— Ces contrats ont été rédigés selon la loi, messire, énonça-t-il. Ils ne peuvent être défaits.

— Laissez-moi m'occuper de ça avec les juristes, je suis certain qu'ils trouveront une parade. Commençons par le don de Guillaume.

— C'est très simple, celui-là, nous ne l'avons pas.

---

5. En 1228, à la suite d'une transaction, Guillaume d'Entremont abandonne aux Chartreux les droits qu'il a sur le versant de la montagne de Bovinant, qui descend vers la Ruchère, aux lieux dits Pacleta de Glena et Noir-Fond. Même traité du côté de l'Aliénard en 1214, avec le châtelain des Échelles.

— Ne mentez pas, vous devez bien en avoir un exemplaire. Les moines copient tout.

— Pas dans ce cas, messire. Ce contrat ne nous regardait en rien, pourquoi en aurions-nous gardé la trace ?

— Parce que c'est ce que vous faites toujours ! Reproduire et conserver ce genre de gribouillages.

— Ce rôle est dévolu à d'autres communautés, messire. Nombre d'abbayes s'en chargent mais ce n'est pas notre cas.

Guigues pesta, les poings sur les hanches. Il exigea d'une voix glaciale :

— Alors donnez-moi le reste.

Jehan n'esquissa pas un geste. Guigues avait épuisé son lot de patience. Empoignant un chandelier qui trônait sur une table, il repoussa Jehan contre le mur et approcha la flamme tout près de son œil.

— Messire, non ! s'interposa Bérard. Jehan, je t'en conjure, obéis !

Guigues relâcha son emprise. Tremblant des pieds à la tête, le bibliothécaire remit sa chasuble en place et ouvrit son registre. Il transpirait à grosses gouttes sous ses vêtements blancs. Après quelques minutes de recherche, il trouva la bonne page. Il ferma les yeux en découvrant ce qu'elle contenait :

— Il n'est plus en notre possession.

— Ah, que c'est épuisant ! se lamenta Guigues en se massant le front. Puisque vous m'obligez à en venir là : si vous ne me donnez pas ce que je demande, je retourne toute la pièce jusqu'à ce que j'obtienne satisfaction.

— Faites ce que bon vous semble, messire. Vous ne trouverez rien de ce qui vous intéresse. Le contrat et ses copies ont été détruits dans l'incendie qui a ravagé le monastère il y a de cela des années.

— Ne vous foutez pas de moi ! Vous ne savez pas de quoi je suis capable !

— C'est juste. Mais voyez vous-même.

Jehan tourna le registre vers Guigues, qui se pencha au-dessus. Une seconde lui suffit pour se rendre compte qu'il n'arriverait pas à lire ce qu'on lui montrait. Refusant de lever les yeux vers les moines, qui allaient sans aucun doute se moquer de lui, il laissa sa place à Gaspard – il l'avait emmené dans ce but. Au milieu d'une longue liste, celui-ci trouva la bonne ligne. En face du nom du contrat qui était barré, on pouvait voir une petite annotation :

def. 1371.

— Qu'est-ce qu'il y a écrit en rouge ? s'impatienta Guigues.

Gaspard le déchiffra.

— C'est quoi *def.* ?

— *Defunctus*, l'éclaircit Bérard.

Comme il semblait ne pas comprendre, Jehan traduisit :

— Incendie 1371.

Les épaules de Guigues ployèrent sous le poids de l'abattement. Après quelques secondes d'un silence tendu, il sortit sans ajouter un mot. Gaspard les reconduisit, l'un au réfectoire, l'autre dans sa cellule.

Recordatio

BÉRARD avait beau implorer le Ciel, le réconfort se refusait à lui. Il cherchait dans son esprit un moyen de se délivrer de cette situation, cependant aucune voix intérieure ne semblait vouloir le guider. Il se sentait empli de colère, ce qui ne lui était pas arrivé depuis des lustres. Tandis qu'il se remémorait les évènements survenus depuis le matin, les larmes lui montèrent aux yeux, avec tant de soudaineté qu'il en fut interloqué.

Il se leva, descendit avec l'aide d'une canne la volée de marches qui menaient à son havre de paix. Chaque cellule disposait de son propre atelier au rez-de-chaussée. Il s'agissait d'une pièce non chauffée, meublée d'une table massive servant à la menuiserie. Les murs étaient recouverts de chaux blanchâtre. L'ordre chartreux, le seul à imposer cet agencement, jugeait indispensable le travail manuel, car cela permettait de pallier l'oisiveté tout en fortifiant le corps et l'esprit. Ainsi, les moines fabriquaient eux-mêmes la plupart des objets dont ils avaient besoin. La pièce était éclairée par une fenêtre donnant sur le petit jardin privatif.

Bérard se mit à l'ouvrage. De sa main tachée par les ans, il choisit un gros rondin de bois parmi les bûches ordonnées dans un coin et l'installa sur les chevalets. Il empoigna une hache de ses doigts osseux et l'abattit. Il était âgé et malingre, mais la colère lui faisait porter des coups brutaux, qui servaient d'exutoire aux sentiments qui l'habitaient. Il frappa encore et encore, jusqu'à ce que la douleur dans ses membres le contraigne à lâcher l'outil.

Il s'effondra sur la chaise près de la table et grimaça lorsque ses yeux se posèrent sur le rondin. Il avait eu beau s'échiner sur le bois, il n'était parvenu qu'à lui faire de fines encoches irrégulières.

Bérard se leva et remonta dans la cellule. Après quoi, il plaça la chaise devant la fenêtre pour pouvoir admirer son bout de jardin et le grand sapin planté à son angle extérieur. L'immuabilité de cette vue le rassurait tandis que les nuances de vert, différentes chaque jour en fonction de la lumière, ne manquaient jamais de l'émouvoir. À présent, il pouvait réfléchir.

La colère avait laissé place à un sentiment de mélancolie. Bérard était conscient que toute leur vie était en train de changer et cela l'emplissait de chagrin. Il resta ainsi un moment, profitant du spectacle de cette nature qu'il aimait tant. Désireux de retrouver la tranquillité d'esprit qui lui faisait défaut, il laissa ses pensées vagabonder.

Il se remémora son arrivée au monastère. Il avait alors moins de dix-huit ans, il ne se souvenait plus quel âge exactement. Issu d'une famille de petits nobles vivant dans la vallée, il était le second de trois enfants. Il avait exprimé très jeune le souhait de mener une vie de prières et de dévotions. Des années plus tard, son frère cadet l'en avait remercié car, sans cette vocation précoce, il serait rentré lui-même dans les ordres. Il vivait de son commerce avec sa famille, près de Grenovo.

Bérard repensa au petit bout d'homme déjà très maigre qu'il était en arrivant ici. Il s'était montré assidu aux études et avait appris le latin à une vitesse étonnante. Il avait mis une telle ardeur à tenter d'assimiler les notions les plus abstraites délivrées par les Saintes Écritures que ses maîtres en avaient été surpris. Par la suite, il avait prononcé ses vœux définitifs avec un bonheur immense, sachant qu'il allait vouer sa vie à Dieu. Puis il était devenu bibliothécaire. Des années plus tard, le Très Révérend Père Boniface [1] l'avait choisi pour en faire son vicaire. Au début de l'année, son successeur Jean de Griffemont l'avait maintenu à ce poste. Ces trente-trois dernières années s'étaient déroulées sans heurt. La vie au monastère avait suivi son cours et, jusqu'à ce jour, il avait mené une existence heureuse au sein de la communauté.

Bérard interrompit ses pensées, souriant de lui-même. À l'instar de toutes les vieilles personnes, il avait tendance à enjoliver ses souvenirs. Car à bien y songer, il y avait eu des périodes difficiles. La solitude lui avait pesé durant ses années de noviciat. Il était plus ou moins apprécié des autres garçons, mais il n'avait pas eu un seul véritable ami. Ils avaient toujours observé une certaine réserve avec lui, trop intelligent, trop pieux, trop sérieux. Jamais ils ne l'intégraient à leurs jeux ou à leurs rires. Ils l'avaient doté d'une spiritualité exacerbée qui l'éloignait des autres. Ce sentiment de solitude l'avait quitté une fois

1. Boniface Ferrier, Général de l'Ordre des chartreux de 1402 à 1410.

qu'il était devenu moine, car la présence du Seigneur en son cœur avait comblé ce manque.

Et puis il y eut ce jour inhabituel, des années auparavant. Bérard frémit en se remémorant la folie de ce qu'il avait accepté. Grâce au Ciel, il n'avait jamais eu à le regretter. Aujourd'hui encore, il pensait au plus profond de son cœur qu'il avait agi pour le bien.

Il était perdu dans le souvenir de cet hiver glacial quand un autre, bien plus léger, s'imposa à lui. Cela remontait à l'été avant qu'il prononce ses vœux. Il était en étude dans la salle réservée aux novices et avait émis le souhait de travailler face à la fenêtre, ce qu'on lui avait volontiers accordé.

Il avait parcouru quelques passages de la vie de maître Bruno, puis s'était adossé à sa chaise afin de méditer sur ce qu'il venait de lire. C'est alors qu'il avait vu les autres. Ils étaient une demi-douzaine à jouer dans la cour. À cet instant, ils ressemblaient à de simples enfants, loin de la rigueur de la vie monastique. Deux gaillards costauds, du même âge que Bérard, avaient pris chacun dans leurs bras un tout jeune novice. Les grands avaient enlacé les plus petits, qui s'agrippaient à leur cou avec les bras et à leur taille avec les jambes. Ces face-à-face inconfortables avaient déclenché de nombreux éclats de rire. L'intérêt du jeu résidait dans le fait que les jeunes gênaient la marche des grands et rendaient la course prévue plus incertaine. Le dernier garçon faisait office de juge.

Bérard avait suivi du regard leur pénible avancée. Celui qui remporta la chevauchée, un blond au teint rougeaud aujourd'hui frère convers procureur des forêts, avait levé les bras en signe de victoire et laissé choir au sol le petit encore accroché à lui. Les deux perdants, qui étaient tombés à mi-parcours, avaient tenté de se défaire de leurs robes entortillées. Toujours en riant, les autres étaient venus les aider. Ils étaient tout juste relevés lorsque le frère instructeur était arrivé. Il les avait sermonnés puis renvoyés dans le bâtiment. Bérard n'avait pas éprouvé trop d'inquiétude pour eux. Frère Raoul était un maître exigeant mais plein de bonté. D'ailleurs, n'avait-il pas attendu la fin de la course pour les faire rentrer ?

Un bruit métallique provenant du couloir sortit Bérard de ses pensées. Il tendit l'oreille et comprit qu'un soldat était venu relever Rodolphe. Tout ce bruit ne convient pas à la réflexion poussée, songea-t-il.

Pourquoi ce souvenir était-il revenu à lui maintenant ? Bérard prit un exemplaire du livre de la vie de maître Bruno qu'il ouvrit au hasard. Il parcourut quelques lignes, mais son esprit refusait de se concentrer. Il demeurait absorbé par l'image des novices faisant la course, les petits accrochés aux grands… les petits accrochés aux grands…

Bérard se redressa sur sa chaise, referma le livre et resta immobile de longues minutes. Réconforté par l'issue qu'il entrevoyait, il récita une prière de reconnaissance. Il était conscient des risques qu'il allait prendre. Mais quel choix avait-il ?

Bérard avait retrouvé son flegme habituel. Il savait qu'il agissait pour le bien de toutes les personnes concernées. Il avait réclamé une collation, dont il avait en réalité peu besoin, et Guigues l'avait autorisée. Par chance, c'est Jehan qui s'était chargé de la lui apporter, ce qui lui permit de lui exposer son projet. Bérard avait porté son choix sur lui car il était jeune, robuste et disposait d'une bedaine très proéminente. Il avait en outre toute confiance en lui.

À son arrivée, le vicaire simula une grande fatigue à l'adresse du garde posté devant sa cellule. Jehan offrit aussitôt de l'aider à manger. Le soldat accepta à condition qu'ils laissent la porte ouverte. Le jeune moine remonta la chaise de l'atelier et s'attabla avec son aîné. Il était prêt à glisser un morceau de pomme dans sa bouche, lorsque Bérard le stoppa d'un signe de la main.

— Ça ne va pas, mon frère ? s'inquiéta Jehan.

— Je me sens bien, le rassura Bérard tout en plaçant un doigt en travers de ses lèvres.

Jehan comprit. Il se leva et rejoignit la porte pour vérifier la position du garde. Il revint s'assoir et rapporta :

— Il est au bout du couloir. Il chique et a l'air de s'ennuyer ferme.

— Parfait, mais parlons tout de même à voix basse.

— Je t'écoute.

— J'ai eu une idée qui permettrait de nous sauver. Je vais avoir besoin de ton aide.

— Que puis-je faire ?

— Il faut avant tout que nous trouvions le moyen de communiquer avec Lancelin.

Lors de l'élaboration de son plan, Bérard avait tout de suite pensé au novice. Il n'était pas le meilleur en étude, mais il était vif et débrouillard.

Bérard obtint le droit de se rendre dans le noviciat pour s'assurer que les garçons se portaient bien, à condition d'être accompagné d'un garde. Jehan l'aida à traverser la cour. Là, le bibliothécaire, l'adolescent et le vicaire purent se retrouver quelques instants dans la cellule de Lancelin. Bérard lui demanda s'il acceptait de les épauler, tout en le prévenant que ce serait périlleux. Le novice n'eut aucune hésitation. Il ferait tout ce qu'il pourrait pour les secourir. Bérard lui détailla alors quelle serait sa tâche.

Astucia

BÉRARD et Jehan cheminaient sur le sentier séparant l'enceinte des jardins s'étalant en pente douce, vers l'est. Ils faisaient de leur mieux pour conférer à leur marche une allure de tranquillité, malgré leurs cœurs qui battaient la chamade. Ils avaient croisé Guigues, qui avait ordonné à Arnaut et Gaspard de fouiller les archives et d'en sortir les documents douteux ou aisément modifiables. Il était persuadé d'en trouver une bonne dizaine qu'il pourrait falsifier en sa faveur.

À leur passage, on avait arrêté les moines pour leur demander ce qu'ils pouvaient bien faire. Jehan avait montré un petit sac de toile rempli de miettes qu'il tenait à la main et Bérard avait répondu :

— Nous allons nourrir les poissons du bassin.

— Les poissons ? s'était esclaffé Nicod en se grattant la panse.

— Si vous le permettez. Ou bien peut-être voulez nous prendre cela aussi, avait riposté Jehan en lui tendant le sac.

Bérard lui avait agrippé le bras. Leurs regards s'étaient croisés et Jehan avait baissé la tête. Le vicaire avait renoncé à le réprimander. Mieux valait ne pas se formaliser de tous ces moines qui parlaient à tout va.

— Je vous prie de m'excuser, avait-il justifié, mais l'inactivité met mes vieilles jambes au supplice. Le bassin aux poissons est un bon prétexte pour les dégourdir.

Bérard avait demandé pardon au Ciel pour ce mensonge. Certes, ses membres inférieurs ne pouvaient rester trop longtemps dans la même position sans lui déclencher des crampes, mais cela faisait en général suite à de longues heures de prières.

Nicod s'était tourné vers Guigues qui lui avait fait un signe agacé de la main. On les avait laissés passer sans plus poser de questions.

Une fois à l'extérieur, les deux chartreux s'étaient dirigés vers le potager, en longeant les parterres de simples. Le soleil commençait à descendre et les ombres recouvraient déjà en partie le chemin. Ils avaient relevé le devant de leur robe sur lesquelles ils avaient déposé d'épais manteaux qui les faisaient transpirer.

Ils arrivèrent en vue de la petite cabane où on entreposait les outils de jardinage et ralentirent le pas. Ils s'arrêtèrent sous le grand hêtre situé entre les jardins et les rectangles de terre cultivée. Masqués par l'angle du bâtiment principal, ils étaient invisibles depuis celui-ci. Jehan se mit à siffler doucement et ils scrutèrent les alentours. Personne ne semblait les avoir suivis. Lancelin fit preuve d'une telle discrétion lorsqu'il se laissa tomber de l'arbre qu'en se retournant et le découvrant devant lui, Jehan poussa un petit cri aigu.

— Du calme, mon frère, lui enjoignit Bérard. Lancelin, tu n'as pas rencontré de difficultés pour sortir du noviciat ?

— Non, mon père, et je pense que personne ne m'a vu. J'ai sauté par la fenêtre. Et comme convenu, si on demande après moi, Péret répondra que je suis alité.

— Très bien. Ne perdons pas de temps.

Bérard s'assura une dernière fois que personne ne les suivait. Guigues avait disposé des hommes un peu partout dans le monastère et certains traînaient dans les jardins. Personne en vue.

Jehan ouvrit son manteau et souleva sa robe par-dessus sa chemise. Lancelin cala la lettre que lui avait confiée le vicaire dans sa ceinture. Il arbora un air concentré tandis qu'il s'accrochait au torse ventru de Jehan. Avec l'aide de Bérard, ce dernier fixa une corde autour du garçon et de lui-même pour le maintenir en place. Il rabattit ensuite sa robe sur ses jambes et Bérard lui passa son manteau sur les épaules. Le prieur recula de quelques pas afin de juger de l'effet. Il rajusta la cape puis estima qu'ils ne pourraient pas faire mieux. Jehan avait l'air très gros, mais les tissus masquaient les irrégularités de son *ventre*.

— Allons-y.

Si la situation n'avait pas été si dramatique, Bérard se serait réjoui d'enfin participer à une course. Il adressa une prière de gratitude aux garçons qui lui avaient inspiré ce plan. À sa suite, ils prirent la direction du sud. Jehan se déplaçait avec difficulté. Le petit n'était pas très lourd mais il entravait ses mouvements et il fut rapidement essoufflé. Ils traversèrent le potager, longèrent la grande remise, contournèrent l'infirmerie devant laquelle était posté un garde à qui ils firent bonne figure, et atteignirent enfin le bassin, situé non loin des ateliers abritant la forge et la meule, tout près d'une poterne.

Ils en firent lentement le tour, comme s'ils observaient les poissons et les petites grenouilles qui sautillaient sur le rebord, tout en vérifiant une dernière fois qu'il n'y avait personne alentour. Jehan glissa un mot sous son manteau pour s'assurer que Lancelin était prêt. Une pression autour de son torse lui indiqua que c'était le cas. Il fallait agir vite. Il s'approcha de la poterne et dégagea le garçon de sa cachette, tandis que Bérard ouvrait la porte à l'aide d'une clef dissimulée dans sa manche.

— Rejoins Camberio au plus vite et remets ce mot à messire Odon de Villars, rappela-t-il à Lancelin. En ultime recours, donne-le à la comtesse Marie. Courage, mon fils. Dieu te protège.

Il dessina une croix sur son front. Lancelin hocha la tête et jeta un dernier regard aux chartreux. Il allait suivre la route qui serpentait en pente douce. Bérard lui avait indiqué la direction à prendre. Il espérait de tout son cœur que Dieu guiderait ses pas et ses mots pour convaincre les secours d'arriver au plus vite.

Il releva le bas de sa robe au-dessus de ses genoux et partit en sautillant pour éviter les trous et les irrégularités du chemin. Dans le ciel, les nuages étaient chassés par le vent et un faible rayon de soleil vint lui réchauffer le visage. Il leva la tête, savourant cette douce caresse. Il s'effondra soudain à terre, fauché par quelque chose qu'il n'avait pas vu. Il ferma les yeux un instant pour se remettre de la secousse. Il ne les rouvrit plus.

Jehan lâcha un cri de surprise et Bérard porta la main à sa gorge. Ils ne comprenaient pas d'où provenait le projectile planté entre les omoplates de Lancelin. Ils se retournèrent et aperçurent Guigues perché sur le toit de l'atelier, accolé du Rouquin, hilare. Il brandissait un arc, l'air amusé.

— Alors, comme ça on me tend des petits pièges ? cria-t-il depuis son promontoire. Ce n'est vraiment pas digne d'hommes de Dieu. Regardez ce que vous avez fait…

Il sourit et désigna le corps du novice qui gisait au milieu des herbes hautes.

— … Il ne pourra plus réciter ses prières maintenant.

Il sauta avec agilité en bas des remparts, imité par le Rouquin, et rejoignit les moines. Guigues ordonna à son reître d'aller récupérer la flèche. Quand ce dernier revint, il le félicita.

— Bien tiré, messire. J'ai eu du mal à la r'tirer, c'te fichue tige. L'gamin était presque cloué au sol !

Guigues esquissa un sourire plein de fierté tout en lui rendant son arc. Il s'approcha de Bérard et s'empara des clefs qu'il tenait encore dans ses mains. Il poussa ensuite les deux moines à l'intérieur de l'enceinte et referma la porte.

— Si l'un de vous dit un mot à qui que ce soit à ce sujet, je vous jure que je prends vos chers novices un à un et que j'en fais de la bouillie.

Il les renvoya ensuite dans leurs quartiers et les confia à la garde du Rouquin. Jehan lança un regard empli de larmes en direction de celui qui ne se relèverait plus et se laissa emmener sans un mot. Bérard se tenait raide comme une trique, les yeux vides. Dans sa cellule, il s'assit sur son lit, les mains posées sur les genoux, paumes levées vers le ciel. Brisé.

Dissonantia

ENVIRON une heure avant vêpres, les soldats exprimèrent leur lassitude. Guigues, affamé, leur ordonna de prendre de quoi faire un bon repas et de l'amener au réfectoire. Alors qu'ils étaient en train de s'installer autour de la grande table, Albin vint se plaindre à son tour de la faim.

— Pourrions-nous récupérer quelques fruits, quémanda-t-il, et quelques miches de pain pour les novices ?

— Fiche le camp d'ici !

— Allons, Arnaut, le réprimanda Guigues, nous ne sommes pas des bêtes. Vous n'avez qu'à vous joindre à nous.

— J'avais imaginé que nous mangerions de notre côté...

— Pourquoi ? Notre vue vous coupe l'appétit, peut-être ?

— Non, messire. Merci, messire.

Quelques minutes plus tard, les moines se présentèrent en silence. Albin avait dû insister, car ils préféraient jeûner plutôt que de rompre le pain avec de tels sauvages. Il était parvenu à les convaincre en leur faisant remarquer qu'ils supporteraient mieux les difficultés le ventre plein et que surtout, leur présence empêcherait peut-être ces rustres de se livrer à des actes impies ou de dégrader les lieux.

On s'installa alors, avec d'un côté les convers et les moines encadrant les six novices, et les profanes de l'autre. Soudain, Guigues se redressa.

— Je ne veux pas de ce démon ici !

Surpris, les chartreux relevèrent la tête.

— Frère Aymon est un homme tout à fait normal, serina Ebbon, le moine infirmier. Il a le droit de manger à table, au même titre que nous.

— Filez-lui du pain et conduisez-le dans la cuisine, commanda Guigues sans écouter.

— Messire...

— Hors d'ici !

Plus que ses mots, l'expression de son visage décida les moines à obtempérer. Aymon se leva et se déplaça avec toute la dignité dont il était capable. Au moment où il passait devant les soldats pour rejoindre la porte, Nicod poussa du pied un tabouret qui vint se ficher dans ses jambes. Aymon s'effondra au son des rires.

Ebbon se dressa brusquement, révolté par tant de cruauté. Il aida Aymon à se remettre debout. Ce dernier le rejeta et quitta la pièce sans un regard en arrière. Son teint pâle rosé par la honte, il se rendit à la cuisine car c'était ce qu'on lui avait ordonné, mais il ne put se résoudre à manger. Il empoigna une écuelle posée sur un coin de table et la fit voler à travers la pièce.

Ebbon se rassit. Le repas se déroula dans le silence, gâché par les bruits de mastication. Les chartreux observaient les soldats s'empiffrer de leurs réserves sans aucune retenue. Mal à l'aise, Jorioz invectiva un convers.

— Qu'est-c'que t'as, le moine, à me r'garder comme ça ? T'es pas heureux d'avoir d'la compagnie, pour une fois ?

Frère Anselme se contenta de baisser les yeux et de fixer son morceau de fromage.

— Eh ! J't'ai posé une question !

— Laisse tomber, conseilla son voisin, y sont pas d'humeur.

— Quand même, c'est pas naturel tous ces silences, considéra Denis. J'comprends pas comment on peut vouloir vivre comme ça.

— Parc'que tu crois qu'ta vie est meilleure ? railla Gonin. Au moins ici y sont tranquilles, y lisent, y dorment, y bouffent et y débitent du charabia en latin. Moi, ça m'irait.

— Tu sais même pas lire ! se moqua Gaspard.

— Et que fais-tu de la spiritualité ? demanda Guigues avec un sourire en coin.

— Pfff, c'est rien ça. On récite c'qui faut réciter, quand y faut l'réciter et l'reste du temps, on est peinard.

Les moines faisaient de leur mieux pour ne pas les écouter. Certains avaient perdu l'appétit pour de bon.

— Moi, c'est tous ces hommes qui vivent entre eux que j'trouve malsain, commenta le Rouquin. C'est pas naturel de jamais aller avec une femme.

— Ah ça ! C'est la partie qui m'gêne le moins, ricana Denis. J'piocherais bien dans un d'ces tendrons, ajouta-t-il en désignant les novices de son couteau.

Les chartreux se raidirent et les soldats s'esclaffèrent à l'exception du frère de Denis, Jorioz, qui lui flanqua une collée derrière la tête.

— Arrête ça !

— J'fais rien d'mal, j'propose juste d'apprendre la vie à ces jeunots. Tiens, celui-là, par exemple, dit-il en lorgnant un garçon d'une quinzaine d'années, il est sacrément joli, j'trouve.

Guigues étouffa un rot.

— Allez, ça suffit.

Les soldats se lancèrent alors dans le récit de leurs exploits auprès du beau sexe, pour le simple plaisir de choquer leurs hôtes. Chaque fois qu'ils en voyaient un rougir ou détourner les yeux, ils se claquaient les cuisses et riaient grassement.

Les chartreux tentaient de fixer leur esprit sur autre chose que cette conversation malsaine. Alors qu'il observait les novices, Albin eut un haut-le-cœur.

— Où est passé Lancelin ? souffla-t-il.

— Il ne se sentait pas bien, mon père, expliqua Péret, un garçon fluet et très brun. Il est resté dans sa cellule.

Jehan devint livide et ouvrit la bouche. Il ne pouvait se taire, il lui fallait annoncer sa mort. Au moment où les premiers mots allaient franchir ses lèvres, il croisa le regard de Guigues, qui n'avait rien perdu de l'échange entre Albin et le novice. Le bibliothécaire hésita, mais les yeux de Guigues se durcirent. Il empoigna son couteau et fit mine de se lever. La main en avant, Jehan le supplia de ne rien faire. Montbel se rassit en souriant, tandis que Jehan baissait la tête.

Bérard n'avait réagi à aucun des accrochages qui avaient ponctué le repas, même à l'évocation de Lancelin. Il gardait les doigts croisés dans son giron, l'air absent.

De sa voix rocailleuse, frère Martin demanda l'autorisation de célébrer les offices nocturnes et celui de prime. Guigues hésitait.

— La barbe ! Je n'ai aucune envie de faire le pied de grue toute la nuit pour écouter votre prêchi-prêcha. Mais je me sens d'humeur généreuse, se décida-t-il, alors je vous accorde celui de demain matin.

— Messire est trop bon.

Guigues ne perçut pas le sarcasme, car il était de nouveau absorbé par ses pensées. Il voulait partir au plus vite et il lui fallait encore finir de charger les victuailles. Et il devait récupérer les reliques. Il prit la décision de faire parler Bérard dès son réveil. Ce soir, il se sentait trop las pour employer la manière forte.

Le repas touchant à sa fin, il ordonna que les moines soient reconduits dans leurs cellules respectives et qu'elles soient gardées. Certains firent la moue à la perspective de passer la nuit debout dans le couloir glacial, mais aucun ne tenta de s'y soustraire.

— Les novices dormiront dans la salle du chapitre, tous ensemble. Et ils seront également surveillés.

— Puis-je demander par qui ? s'avança Albin.

Guigues éclata de rire.

— Ne vous inquiétez pas, ce coquin de Denis restera en haut sous l'œil vigilant de son frère. Et je lui défends de toucher à un seul de ces chers petits. Vous êtes rassuré ?

— Merci, messire.

Guigues n'était pas homme à s'offusquer, mais il ne pouvait tolérer de tels débordements. Toutefois, s'il fallait en passer par là pour convaincre le vicaire de parler, et bien soit. Tandis que Jorioz, Denis et Rodolphe escortaient les moines, Guigues arrêta Bérard par le bras.

— Cette nuit, je veux que vous réfléchissiez aux possibilités qui s'offrent à vous. Vous me donnerez ces fichues reliques à mon réveil. Si vous décidez de vous entêter, je vous promets de vous faire une démonstration des moyens de persuasion dont je dispose. Ils n'ont jamais failli jusqu'à présent.

Bérard hocha la tête et suivit le groupe qui empruntait l'escalier.

À la plus grande contrariété de Guigues, Gonin vint lui annoncer qu'une des charrettes avait cédé sous le poids des denrées qu'on y avait accumulées. Il fallait la décharger et, en raison de la nuit noire, remettre sa réparation au matin.

Guigues s'étira, résigné, et s'apprêta à dormir à même le sol, enroulé dans une couverture. Demain, se dit-il, à partir de demain, ma vie va changer.

Firmitas

ALBIN connaissait les lieux comme sa poche. Il avait quitté sa chambre dans le noir et avait traversé le couloir en longeant les murs. Malgré les ordres, les soldats s'étaient réunis en haut du grand escalier et trompaient l'ennui en bavardant à voix basse, persuadés qu'aucun moine n'oserait désobéir. Albin arriva devant la cellule du prieur vicaire dont la porte était ouverte, restriction imposée sur conseil d'Arnaut.

Assis face à la fenêtre grande ouverte malgré l'air frais, Bérard avait laissé son regard se perdre dans les feuillages noyés par l'obscurité. Il n'avait pas bougé depuis qu'il était remonté du réfectoire. Il n'avait plus de force, plus de volonté. Il avait échoué, personne ne viendrait à leur secours et Lancelin était mort pour rien.

Il sentit une présence derrière lui et reconnut sans peine les mouvements lents et patauds. Il lança :

— Vas-tu te décider à entrer, mon frère, ou bien préfères-tu attendre et te faire attraper ?

Albin avança et se posta près de Bérard. Il fut frappé de voir à quel point il semblait avoir vieilli en une journée. Il étouffa ses scrupules et demanda :

— Te sens-tu bien, mon frère ?

— Pour dire la vérité, je ne sais pas trop ce que je ressens à l'instant présent. De la fatigue, de la lassitude et… de l'abattement.

— Nous ne pouvons nous laisser aller maintenant.

— Je ne trouve plus le courage de me relever.

La voix du vicaire avait perdu cette tranquille assurance qui la caractérisait. Pour la première fois, Bérard parlait comme un vieil homme. Albin ressentit à nouveau les assauts de la culpabilité, mais il connaissait la force morale de Bérard et la redoutait. Il devait en profiter de ce qu'elle semblait l'avoir abandonné.

— Mon frère, j'aimerais t'entretenir d'une affaire délicate.

— Est-ce bien le moment ?

Bérard remarqua du coin de l'œil qu'Albin tortillait un bout de corde de sa ceinture de ses doigts boudinés.

— Cela ne peut pas attendre.

— Puisqu'il le faut, je t'écoute.

— Je souhaite que tu me racontes quelque chose. Qui a eu lieu il y a longtemps.

— Quelle idée saugrenue à un moment pareil…

— Parle-moi du passé, mon frère, insista Albin. De cet hiver glacial.

— Tu te doutes bien que nous en avons connu pléthore.

— Je veux que nous évoquions celui d'il y a presque trente ans. Vingt-neuf, pour être exact.

Bérard se tourna vers Albin et plongea ses yeux dans les siens. Son sang se figea. Dans le même temps, il sentit un flot de volonté lui réchauffer la poitrine. Son ton était neutre lorsqu'il prononça :

— Qu'est-ce qui peut bien te faire t'intéresser à cet hiver-là ?

Albin sonda son regard et devina que sa détermination était plus forte que jamais. Il baissa la tête et s'assit lourdement sur la paillasse. *Quel gâchis !*

Profanus

UNE nuit sombre avait enserré le monastère entre ses griffes. La lune en était à son premier quart et diffusait une pâle lumière. Les deux rôdeurs connaissaient le chemin par cœur et n'avaient pas besoin de torche. Ils avaient emprunté un couloir dérobé pour échapper à la surveillance des gardes. À présent, ils traversaient la cour sur la pointe des pieds. Bérard lambinait, si bien qu'Albin ne cessait de se retourner et de l'enjoindre à accélérer par des gestes impatients. Le vicaire avait tout d'abord refusé de le suivre dans la galerie située à l'étage du réfectoire. Il n'avait cédé que face à son insistance.

Bérard voulut tenter une dernière fois de le raisonner avant de s'apercevoir qu'ils avaient abandonné le chemin habituel. Au lieu d'emprunter le couloir adéquat, Albin le fit sortir et traverser le potager. Bérard ne put reprendre assez de souffle pour l'interroger. Albin s'arrêta bientôt devant la petite remise servant à entreposer les outils de jardinage et les semences. À la surprise du vicaire, on avait installé une table et trois chaises à l'intérieur. Deux chandelles permettaient à peine de distinguer les meubles. L'endroit ne possédait pas de fenêtre et était excentré par rapport aux autres bâtiments. Bérard se tourna vers Albin et fronça les sourcils.

— Que faisons-nous ici ? Ces manigances ne sont pas dignes de toi, mon frère.

— Que celui qui n'a jamais péché me jette la première pierre. *Tu* as fait des cachotteries, *tu* as manigancé, et les conséquences de tes actes ont plus d'influence que mes petits détours.

Bérard ne répondit pas. Il ignorait au juste ce qu'Albin savait, ou croyait savoir.

— Bon, maintenant que nous sommes là, peut-être voudras-tu m'en dire les raisons…

— Il ne s'agit plus de ce que je veux à présent. Tu as tout compliqué en refusant de parler.

Une ombre bougea dans le coin le plus sombre de la pièce. Le vieux moine eut un mouvement de recul lorsqu'une voix profonde s'éleva de l'obscurité :

— Bonsoir, mon père.

— Qui êtes-vous ? Que faites-vous ici ?

Bérard lança un regard réprobateur à Albin qui refusa de baisser les yeux.

— Je ne suis pas un ennemi, décréta l'homme. J'ai quelques intérêts communs avec Albin qui m'assure qu'il ne peut vous convaincre d'être plus éloquent concernant une certaine affaire.

— Vous n'avez rien à faire ici.

Bérard tentait de distinguer ses traits, mais l'intrus prenait grand soin de rester en retrait.

— Ne vous inquiétez pas, mon père, je serais vite parti et vous pourrez alors retourner à votre réclusion. Il vous suffit de coopérer quelques instants.

— Je n'ai aucune idée de ce qu'on a bien pu vous raconter et je ne comprends pas ce que vous…

— Du calme, mon père, je vous ai dit que je n'étais pas votre ennemi. Je pense que notre gentil Albin n'a pas su user des bons arguments pour vous convaincre de soulager votre conscience.

L'inconnu s'exprimait d'une voix posée, presque caressante.

— Je n'ai rien à soulager, répartit Bérard. Et si c'était le cas, je le ferais auprès d'un ministre de Dieu compétent, pas d'un importun qui craint de montrer son visage.

Si Bérard avait pu le voir à cet instant, il y aurait découvert un sourire. Albin se rapprocha et se fit pressant :

— Je vous assure que tout ce que je vous ai révélé est pure vérité. Ce n'est qu'un vieux menteur !

Les traits de Bérard se tendirent. Le silence s'installait et Albin se sentit gagné par la nervosité. Il s'efforça de retrouver un semblant de calme. Peut-être qu'en s'adressant à Bérard comme à un ami… Il l'invita à s'asseoir, choisit une chaise pour lui tandis que l'inconnu s'installait en face d'eux tout en gardant son visage dissimulé sous sa capuche.

— Mon frère, implora-t-il, soulage ta conscience. Il ne lui sera fait aucun mal. Il faut que tu me fasses confiance.

Il marqua une pause pour observer sa réaction, puis il poursuivit :

— Ne souille pas ton âme en persistant dans le mensonge. Tu es âgé, tu ne peux te présenter devant le Seigneur avec cette faute non lavée.

— Je n'ai commis aucune faute, Albin.

Bérard paraissait épuisé. Sa voix se fit chevrotante :

— Toi, en revanche, tu as trahi tes frères et tes vœux en t'associant à cet intrus. Tu es plus jeune que moi, mais tu devrais t'occuper de ton propre salut plus que du mien.

Une soudaine fureur empêcha Albin d'articuler quoi que ce soit d'intelligible. Il se jeta sur Bérard et essaya de le saisir à la gorge. L'homme en noir s'interposa et l'obligea à se rassoir d'un geste sec. Bérard remit en place sa cuculle [1] dérangée.

— Il se peut que nous ayons des intérêts communs, hasarda l'intrus en se tournant vers lui.

— Permettez-moi d'en douter.

— Mon frère, je t'en supplie, l'exhorta à nouveau Albin en joignant les mains, parle !

Il voyait bien que Bérard n'avait pas l'intention de céder. Il pâlit en s'apercevant que l'inconnu le fixait. Ce dernier s'exprima d'un ton glacial :

— Je vous prierai de ne pas recommencer ni d'émettre le moindre son à partir de maintenant.

Il reprit ses manières courtoises pour s'adresser à Bérard :

— Mon père, j'ai ouï dire que vous êtes au courant d'une certaine affaire qui m'intéresse. Je vais donc vous poser quelques questions auxquelles vous aurez l'amabilité de répondre de façon honnête.

Il interpréta le silence de Bérard comme un signe d'assentiment et commença ainsi son interrogatoire :

— Depuis quand êtes-vous ici ?

— Depuis mon adolescence.

— Depuis mon adolescence, *messire.*

Bérard lança un regard désabusé puis rectifia, sans chercher à masquer l'ironie dont il enveloppa ses mots :

— Depuis mon adolescence, messire.

1. Scapulaire, sorte de capuchon.

— Parfait, je vois que vous êtes disposé à m'aider. Avez-vous déjà quitté les lieux ?

— Non, messire, jamais.

— Je suppose que vous avez dû assister à l'arrivée de maints de vos frères…

— En effet, messire.

— Vous souvenez-vous de tous ?

— Je ne saurais dire, messire, ils ont été nombreux à nous rejoindre.

— Il ment, interrompit Albin qui avait retrouvé son sang-froid. Notre communauté n'accueille pas souvent de nouveaux visages.

— Connaissez-vous tous ceux qui se trouvent sous votre autorité à ce jour ? persévéra l'intrus sans tenir compte de l'intervention.

— Je suppose que oui, messire.

Les questions étaient posées les unes à la suite des autres, sur une cadence rapide destinée à empêcher Bérard de trop réfléchir. Tendu, il se maintenait sur ses gardes.

— Accueillez-vous beaucoup de novices ?

— Hélas, un peu moins ces dernières années, messire. J'imagine que notre situation isolée et notre mode de vie n'inspirent que peu de vocations. Et nous n'acceptons dans nos murs que les personnes faisant preuve d'une véritable motivation. Nous ne voulons être une prison pour personne.

— Loin de moi cette idée.

L'intrus observa un court silence songeur dont Bérard profita :

— Messire, nous sommes onze moines, cinq convers, un oblat, ainsi qu'une demi-douzaine de novices. Si vous comptez m'interroger sur chacun d'entre nous, sur ce que nous mangeons, sur nos lectures favorites ou sur combien de fois par an nous recevons la tonsure, cela risque de prendre beaucoup de temps. Alors si vous me disiez ce pour quoi vous êtes ici, nous pourrions en finir au plus vite.

— Quand l'oblat est-il arrivé ? lança l'homme en noir, en abandonnant sa fausse amabilité.

Bérard retint un hoquet de stupeur et lutta pour conserver un visage impassible. *Il a osé…*

— Il y a de nombreuses années, messire.

— Dans quelles circonstances ?

— Eh bien, voyons que je me rappelle, fit-il en se frottant le menton. Il est arrivé tout petit, encore au berceau. Nous l'avons accueilli à titre exceptionnel, en tant que donné. Ce sont de jeunes enfants que les familles offrent au service de notre Seigneur.

— Je connais cette pratique. Mais il me semble me rappeler qu'en temps normal, ce sont des garçons d'au moins cinq ou six ans qu'on livre à cette vie de réclusion qu'ils n'ont pas choisie, pas les nourrissons. Et votre ordre n'a pas coutume de les accepter.

— Vous l'avez dit vous-même, messire, *en temps normal*. Aymon a été trouvé par un villageois des alentours, abandonné au milieu des bosquets. Les siens l'ont sans aucun doute rejeté en raison de son apparence. Puis-je savoir comment vous, vous connaissez son existence ?

— C'est moi qui pose les questions, contentez-vous d'y répondre. Avez-vous une idée de qui pourrait être sa famille ?

— Aucune, messire. Comme je viens de le dire, c'est un paysan qui nous l'a apporté, faisant preuve d'une grande charité car, sans son intervention, le petit serait mort de froid ou aurait été dévoré par les bêtes.

— C'est faux ! s'exclama Albin.

Bérard tourna un regard surpris vers Albin.

— Je te demande pardon, mon frère ?

— Je dis que tu mens, qu'il n'est pas venu à nous de cette manière et que tu le sais mieux que personne.

— Je te prierais de bien vouloir cesser de me traiter de menteur. Je n'ai jamais eu vent d'une autre version de la triste histoire d'Aymon, car c'est la vérité. Et je pense que toi non plus, si ce n'est dans ta tête farcie de lubies.

— Silence ! coupa l'homme. Mon père, je vous répète que j'ai besoin de ces informations, et ma patience n'est pas sans limites.

— De même que la mienne. Vous vous alliez à la fange de l'humanité en la personne de Guigues de Montbel pour vous introduire dans nos murs ; par je ne sais quelle combine vous amenez un frère à briser nombre de nos règles ; vous me posez un tas de questions auxquelles j'ai l'amabilité de répondre, et maintenant vous me menacez. J'exige que vous quittiez ces lieux à présent et que vous n'y reveniez jamais !

— Je vous avais prévenu, il ne reculera devant rien pour protéger son mensonge, gémit Albin.

— Il suffit, j'ai dit !

Albin ne put retenir un frisson. Le vicaire s'adressait à l'homme en noir comme à un garçon impertinent. Ce dernier sourit en songeant à quel point il était loin de ces sentiments. Désignant son complice, il insista une fois encore :

— Mon père, cette barrique soutient que c'est vous qui avez réceptionné l'enfant à l'époque, et que vous détenez la preuve de ses origines. Si tel est le cas, donnez-la-moi. Je peux vous assurer que vous serez récompensé.

Bérard afficha un demi-sourire.

— Que voulez-vous que je fasse de vos promesses, messire ? Je ne suis qu'un vieux moine, les récompenses que j'espère obtenir un jour ne sont pas de ce monde. Et dans tous les cas, il m'est impossible de vous fournir une telle preuve car elle n'existe pas. Aucun acte n'a été rédigé puisque ses parents n'étaient pas présents lors de son arrivée. Je pourrais demander à notre frère bibliothécaire de vous montrer le registre de l'époque, où il est écrit ce que je viens de vous raconter, même si j'ignore pourquoi j'autoriserais une telle intrusion.

— Je sais que ce document existe, s'échauffa Albin. Je l'ai vu de mes propres yeux. Il a dû le cacher je ne sais où !

— Albin, as-tu conscience de nous mettre tous en danger en racontant de telles inepties ?

— C'est toi qui nous prends des risques en déformant la vérité et en refusant d'avouer.

Une lueur de doute traversa son regard malgré tout. La voix de l'inconnu s'éleva, tranchante comme une lame :

— Albin, veuillez nous laisser.

— Pardon ?

— Vous m'avez très bien compris. Fichez-moi le camp d'ici, allez vous enfermer dans votre cellule et n'en ressortez plus.

Albin hésitait. Après tout, songea-t-il, Bérard n'a qu'à parler. À travers ses paupières baissées, il devina une détermination farouche. Il voulut dire quelques mots encore mais se ravisa. Il fit demi-tour et quitta l'abri.

L'homme en noir épousseta la table devant lui et sonda le regard de Bérard.

— Mon père, si vous n'accédez pas à ma requête, je ne peux garantir votre sécurité ni celle de vos frères.

— Vous êtes dans un lieu sacré, murmura Bérard, prenez garde à ne pas provoquer la colère du Ciel.

L'homme poussa un soupir de lassitude. Il rapprocha sa chaise de celle de Bérard et se pencha vers lui, presque à le toucher. La nuit allait être plus longue que prévu.

Trepidatio

Plus tard dans la nuit, Guigues devint fébrile. Son humeur s'aggravait au fur et à mesure que les heures s'écoulaient sans qu'il trouve le sommeil. Le retard qui résulterait de la réparation de la charrette le rendait nerveux. Il se tournait et se retournait sur le sol de la grande salle.

Il finit par se lever, transi jusqu'aux os. Il empoigna une lanterne et chercha Arnaut. Comme il ne le trouvait pas, il déambula dans les couloirs glacés où il tomba sur Jorioz qui somnolait. Il le secoua et lui demanda s'il avait aperçu le soldat.

— Non, j'l'ai pas vu depuis un bon bout d'temps !

Guigues mordilla sa lèvre supérieure. À cet instant plus que jamais, il aurait eu besoin de la froide et solide assurance qui semblait ne jamais lui faire défaut. Il supposa qu'il effectuait une ronde pour éviter une nouvelle tentative stupide de la part des moines.

Il marcha quelques minutes dans la cour sombre, puis contourna le bâtiment principal. Il se retrouva face à une dépendance à un seul étage, devant laquelle l'un de ses hommes était posté, enroulé dans des couvertures. Il s'approcha et entra. En voyant les lits alignés le long du mur, il comprit qu'il se tenait dans l'infirmerie. Un novice dormait dans un fauteuil garni de coussins au tissu rêche, une jambe enserrée entre deux planches et posée sur un tabouret. Dans l'une des couches se trouvait un jeune moine au visage en partie bandé. Guigues reconnut celui qui avait tenté de résister lors de son arrivée. Il risquait de garder une vilaine cicatrice. *Ça lui apprendra*. Entrouvrant les yeux, le blessé aperçut Guigues et se redressa.

De l'autre côté de la rangée, un vieillard était alité, aux prises avec une quinte de toux tenace. Un chartreux sortit d'une petite pièce située à l'arrière, tenant dans sa main un gobelet en bois. Il était grand, avait les cheveux blond très clair et les épaules larges. Il passa devant Guigues sans s'arrêter et se dirigea droit vers le vieux moine.

— Bois, mon frère, cela te soulagera.

Il agissait à la fois avec autorité et douceur.

— Qu'est-ce que c'est ? demanda Guigues.

— Un mélange d'angélique pour calmer la toux, de baies de sureau pour faire passer le mal de gorge et de valériane, afin qu'il dorme et se repose. J'y ai ajouté une goutte de miel, pour masquer le goût.

— C'est vous qui cultivez tous ces machins ?

— En tant que frère infirmier, j'ai la charge de la culture et de la récolte des plantes curatives. Pourquoi ces questions, messire ? Vous souhaitez nous prendre cela aussi ?

Ebbon se tourna enfin vers lui. Guigues sentit une colère amère mêlée de honte l'envahir. Il serra les lèvres et s'apprêta à partir. Il se ravisa avant de passer la porte :

— J'avais ordonné que tous les moines soient enfermés dans leur cellule pour la nuit. Pourquoi n'avez-vous pas obéi ?

— Votre associé nous a laissés là sous bonne garde. Frère Hugues a besoin de soins constants, justifia Ebbon sans une once de crainte dans la voix.

— Et lui, qu'est-ce qu'il a ?

Guigues pointa son menton vers le novice assis dans le fauteuil.

— Une jambe cassée.

— Conséquences de mauvais traitements ?

— Il a glissé sur une marche lisse.

À la grande surprise de Guigues, Ebbon lui passa à nouveau devant et entra dans la petite pièce du fond. Là, il s'agenouilla sur son prie-Dieu et récita une prière à voix basse. *C'est une manie !* Guigues resta coi quelques instants, souffleté. Le regard fixé sur le dos du moine, il fit basculer l'étagère qui se trouvait à sa gauche. Il quitta l'infirmerie au son des objets qui s'écrasaient au sol.

Guigues se dirigea vers le réfectoire pour se recoucher, quand quelque chose au loin attira son attention. Du coin de l'œil, il avait entraperçu une clarté dans une partie reculée de l'enceinte où il pensait qu'il n'y avait rien. Il jura dans sa barbe, excédé, et entreprit de rejoindre la lueur.

— Maudits moines, n'ont-ils donc peur de rien ? Et ces foutus soldats, qui ne servent à rien ! Dès que j'aurai enfermé ces rebelles en robe de bure, ils vont m'entendre !

Fuga salutem

GUIGUES galopait aussi vite qu'il le pouvait. Les autres suivaient à la même allure. Il pouvait entendre le martèlement des sabots dans son dos. Il voyait devant lui les ombres infernales et désordonnées projetées par les torches. Certains montaient à deux, n'ayant pas eu le temps de détacher tous les chevaux. L'unique chariot avançait à un train d'enfer, menaçant de chavirer à chaque bosse.

Des larmes de dépit s'échappaient de ses yeux et finissaient leur course dans ses cheveux, poussées par le vent.

— Bordel ! ragea-t-il entre ses mâchoires serrées.

Pendant quelques secondes, Guigues ne perçut plus rien de ce qui l'entourait et un vrombissement sourd lui martela les oreilles. Il se laissa aller à la panique qui le submergeait. Il fut saisi de tremblements, à tel point qu'il faillit lâcher les rênes. Il ferma les yeux pour tenter d'effacer les images qui s'étaient imprimées dans son esprit.

Une branche le griffa au visage et agit comme un coup de fouet. Il se retourna pour voir si ses soldats le suivaient toujours. Il éperonna une fois de plus les flancs de son cheval. Pourquoi cette fichue bête n'avançait-elle pas plus vite ? Une seule idée l'obsédait : fuir, fuir, fuir ! Il devait s'éloigner au plus vite, quitter ces montagnes maudites et ne plus jamais y revenir.

Absentiae

Au matin, comme à son habitude, Prindalles se réveilla de bonne heure. Il resta allongé pour savourer ce moment où l'esprit à peine éveillé est prompt à sauter d'une idée à une autre, sans réelle logique. Il se leva enfin, se débarbouilla et s'habilla. Il rangea ses affaires et descendit dans la salle commune. Maître Jacquet était déjà là et l'accueillit joyeusement.

Le sculpteur n'avait pas revu Hanguis depuis la veille. Comme le tenancier lui avait apporté un repas léger dans sa chambre en début de soirée, il demanda de ses nouvelles.

— Il avait l'air fatigué et il se préparait à passer une mauvaise nuit. Ne vous en faites pas, je suis sûr qu'avec un peu de repos et ma bonne cuisine, il se rétablira vite. À ce propos, voulez-vous déjeuner, maître ?

— Volontiers.

Prindalles s'installa et patienta en rêvassant. Il plaignait le clerc. Rien n'était plus contrariant que ces blessures bénignes mais douloureuses.

Maître Jacquet revint avec une écuelle débordante de brouet d'épeautre aux épices. Le sculpteur entama sa dégustation avec plaisir et sursauta en apercevant Hanguis descendre les escaliers à son tour, accroché à la rambarde. Il le rejoignit en clopinant.

Prindalles se leva pour lui souhaiter la bienvenue.

— Comment vous sentez-vous ce matin, mon vieux ?

Il était ravi de voir que son compagnon pouvait déjà se tenir debout et enchaîner quelques pas. Il dégrisa vite lorsque ce dernier approcha. Il avait l'air faiblard et son teint était grisâtre.

— Pas pire qu'hier en tout cas, grogna le clerc en se laissant glisser sur une chaise. Ma cheville m'a gêné toute la nuit mais j'ai pu dormir quelques heures. Dans l'ensemble, mon état s'est amélioré.

— Vous m'en voyez soulagé, j'étais inquiet.

— Il n'y a pas lieu de l'être. Je pense que nous pourrons repartir après le petit déjeuner.

— Si tôt ?

— Oui. Je vous l'ai dit, je me sens mieux. Et je ne veux pas perdre de temps, nous irons donc aujourd'hui.

— Si vous êtes sûr de vous.

— Peut-être préféreriez-vous rester pour la bonne cuisine de notre hôte ?

— Ne me tentez pas !

Hanguis héla son ami, qui exprima par de grands gestes sa joie de le voir si tôt remis.

— Ai-je droit à votre brouet, maître ? réclama le clerc. Je suis certain qu'une fois cette merveille engloutie, je pourrais me rendre au monastère à pied. Et même en courant !

— Allons, allons, ne faites pas le flagorneur. Je vous apporte ça !

Une heure plus tard, Prindalles attendait qu'Hanguis fasse ses adieux à l'aubergiste, qui leur avait remis deux sacoches pleines de victuailles. Il vérifia que la plaie de sa mule était cette fois bien protégée, et que le tapis placé sous la selle ne bougerait plus. Le palefrenier l'assista pour la charger, puis il déposa les affaires du clerc sur le dos du deuxième animal. Ils fixèrent les pierres et, enfin, il aida Hanguis à monter à cheval en calant sa cheville endolorie dans l'étrier.

Les deux compères s'engagèrent sur le chemin à un rythme tranquille, tirant chacun leur mule par la longe. Ils ne tardèrent pas à arriver à la frontière entre Savoy et Dauphiné, matérialisée par un petit pont de pierre, appelé Pont Romain en raison de sa forme voûtée. Hanguis déclara qu'à son avis, il était de construction plus récente mais que ce nom lui donnait un air distingué. Il enjambait le Guiers-Vif, qui parcourait les gorges de l'Échaillon et s'écoulait sur leur gauche. Juste avant de l'emprunter, Prindalles remarqua l'écusson savoyard sculpté à même la roche à hauteur d'homme.

Après quelques heures d'un trajet sans encombre, Prindalles et Hanguis parvinrent au sommet d'une dernière pente et passèrent devant une minuscule bâtisse, que le clerc présenta comme la chapelle Saint-Hugues. Surplombé par le Grand Som, s'étalait sous leurs yeux le désert de la Grande Chartreuse [1] et, au fond, le monastère. Prindalles donna une tape affectueuse à sa monture. Ils étaient presque arrivés.

1. On nommait ainsi la vallée où se situait le monastère en raison de son isolement.

Peu avant l'office de prime, les chartreux se réunirent devant le réfectoire. Régnait un silence qui, pour une fois, les mettait mal à l'aise. Quelques-uns firent le tour des lieux d'un pas hésitant tandis que les autres échangeaient des regards dubitatifs, redoutant un mauvais coup de Montbel et de ses sbires. Au milieu de la cour, on trouva la charrette à l'essieu cassé à moitié déchargée. Un cheval errant dans les potagers en contre bas confirma le départ des soldats. Des questions fusèrent en tous sens :

— Que s'est-il passé ? Où sont-ils ?

Les moines les plus vigoureux naviguaient entre les pièces vides et les jardins.

— Quelqu'un aurait-il entendu nos prières et accouru pour nous sauver ? espéra Morisse.

— Je ne crois pas, objecta Martin. Regarde, il n'y a que nous.

— Mais alors…

— Je ne saurais répondre, mon frère, je vois la même chose que toi. On dirait qu'ils sont partis dans la nuit, comme s'ils avaient le diable aux trousses. Pourquoi ?

— Est-ce si important ? Le principal est qu'ils ne soient plus là, non ?

— Ne vont-ils pas revenir ?

— Mes frères, je vous en prie, tempéra Martin. Essayons de garder notre sang-froid. Pour commencer, fermons les portes !

Jehan créa la stupeur en annonçant la mort de Lancelin. Sur ses indications, les pères se rendit à la poterne sud et ramenèrent son corps à l'intérieur des murs. Ils le déposèrent avec délicatesse dans l'infirmerie. Bien que l'heure soit passée, on voulut célébrer la messe de prime. Les moines ressentaient plus que jamais le besoin de s'agenouiller ensemble.

Tous avaient pris place dans l'église et attendaient que l'office débute. Alors que les plus âgés somnolaient, épuisés par les évènements, d'autres avaient commencé à prier en silence. Certains finirent par comprendre que quelque chose n'allait pas. Aymon saisit le bras de Justin qui se tenait près de lui.

— Où est père Bérard ? C'est lui qui doit officier, on ne peut démarrer sans lui.

Justin lança des regards tout autour de lui, bientôt imité de tous. Bérard ne s'était jamais présenté en retard. Martin se redressa et, suivi de quelques autres, sortit de l'église d'un pas rapide. Le jour était presque levé. Incapable de contenir sa fébrilité, Aymon partit en courant et les dépassa.

Il arriva devant la cellule du vicaire tout essoufflé. Il frappa à la porte et appela plusieurs fois sans recevoir aucune réponse. Il entra pour constater qu'il n'y avait personne. La pièce était en ordre, le lit même pas défait. Il descendit dans l'atelier, vide lui aussi. Les autres arrivèrent pendant qu'il remontait, de plus en plus inquiet.

— Il n'est pas là.

Martin prit les choses en main :

— Aymon, tu connais le chemin, alors va voir dans les sanitaires. Jehan, amène deux novices et assurez-vous qu'il n'est pas tombé dans le potager en se rendant à l'office. Justin, Anselme et Bernard, vérifiez dans le réfectoire et s'il n'y est pas, fouillez tout le bâtiment. Quant à moi, je retourne prévenir les autres.

Tous partirent exécuter leur mission. Aymon courut jusqu'aux sanitaires où, là encore, il ne trouva personne. Il rejoignit le groupe en toute hâte et croisa Justin qui l'informa qu'il fallait chercher partout, le vicaire n'ayant pas été retrouvé dans le réfectoire non plus.

En arrivant dans l'église, le jeune homme fut frappé par la tension qui y régnait. Certains chuchotaient, d'autres avaient les traits crispés. Il remarqua Albin, assis tout près de lui, blanc comme un linge. Martin se tenait au milieu des moines les plus anciens. Aymon se dirigea vers eux. Connaissant l'affection qui le liait au vicaire, Martin posa une main rassurante sur son épaule. Ils décidèrent de se répartir en groupes de deux ou trois pour arpenter les jardins et sonder les autres bâtiments.

Quand il devint évident qu'on ne le retrouverait pas, on pensa qu'il avait dû chuter quelque part. Aymon peinait à cacher son angoisse. Il ne pouvait s'empêcher d'imaginer le pauvre Bérard agonisant dans un ravin. Jehan, qui parcourait pour la énième fois les jardins intérieurs, était tout aussi inquiet mais pour d'autres motifs. La veille, il avait distinctement entendu Montbel ordonner à son sbire de le reconduire dans sa cellule. Et s'il avait désobéi ?

Les recherches dans les bâtiments et les nombreuses pièces qu'ils abritaient ne donnèrent rien. Incrédules, les moines se demandaient comment un homme de cet âge pouvait s'éclipser en une nuit.

Des coups frappés à la grande porte les firent sursauter. Martin se redressa, le cœur haletant.

Confusio

À la vue du monastère, Prindalles avait songé qu'il fallait être la proie d'une vocation plus que sincère pour souhaiter demeurer dans un tel endroit. L'idée de s'enfermer pour une vie entière lui donnait des sueurs froides. Tandis qu'Hanguis s'aidait d'une béquille improvisée, ils cognèrent à la grande porte surplombée par une austère statue de la Vierge prenant appui sur l'emblème de l'ordre, un orbe surmonté d'une croix, entouré de sept étoiles. Le bruit résonna dans toute l'enceinte, augmentant le malaise de Prindalles. Comme personne ne venait, Hanguis frappa plus fort.

Au bout de longues minutes, quelqu'un finit par ouvrir le judas obstrué par une planche de bois. Ils ne distinguèrent à travers la grille que de gros sourcils surmontant un nez massif. Les visiteurs se présentèrent et expliquèrent la raison de leur présence. La physionomie du frère Martin changea du tout au tout. Il avait craint que Guigues soit revenu, avant de réaliser que ce dernier ne prendrait pas la peine d'annoncer ainsi son retour. Il loua les Cieux de leur venue tout en leur ouvrant. Ils saluèrent avec déférence le moine à haute stature, aux bras aussi larges que des cuisses, aux cheveux bouclés et grisonnants autour de la tonsure et arborant une mine effrayée.

Martin leur présenta des excuses et leur annonça que tout le monastère était en grand trouble, sans toutefois donner plus de détails. Il leur proposa de s'installer dans la maison d'hôte située juste au bout de l'allée, à l'extérieur de l'enceinte, et de venir les visiter d'ici peu. Prindalles et Hanguis le remercièrent, surpris par cet accueil insolite.

Vingt minutes plus tard, ils avaient déchargé les mules et dessellé les chevaux qu'ils laissèrent paître autour de la maison. Hanguis et Prindalles déposèrent leurs affaires dans des chambres simples situées à l'étage, puis se rejoignirent dans la pièce de réception, où Martin les attendait, la mine sombre.

— Messieurs, c'est le Seigneur qui vous envoie. Prenez place, je vous en prie, les invita-t-il en désignant deux fauteuils recouverts de peaux de bête. Je suis frère Martin, père coadjuteur. Je suis chargé, entre autres, de recevoir les étrangers.

Martin déambula dans la pièce, avant de poursuivre d'une voix incertaine.

— Notre Prieur Général, Dom Jean, est absent, de même que son assistant frère Clément. Il faudra vous adresser à moi ou à son vicaire.

Il s'interrompit de nouveau et se racla la gorge :

— En réalité, il faudra vous contenter de ma modeste personne. Notre prieur vicaire est pour l'heure introuvable. La journée de la veille a été ponctuée de malheurs !

Prindalles et Hanguis échangèrent un regard incrédule puis, dans un même geste, se retournèrent vers le moine.

— Je ne sais par où commencer… Nous avons été attaqués hier matin très tôt.

— Que dites-vous ?

— Pardonnez-moi, nous sommes encore sous le choc et, comme vous pouvez le constater, mes pensées peinent à se mettre en ordre. Je vais tenter d'être plus clair.

Il prit place sur une chaise et raconta l'arrivée fracassante de Guigues et de ses hommes, les exactions commises puis leur fuite inexplicable.

— Il y a-t-il des blessés parmi vous ? s'enquit Hanguis.

— Un jeune novice a été abattu, leur apprit Martin, la gorge nouée. Un autre souffre d'une mauvaise estafilade. Il aurait pu y avoir un désastre de plus, mais nous avons évité le pire avec Aymon.

— Qui est-ce ?

— Un oblat que nous avons recueilli lorsqu'il était enfant. Afin de lui épargner une nouvelle humiliation, je tiens à vous prévenir qu'il est… différent. Essayez de ne pas vous effrayer de son apparence.

Prindalles et Hanguis acquiescèrent sans vraiment comprendre. Martin éprouvait un réel soulagement de partager le fardeau de ces dernières vingt-quatre heures avec quelqu'un d'autre.

— Et depuis ce matin, enchaîna-t-il, le père vicaire a disparu. Il est très âgé. Nous étions à sa recherche lorsque vous êtes arrivés. Plusieurs d'entre nous sont sortis pour vérifier s'il n'est pas tombé sur le chemin, même si cela me paraît plus qu'improbable. Que serait-il allé faire dehors ?

— Se pourrait-il que votre agresseur l'ait enlevé ? suggéra Hanguis.

— Je vous avoue que je n'y ai même pas pensé, s'épouvanta Martin. Pourquoi l'aurait-il emmené ? Je n'ose l'imaginer.

Il sortit de sa manche un mouchoir en tissu râpeux et s'épongea le front.

— Messieurs, je remercie le seigneur de vous avoir envoyé. Vous m'avez conté les raisons de votre arrivée providentielle. À mon sens, nous avons besoin de vous d'une tout autre manière.

— Nous ferons notre possible pour vous venir en aide, affirma Prindalles.

Il ne perçut que trop tard les gros yeux qu'Hanguis lui lançait. Ils ne pouvaient s'engager à la légère. Prindalles désigna du menton le pauvre homme assis en face d'eux, l'air abattu. Martin, qui n'avait rien vu de l'échange, tortillait son mouchoir.

— Commençons par le début, tenta de l'apaiser Hanguis. Qui vous a attaqués ?

— Guigues de Montbel, seigneur d'Entremont.

Prindalles pâlit et masqua sa surprise derrière sa main. Martin se tourna vers eux.

— Je voudrais que vous m'aidiez à rendre justice.

— Pourquoi ne pas demander l'assistance du Dauphiné, dont vous dépendez ?

— Je n'ai aucune confiance en l'intégrité dauphinoise. La famille d'Entremont a toujours été de connivence avec le dauphin, bien qu'elle soit vassale des Savoy.

— Il paraît approprié que Montbel soit jugé par son seigneur, le comte Amédée, souligna Prindalles.

Hanguis confirma en hochant la tête. Il se frotta le menton puis leva les yeux vers Martin.

— Je pense que nous pourrions vous aider, en effet.

— Mille mercis, messieurs !

Un convers essoufflé fit son apparition à la porte :

— Frère Martin, venez vite ! Il y a eu un grand malheur !

— Que se passe-t-il encore ?

Le jeune homme était déjà reparti, contraignant les autres à le suivre dans l'angoisse.

Seditio

GUIGUES faisait de son mieux pour ignorer les clabaudages mécontents de ses hommes. Le jour s'était levé pourtant, sous le couvert des pins serrés, on se serait cru au crépuscule. Épuisés, les soldats avaient refusé de faire un pas de plus sans s'être reposés. Ils se trouvaient ainsi au milieu de la forêt.

On avait allumé un grand feu pour se réchauffer et tenir à l'écart les bêtes sauvages qu'on entendait rôder non loin. Ils ne risquaient sans doute pas grand-chose en plein jour, mais les meutes de loups n'étaient pas rares dans ces montagnes.

Assis de l'autre côté du feu, les soldats échangeaient des regards équivoques. Guigues, les bottes calées sur les pierres chaudes entourant le foyer, mordait rageusement dans une pomme, encore incrédule face à la tournure qu'avaient prise les choses.

Il s'était préparé aux représailles encourues pour cause de pillage, qui seraient modérées en raison de son rang : des remontrances, une probable interdiction de paraître à la cour pendant quelque temps, une amende et, sans aucun doute, une écorchure de plus à sa réputation déjà sulfureuse. Il soupçonnait en outre que des excuses publiques seraient exigées. Il serait enfin forcé de rendre tout ce qu'il avait dérobé. En faisant un peu traîner les choses, il aurait le temps de vendre le reliquaire – pour le moment caché dans l'une de ses sacoches – et ne pourrait donc plus le restituer. De même qu'il consommerait et dissimulerait la majeure partie des denrées et de l'argent.

Tout cela, il s'y attendait. Ça ne lui coûterait au bout du compte que très peu. En revanche, le meurtre était puni bien plus sévèrement. Il n'avait pas réfléchi en envoyant cette flèche entre les omoplates du morveux. Il aurait dû viser les jambes. Et personne ne douterait de son implication pour le reste.

Les soldats interrompirent sa rêverie en se levant. Ils se placèrent en demi-cercle et avancèrent vers lui d'un seul mouvement. Guigues se mit sur ses pieds et jeta au loin le trognon de sa pomme. Arnaut se redressa à son tour, l'air menaçant. Gaspard et le Rouquin se postèrent derrière eux.

La forêt tout entière sembla prendre conscience de la tension qui montait. Aucune bête n'agitait plus les buissons, les oiseaux s'étaient tus et le vent avait cessé de s'ébrouer dans les branchages. Jorioz fit un pas en avant.

— On voudrait savoir pourquoi qu'on est partis si vite. En laissant la moitié du butin là-bas.

— Vous savez très bien pourquoi. Retournez à vos victuailles.

— Elles sont où toutes les richesses qu'vous nous aviez promis, hein ?

— Il y a bien assez. Vous aurez votre paye, comme convenu.

— On nous avait affirmé qu'on aurait d'quoi s'engraisser sur place. Mais y avait rien dans c'fichu monastère. Qu'des crucifix en bois et des pommes.

— Et on a fui comme des poltrons ! enchérit Rodolphe.

— Tout ça parce qu'vous vous compissez d'ssus comme un nouveau-né.

— Si vous aviez suivi mes ordres, blâma Guigues, et si vous vous étiez tenus tranquilles, on n'en serait pas là !

Les deux groupes se défiaient du regard, conscients que le premier geste brusque déclencherait la mêlée.

— Vous nous accusez d'quoi au juste ? gronda Nicod en ébauchant quelques pas sur le côté.

Guigues ricana :

— Eh quoi ! Vous allez me dire qu'en réalité vous êtes des garçons délicats ?

— Pas vraiment, mais on aime pas s'faire sermonner quand on y est pour rien. J'sais même pas d'quoi vous parlez.

— Et c'est hors d'question qu'on trinque pour vous ! menaça Gonin.

— Votre petit numéro d'innocence est divertissant, mais maintenant ça suffit ! Vous allez vous rassoir et vous reposer, parce qu'on repart dans un quart d'heure.

Les mots résonnèrent dans le silence, à peine troublé par une branche de sapin qui craquait dans les flammes. Pour toute réponse, les épées furent tirées de leurs fourreaux. Le Rouquin piocha aussitôt dans son carquois et banda son arc.

Nicod s'élança soudain vers Guigues, sa lame dressée. Il fut interrompu par une flèche qui vint se ficher dans son avant-bras. Guigues dégaina à son tour. Il esquiva le coup de Gonin qui, après avoir repoussé Nicod, se jetait sur lui. Guigues fut touché à l'épaule, mais parvint à planter le bout de sa lame dans la joue de Gonin. Arnaut tournoyait autour de Denis en faisant siffler sa masse d'arme dans les airs. Il se baissa pour éviter un coup d'épée maladroit et lui défonça le crâne. Denis s'effondra dans une gerbe de sang et de cervelle. Mauris attaqua Arnaut par-derrière. Le Rouquin recula de quelques pas et lui décocha une flèche en plein dans l'abdomen. Gaspard luttait contre Jorioz. Il finit par le repousser et enfonça sa lame entre son épaule et son cou avant de glisser sur des feuilles poisseuses. Il tomba à la renverse et se retrouva à la merci de Rodolphe. Guigues se jeta sur lui et le transperça de part en part.

Il ne restait plus que Guigues, Arnaut, Gaspard et le Rouquin. Mis à part ce dernier, tous arboraient des blessures plus ou moins superficielles.

Ils récupérèrent les sacoches de leurs anciens compagnons morts ou agonisants, et les chargèrent sur les chevaux. Gaspard s'occupa d'éteindre le feu. Chacun guida à la bride une monture supplémentaire et le Rouquin prit les rênes du chariot. Ils s'éloignèrent, abandonnant les corps à la merci des charognards.

Crucifixio carnis

FRÈRE Martin oublia sa réserve habituelle et s'élança vers le monastère, talonné par Prindalles et Hanguis à la traîne. En pénétrant dans la cour, ils lancèrent des regards en tous sens sans que rien leur paraisse surprenant. Prindalles et Hanguis découvrirent les hauts bâtiments en pierre claire, les jardins en pente, la petite chapelle et les sapins touffus qui parsemaient la cour.

Martin avisa des moines regroupés devant l'église et alla à leur rencontre. Prindalles et Hanguis s'apprêtaient à le suivre quand des éclats de voix leur parvinrent au loin, depuis l'arrière du bâtiment principal. Ils se précipitèrent dans cette direction.

Dans l'angle le plus isolé de l'enceinte, derrière un cabanon tout en longueur, ils distinguèrent quelques moines qui formaient une tache blanche. Ils grimpèrent en soufflant la pente qui menait jusqu'à eux. Martin et les autres les avaient enfin aperçus et leur avaient emboîté le pas. Prindalles se retourna et songea qu'ils avaient l'air bien petits vu d'en haut. Au sommet, ils découvrirent un groupe de chartreux faisant face à un grand noyer. Puis leurs regards se tournent vers l'arbre.

Le corps était attaché par les pieds. Il pendait au bout d'une corde accrochée à une branche. Les bras avaient été noués dans le dos et formaient un angle incongru. Les yeux de Prindalles se portèrent sur la tête. Il mit plusieurs secondes avant de comprendre ce qui n'allait pas. Elle avait été tranchée et posée à même le sol, le cou gisant dans la terre humide. Le corps ainsi suspendu donnait l'impression de s'y emboîter par le sommet du crâne dans une incohérence troublante. Le visage en lui-même était affreux : les yeux cerclés de rides profondes étaient rouges et révulsés. La bouche avait sommairement été cousue à l'aide d'un épais fil brun. Une flaque de sang noir et visqueux formait une collerette à la grotesque figure.

Personne ne semblait pouvoir réagir. Un gros moine porta une main tremblante à sa gorge, comme étouffé par la stupeur. Un bruit de pas léger fit sursauter tout le monde. Un jeune homme accourait. Il était très grand et avait dépassé sans effort les autres, plus âgés, qui peinaient à monter jusque-là.

Prindalles trébucha et Hanguis se plaqua la main sur la bouche. Le garçon avait la peau aussi blanche que la neige. Ses cheveux courts et ses yeux étaient d'un jaune laiteux. Il se tenait un peu penché en avant, à l'image des personnes de grande taille. Le groupe s'écarta d'un seul mouvement pour le laisser passer.

À cette distance, Aymon ne distinguait qu'une forme floue. Il avait compris malgré tout. Il s'approchait, la bouche ouverte en un cri muet, fixant le corps sans vie. Il se prit les pieds dans une branche et tomba à genoux, aveuglé par les larmes.

Frère Martin accourut au même instant et voulut lui porter secours.

— Aymon ! Oh, non, Seigneur, non....

Les derniers moines parvinrent enfin au sommet de la butte. En découvrant le cadavre à leur tour, ils ne purent s'empêcher de gémir et d'implorer le Ciel. Aymon se releva et se jeta devant le corps. En s'aidant des pans de sa robe, il tenta de masquer le visage déformé.

— Ne le regardez pas ! Ne le regardez pas comme ça !

Martin se porta vers lui. Il le soutint par le bras et le détourna avant de le confier à deux convers.

— Éloignez-le de là, pour l'amour du Ciel.

Il retira ensuite son mantel et l'enroula tant bien que mal autour de la dépouille de Bérard.

Saevitia

Le corps fut détaché et transporté à l'infirmerie sous la surveillance d'Ebbon.

— Il était très âgé et sa mort sans doute imminente, mais cela n'aurait pas dû se dérouler ainsi, se désola Martin auprès de lui.

— Aucune créature de Dieu ne mérite une telle fin.

— Nous n'avons même pas pu lui faire nos adieux ni lui offrir le réconfort de nos prières.

Martin masqua ses larmes en baissant la tête.

— Cela, nous pouvons encore le faire, le consola l'infirmier. Je vais d'abord m'occuper de lui.

Ebbon rejoignit son officine d'un pas lourd tant il redoutait la tâche qu'il lui fallait accomplir. Il implora le Seigneur de lui en accorder la force. On attendrait qu'il ait terminé pour offrir une sépulture décente au vicaire.

Rien d'étonnant à ce que le corps n'ait pas été retrouvé plus tôt, songea-t-il. Il avait été accroché dans un coin en partie masqué par les bâtiments, où l'on ne se rendait presque jamais. Qui aurait pu penser à le chercher à cet endroit ?

Après une prière, il se mit à l'œuvre. On avait disposé la tête au-dessus du cou et dans le bon sens, afin de lui redonner une allure humaine. Il se rinça les mains dans de l'eau aromatisée à la sauge et à la pimprenelle, puis entreprit de découper les vêtements. En premier lieu, il retira la cuculle et la ceinture. Il examina ensuite la robe et découvrit un trou sur le côté, poisseux de sang séché. Il l'observa de plus près. Le tissu avait été percé de façon nette. Il ôta le lombard et le cilice [1]. Une balafre était visible sur le flanc gauche du prieur. Ebbon soupira en imaginant ce que le pauvre homme avait subi avant de rendre l'âme. Il retira les souliers grossiers et les bas, puis il déposa un linge sur sa virilité. Il rassembla ses forces alors qu'il s'apprêtait à prendre soin de la tête.

1. Le lombard était une petite corde ceignant les reins servant à retenir le cilice, tunique faite d'une étoffe rude.

Après la lugubre découverte, Prindalles et Hanguis avaient laissé les moines à leur douleur et avaient regagné la maison des hôtes. Les portes du monastère avaient été fermées, les chartreux retrouvant dans le malheur leur isolement d'avec le monde.

Ils avaient fait du feu et Prindalles avait déployé une couverture sur ses genoux. Ni l'un ni l'autre ne pouvait pourtant s'empêcher de grelotter.

— J'aurais bien besoin d'un remontant, déclara Hanguis.

— Je doute que nous en trouvions ici. Et je n'ai rien amené.

— Seigneur…

Camberio et le chantier semblaient désormais appartenir à un lointain passé, presque une autre vie.

Le soir tomba et, sans grand enthousiasme, ils mangèrent une partie du contenu de leurs sacoches, plus pour s'occuper que par réel appétit. Le sculpteur tentait de raccrocher ses idées à ce qu'il aimait, son travail, sa maison, Nycolet, Sibylle. Il avait empli son esprit de tout ce qui faisait qu'elle était elle, son sourire, ses mouvements pleins de sensualité, ses boucles ondoyantes, ses yeux, son rire… Il se remémora sa rencontre avec Guigues, ce qui lui donna des sueurs froides.

Hanguis avait somnolé un moment, épuisé par le voyage et les évènements. Interrogé par le sculpteur, il avoua être préoccupé par la difficulté qu'il aurait à révéler l'attaque et les deux meurtres au comte. Il sembla soudain très las. Leur conversation fut interrompue par l'arrivée d'un jeune convers :

— On vous réclame à l'infirmerie, annonça-t-il avant de repartir aussitôt.

Les deux compères échangèrent un regard surpris. Ils avaient présagé de longs jours à attendre que les chartreux terminent leurs cérémonies et les autorisent à nouveau à entrer. Ils suivirent le moine à pas rapides pour l'un et boitillants pour l'autre, redoutant une nouvelle découverte macabre.

Frère Martin les guettait sur le palier de l'officine.

— Je me suis permis de vous faire mander. Frère Ebbon a examiné le corps, il m'attend. Dans la mesure où vous devrez faire un rapport au comte, il faut que vous sachiez tout. Pardonnez-moi de vous imposer cela.

Prindalles et Hanguis lui emboitèrent le pas. Le sculpteur n'avait pas la moindre envie de revoir le cadavre. Il faillit faire demi-tour lorsque les premiers effluves lui caressèrent les narines. Ils traversèrent la salle principale, où il n'y avait que deux lits occupés, l'un par un moine très âgé et l'autre par un plus jeune, blessé à la tête. Un troisième priait pour lui depuis son fauteuil, la jambe surélevée.

Un homme de grande taille les attendait dans la pièce du fond. Sa tonsure était blonde, presque blanche bien qu'il ait de toute évidence moins de quarante ans. Son apparente maigreur semblait cacher de larges épaules et des bras musclés. Il avait le teint rose et un visage impassible. Martin le présenta comme frère Ebbon. Une entêtante odeur de plantes mêlée d'encens peinait à masquer les relents macabres qui imprégnaient la salle.

Sur une banquette placée dans un coin gisait un jeune garçon. Hanguis crut qu'il allait défaillir à peine entré. Il mit son poing sur sa bouche et détourna les yeux, tandis que Prindalles fixait résolument le visage de l'infirmier.

Au milieu de la pièce, sur une large table de bois, était étendu le corps du vicaire recouvert d'un drap jusqu'à la taille. Ebbon jeta un regard à Prindalles et Hanguis puis se tourna vers Martin.

— Ils sont là pour aider, précisa ce dernier en répondant à sa question muette.

Ebbon sembla hésiter. Devait-il accepter la présence de nouveaux profanes ? Il haussa les épaules et se résolut à ne pas s'étonner de ce qui pourrait arriver dans les jours à venir.

— Qui est le garçon ? s'informa Prindalles en gardant les yeux au plafond.

— Lancelin, le novice. Il a été retrouvé vers la poterne sud, à l'extérieur de l'enceinte. C'est frère Jehan qui nous a prévenus de sa disparition, expliqua l'infirmier en désignant un chartreux posté dans le coin de la pièce opposé au lit.

Prindalles fut étonné de ne pas avoir constaté sa présence plus tôt tant sa corpulence était remarquable. Il le salua d'un léger signe de la tête.

— Que lui est-il arrivé ?

— Montbel l'a abattu d'une flèche dans le dos.

— Nom de D… hum. Savez-vous pourquoi il s'en est pris à lui ?

— Il a surpris le garçon en train de fuir, répondit Ebbon à la place de Jehan. Il l'a tué pour éviter qu'il ne prévienne le village, en bas dans la vallée.

— Quelle ignominie ! s'indigna Hanguis. Et qui a trouvé le vicaire ?

— Albin, le maître des novices.

— J'ai procédé au lavage du corps de frère Bérard, résuma Ebbon. Je pense qu'il est mort d'une blessure à l'abdomen.

— Il a donc quitté ce monde avant de subir…

Martin fut incapable de terminer sa phrase.

— C'est plus que probable. J'ai… voulu enlever cette horrible mutilation, le fil qui maintenait ses lèvres closes.

Ebbon marqua une pause. Prindalles observa ses traits tendus avant de poser les yeux sur le vicaire. Il se raidit, prêt à redécouvrir son visage déformé. À sa grande surprise, il avait retrouvé l'air d'un vieil homme paisible. Les paupières avaient été fermées et, si l'on faisait abstraction des petits trous laissés par l'aiguille autour des lèvres, on n'aurait pu soupçonner ce qu'il avait enduré. Se dégageait de ce visage une froide tranquillité.

— Eh bien ? s'impatienta Martin.

— Il avait la bouche pleine, articula Ebbon. Voilà ce qu'elle contenait.

Il montra alors sa trouvaille, étalée sur une petite planche de bois, et les autres durent s'approcher. Ils ne distinguèrent qu'une vague forme gluante et claire, tachetée de rouge.

— Ça ressembla à une grenouille, observa Prindalles, le cœur au bord des lèvres.

— C'en est une.

— Pourquoi diable est-elle blanche ? s'étonna Hanguis.

— Il semble qu'elle ait été peinte. Ce n'est pas tout.

Ebbon déglutit, fuyant les regards inquiets de Martin.

— Eh bien, parle, le pressa à nouveau celui-ci.

— J'en ai trouvé une seconde.

— Il avait deux grenouilles dans la bouche, énuméra Martin sans comprendre.

— Non. Il en avait une dans la bouche et une dans… le fondement.

Prindalles se détourna et rendit tripes et boyaux dans un seau. Il revint auprès des autres en s'essuyant le menton avec un chiffon que lui tendit Ebbon. Martin était blanc comme un linge et semblait plus abattu encore. Hanguis, son mouchoir sur la bouche, prenait appui contre le mur pour ne pas s'écrouler. Jehan avait joint ses mains et clos ses paupières en une prière silencieuse. Martin était bouleversé :

— Pourquoi, au nom du Ciel, pourquoi lui ont-ils fait subir cela ? Bérard était le meilleur des hommes, il n'était que bonté, tolérance et spiritualité. Je ne comprends pas.

— Tâchons de garder notre calme, mon père, conseilla Hanguis d'une voix mal assurée. Ces animaux gluants ont-ils un quelconque rapport avec le vicaire ?

— Je ne vois rien qui puisse l'expliquer, avoua Ebbon en écartant les bras d'un geste impuissant.

— Le prieur était-il encore en vie quand on lui a infligé cela ?

— Je n'ai aucune certitude mais j'en doute. La blessure causée par la couture de la bouche semble avoir très peu saigné.

— Sortons d'ici, conjura Prindalles. Il nous faut un peu de temps, et d'air, pour réfléchir.

Hanguis et Martin le suivirent, tandis que l'infirmier nettoyait ses mains à nouveau. Une fois dehors, le sculpteur inspira la bise fraîche plusieurs fois, la tête penchée en arrière. Hanguis époussetait sa robe, comme si l'odeur de la pièce qu'ils venaient de quitter en avait imprégné le tissu. Prindalles aurait souhaité pouvoir changer de vêtements sur-le-champ. Il s'adressa à Martin :

— Mon père, je vous présente toutes mes condoléances pour les pertes que vous avez subies.

— Merci, maître. J'ai espoir que vos œuvres, destinées à appeler la bonté du Seigneur en ces lieux, nous seront d'une grande aide.

— Je l'espère de tout cœur.

De retour dans leur logis, Prindalles monta dans sa chambre en grimpant les marches deux par deux et jeta ses vêtements à terre. Outre celle qu'il utilisait pour les voyages, il n'avait emporté que sa tenue de travail. Il s'en contenterait. Il s'aspergea plusieurs fois le visage et la nuque d'eau froide puis ouvrit grand la fenêtre.

Lui revint alors en tête la mission que lui avait confiée la comtesse et qui lui avait jusque-là échappée. Comment allait-il récupérer le document, maintenant que le vicaire était mort ? Il ne savait même pas de quoi il s'agissait.

Il sursauta quand Hanguis frappa à sa porte. Prindalles enfila sa veste et l'invita à entrer.

— Je ne m'attendais pas à cela en acceptant cette mission, confia le clerc d'une petite voix. Cependant, je pense qu'il est de mon devoir de mettre cette affaire au clair. J'ai confirmé mon assistance à frère Martin.

— Comment allez-vous vous y prendre ?

— Je vais aider les moines à comprendre ce qui s'est passé et je rassemblerai les preuves contre cette vermine de Montbel. Je vais devoir mener une enquête minutieuse, afin de ne pas lui laisser une seule chance de se défiler.

— Vous avez du courage, Hanguis, pour vous attaquer à une personne de son rang. Et d'une telle brutalité.

— J'ignore si on peut appeler cela du courage, mais ce qu'il a fait est… inhumain.

Prindalles referma la fenêtre puis s'assit sur son lit.

— Je ne m'explique pas pourquoi il s'est servi de grenouilles.

Hanguis se passa la main sur le visage.

— Il m'a tout l'air d'être un sauvage que la moindre horreur distrait.

— Je n'ose imaginer quel genre d'individu il est en réalité pour massacrer et humilier ainsi un homme de Dieu.

Il raconta sa mésaventure passée au clerc. Ce dernier le mit en garde contre un tel ennemi et lui recommanda de se faire discret à l'avenir, lorsqu'il devrait traverser ses terres.

— Il doit cependant y avoir autre chose. Pourquoi les grenouilles ? Et pourquoi dans ces… orifices ?

— Je crains qu'il n'y ait pas de raison particulière, désespéra Hanguis. Certains hommes ont le mal en eux, ils ne s'épanouissent que dans la violence et la cruauté. Et on ne peut rien contre cela. Enfin, je vais faire de mon mieux pour aider les chartreux.

— Pour ma part, je les assisterai en mettant tout mon modeste talent à leur service. J'ai bien peur de ne pas avoir l'estomac aussi bien accroché que le vôtre…

— C'est compréhensible, maître. Je suis l'envoyé du comte, je me dois d'agir en son nom. Vous n'avez aucune raison de vous mêler de cette sordide histoire. J'ai prévenu que nous ne mangerions rien ce soir. Reposons-nous un peu, la journée a été pénible.

Dolor animae

Ebbon ressentit une profonde et soudaine lassitude. Il se fit violence car il lui restait encore beaucoup à faire. Il recouvrit Bérard d'un drap et quitta la pièce. Il fit signe au novice que Jehan avait envoyé. Il désigna le corps de Lancelin et la robe qui avait été la sienne. Le garçon comprit et partit chercher des vêtements propres dans le noviciat.

Ebbon s'éloigna de l'infirmerie avec soulagement. Les odeurs de son officine avaient fini par lui faire tourner la tête. En se rendant dans le bâtiment principal, il tenta d'apaiser ses émotions.

Une fois dans la cellule de Bérard, il se tint au milieu de la pièce et laissa errer son regard. Il ne réalisait pas encore que jamais plus elle n'accueillerait le vieil homme. Il allait falloir s'habituer à son absence.

Rien ne différenciait cette cellule des autres, pourtant ceux qui avaient vécu auprès de lui auraient pu la reconnaître entre toutes. La table de travail toujours postée devant la fenêtre, elle-même grande ouverte en toute saison ou presque, les vieux chaussons, encore plus usés que leur règle ne le leur imposait, disposés au bas du lit. Dans l'atelier, Ebbon découvrit la bûche ébréchée laissée en place. Il s'en étonna et songea que Bérard avait dû ressentir un trouble profond. De retour à l'étage, il ouvrit l'unique coffre et y préleva les vêtements qu'il était venu chercher.

Il retourna à l'infirmerie et s'employa à laver une toute dernière fois le corps de son ami avec un linge trempé dans de l'eau claire. Ce faisant, il récita les prières rituelles. Ainsi, il avait le sentiment de purger sa chair, et aussi son âme, de toute la souillure causée par sa mort violente. Il le revêtit ensuite de l'habit traditionnel, cilice, robe, cuculle, bas et chaussons. Il répéta l'opération avec Lancelin. Enfin, il envoya le novice resté auprès de lui prévenir les autres. Les corps étaient prêts.

Quatre frères se présentèrent, chargés de brancards en bois. Ils soulevèrent Bérard et Lancelin et les placèrent sur les planches. Ebbon guida le groupe vers la chapelle, où les attendaient les moines, convers et novices réunis. Les défunts furent déposés dans l'église et la psalmodie résonna dans les murs nus de l'édifice. La règle voulait que l'on déclame deux psautiers au moins. Quatre se firent entendre.

Les sépultures n'auraient lieu que le lendemain. Les frères se relaieraient auprès des disparus pour réciter le psautier sans interruption. Chacun rejoignit sa cellule pour terminer les prières, hormis Jehan qui s'agenouilla devant les corps.

Son esprit peinait à se concentrer. Il ne pouvait s'ôter de la tête l'image de Lancelin s'écroulant dans les herbes hautes, aussi léger qu'une brindille. Il ressentait une cruelle culpabilité de ne pas avoir su le protéger. Il était animé du même sentiment à l'égard de Bérard, d'autant plus qu'il ne comprenait pas ce qui lui était arrivé. Ils l'avaient tous vu lorsqu'il avait été reconduit dans sa cellule, après ce repas sordide. Pourquoi cette brute de Guigues y était-il retourné ? Et pourquoi l'avoir mutilé de la sorte ? Ce devait être le démon. L'idée d'avoir accueilli le Mal en leur foyer le terrorisait. Jehan redoubla d'efforts et les prières se frayèrent enfin un passage jusqu'à son cœur.

⁂

Peu avant vêpres, Ebbon fut réveillé en sursaut par des mains qui le secouaient. Ses dernières heures de sommeil remontant à l'avant-veille, il avait fini par s'assoupir.

— Que se passe-t-il ? s'alarma-t-il en se frottant les yeux.

— C'est Aymon, mon frère.

Il se leva et suivit Bernard qui courait vers la cellule de l'oblat. Ils perçurent ses cris depuis le bout du couloir.

Un regard suffit à Ebbon pour prendre la mesure de la situation. La pièce était sens dessus dessous. Les meubles étaient renversés, le matelas et les livres avaient été jetés au sol, les débris du pichet en terre cuite gisaient au milieu d'une flaque. Aymon était affalé à même le sol. Il serrait dans ses bras un manteau tout élimé et hurlait dès qu'on s'approchait de lui.

— Après la découverte du pauvre Bérard, souffla Bernard, nous l'avons amené jusqu'à sa cellule. Il avait l'air atone et nous l'avons laissé dans l'espoir qu'il trouve le repos dans la prière. Des bruits nous ont fait accourir ce soir. Il avait retourné tous les meubles et s'époumonait tout seul. Il tenait ces vieilles loques dans les bras. On a cru qu'il s'était calmé pendant un moment, mais il devient de plus en plus agité.

— Depuis combien de temps est-il dans cet état ?

— Depuis none, peut-être.

— Vous auriez dû venir me chercher plus tôt.

Ebbon regagna l'infirmerie, où il prépara un sédatif fort à base de valériane et de chélidoine. Une fois le remède prêt, il prit avec lui sa sacoche et retourna vers la cellule. Il accéléra le pas au son des hurlements de bête sauvage résonnant dans le couloir. Martin était arrivé à son tour. Lorsqu'il pénétra dans la pièce, Ebbon avisa les visages rouges et les respirations haletantes. Martin aidait Morisse à se relever.

Ebbon s'avança et examina la tête du convers. Rien de bien grave, il aurait sans doute une belle bosse. Mais son arcade était ouverte et saignait en abondance. Il s'employa à la nettoyer et à la cautériser.

Pendant ce temps, Aymon s'était recroquevillé dans un coin, serrant toujours le tissu entre ses longs bras.

— Tu n'aurais pas dû essayer de le lui prendre, glissa Ebbon à Morisse.

— Ce n'était pas mon intention. Il commençait à se taper la tête contre le sol, j'ai voulu l'en empêcher. Il m'a repoussé avec une telle rage…

— Je vois. J'ai ce qu'il faut pour l'apaiser.

— Je doute qu'il accepte d'avaler quoi que ce soit.

— Il le faudra bien. Peut-être serait-il mieux de nous laisser un moment.

— Je veillerai depuis l'entrée, prévint Martin.

Les autres partis, Ebbon observa Aymon. Il avait des marques sur le front et les tempes, ses mains étaient parsemées de petites contusions. Ses yeux laiteux rougis par les larmes contrastaient avec son teint pâle de manière saisissante. Il s'accroupit auprès de lui et s'exprima avec douceur :

— Que fais-tu, mon frère ?

— Ne m'appelez pas comme ça ! C'était comme ça qu'il faisait toujours.

— D'accord. Aymon, tu me connais bien, n'est-ce pas ?

Il s'approcha un peu plus, afin que l'oblat puisse distinguer ses traits.

— Je vous vois.

— Je vais rester là un moment, si tu veux bien. Que tiens-tu dans tes bras ?

— Son manteau.

— Celui de Bérard ?

— C'est l'ancien qu'il ne mettait plus parce qu'il était trop abîmé. Je l'ai trouvé dans sa cellule tout à l'heure, quand les autres pensaient que je priais.

— Tu devrais peut-être le poser…

— Non !

— Je ne vais pas te le prendre. Tu es mal assis ici, sur le sol froid, tu devrais mieux t'installer.

Pendant qu'il l'apaisait ainsi, Martin avait remis le matelas et les couvertures en place. Au bout de quelques minutes, Aymon accepta de s'aliter, tout en conservant le manteau bien serré contre sa poitrine. Il avait à présent le regard vide et se laissait manier comme un pantin. Il but sans rechigner l'infusion qu'Ebbon lui tendait. Les deux moines restèrent à ses côtés le temps qu'il s'endorme. Enfin, quand sa respiration fut devenue régulière, ils retournèrent chacun à leur quartier afin de prendre à leur tour un peu de repos.

En passant devant la cellule d'Albin, ils perçurent des bruits étouffés. Ils entrèrent et furent effarés à la vue du visage décomposé qui se leva vers eux. Albin était assis près de son lit, à même le sol, les yeux hagards et les cheveux hirsutes. Il semblait réciter des prières sans queue ni tête.

Albin sentait que ses nerfs étaient sur le point de lâcher. Il n'avait pas quitté sa cellule depuis la découverte du corps, où il s'abîmait en lamentations pathétiques, implorant le pardon de Dieu pour avoir appelé par ses actes la mort d'un frère. Ebbon prépara un nouveau sédatif et le lui administra, sans se douter un instant des raisons qui le tourmentaient.

Valete

PRINDALLES se réveilla au son des cloches. Aujourd'hui, on enterrait les disparus. En un sens, cela lui convenait de ne pouvoir assister aux obsèques – la coutume cartusienne le défendait. Pour la première fois depuis des années, il pria de manière sincère. Il pensait au vicaire, qu'on lui avait décrit comme un homme sage et très pieux, et à Lancelin, si jeune. Il ne récita pas les prières pour son propre réconfort mais pour celui des défunts qui, eux, croyaient en leur influence.

La journée de la veille avait été remplie d'attente et d'ennui. Les moines s'étaient repliés dans leur chagrin et ne leur avaient prêté aucune attention. Hanguis ne pouvait commencer sa récolte de preuves tant que la sépulture n'avait pas été célébrée et Prindalles n'avait pas pu visiter la chapelle. Il ne savait donc rien des dimensions qu'il lui faudrait donner à ses statues.

Oisif malgré lui, il ne pouvait s'empêcher de s'inquiéter pour Nycolet et les habitants du château. Montbel oserait-il retourner à Camberio ? Il avait conscience que l'ambiance dans laquelle il se trouvait alimentait presque à elle seule ses craintes et, même s'il les jugeait disproportionnées, il ne parvenait pas à les chasser. Exaspéré, le sculpteur décida de rendre visite à son voisin. Hanguis mit du temps à lui ouvrir.

— Oh, pardon, mon vieux ! s'excusa Prindalles en découvrant le visage ensommeillé du clerc. Je ne me doutais pas que vous dormiez encore.

— Il n'y a pas de mal, entrez. J'ai veillé tard hier soir et j'avais besoin de me reposer un peu. À vous dire la vérité, je ne me sens pas en meilleure forme. C'est comme si une troupe de cavaliers m'était passée sur la tête.

— J'ai peu dormi aussi. C'est une bien triste journée qui s'annonce.

— En effet. J'ai de la peine pour ces pauvres moines.

— Nous ne pourrons rien faire pour les aider, mais j'en ai assez de tourner en rond. J'ai remarqué qu'un chemin partait derrière la maison. Voudriez-vous promener un peu, si votre cheville vous le permet ?

— Excellente idée. Je m'habille et je vous rejoins en bas.

Dans l'enceinte du monastère, le silence régnait en maître. La messe venait d'être célébrée. Les chartreux se tenaient près des dépouilles et les cœurs étaient lourds. Chacun se remémorait ce qu'il avait connu des défunts.

Martin, qui officiait, récita les prières, oraisons et répons rituels. Enfin, il prononça le *Requiem aeternam* [1].

Au son des psaumes, les disparus furent portés jusqu'aux tombes aménagées au centre du grand cloître. Martin aspergea les fosses d'eau bénite et d'encens. Tous s'assemblèrent autour des sépultures tandis que quatre novices empoignaient des pelles et commençaient à les remplir. On entonna alors une nouvelle série de psaumes, puis Martin dit les oraisons. Sa voix était devenue vacillante, mais il maîtrisa son émotion et se concentra sur les mots. Tout le monde retourna à l'église en chantant le *Miserere mei Deus* et, enfin, l'office s'acheva avec le dernier *Fidelium Deus*.

Le silence retomba sur la petite communauté. Il paraissait assourdissant comparé aux mélopées et psalmodies entendues au cours de la cérémonie. Martin s'attarda un instant et, contrairement aux règles, prit la parole d'une voix voilée :

— Mes frères, je sais que les circonstances sont dramatiques et que nous éprouvons un chagrin profond. Notre cher Bérard bénéficiait de l'estime et de l'amour de tous, car il n'était que bonté et sagesse. Et le joyeux Lancelin était un garçon plein de promesses. Il comptait prononcer ses vœux définitifs l'année prochaine. Leur fin brutale et soudaine nous rappelle que face à la mort, nous sommes tous égaux, ni l'expérience ni l'innocence ne se prévalent. Et si cela peut nous paraître injuste, souvenons-nous d'une chose. Nos frères sont à présent aux côtés du Seigneur, notre Père à tous. Et de cela nous ne devons pas nous attrister mais nous réjouir, car ce sont de joyeuses retrouvailles.

1. Toutes les procédures ont été réduites pour ne pas alourdir le récit. Pour plus de détails, consulter Guigues Ier le Chartreux, *Coutumes de Chartreuse*, Sources chrétiennes n° 313, Les Éditions du Cerf, Paris, 2001.

Les chartreux approuvèrent ces paroles par des hochements de tête. Comme c'était une journée particulière, deux repas pris en communauté étaient prévus, afin d'éviter à chacun de se morfondre dans le chagrin. Après le premier, quelques moines exprimèrent le désir de marcher. Ebbon et d'autres sortirent pour emprunter le sentier habituel. Ils passèrent devant la maison d'hôtes et suivirent la pente douce qui serpentait dans la forêt.

Ils tombèrent sur Hanguis et Prindalles, qui cheminaient en sens inverse. Les chartreux les saluèrent en silence sans s'arrêter, à l'exception d'Ebbon qui sortit du rang et se dirigea vers eux.

— La marche possède des vertus apaisantes, n'est-ce pas ? fit remarquer Prindalles.

— En effet.

— La cérémonie est déjà terminée ? demanda Hanguis.

Prindalles jugea qu'il faisait preuve de maladresse. S'il le perçut, Ebbon ne parut pas s'en offusquer.

— Nous avons dit adieu à Bérard et Lancelin tôt ce matin.

— Aux deux en même temps, s'étonna encore le clerc. Un prieur et un postulant ?

— Nous ne faisons aucune distinction. Une cérémonie et des prières identiques sont destinées à chacun d'entre nous, moine, convers, novice ou supérieur.

— Suivez-vous la coutume qui veut que l'on enterre les disparus avec l'un ou l'autre de leur bien auquel ils tenaient particulièrement ?

— Nous ne possédons rien du temps de notre vivant, nous n'allons pas commencer dans la mort.

— Bien sûr. C'était une question idiote, pardonnez-moi. Que va-t-il se passer à présent ?

— Comme notre prieur vicaire est décédé, nous observerons à partir de demain trois jours de jeûne et de prières. Puis le quatrième jour, nous célèbrerons la Messe du Saint-Esprit et nous choisirons l'un d'entre nous pour lui succéder à titre temporaire.

— Cela fait beaucoup, considéra Hanguis. Écoutez mon père, je suis prêt à vous apporter toute mon aide, mais plus je tarde à commencer, plus le risque est grand de voir les preuves s'évanouir.

— Je comprends ce que vous dites, toutefois je ne peux vous laisser entrer dans l'enceinte du monastère tant que les cérémonies ne sont pas achevées. Plus personne chez nous n'a le droit de prendre une telle décision.

— Je ne pourrais donc pas commencer mon travail non plus ?

— J'ai bien peur que non, maître. Si cela peut vous aider, il devrait être possible de vous fournir les mesures des niches qui abriteront vos statues.

— Ce serait un très bon début, merci.

Ebbon les salua et les laissa rentrer tandis qu'il poursuivait sa route de son pas tranquille.

— Vous avez l'air contrarié, Hanguis, nota le sculpteur.

— Hum ? Oui, en effet.

— Vous craignez de ne pas trouver de réponse à toutes les questions qui vous occupent l'esprit ?

— C'est tout à fait cela. Ces trois jours vont me paraître interminables !

Fissurae

Le premier jour de jeûne se déroula sans incident notable. Les moines s'isolèrent dans leurs cellules respectives, consacrant leur temps au recueillement et à la prière. Ebbon avait administré une nouvelle dose de sédatif à Aymon, moins forte que la première, afin de le maintenir au calme. L'oblat semblait s'être perdu dans un lieu reculé de son esprit et seul l'infirmier parvint à échanger quelques mots avec lui avant qu'il se rendorme. Il tenta de le réconforter de son mieux. Lui-même passa une partie de la journée au chevet de frère Hugues, de plus en plus affaibli.

Dans l'après-midi, Jehan vint le trouver alors qu'il était occupé au potager. Ils s'installèrent sur un banc. Le silence s'imposa puis Jehan fit observer :

— Il est si étrange de voir qu'après tout ce qui s'est passé, rien n'a changé. Les racines doivent être récoltées avant d'être gelées par le froid de l'hiver, le soleil se lève et se couche dans l'indifférence, les oiseaux s'abreuvent au bassin…

Ebbon hocha la tête. Il éprouvait la même sensation, comme si les évènements des jours précédents n'avaient été que de mauvais rêves. Le poids dans sa poitrine était là pour lui rappeler qu'ils étaient bien réels.

— Pourquoi n'as-tu pas parlé du message que Bérard a tenté d'envoyer ? voulut savoir Jehan, qui avait confié le but de la mission avortée à Ebbon.

— Je craignais de l'évoquer devant les étrangers. Il faut d'abord éclaircir les faits.

Il marqua une pause avant de lâcher :

— Je m'étonne que Bérard se soit résolu à réclamer l'aide de Lancelin. C'était folie de l'impliquer.

— Je sais. Je ne peux m'empêcher de me reprocher sa mort.

— Le coupable est Guigues de Montbel, ne l'oublie pas, mon frère. C'est lui qui a lâché la flèche.

Jehan cueillit une brindille et la tritura entre ses doigts.

— Je n'ai pas lu le message que Bérard voulait envoyer. Et toi ?

— Non. Il est dans l'infirmerie, je n'y ai pas touché depuis que tu me l'as confié. De toute façon, il est inutile à présent. La seule aide dont nous ayons besoin est celle de Dieu. Et du clerc.

— Puisse-t-Il nous accorder Sa miséricorde.

— Amen. Ah, j'oubliais. Il faut que je fasse prendre les mesures des niches dans la chapelle, pour le sculpteur.

— Laisse, mon frère, je m'en occupe.

— Ce ne sera pas facile, tout seul.

— Je demanderai à Anselme, ça le distraira un moment.

Jehan parti, Ebbon se remit à sa tâche. Cette récolte serait cruciale pour leur survie au cours des mois à venir.

Peu avant vêpres, Jehan apporta à Prindalles les mesures qu'il avait relevées. Il pouvait enfin commencer à travailler. Avec l'aide d'Hanguis, il déplaça les pierres qu'il avait amenées. Profitant des dernières heures de soleil, il réajusta ses modèles à la table – une lourde planche posée sur des tréteaux. Il l'avait disposée sous l'avancée du toit qui, avec le sol recouvert de lattes, offrait une sorte de terrasse.

Hanguis, quant à lui, avait de nouveau profité de la forêt. Sa cheville s'était bien remise et il ne boitait presque plus. Il faisait bonne figure bien que l'inactivité lui pèse. Une fois rentré, il s'installa aux côtés de Prindalles avec l'ouvrage qu'il avait emporté, *Du Mensonge* de Saint-Augustin.

⁂

Prindalles examina ses ciseaux. Peu avant de partir, il les avait fait aiguiser par le ferronnier du château. Il constatait à présent que le travail avait été bâclé. Il espérait qu'ils tiendraient jusqu'à son retour, car il n'en avait pas pris de rechange.

La veille, il avait décidé que l'allure de maître Bruno resterait classique. Pour Saint-Jean-Baptiste, rien de plus simple : une peau de chamois sur les épaules, l'agneau et la hache du martyr à ses pieds. Il tâtonnait encore pour Saint-Maurice.

Il commença par tailler sommairement le matériau, en prenant bien garde de ne pas faire de mouvement trop sec. Il était au travail depuis plus d'une heure quand, sur un geste un peu moins dosé, son ciseau se fendit. Prindalles jura et le jeta sur le sol. Hanguis sortit la tête de la maison.

— Que se passe-t-il ?

— Mon ciseau est brisé.

— Fichtre ! En avez-vous un autre ?

— Non.

Hanguis s'avança et ramassa l'outil. Il l'observa un moment.

— Je ne suis guère étonné, maître. Il est vieux et tout usé. Il devait être en fin de vie depuis longtemps déjà.

— Je sais.

— Vous auriez pu le remplacer au château. Le ferronnier est tout à fait capable d'effectuer ce genre de travail, je pense.

— Sans doute.

Le clerc remarqua le visage fermé du sculpteur et se méprit sur son sentiment.

— Je suis sûr que si vous en parlez à l'intendant, une somme vous sera allouée…

— Il ne s'agit pas de ça ! Je… je tiens beaucoup à mes outils.

— Oh. Je comprends. Ils viennent d'une personne chère à votre cœur ?

— On peut dire ça.

Hanguis semblait attendre une confession, mais Prindalles était toujours réticent à l'idée d'évoquer son passé.

— Pardonnez-moi, maître, je ne voulais pas vous forcer la main.

— Ça va. Ils m'ont été offerts par un proche, aujourd'hui disparu.

— Je suis désolé.

Après un instant de gêne, Hanguis reprit :

— Je vais rentrer, j'ai encore beaucoup de choses à préparer si je veux aider nos pauvres moines. Et, cher maître, cela ne me regarde pas, mais il vaut parfois mieux laisser le passé derrière soi et se réjouir de ce que le présent a la bonté de nous offrir. Surtout si ce présent consiste en une jolie veuve, ajouta-t-il avec un clin d'œil.

Prindalles baissa la tête et lui sourit en retour.

— En effet, cela ne vous regarde pas, mais merci pour le conseil. Je tâcherais de le garder en mémoire.

Hanguis rentra dans la maison. Le sculpteur s'assit et fixa le ciseau désormais inutile posé dans ses mains. Il laissa ses pensées dériver vers Sibylle. Le clerc avait vu juste, elle lui avait redonné de l'espoir.

Il réprima un sursaut lorsque son regard rencontra la silhouette pâle qui sortait à l'instant du monastère. Prindalles reconnut Aymon, dont le visage se confondait presque avec sa robe immaculée. Martin l'avait dépeint comme un être touché par le malheur. Le moine avait conclu sa description en précisant que cela faisait de lui un jeune homme à la fois attachant et colérique. Prindalles lui fit signe de loin avant de se rappeler que sa vue était limitée. Il se leva et vint le saluer de plus près. L'oblat se raidit en entendant des pas.

— Qui est là ?

— C'est maître Prindalles. Je ne voulais pas vous effrayer.

Ne sachant pas comment agir, le sculpteur lui prit le bras et l'aida à avancer. Puis, voyant que c'était inutile, il le laissa aller.

— Je ne vous dérange pas, maître ?

— Non. Aymon, c'est cela ?

— Oui. J'ai entendu le bruit de vos outils. L'atmosphère est devenue un peu lourde là-bas, justifia-t-il en désignant le monastère du menton. Et après avoir autant dormi, je me sens tout ankylosé.

— Vous pouvez rester ici un moment, si cela vous distrait.

— Merci. Vous étiez en train de travailler ?

— Je voudrais bien. Hélas, je viens de casser mon ciseau.

— Comment allez-vous faire dans ce cas ?

— Je vais devoir me servir d'un autre outil. Le résultat ne sera pas le même et se sera plus difficile pour moi.

— Montrez-le-moi, s'il vous plait.

Prindalles lui tendit l'objet et Aymon l'approcha de son visage.

— Je ne vois rien de compliqué là-dedans. Je suis certain que Bernard pourra vous aider. Ses doigts semblent être faits pour travailler le fer. Je vais le lui demander de ce pas.

— Je ne voudrais pas l'ennuyer…

— Mais non, voyons.

Après le départ d'Aymon, Prindalles se trouvait rassuré, presque jovial. Au moment où il rentrait, la réalité le rattrapa, aussi vive qu'une gifle en plein visage.

Vicarius

Les trois jours de jeûne étaient achevés et il était temps pour les chartreux de faire un choix. Ce matin-là, comme il était de coutume, la Messe du Saint-Esprit fut célébrée dans la plus grande dévotion. Après l'office, ils se rendirent ensemble au chapitre. La situation était inhabituelle et personne ne se sentait vraiment à son aise.

À peine furent-ils assis qu'Albin se relevait et prenait la parole :

— Mes frères…

Il fut aussitôt rappelé à l'ordre par Ebbon :

— Je ne doute pas de la bonne foi d'Albin, toutefois il serait utile de ne pas oublier que la voix des plus anciens, et donc des plus sages, devrait être entendue en premier.

Tous acquiescèrent. Albin grommela en se rasseyant. Sa patience fut mise à l'épreuve dès le début. Du fait de son âge et de son manque de pratique, l'aîné parmi eux s'exprimait avec lenteur. Il commença par faire un long éloge de Bérard, puis précisa combien il serait difficile pour son successeur de s'acquitter de son devoir avec autant de bonté, de spiritualité et d'intelligence.

On aborda ensuite le cœur du problème. Chacun des sages donna son avis, qui se résumait à choisir parmi ceux qui étaient présents depuis le plus longtemps. Enfin, Albin put intervenir à nouveau :

— Mes frères, il est légitime de vouloir placer à notre tête, même pour une courte période, un homme mûr, plein d'expérience et de sagesse. Cependant je ne suis pas tout à fait d'accord avec le choix qui est le vôtre.

Comme il marquait une pause pour donner de l'effet à ce qui allait suivre, Justin l'encouragea :

— Nous t'écoutons, mon frère.

— Je pense qu'un moine plus jeune serait tout aussi apte à assumer cette tâche. Quelques années de moins ne privent pas un homme de prudence, de discipline, de modération ni d'une foi sincère et profonde.

Albin prit le temps de promener son regard sur l'assemblée.

— Poursuis donc, proposa Martin que ce manège agaçait.

Albin s'exécuta en posant ses deux mains à plat sur la table.

— Ce qui constitue notre besoin premier, c'est la stabilité. Et quoi de plus stable qu'un homme officiant sur le long terme ? Si nous choisissons un vicaire âgé, nous prenons le risque de le voir nous quitter d'ici peu et de devoir recommencer tout ceci.

— Ce que tu dis est vrai, convint Ebbon. La présence de Bérard à notre tête durant toutes ces années nous a été bénéfique.

— C'est cela, acquiesça Albin, surpris de recevoir le soutien de l'infirmier. Et rappelez-vous, Bérard a été élu très jeune.

— Sa personnalité et sa spiritualité en faisaient un être à part, observa Jehan.

— J'en conviens. Mais n'avons-nous pas des hommes un peu moins exceptionnels parmi nous aujourd'hui tout aussi capables de remplir ce devoir ?

— De toute façon, remarqua Morisse, cette solution demeure provisoire dans la mesure où nous devons désigner un vicaire en attendant que notre Très Révérend Père le fasse lui-même.

Un convers leva la main pour attirer l'attention.

— Si notre choix est déjà fait, et qu'il est pertinent, cela pourrait faciliter la tâche de Dom Jean.

Albin s'empressa de montrer son soutien à cet argument. Le débat dura près d'une heure et, à son terme, tout le monde tomba d'accord : on élirait un moine à la santé solide et l'esprit alerte, capable d'occuper le poste pour une longue période, avec l'aide du Seigneur.

Lorsqu'il fallut donner un nom, la tâche se révéla plus compliquée. Trois sortirent du lot. Les plus jeunes ainsi que deux convers portèrent leur voix sur Albin. Quelques-uns proposèrent Ebbon. Le reste, y compris les plus âgés, se déclara en faveur de Martin.

Ebbon se leva.

— Je confesse, mes frères, que je n'éprouve aucun désir à être promu au sacerdoce, même pour peu de temps. Mais si vous jugez que moi seul peux assumer cette charge, je m'en acquitterai avec sérieux.

— Le choix d'Ebbon serait pertinent aux vues de ses qualités, attesta Justin, cependant n'oublions pas qu'il est utile en tant que frère infirmier. Dans la mesure où personne d'autre ne possède ses compétences, ce serait une perte irréparable.

Un jeune convers souligna à son tour que si Ebbon était un homme intelligent et bon, il manquait peut-être d'un peu de poigne. Au grand soulagement de l'intéressé, il fut écarté de la liste.

Albin fut dépité de voir que ceux qui avaient voté en sa faveur reportèrent leurs choix sur Martin. Ils justifièrent leur position par le fait que ce dernier avait déjà, de fait, pris une place importante au cours des jours précédents. Un moine se racla la gorge et s'exprima sans animosité :

— Il me semble, Albin, que lorsque nos agresseurs se trouvaient en nos murs, tu t'es montré plutôt serviable avec eux. Nous en avons été surpris.

Albin eut l'impression de louper une marche. Il se releva le menton et masqua sa gêne en adoptant un ton belliqueux :

— Oui, j'ai tenté de rester proche de cette brute de Montbel afin de prévenir toute nouvelle violence. Je n'avais aucune envie de réitérer la situation qu'on a vue avec Rostang qui s'est fait défigurer. Et je ne souhaitais pas non plus le laisser fouiner partout. Je me suis débrouillé pour lui trouver des charrettes afin de l'inciter à partir au plus vite et nous éviter des sévices supplémentaires. Je regrette de ne pas avoir fait plus ! Bérard et Lancelin seraient peut-être encore parmi nous.

Ces paroles semblèrent satisfaire le frère qui avait abordé le sujet et en laissa d'autres plus sceptiques. Comme tous les points litigieux avaient été traités, on procéda au vote. Ebbon se chargea de reporter dans deux colonnes distinctes le choix de chacun. Dans la mesure où il ne s'agissait pas d'une élection formelle et qu'elle ne concernait que leur communauté, la procédure avait été simplifiée [1]. L'un après l'autre, les frères déclamèrent le nom de celui qui avait leur préférence.

Sans surprise, les plus jeunes et quelques convers votèrent pour Albin. Ce dernier était si tendu qu'il perdit le compte. Le tour de Jehan arriva. Après lui, il ne restait plus qu'un seul moine. S'il donnait sa voix à Albin, il lui laissait encore une chance. Après un coup d'œil rapide à Ebbon, Jehan prononça :

— Martin.

---

1. Dans le cadre d'une élection en bonne et due forme, le vote est en principe secret et deux prieurs étrangers à la communauté sont chargés de comptabiliser les voix.

— C'est terminé, conclut Ebbon. Je précise pour la forme que je vote pour Martin. Il est donc désigné prieur vicaire provisoire.

Albin eut besoin de quelques secondes pour réaliser ce que cela signifiait. L'inflexibilité du verdict lui coupa le souffle. Il était pourtant certain d'avoir convaincu. Deux voix. C'est tout ce qui lui avait manqué. La colère l'envahit lorsqu'il lui vint l'idée qu'Ebbon et Jehan s'étaient mis d'accord en amont. Il se leva et quitta la salle du chapitre sans un regard pour personne.

Martin se sentait quant à lui empli d'une grande responsabilité vis-à-vis de sa communauté. Il annonça qu'il allait de ce pas écrire à Clément, le scribe chargé d'assister le Très Révérend Père, pour lui relater les évènements des derniers jours. Tout en marchant, Martin rassembla ses forces car il était aussi de son devoir de prévenir le frère de Bérard de sa disparition. Il ne sut s'il devait se réjouir ou s'attrister du fait qu'il n'y avait personne à informer du côté de Lancelin.

Lapsus

PRINDALLES était arrivé au terme de sa patience. Les jours précédents lui avaient paru interminables et la journée qui l'attendait semblait destinée à prendre la même tournure. Il n'avait pas eu de nouvelles de Bernard et de son ciseau, ce qui le forçait à l'inertie.

Hanguis était parti bien avant tierce pour commencer sa récolte de témoignages. Prindalles restait donc seul. Il occupa sa journée à une grande promenade et à une dernière retouche de ses croquis – il n'arrivait pas à doter Saint-Jean-Baptiste d'un visage expressif. Il fit une sieste, une autre marche et attendit le retour d'Hanguis.

Le clerc revint peu avant vêpres. Il semblait épuisé et, lorsque Prindalles lui posa des questions, il répondit sur un ton sec qu'il n'avait plus envie de parler à qui que ce soit, et ce durant *les dix prochains mois*. Le sculpteur se réfugia dans la bouderie avant de songer que son compère devait être fatigué et que lui-même avait dû parfois se montrer tout aussi désagréable avec Nycolet. Leur repas se déroula donc en silence et Hanguis monta dans sa chambre à peine la dernière bouchée avalée. Prindalles prit son livre et s'installa devant la cheminée. Au bout d'une demi-heure, il commença à somnoler. Il alla se coucher à son tour, insatisfait.

Le lendemain, peu après le départ d'Hanguis, Prindalles eut le plaisir de voir Aymon sortir du monastère. Il s'avança à sa rencontre et se laissa dévisager.

— Bonjour, maître Prindalles.

— Comment allez-vous aujourd'hui, Aymon ?

— Je me sens mieux depuis que cette histoire d'élection est terminée.

— J'ai appris que vous aviez désigné Martin.

Il allait entraîner Aymon à l'intérieur, lorsque celui-ci exprima son inquiétude de ne pas le trouver à l'ouvrage.

— Si je vous dérange, je peux repasser plus tard. Je ne voudrais pas vous interrompre.

— Vous n'y êtes pour rien, Aymon. Je n'ai toujours pas de ciseau et mes essais avec les autres outils se sont révélés peu probants.

— Bernard ne s'en est pas occupé ?
— Il n'en a sans doute pas eu le temps.
— Allons lui demander.
— Non, je vous en prie. Je ne veux pas l'importuner…
— Venez, je vous dis.

Aymon l'entraîna à l'intérieur et le fit patienter dans le grand cloître. Lorsque Bernard le vit, il se permit de le taquiner :

— Alors, maître, on aime changer d'avis ?

Comme le sculpteur semblait ne pas saisir le sens de ses propos, il s'expliqua :

— Un jour je réclame un outil, le suivant je n'en veux plus. Qu'en est-il aujourd'hui ?
— Je suis désolé, mon père, je ne comprends pas. J'ai toujours besoin d'un ciseau. Pourquoi avez-vous cru que j'avais changé d'avis ?
— Albin me l'a dit.

Bernard expliqua qu'Albin était venu le voir de la part de Prindalles pour lui transmettre qu'après réflexion, il était inutile de lui fabriquer un nouvel outil.

— C'est dommage, car j'avais bien commencé. Le résultat aurait été beau.
— Mon père, je vous assure que je n'ai jamais dit une telle chose. Mon ciseau ne s'est pas réparé par miracle et je suis dans l'incapacité de travailler depuis des jours.
— Maître, je suis désolé, je croyais… Enfin, cela ne fait rien, je vais le faire aujourd'hui. Et comme vous êtes coincé, je vais demander à frère Martin de vous donner accès à la bibliothèque.
— C'est fort aimable à vous, merci beaucoup.
— C'est normal. Je vous retarde dans votre travail, je peux bien faire cela.
— Ne vous blâmez pas, ce n'est qu'un malentendu.

Prindalles se serait volontiers confronté à Albin. Sa présence lui déplaisait. Il ne voulait cependant pas créer de tensions supplémentaires dans la petite communauté. En outre, il était enchanté de pouvoir explorer les ouvrages des chartreux.

Dans la grande pièce abritant les nombreux coffres et étagères qui contenaient livres et rouleaux, il ne chercha pas à masquer son enthousiasme. Il était impressionné par l'ordre qui y régnait et félicita le gardien, Jehan. Martin l'avait accompagné.

— Je voulais vous prévenir, maître, que nos règles de vie vont de nouveau être suivies avec rigueur. Je vous demanderais donc de ne plus vous promener dans nos murs comme il vous a été permis de le faire aujourd'hui.

— Bien sûr. Pardonnez-moi.

— Ne soyez pas gêné, le rassura Martin. Aymon a toujours eu une façon bien à lui de respecter la discipline. Et votre présence ici, dans la bibliothèque, vous ayant déjà été promise, je ne vais pas faire marche arrière. Je vous demanderais simplement de me faire prévenir lorsque vous souhaiterez venir et d'attendre que l'on vous envoie chercher.

— Je n'y manquerai pas.

Jehan lui montra les étagères qui pourraient l'intéresser avant de retourner à son bureau. Enchanté par cette indépendance, le sculpteur se plongea dans les lignes régulières. Il se pencha sur un texte fondamental pour les frères, les *Consuetudines Cartusiae* ou *Coutumes Chartreuses*, écrites dans les années 1120 par Guigues, le quatrième père chartreux. Prindalles y trouva ce qui l'intéressait, à savoir des illustrations traitant de Bruno, le fondateur de l'ordre. Il était le plus souvent représenté avec une crosse sous les pieds, symbole de son mépris face aux plaisirs trompeurs du monde. Avec deux amis, Raoul et Fulcius, il l'avait quitté afin de se consacrer à la contemplation. Il pouvait aussi figurer près d'une mitre jetée à terre car il refusa toujours les grandeurs de l'Église. Lorsque le pape Urbain III lui avait demandé de le rejoindre à Rome, il n'avait pu rester et avait quitté la cour pontificale afin de se consacrer à son idéal de vie. Il était souvent accompagné de l'emblème de l'ordre, un globe surmonté d'une croix et entouré de sept étoiles, représentant Bruno et ses six compagnons avec qui il fonda la première chartreuse. Une bannière arborait leur devise : *stat crux dum volvitur orbis*[1].

— *La croix demeure tandis que le monde tourne*, traduisit Prindalles à voix haute.

1. Devise de l'ordre chartreux, plus tardive en réalité et sans caractère officiel.

Il feuilleta ensuite deux bestiaires magnifiques. Il n'en aurait pas besoin ici, mais ils pourraient lui fournir de bonnes inspirations pour la chapelle du comte.

Liber Floridus

PRINDALLES se sentait empli d'une ardeur nouvelle depuis qu'il avait trouvé le paquet déposé sur la table au rez-de-chaussée. Bernard avait fait des merveilles. Le ciseau qu'il lui avait fabriqué était plus léger et plus performant que son ancien. Il put se mettre à l'ouvrage avec un intense plaisir. Au moment de se rendre au monastère, Hanguis lui lança :

— Vous voilà ramené à la vie, mon cher maître. Vous rayonnez aujourd'hui.

— J'ai du retard à rattraper, pardi ! Bonne journée.

Comme il s'y attendait, Prindalles reçut la visite d'Aymon dans la matinée, et la suivante aussi. Il aurait cru que le jeune homme serait contraint de respecter les règles rétablies par Martin, mais il apparut qu'il jouissait encore d'une certaine tolérance.

L'oblat semblait apprécier sa compagnie, sentiment partagé. Il restait assis des heures durant à le regarder travailler et lâchait parfois un *oh* surpris lorsqu'il croyait discerner une ligne dessinée par les mains adroites de Prindalles.

— Quelle statue traitez-vous ? s'enquit-il un matin.

— Celle de Saint-Maurice. Vous devez bien connaître son histoire.

— *Il y avait à cette époque une légion de soldats, de six mille cinq cents hommes, qu'on appelait les Thébains*, récita Aymon en se levant. *Ces guerriers, valeureux au combat, mais plus valeureux encore dans leur foi, étaient arrivés des provinces orientales pour venir en aide à Maximien. Ils reçurent l'ordre d'arrêter des chrétiens. Ils furent toutefois les seuls de ses soldats qui osèrent refuser d'obéir. Lorsque cela fut rapporté à Maximien, il entra dans une terrible colère. Il donna l'ordre de passer au fil de l'épée un homme sur dix de la légion, afin d'inculquer aux autres le respect de ses ordres.*

Prindalles avait posé ses outils pour le regarder.

— Que se passa-t-il après ?

— *Les survivants, contraints de poursuivre la persécution des chrétiens, persistèrent dans leur refus. Maximien entra dans une colère plus grande encore et fit à nouveau exécuter un homme sur dix. Ceux qui restaient devaient encore accomplir l'odieux travail de persécution. Mais les soldats s'encouragèrent mutuellement à demeurer inflexibles. Celui qui incitait le plus à rester fidèle à sa foi, c'était Saint-Maurice qui commandait la légion.*

— Ah, le voilà, commenta Prindalles, amusé de voir à quel point Aymon vivait son récit. Et ensuite ?

— Et ensuite, *Maximien comprit que leur cœur resterait fermement attaché à la foi du Christ, il abandonna tout espoir de les faire changer d'avis. Il donna alors l'ordre de les exécuter tous. Ainsi furent-ils tous ensemble passés au fil de l'épée. Ils déposèrent les armes sans discussion ni résistance, se livrèrent aux persécuteurs et tendirent le cou aux bourreaux*[1].

— Quelle histoire ! Je suis impressionné, Aymon. Vous connaissez beaucoup de récits de ce genre ?

— Oui, cela me plait.

— Voulez-vous entendre ce que je sais de Saint-Maurice de mon côté ?

— Bien sûr.

— Nous, les artistes, avons pour habitude de le représenter accompagné d'une bannière blanche à croix rouge ou parfois de l'aigle impérial. Il brandit aussi une lance de chevalier. Surtout, ce qui permet de l'identifier à coup sûr, c'est sa peau.

— Pourquoi cela ?

— Parce qu'elle aurait été couleur d'ébène. Ainsi, nous le peignons souvent en noir. C'est pour cette raison que je l'apprécie.

— Parce qu'il était noir ?

— Parce qu'il était unique. J'aime le message qu'il transmet. Même si l'apparence d'un homme heurte la vue des ignorants, il peut tenir ses principes et rester fidèle à sa foi. Il montre que tout en étant différent, on peut accomplir de grandes choses.

Prindalles ne s'était jamais intéressé à la vie du saint, mais son rapprochement récent avec Aymon l'avait fait réfléchir. Il était persuadé qu'il avait beaucoup de chance de vivre dans un monde isolé et pro-

1. *Lettres* d'Eucher, évêque de Lyon au Ve siècle. Extrait de l'épître qu'il envoya à Salvius, l'évêque d'Albi.

tégé. À l'extérieur, les hommes étaient pour la plupart cruels et sans discernement.

Aymon médita les propos de Prindalles. Il n'avait jamais pensé à Saint-Maurice sous cet angle. Il avait un teint charbonné et avait pu passer à la postérité grâce à sa force d'âme. Pourrait-il en être de même pour un être un peu plus blanc que les autres ?

Insatisfait des traits qu'il avait attribués à Saint-Jean-Baptiste, Prindalles demanda l'autorisation de retourner à la bibliothèque. Il souhaitait trouver des représentations susceptibles de l'inspirer.

Après deux bonnes heures de recherches, il tournait distraitement les pages d'un ouvrage lorsqu'il étouffa un cri de surprise. Il avait sous les yeux une enluminure réalisée à partir des textes de l'*Apocalypse*. En haut du feuillet, des anges versaient la colère de Dieu sur les pécheurs. En bas à droite, Jésus semait la bonne parole. Ce qui avait frappé Prindalles se trouvait en bas à gauche. Des êtres de toutes sortes, animaux, humains et monstres étaient représentés de profil. De leurs bouches grandes ouvertes s'échappaient des grenouilles frétillantes. Une légende indiquait qu'il s'agissait de menteurs et de blasphémateurs.

Prindalles sentit le sang fuir son visage. Il revint au début du texte pour en voir le titre. Il s'agissait d'un vieil ouvrage encyclopédique, le *Liber Floridus*, écrit par Lambertus de Sancto-Audomaro [2].

Il s'affala sur son siège, la cervelle en ébullition. Ils avaient cru que les grenouilles n'avaient été placées dans les orifices de Bérard que par cruauté. Et si le meurtrier savait ce qu'il faisait ? S'il avait voulu faire passer un message ?

Prindalles referma le livre. Il quitta la bibliothèque et se rendit dans sa chambre. Il s'assit sur son lit, se releva aussitôt, arpenta la pièce de long en large. Il redescendit et ressortit de la maison. En attendant le retour d'Hanguis, il décida de tenir compagnie à sa mule, à laquelle il avait fini par s'attacher. Le clerc tardait cependant à rentrer et Prindalles céda à son agitation. Il avait besoin d'occuper son esprit. Il attrapa sa besace à outils et s'introduisit à nouveau dans le monastère par la poterne, faisant fi cette fois des recommandations de Martin.

2. Lambert de Saint-Omer était un chanoine qui vécut au XIIe siècle.

Il localisa la chapelle et y entra. Il en fit rapidement le tour tout en étant frappé par la simplicité des lieux. L'ornementation était épurée, délicate. Il resta immobile, pour s'inspirer de l'atmosphère. Il fut surpris de se sentir à son aise en ce lieu, presque serein.

Il avisa enfin deux niches sur le côté gauche de la bâtisse ainsi qu'une autre en face. Il prit un moment pour observer d'où provenait la lumière qui les éclairait et sous quel angle. Il retourna dans la maison d'hôtes, rassuré de n'avoir croisé personne, et étudia les croquis qu'il avait apportés. Certains ne correspondaient plus, au vu de ce qu'il venait de relever, et il les modifia en conséquence.

Au bout d'un long moment de travail, il posa son stylet et s'aperçut qu'il avait faim. Il se rendit dans la pièce du rez-de-chaussée et trouva du pain, du fromage et de l'eau. Prindalles prit le tout, sortit sur le palier de la maison et dévora son déjeuner debout. Il se délecta un instant de la vue qui s'offrait à lui. Sur la droite, au bout d'un court chemin, se dressait la porte d'entrée du monastère. Tout le reste n'était que verdure. La forêt s'arrêtait à quelques enjambées de lui. En face, derrière une fine rangée d'arbres, un champ très incliné accueillait quelques vaches et quelques moutons. La vue de cette nature pleine de vie le revigora et il se décida enfin à réfléchir à ce qu'il avait trouvé dans le *Liber Floridus*.

Des êtres, allant de l'humain au monstre, crachent des grenouilles tout en étant qualifiés de menteurs et de blasphémateurs. Ces termes peu glorieux devaient-ils être appliqués à Bérard ? Prindalles ne le connaissait pas, mais il avait du mal à se figurer un chartreux impie. À moins qu'il ne se soit éloigné de la doctrine prônée par Rome ? Dans ce cas, pourquoi le meurtrier serait-il Montbel et pas un moine rigoriste, voire fanatique, bien caché au milieu des autres ? Et la seconde grenouille, délivrait-elle aussi un message ? Le prieur aurait-il péché par là ? Il ne serait pas le premier, songea le sculpteur, mais si tous les religieux coupables de ce péché devaient être assassinés… Il repensa au cadavre, la tête tranchée et retournée, et ne put réprimer un frisson. Si l'objectif du meurtrier était de frapper les esprits, il l'avait pleinement atteint.

Sur le chemin apparut la silhouette familière d'Hanguis. Prindalles décida de ne pas lui parler de sa découverte tant qu'il n'y aurait pas réfléchi plus sérieusement.

Au cours des derniers jours, il avait fait de son mieux pour ne pas penser au document de la comtesse. Il avait soigneusement tenu le problème à l'écart de ses préoccupations. Il songea qu'il était temps de renoncer à ce confort.

Fel

PRINDALLES consacrait tout son temps à la réalisation de ses œuvres. Il avait installé un semblant d'atelier sur la gauche de la maison d'hôte, à l'abri des courants d'air. Le début d'automne étonnamment clément lui permettait de travailler au milieu de la nature et lui procurait un réel plaisir. À certains moments de la journée, alors qu'aucune cloche ne sonnait et que les oiseaux semblaient faire la sieste, on n'entendait que le son de ses outils sur la pierre. Dès qu'il en avait l'occasion, Hanguis se joignait à lui et noircissait le papier en silence sur son écritoire ou discutait avec lui. Au cours d'une de ces séances, il se plaignit :

— Les moines ne parlent qu'à mots comptés et ne donnent pas de détails. C'est épuisant de leur tirer les vers du nez.

Prindalles ne s'était toujours pas ouvert à lui au sujet de ses spéculations sur le meurtre du vicaire. Après réflexion, rien ne lui laissait penser que les chartreux abritaient un fanatique. Rien non plus ne trahissait une quelconque amitié déplacée entre les membres de la communauté.

L'après-midi suivant, Prindalles profitait de la présence d'Aymon qui était assis à côté des tréteaux où il s'était attaqué à la seconde pierre. L'oblat restait silencieux et observait ses gestes avec fascination. Un peu gêné par cette tête qui se penchait si près, Prindalles entama la discussion :

— Vous devez manier le bois, je suppose, comme vos frères.

— Je ne m'y attèle que quand je n'ai pas le choix. Ma vue est limitée et surtout je n'aime pas me salir avec la transpiration, la poussière et la sciure… Je mets des jours à m'en débarrasser et je me sens obligé de me baigner.

Prindalles resta coi, de peur d'entrer dans un débat qu'il ne connaissait que trop bien.

— C'était surtout pour faire plaisir à Bérard.

Prindalles passa sa langue sur ses lèvres et posa ses outils un instant.

— Étiez-vous proche de lui ?

C'était la première fois qu'il osait se montrer curieux à ce sujet.

— Très, répondit Aymon avec un sanglot dans la gorge. Il était mon ami. Je ne comprends pas ce qui s'est passé…

Prindalles, navré d'avoir ravivé son chagrin, tenta de le réconforter :

— Tout le monde m'a vanté les mérites d'un homme bon et tolérant.

— Il était le meilleur de tous. Sans lui, je me retrouve plus seul que jamais.

— N'avez-vous pas tous vos frères ?

Aymon tendit le visage vers lui et plissa les yeux sous l'effet de la luminosité.

— M'avez-vous bien regardé, maître ? Les chartreux sont là, autour de moi, tentent d'agir en chrétiens, comme si je ne heurtais pas leur vue délicate. Mais je lis dans leurs pensées, dans ces silences qui s'installent dès que j'apparais. Ils me perçoivent comme un monstre, une anomalie. Depuis tout petit je les entends murmurer derrière mon dos. Seul Bérard était sincère avec moi.

Prindalles redressa son buste. Il ne savait que répondre à une telle confession. Il ignorait si cette suspicion était justifiée ou si elle n'existait que dans la tête du jeune homme, quoi qu'il en soit, il avait de la peine pour lui. Il rappela :

— Hanguis fait tout son possible pour récolter des preuves contre le meurtrier et le livrer à la justice.

— La justice ne servira à rien ! cracha Aymon. Montbel, car vous pouvez être certain que c'est lui qui l'a tué, est d'un rang trop élevé.

— Pensez-vous qu'il a commis cet acte abominable tout seul et qu'il a pu hisser le corps à la simple force de ses bras ? Cela me paraît difficile.

— J'ignore comment il s'y est pris. Je sais en revanche que personne ne peut rien contre lui. Nous, moins que quiconque.

— Il se trouve qu'Hanguis a l'oreille du comte. Il ne restera pas inactif face à de tels actes, je peux vous l'assurer.

Aymon observa le visage de Prindalles.

— Je vous crois. Mais que fera-t-il ? Le pire qui pourrait arriver à cette pourriture, c'est de rentrer dans les ordres ou de s'exiler. Cela ne ressemblerait même pas à une once de justice.

— La loi est ainsi faite...

— Eh bien il faudrait s'en passer dans ce cas et faire ce qui doit être fait !

Aymon s'était laissé emporter. Prindalles pouvait le voir à son teint coloré. Il comprenait mieux que personne la colère qui l'animait. Et il savait que le lui dire ne servirait à rien. Pour le calmer, il l'invita à venir observer de plus près, encore, son travail. Il lui montra les esquisses des statues qu'il allait réaliser. À la fin de sa démonstration, Aymon soupira :

— La passion vous anime, maître Prindalles. Je rêve de ressentir un tel engouement pour quoi que ce soit.

Le sculpteur faillit interroger Aymon sur ce manque, lui qui vivait en principe dans et pour le seul amour de Dieu, avant de se raviser. Il ne voulait pas prendre le risque de se faire questionner au sujet de sa propre ferveur religieuse. Il se rappela une fois de plus que la perte d'un être cher pouvait engendrer des sentiments violents, surtout lorsque cela survenait d'une manière aussi brutale.

Prindalles songea en revanche qu'Aymon pourrait l'aider à trouver le document qu'il devait chercher. S'il était si proche du prieur, peut-être connaissait-il l'endroit où celui-ci conservait ses papiers importants. Le sculpteur garda le silence pour l'heure. Il préférait fureter dans la bibliothèque, à laquelle il avait un accès privilégié. Il verrait par la suite s'il lui fallait de l'aide pour s'introduire dans la cellule du défunt. Aymon, qui s'apprêtait à partir, le remercia pour sa compagnie.

Plus tard dans la soirée, Hanguis et Prindalles prenaient ensemble un repas léger. Ils étaient installés devant la cheminée. Comme la température s'était rafraîchie et saturée d'humidité, ils s'étaient emmitouflés dans leurs couvertures. Sans songer que les alentours regorgeaient de bois, ils avaient décidé de se passer de feu afin de ne pas diminuer les maigres possessions qui restaient aux chartreux. Hanguis racontait sa visite du lieu où le corps de Bérard avait été retrouvé.

— C'était horrible. L'herbe était toujours imbibée de sang noir et gluant et une odeur écœurante flottait dans l'air. J'en ai encore froid dans le dos.

— Avez-vous au moins trouvé des choses concluantes ? s'informa Prindalles en reposant son morceau de viande séchée.

— Il se pourrait. Je me demandais comment un homme seul, Montbel en l'occurrence, avait pu hisser un corps à une telle hauteur. Les moines n'ont pas touché au système de cordage utilisé, qui est assez ingénieux, je dois l'avouer. Il s'est servi d'une poulie, sans doute trouvée dans l'appentis du jardin.

— Alors il aurait pu le faire seul ?

— Oui.

— Il n'a pas pu agir en quelques minutes, estima Prindalles en se grattant la barbe. Il a retrouvé le prieur et l'a tué d'un coup de dague. Ensuite, il l'a décapité. Puis, il a pris le temps de trouver deux grenouilles et de les peindre en blanc. Il les a placées, a attaché le corps à une branche, après avoir dérobé la poulie. Enfin, il a positionné la tête de manière grotesque.

Prindalles fit une pause alors qu'Hanguis était pendu à ses lèvres.

— Tout ceci me paraît un peu improbable.

— Je ne vous le fais pas dire, maître. Voici ce que j'ai compris. Montbel a utilisé une dague pour tuer le vicaire et sa propre épée pour lui trancher la tête. Un bassin est situé non loin du fameux noyer. Ce matin encore, il était rempli de petites grenouilles semblables à celles retrouvées dans… sur le prieur. Et je pense qu'il ne s'agit pas de peinture. Le bâtiment le plus proche, pour être précis la galerie à l'étage du réfectoire, est en pleine rénovation, et beaucoup de matériel s'y trouve. Il a dû tremper les grenouilles dans une bassine de chaux.

— Voilà qui explique les animaux, en effet. Mais pourquoi les mettre dans ces endroits ? Et les teinter ? Je ne comprends toujours pas…

— Je vous l'ai dit, Prindalles, c'est de l'acharnement, de la pure cruauté. Ne vous tourmentez pas avec ces détails, je sais ce que je fais.

Le sculpteur fit la moue tandis qu'Hanguis poursuivait comme s'il n'avait pas dévoilé son impatience un instant plus tôt.

— Je me suis ensuite entretenu avec Albin qui, en plus de me faire comprendre qu'il désapprouvait notre présence, a dressé un portrait de Montbel à me donner de mauvais rêves.

— Que vous a-t-il dit ?

— Il l'a dépeint comme un être dépourvu de morale, de conscience et d'une violence extrême, ce qui correspond à la description que vous m'en avez faite. Peut-être vous en a-t-on informé, on a retrouvé un troisième cadavre pendu non loin d'ici.

— Sang-Dieu !

— Cette brute a occis ses propres sbires. C'est une bête immonde et malveillante !

Prindalles frissonna à l'idée qu'il aurait pu tomber nez à nez avec le corps lors d'une de ses promenades.

— Albin a ajouté que Montbel semblait éprouver une haine viscérale pour les religieux de toute sorte.

Hanguis pianota sur l'accoudoir de son fauteuil, le regard baissé. Il s'exprima à voix basse, comme pour lui-même :

— Je pense que ça l'a titillé toute la journée. Ils se trouvaient dans un coin reculé du monastère… Et quand il est tombé sur le vicaire, il a perdu le contrôle.

— Quelle horrible personne vous décrivez là.

Hanguis eut un reniflement désabusé. Prindalles ajouta :

— Tout cela m'a donné le tournis. Je vais aller me reposer. Vous devriez en faire autant, Hanguis.

— J'irai dans peu de temps. Je souhaite d'abord mettre ces nouvelles informations par écrit, avant que Morphée n'en jette la moitié dans les méandres de l'oubli.

Prindalles laissa son compagnon à ses paperasses et rejoignit l'étage. Tout ce que le clerc venait de lui apprendre allait compléter son rapport. Mais quelque chose le gênait. Pourquoi Montbel s'en était-il pris à Bérard et uniquement à lui, avant de fuir comme un lâche ? Il avait assassiné Lancelin pour un motif évident, l'empêcher d'appeler à l'aide. Quid du vicaire ?

Le sommeil le cueillit sans qu'il s'en aperçoive. Sa dernière pensée fut pour Sibylle, qui lui manquait.

Annulus

La nuit fut mauvaise et, au réveil, Prindalles avait la tête lourde. Durant son insomnie, il avait décidé de ne pas confier la découverte du livre à Hanguis. Le clerc avait déjà exprimé son exaspération quant à son obsession des batraciens. Selon lui, il n'y avait dans le meurtre de Bérard que pure barbarie. Prindalles ne se satisfaisait pas de cette affirmation et son cerveau bouillonnait d'interrogations.

Au petit matin, il s'était enfin décidé à se lancer à la recherche du document réclamé par la comtesse. Il prévoyait de sonder Aymon lors de sa prochaine visite.

Prindalles était au travail depuis environ une heure quand ce dernier le rejoignit. Il semblait morose et ses traits étaient plus tirés qu'à l'habitude. Il salua le sculpteur et se contenta de l'observer en silence. Prindalles respecta son souhait, conscient qu'il lui fallait faire preuve de prudence. Il profita d'une question que lui posa le jeune homme sur la manière dont il tenait son outil pour rebondir :

— Êtes-vous satisfait du choix du nouveau vicaire ?

— Frère Martin est prompt à diriger, répondit Aymon en haussant les épaules. J'ignore s'il peut être à son aise à la seconde place. Peut-être Dom Jean aura-t-il du mal à asseoir son autorité à son retour. Et de toute façon, il n'a pas la même bonté que Bérard.

— Comment cela se passe-t-il ? Martin conserve-t-il sa cellule et celle de Bérard sera-t-elle attribuée à un autre ?

— Non. Bien qu'elle ne soit en rien différente, la pièce qu'occupait Bérard est attitrée au vicaire. Martin s'y est installé avant-hier.

Prindalles lança un regard vers Aymon.

— Cela n'a pas dû être facile pour vous…

— Ce n'est qu'une épine de plus. À présent, il ne reste plus rien de lui ni de ce qu'il était. Martin aura arrangé la cellule selon ses goûts et bazardé ce qui était à Bérard.

— Ses affaires personnelles ne seront pas conservées ? demanda Prindalles en tâchant d'avoir l'air détaché. Vous ne pouvez rien garder de lui ?

— À vrai dire, je n'en sais rien. Je suppose que ce qui concernait la gestion du monastère est préservé, mais pour le peu de paperasse personnelle – les lettres de sa famille par exemple – je l'ignore. Dans tous les cas, je suis sûr de ne rien avoir le droit de garder pour moi. La seule chose que l'on m'ait laissée, c'est son vieux manteau.

Prindalles n'obtint rien de plus. Le peu qu'il avait appris le mettait dans l'embarras. Il avait peur de s'être activé trop tard et que le parchemin soit parti au feu ou converti en palimpseste [1].

Dans la mesure où Aymon ne pouvait l'aider plus, Prindalles devait se tourner vers quelqu'un d'autre. Le nom d'Ebbon lui vint spontanément à l'esprit. Il lui paraissait honnête et sagace. Il renonça dans le même temps à s'adresser au nouveau vicaire. S'il croyait Martin intègre, il était d'un caractère bouillonnant, impétueux. Prindalles avait besoin de discrétion et de sang-froid. Ebbon semblait répondre à ces critères.

Au cours de la journée, tandis qu'il taillait, coupait et ciselait la pierre, il tenta de mettre au point une stratégie pour questionner Ebbon sans éveiller ses soupçons. Cela s'était révélé facile avec Aymon qui était quelque peu naïf et trop absorbé par son chagrin pour remarquer sa curiosité. L'infirmier était d'une autre trempe. Et il serait plus difficile à présent de l'approcher. Observant son burin, Prindalles envisagea un instant de l'écraser sur son propre pouce. Ainsi, il pourrait bénéficier de ses soins et lui parler. Il abandonna l'idée et préféra tabler sur le fait qu'Ebbon aimait se promener. Malgré la baisse sensible des températures, il poursuivit son travail en extérieur tout en gardant un œil sur la grande porte.

Pour une raison qui lui était inconnue, Ebbon ne sortit pas ce jour-là. Cette attente mit sa patience à rude épreuve, d'autant plus qu'Hanguis resta muet sur ce qu'il avait appris des derniers moines interrogés.

Il fut récompensé dès le lendemain. Prindalles s'était levé très tôt et prenait une collation face à la fenêtre qui donnait sur le chemin. Il époussetait les miettes tombées sur ses manches lorsqu'il aperçut l'infirmier et se précipita à sa rencontre.

— Bonjour, mon père, héla-t-il.

— Le bonjour à vous.

1. Parchemin utilisé dont on a poncé la surface pour pouvoir réécrire dessus.

— Est-ce une promenade pour méditer ou puis-je me joindre à vous ?

— Notre méditation est plus ou moins permanente, maître. J'apprécierai volontiers votre compagnie ce matin.

Ils marchèrent un moment en silence, comme ils en avaient pris l'habitude. Prindalles finit par le rompre :

— Comment vous remettez-vous ?

— Lentement. Le contact avec le monde extérieur s'est révélé brutal. Nous sommes des gens paisibles, pourtant nous avons subi notre lot de troubles au cours de ces derniers mois.

— Comment cela ?

— Le schisme [2] qui divise la chrétienté ne nous a pas épargnés. Nous avons connu deux Généraux pendant des années [3].

— Et quelle est la situation aujourd'hui ?

— Leurs successeurs [4] se sont, grâce à Dieu, révélés avisés car ils se sont tous deux démis de leur charge. Ainsi, pas plus tard qu'au mois de janvier de cette année, il y a eu une nouvelle élection. C'est Dom Jean de Griffemont qui a été désigné et il est désormais le seul Général de notre Ordre. C'est pour consolider cette unité qu'il s'est rendu à Rome et qu'il a entamé une tournée des chartreuses.

— Vous vous en sortez plutôt bien. Le reste de l'Europe continue de se déchirer entre les trois papes [5].

— En effet, nous sommes chanceux.

Prindalles plaignit ces hommes forcés de composer avec les intrigues du monde qu'ils avaient fui. Il inspira une bouffée d'air frais et, sans trop savoir comment mettre en forme ce qu'il avait à dire, il lança sans ambages :

---

2. Crise pontificale qui divise la chrétienté de 1378 à 1417. L'élément déclencheur est l'élection d'Urbain VI, accusé d'avoir été élu sous la pression du peuple qui voulait un pape italien. Une partie des cardinaux (majoritairement des Français) élisent à leur tour Clément VII, qui obtint le soutien de la France et de ses alliés, de l'Écosse, de la Castille et du Portugal, tandis qu'Urbain VI est allié à l'Angleterre, l'Empire, les Flandres, la Hongrie et l'Italie. Au fil des années, les allégeances ont évolué.

3. Dom Guillaume de Raynald ici et Dom Jean du Bari à la chartreuse de Florence.

4. Dom Boniface Ferrier et Dom Étienne Maconi.

5. Benoit XIII, pape d'Avignon, avec entre autres l'appui de la France, de la Savoie, de l'Espagne et de l'Écosse. Jean XXIII, pape de Pise, allié à l'Empire. Grégoire XII, pape de Rome soutenu par la plus grande partie de l'Italie.

— Je pense que Bérard s'était rendu coupable d'un grave péché, ou tout du moins que son meurtrier estimait que c'était le cas.

Ebbon fronça les sourcils et lui jeta un regard surpris. Prindalles poursuivit :

— Ne prenez pas offense de ce que vous allez entendre, je vous en prie. Lors d'une de mes visites, j'ai découvert quelque chose qui prouve ce que j'avance.

— Si vous comptez déshonorer sa mémoire…

— Pas le moins du monde, mon père, je vous assure ! Accompagnez-moi à la bibliothèque et je vous expliquerai.

Face à l'air contrarié de l'infirmier, il ajouta :

— Je sais que je ne suis plus censé pénétrer dans vos murs, mais cela ne prendra pas beaucoup de temps. Et s'il s'avère que je me suis trompé, je n'évoquerai plus jamais cela. Je vous en donne ma parole.

Ebbon hésita puis, après quelques secondes de réflexion, finit par accepter. Il ne comprenait pas ce que le sculpteur avait bien pu trouver au milieu des livres qui établirait la culpabilité de l'ancien vicaire. Il l'accompagna, le visage fermé. Il ne le pensait pas être à l'affut d'un énième scandale religieux et en éprouva de la déception.

Arrivé dans la pièce remplie de coffres et d'étagères, Prindalles se dirigea vers celle du fond et chercha le *Liber Floridus*. Il lui fallut quelques minutes pour le trouver sous le regard perçant d'Ebbon. Enfin, il mit la main dessus. Il l'ouvrit et le posa sur une table. Ebbon connaissait l'ouvrage et ne voyait pas en quoi cela concernait leur affaire. Toujours méfiant, il se pencha sur les pages et déglutit. Le sang quitta son visage tandis qu'un frisson parcourait sa nuque. Il tenta de rester impassible, malgré cela Prindalles remarqua son trouble. Ebbon remit le livre à sa place.

— Allons marcher encore.

Prindalles le suivit, surpris par tant de précautions. Que s'apprêtait à dire Ebbon qui ne pouvait être prononcé entre les murs sacrés du monastère ? À moins qu'il ne se méfie des oreilles indiscrètes. Celles de Jehan, qui s'était contenté de les saluer en silence ? Ou celles d'Albin peut-être ? Après avoir cheminé quelques minutes en bordure de la forêt, Ebbon l'interrogea :

— Dites-moi, maître, que retenez-vous de la lecture de cet ouvrage ?

— Les grenouilles placées dans la bouche symbolisent deux péchés, le blasphème et le mensonge. Je ne pense pas que Bérard puisse être accusé du premier. Je penche donc plutôt pour le second.

Comme Ebbon se contentait de faire quelques pas, les mains croisées dans le dos, Prindalles l'arrêta.

— Écoutez, mon père, je ne souhaite pas salir la mémoire de votre ami, loin de là. Je veux en revanche comprendre ce qui s'est passé et ce qui est à l'origine d'une telle sauvagerie.

Ebbon scruta son regard avant de hocher la tête.

— Je vous crois.

Ils reprirent leur marche.

— Que pensez-vous donc de tout cela, maître ?

— À mon avis, la mort de Bérard n'est pas due au hasard ou au simple plaisir pervers de Montbel. La mise en scène du cadavre le confirme. Si ce n'était qu'un meurtre accidentel ou provoqué par une colère inattendue, pourquoi l'assassin se serait-il donné tout ce mal ? Votre examen a conclu que c'est la blessure à l'abdomen qui l'a tué. Alors pourquoi lui trancher la tête et la placer à l'envers sous le corps pendu ? Pour marquer les esprits et attirer l'attention. Et pourquoi le remplir avec des grenouilles et lui coudre les lèvres, si ce n'est pour l'accuser de mensonge et l'empêcher d'en proférer d'autres ?

— Vos arguments semblent pertinents, je dois l'avouer. Vos hypothèses expliquent la bestiole dans la bouche. Qu'en est-il de la deuxième ? Et pourquoi les avoir colorées de blanc ?

— Pardonnez ma question, mais serait-il possible que Bérard ait… vous savez… avec un autre ?

— Absolument pas, affirma Ebbon.

— En êtes-vous sûr ?

Le moine fit halte à nouveau et le regarda bien en face :

— Sur ce que j'ai de plus cher, sur ma foi, celle de mes frères, sur l'âme de Bérard, j'en suis tout à fait certain.

Prindalles hocha la tête à son tour et reprit sa route, suivi du chartreux.

— Dans ce cas, je pense que la deuxième grenouille n'était là que pour ajouter à l'horreur de l'acte. Et peut-être aussi pour brouiller les pistes. À moins que l'assassin ait cru qu'il avait fauté. Pour la couleur, j'avoue mon incompréhension.

— Avez-vous parlé de vos conclusions à quelqu'un, maître ?

— J'ai tenté d'en faire part à Hanguis. Il reste persuadé qu'il ne s'agit que de cruauté et de perversité. À ses yeux, mon imagination débordante me fait élaborer des théories farfelues alors que la réalité est bien plus froide.

— Bien. Inutile d'ébruiter tout cela avant que nous ayons démêlé le *farfelu* de la *réalité*.

Ils s'enfonçaient toujours plus dans la forêt. Prindalles sentit qu'Ebbon en savait plus.

— Mon père, je suppose que vous avez vous-même réfléchi. Tout cela vous évoque-t-il quelque chose ?

Ebbon prit son temps.

— Il se pourrait, concéda-t-il finalement.

— Un rapport avec des faits anciens, peut-être ?

— Possible.

— Au sujet d'un document traitant de ces évènements ?

Le cœur d'Ebbon fit un bond dans sa poitrine et il scruta le visage du sculpteur.

— Que savez-vous ?

— Peu de choses, en vérité. Et cela me convient.

— Qui vous a parlé de cela ?

Prindalles sortit de sa poche la bague qui lui avait été confiée. À sa vue, Ebbon se relâcha.

— L'anneau d'Odon, reconnut-il.

— C'est la comtesse Marie qui me l'a donné.

— Peut-être, mais il appartient à Odon de Villars.

— Vous connaissez donc sa signification ?

— Oui. Je suis navré, maître, je ne peux rien vous dire.

— Si cela nous permet de faire le lien avec la mort de Bérard et de tout remettre dans l'ordre, je me contenterai du peu que je sais.

— Il est vrai qu'à la vue de ce que vous venez de me décrire, tout s'éclaire. J'ai besoin de réfléchir. Je reviendrai vers vous.

Praeteritus

Je suis enfin arrivé à bout de ma récolte de témoignages, annonça Hanguis en s'affalant dans le fauteuil près de la cheminée.

— Êtes-vous satisfait de ce que vous avez appris ? demanda Prindalles en le rejoignant.

— Pas entièrement. J'avais espéré obtenir plus d'informations sur le déroulement exact des faits. Les moines n'ont pas compris ce qui leur tombait dessus. Ce qu'il ressort de plus flagrant est qu'ils étaient affolés lors de l'arrivée de Montbel. Ils ont été bouleversés par cette agression et plus encore par la mort de leurs frères.

— On le serait pour bien moins que cela.

— En effet. Les pauvres en sont tout déboussolés. Cela se ressent dans le choix du vicaire qu'ils ont fait.

— Vous n'approuvez pas Martin ?

— En un sens, je comprends qu'ils l'aient élu. Il est massif, a l'allure d'un dirigeant et parle avec autorité. Une impression de force se dégage de lui sans aucun doute.

— Mais ?

— Mais malgré le fait qu'il ne me porte pas dans son cœur, je pense qu'Albin aurait été une meilleure option. Il est bien plus intelligent et voit très loin dans l'avenir.

— Il est retors. Et orgueilleux.

— Certes. Cela dit, ne le sommes-nous pas tous un peu ?

— Vous n'avez peut-être pas tort sur ce point, lui accorda Prindalles en souriant.

— Où en êtes-vous de vos œuvres ?

— Il ne me reste plus qu'à les mettre en couleur. Nous allons bientôt pouvoir retourner chez nous.

— Et ainsi retrouver ceux que nous aimons.

— Êtes-vous marié, Hanguis ?

— Non, je disais cela pour vous. J'ai bien failli, avant de rentrer au service du comte. J'étais très jeune. C'était la fille d'un ami de la famille, un boulanger. J'allais presque tous les jours lui acheter quelque chose, alors que j'étais loin d'être riche. Elle avait des boucles blondes et des yeux presque violets.

— Elle devait être jolie.

— La plus belle d'entre toutes.

— Que s'est-il passé ?

— Elle s'était entichée d'un jeune fat. Quant à moi, je ne comptais pas pour elle. Comment l'aurais-je pu, d'ailleurs ? Il était tout l'inverse de moi : grand, fort, sûr de lui, avec cette attitude nonchalante qui m'a toujours paru impossible à adopter.

— Se sont-ils mariés ?

— Non. Il s'est contenté de la déshonorer. Avant que le scandale éclate, j'ai proposé de l'épouser, malgré les réticences des miens. Lorsque je lui fis part de mes sentiments, elle me rit au nez et m'avoua qu'elle était déjà fiancée. Il était deux fois plus âgé qu'elle et possédait une bonne situation. Ébloui par sa beauté, il ne prit pas en compte son manque de vertu. Comme il vivait dans un village un peu éloigné, peu de gens furent au courant de toute l'histoire.

— L'avez-vous revue par la suite ?

— Quelques années plus tard, alors qu'elle rendait visite à sa famille. Elle semblait fatiguée et avait de l'amertume dans le regard. Elle ne m'a même pas reconnu. J'appris sa mort peu de temps après. Une fluxion de poitrine qui a mal tourné.

— Mon cher Hanguis, c'est bien triste pour vous.

— J'ai été très malheureux pendant des années. Une fois le chagrin apaisé, j'ai compris bien des choses. Cette fille n'était pas très intelligente, ses choix et la manière dont elle s'était fait piéger le prouvent. Elle s'était mal comportée avec moi en moquant mes sentiments. C'était somme toute mieux ainsi.

Hanguis resta plongé dans ses souvenirs et Prindalles lui laissa le temps de revenir auprès de lui.

— Je ne sais pourquoi je vous raconte ça, se reprit le clerc en lissant sa robe. Je n'y avais pas songé depuis des années.

— Parfois le passé nous percute comme un coup en pleine face.

— C'est vrai. Au moins, le présent a le mérite de ne pas nous laisser le temps de rêvasser. Il faut que j'aille peaufiner mon rapport et vérifier qu'aucun vice de forme ne s'y est glissé. Montbel pourrait jouer là-dessus pour se défendre.

Le lendemain, Prindalles s'attaqua enfin à la peinture. Il avait beaucoup à faire s'il voulait finir au plus vite. Cependant, une part de lui refusait de se hâter. L'occasion lui était donnée de pratiquer une activité qu'il appréciait et dont il était privé à Camberio.

À chaque étape de sculpture, il avait gardé en tête les teintes adéquates à la pierre pour faire ressortir au mieux chaque creux, chaque plissé, chaque ride. En Bourgogne, il avait travaillé avec un artiste qui lui avait appris à appliquer la matière de façon lisse et sans bavure. Il avait en outre retenu de cette collaboration la manière de fabriquer ses couleurs, à l'aide de pigments naturels. Il avait depuis acquis une collection de pinceaux dont un maître peintre n'aurait pas eu à rougir.

Il commença par Saint-Maurice. Comme il l'avait annoncé à Aymon, il appliqua du noir pour la peau, puis il le laissa sécher. Il s'attaqua ensuite à Saint-Jean-Baptiste. Il resta classique et le dota d'un teint pâle et de cheveux bruns. Il rencontra quelques difficultés pour l'agneau couché à ses pieds. Il était si bien parvenu à donner l'aspect de toison à la pierre que la couleur avait du mal à s'immiscer dans les creux de ses boucles laineuses. Il faudra au moins une seconde couche, conclut-il. Enfin, peu avant que le soleil ne passe derrière la montagne, il peignit la peau et les cheveux de Bruno. Celui-ci serait un peu plus facile à travailler, dans la mesure où ses vêtements étaient monochromes. Il décida finalement d'appliquer des teintes variant entre le blanc, le blanc cassé, le coquille d'œuf et l'écru, pour donner plus de relief aux plissés.

⁂

— Ça y est, vous avez apposé les dernières modifications ? s'enquit Prindalles auprès d'Hanguis, tandis qu'ils se retrouvaient pour le souper.

— Oui, ce fichu rapport est terminé, Dieu soit loué !

— Comment allez-vous présenter le tout à messire Amédée ?

— Je viens de passer la journée dessus, Prindalles ! J'ai enfin achevé mon travail ici, alors si cela ne vous ennuie pas trop, j'aimerais penser à autre chose pendant que je mange.

— Bien sûr, c'est tout naturel.

Prindalles commençait à en avoir assez de se faire rabrouer. Hanguis sembla s'en rendre compte, puisqu'il nuança :

— Si vous le souhaitez, je me ferai un plaisir de vous éclairer durant notre voyage de retour. Nous en aurons tout le loisir. Et, avec un peu de chance, la perspective de rentrer me rendra moins désagréable.

Prindalles rit de bon cœur et ne lui reparla plus du rapport.

Obscuritas

Un mot attendait Prindalles au retour de sa promenade quotidienne. Il était de la main d'Ebbon et l'invitait à le rejoindre. La surprise du sculpteur grandit lorsqu'il prit connaissance de la suite du message. Le chartreux lui demandait de se tenir devant la poterne ouest à vigiles. Il viendrait le chercher et le ferait rentrer dans le monastère en toute discrétion.

À l'heure dite, Prindalles se munit d'une lanterne et gagna le point de rendez-vous en priant pour ne pas s'égarer dans l'obscurité. Lorsque son logis ne fut plus en vue et qu'il se retrouva seul, coincé entre la forêt à droite et les murs du monastère à gauche, il perdit de son assurance. Son esprit divaguait et il eut du mal à se raccrocher à des pensées rationnelles. Un bruit dans les arbres le fit sursauter et il pressa l'allure. Ebbon était ponctuel. Entendant ses pas, il ouvrit grand la porte.

— Pourquoi courrez-vous ? Êtes-vous suivi ?

— Non, souffla le sculpteur en s'engouffrant dans la sécurité de l'enceinte. J'ai honte de l'avouer, mais j'ai eu besoin de tout mon courage pour venir jusqu'ici.

— Auriez-vous peur du noir, maître ? s'amusa le moine à voix basse.

— Hier, je vous aurais répondu que c'était une idée absurde et je le soutiendrai certainement demain matin. Ce soir, j'ai du mal à le nier.

Ebbon le guida à la lumière vacillante de sa lanterne, longeant le mur en direction des communs, pour remonter sur la gauche vers son office. Prindalles s'attendait à se rendre à l'infirmerie quand ils dépassèrent le bâtiment pour aller jusqu'au potager devant lequel le moine interrompit sa marche. Prindalles s'approcha de lui et chuchota :

— Que se passe-t-il ?

— Ne faites pas de bruit. Donnez-moi cette pelle.

Prindalles ramassa l'outil posé non loin et s'exécuta. Il observa ensuite Ebbon entrer dans le rectangle de terre et longer le rebord en comptant ses pas. Il s'arrêta et réitéra la démarche dans la largeur du potager. Puis il commença à creuser.

— Éclairez-moi, je vous prie.

L'opération ne fut pas longue. Le moine termina de dégager les dernières poignées de terre à la main, jusqu'à arriver à une grossière boîte en fer.

Il mena ensuite le sculpteur à l'infirmerie et vérifia que ses pensionnaires dormaient. Il entra dans la pièce qui lui était dévolue et recommanda à son complice de bien fermer la porte derrière eux. Alors, à la lumière de la lanterne et des quelques bougies qu'il alluma, il ouvrit le coffret. Il en sortit une enveloppe, un second papier entouré de tissus et une autre boîte, plus petite. Désignant le premier objet, il expliqua à voix basse :

— C'est la lettre que Bérard a essayé de faire envoyer lors de l'attaque.

— De quoi parlez-vous ?

— Personne n'est au courant, hormis Jehan et moi-même.

Il raconta alors la façon dont Bérard, Jehan et Lancelin avaient rusé pour tenter de contacter l'extérieur.

— C'est là que Guigues a tué le pauvre garçon, acheva Prindalles.

— Il a compris qu'il courait chercher de l'aide mais n'a pas pensé à une lettre. C'est heureux d'ailleurs.

— Que voulez-vous dire ?

— Bérard y explique la situation et réclame une intervention rapide. Il a également précisé que… le précieux bien que nous gardons en nos murs n'est plus en sécurité.

— S'agit-il des reliques ?

— Je suis désolé mais je dois taire le reste. Sachez seulement que si l'on venait à apprendre l'existence et la présence de ce bien ici, il en résulterait d'irrémédiables bouleversements.

— Puis-je demander à qui était adressée cette lettre ?

— Ceci je peux vous le révéler. Elle était destinée à Odon de Villars ou à la comtesse.

Prindalles accueillit ces informations par un long silence. Il avait saisi l'essentiel. Les chartreux protégeaient un objet de grande valeur aux yeux de la Savoy. Il faillit demander pourquoi le vicaire avait écrit au conseiller ou à l'épouse plutôt qu'au comte lui-même. Il s'abstint, craignant de se montrer indiscret. Ebbon brandit le bout de tissu contenant un parchemin.

— Ceci doit être mis en sécurité. C'est ce que la comtesse vous a chargé de récupérer.

— Je croyais qu'il était en possession de Bérard. Comment l'avez-vous eu ?

— Après la mort de Lancelin, il est venu me le confier et m'a demandé de le cacher. J'avais déjà agi ainsi avec les ossements de maître Bruno, ajouta-t-il en indiquant le petit coffret en bois.

— Ils se trouvaient donc ici. Pourquoi ne pas les avoir remis en place une fois Montbel parti ?

— La situation a été si chamboulée ces derniers jours que je n'ai pris aucun risque. J'ignorais s'il reviendrait. Vous êtes arrivés à votre tour, vous et Hanguis, et je ne vous connaissais pas. Les sachant bien à l'abri dans la parcelle de potager que je suis le seul à cultiver, j'étais plus serein. Nous avons convenu de les laisser cacher encore un moment.

— Je comprends.

— Durant votre séjour ici, j'ai eu le temps de vous observer, maître. Je pense que je peux vous faire confiance, d'autant plus que la comtesse vous a déjà accordé la sienne. Je vous remets donc le document. Il est impératif de n'en toucher mot à personne et de le faire parvenir à Odon ou à la comtesse, sans autre intermédiaire.

— Je vous donne ma parole que j'agirai selon vos instructions.

Prindalles prit le parchemin et le glissa dans son manteau. Ils ressortirent et le sculpteur éclaira à nouveau le moine tandis qu'il remettait le coffret à sa place et le recouvrait de terre. Il l'aida ensuite à porter une bassine à l'endroit où il avait creusé, afin de le dissimuler. Puis Ebbon le raccompagna jusqu'à la poterne. Là, avant de le laisser partir, il le retint un instant :

— Au cours de son enquête, j'ai remarqué qu'Hanguis posait quantité de questions dont certaines n'étaient pas directement liées à l'attaque.

— Il est très consciencieux et ne veut rien rater qui pourrait vous aider.

— Sans doute. Je ne peux m'empêcher d'observer une certaine réserve à son égard.

— Je vous assure que cela est bien inutile. Il est avant tout désireux de bien faire.

— Je vois que vous lui faites confiance. Loin de moi l'idée de semer le trouble dans votre esprit, maître, permettez-moi toutefois de vous recommander d'être prudent.

— Nous sommes amis depuis peu et il ne m'a donné aucune de raison de me méfier de lui. Soyez sans crainte, mon père, il ignorera tout de notre affaire.

— Je vous remercie. Restez bien discret en rentrant. Bonne nuit.

Cette fois, Prindalles ne se laissa pas envahir par des pensées absurdes. Il repartit en direction de son lit, une main protectrice sur sa poche. Il se demanda s'il avait envie de lire le parchemin, avant de conclure que moins il en saurait, mieux il se porterait.

Effigies

Enfin, se réjouit Prindalles. *Enfin, c'est terminé.* Il recula de quelques pas pour juger de l'effet. Les visages étaient expressifs, les tissus arboraient des plis et des teintes tout à fait naturels. Il regretta de ne pouvoir les montrer ni à Nycolet ni à Sibylle.

Le moment allait arriver où il devrait présenter ses statues aux moines. Pour la première fois depuis longtemps, il se sentait nerveux. Ce n'était pourtant pas une commande de leur part et les chartreux étaient des hommes aux goûts simples et sans fioritures. Prindalles espérait de tout son cœur avoir su se conformer à leurs inclinations et que le résultat de son travail contribuerait à les réconforter.

Comme convenu, le matin de la Saint-Ange [1], il se rendit à la chapelle en compagnie d'Hanguis et d'Ebbon. Avec leur aide, il posa les statues dans leurs niches. La tâche ne fut pas aisée. Bien qu'évidées, les pièces étaient lourdes. Il fallut les hisser jusqu'à leurs emplacements, puis les maintenir tandis que Prindalles les fixait à l'aide de barres de fer. Hanguis soufflait et transpirait sous l'effort.

— La présence de votre colosse d'ami aurait été la bienvenue aujourd'hui, plaisanta-t-il en s'épongeant le front.

Prindalles acquiesça tout en songeant que l'ambiance des lieux aurait rendu fou Nycolet.

Une fois l'opération achevée, Ebbon prit le temps d'observer chaque statue. Il remercia l'artiste d'une poignée de main émue. Il sortit ensuite pour faire entrer ses frères. Les chartreux firent le tour de l'édifice, allant d'une niche à l'autre. Aymon était guidé par Prindalles. Chacun admira le travail accompli, l'oblat en dernier et d'un peu plus près. Ils passèrent d'abord devant Saint-Jean-Baptiste. Prindalles n'avait réussi qu'à lui donner des traits lisses et froids. Saint-Maurice et son teint firent sensation. Aymon s'attarda plus longtemps pour tenter de percer les mystères de ses yeux de pierre.

1. 2 octobre.

Enfin, le groupe arriva devant la statue de maître Bruno. Un murmure parcourut l'assemblée. Lorsqu'Aymon s'approcha à son tour, il eut le souffle coupé. Il serra plus fort le bras qui le soutenait et les larmes embuèrent ses yeux laiteux.

— Maître… vous lui avez donné son visage. C'est son visage…

Il fut loin d'être le seul à se sentir gagné par l'émotion. Tout le monde sortit et chaque moine tint à serrer la main et à remercier d'un mot le sculpteur. Prindalles était bouleversé d'être à l'origine d'un tel émoi et il lutta pour ne pas se laisser aller à son tour. Il retourna dans l'église afin de faire un dernier adieu à ses œuvres. Devant celle de Bruno, il retrouva Ebbon, qui n'avait pas bougé.

— C'est incroyable la façon dont vous avez saisi ses traits. Vous ne l'avez pourtant vu qu'une seule fois et il n'était pas au mieux. La bienveillance qui se dégage de son portrait est frappante. Bérard n'était que bienveillance. Et maintenant, grâce à vous, c'est comme s'il était là, à veiller sur nous pour toujours.

⁂

Prindalles et Hanguis se tenaient prêts. Le clerc trépignait et si le sculpteur était heureux d'enfin retrouver tout ce qui l'attendait en ville, il éprouvait quelque peine à se séparer des moines.

— J'ai assez de preuves pour faire condamner Guigues de Montbel, confirma Hanguis à Martin. Je vous promets que dès mon retour, monseigneur Amédée sera informé de l'affaire.

— Merci pour toute l'aide que vous nous avez apportée, Hanguis. Nous ne vous oublierons pas dans nos prières.

Un peu plus loin, Prindalles disait adieu à Ebbon :

— Pensez-vous que justice sera faite ? demandait ce dernier.

— Je ne doute pas du sens du devoir et de la droiture d'Amédée.

— Je vous crois. Mais ce n'était pas là ma question.

Prindalles aurait juré avoir surpris son regard glisser sur le clerc.

— Hanguis fournira un rapport fidèle et il fera tout son possible pour prouver que Montbel est un meurtrier.

— Puis-je me permettre de vous demander un service ?

— Bien sûr.

— Pourriez-vous garder un œil sur cette affaire lors de votre retour ? Continuer d'assister messire Hanguis jusqu'au jugement ?

— Si cela peut vous rassurer, je vous le promets. Je serai à ses côtés jusqu'à la fin.

— Merci beaucoup.

Ils se serrèrent la main une dernière fois et Prindalles se dirigea vers son cheval. Sentant une présence derrière lui, il se retourna et fit face à Aymon, escorté d'un novice.

— Je voulais vous dire adieu, maître Prindalles. Nos conversations vont me manquer.

— À moi aussi. Tenez, j'ai fait cela pour vous.

Il prit la main du jeune homme et y glissa un objet. Il s'agissait d'une statuette à l'effigie de Saint-Maurice, une miniature de celle installée dans la chapelle. Aymon, très ému, lui tendit l'autre main. Le sculpteur la serra, puis enfourcha son cheval. Hanguis sembla éprouver une profonde satisfaction à voir leurs montures prendre la direction de Camberio.

Tertia pars

Stat crux

Satisfactio

Sur la rive gauche du Guiers-Vif, au sommet d'un promontoire en longueur surmontant la vallée, se dressait le Château-Neuf à Saint-Pierre d'Entremont. Guigues se tenait tout en haut de la tour du donjon. Il respirait l'air froid à pleins poumons, insensible au vent qui lui fouettait les joues.

Il observait les massifs qui le cernaient : la Dent de l'Ours, la Roche Veyrand, le mont Pinet et bien d'autres encore. Au loin, en direction du nord, il y avait Camberio. Et au sud, derrière les montagnes, les terres du Dauphin.

En baissant les yeux, il pouvait apercevoir entre les arbres l'unique sentier qui menait au château. Ce n'était qu'une piste sinueuse, à peine assez large pour laisser passer deux hommes de front, efficace contre toute attaque armée. Le reste des lieux était protégé par des versants abrupts quasi infranchissables.

Son œil fut attiré par une irrégularité sur la muraille, dans le prolongement de la porte d'entrée voûtée. Une pierre était tombée. Guigues n'avait pas besoin de faire le tour de l'enceinte pour se rendre compte que devaient s'y cacher de nombreuses brèches comme celle-ci. Combien de temps cela prendrait-il pour remettre tout le château en état ? Et combien d'argent ?

Il avait rejoint sa demeure la semaine précédente. Après avoir passé quelques jours à se morfondre, il avait fini par se satisfaire à demi de la situation. Il n'avait pas les reliques mais le coffret à lui seul valait l'expédition. Il avait en sa possession une bonne quantité d'argent – plus importante que ce qu'il avait craint au premier abord – et qu'il avait en partie déjà utilisée pour rembourser ses dettes les plus urgentes. Sans oublier la charrette pleine à craquer de denrées.

Et le plus beau, c'était qu'il n'aurait à partager ses gains avec personne d'autre. Gaspard et le Rouquin avaient intégré sa maison contre l'assurance d'un toit au-dessus de leur tête et de servir un seigneur qui ferait d'eux plus que de simples gardes.

Même si c'est loin d'être aussi juteux que ce que j'avais espéré, ce n'est pas si mal compte tenu de ce qui s'est passé là-haut. Guigues ne pouvait s'empêcher de revoir sans cesse le corps pendu du vieux prieur. Il s'ébroua une fois de plus pour chasser la vision et envisagea de plus aimables occupations. Il quitta son promontoire et descendit dans ses appartements. Avisant le garde en faction devant sa chambre, il ordonna :

— Fais-moi appeler la catin, la petite brune toute maigre.

— Jacotte, messire ?

— Dis-lui de se laver, pour une fois !

Il referma la porte et frotta ses mains glacées l'une contre l'autre. Cette fois, pas question que cette coureuse de remparts [1] le ridiculise. Elle se présenta alors qu'il se réchauffait devant la cheminée. Guigues l'accueillit par un grand sourire qui ne présageait rien de bon.

Le garde en faction passa un mauvais moment. Il serra les mâchoires et fixa un point imaginaire sur le mur face à lui. Lorsqu'enfin la fille quitta la chambre, il n'osa la regarder.

Le père Adenet arriva dans le même temps, dans le but de quémander de l'argent pour rénover la chapelle qui tombait en ruine. Il eut un hoquet en croisant Jacotte. Son accoutrement en lambeaux laissait entrevoir des traces de dents et des marques de coups. La fureur qu'il lut dans ses yeux quand leurs regards se rencontrèrent le fit reculer d'un pas.

Adenet fit un signe au garde.

— Elle sort de la chambre du maître ?

— Oui, mon père.

Adenet gonfla ses joues et souffla pour calmer ses nerfs. Il réajusta sa robe de bure tachée avant de frapper à la porte d'une main tremblante.

1. Prostituée.

Reticentia

HANGUIS semblait galvanisé par le fait de rentrer chez lui. Il évoquait la bonne chère, les températures plus clémentes et les matelas bourrés de laine de mouton qui les attendaient. Prindalles écoutait et s'amusait de sa bonne humeur, tout aussi heureux de laisser ces moments pénibles derrière lui. Les mules avançaient d'un pas plus léger, soulagées du poids des pierres restées au monastère. Le joyeux babillage du clerc ralentit avant de se tarir.

— Vous voilà bien silencieux à présent, fit remarquer Prindalles au bout d'un moment.

— Hum ? Je me suis perdu dans mes pensées. Cela m'a fait un drôle d'effet de vous parler de la femme que j'ai aimée jadis. Il y avait longtemps que je n'avais pas évoqué cette histoire.

Le sculpteur se fit compréhensif :

— Parfois les souvenirs remontent à la surface sans qu'on le veuille, et souvent avec une violence inouïe. Il suffit d'un infime détail, un simple châle de dentelle posé sur des épaules menues, la blondeur d'une mèche qui dépasse d'un bonnet blanc, une odeur d'anis…

Il s'interrompit, envahi par un émoi aussi vif que soudain.

— Vous vous sentez bien, mon vieux ? s'informa Hanguis.

Prindalles se racla la gorge et se tortilla sur sa selle.

— Vous avez parfaitement illustré vos propos, ajouta le clerc plus doucement.

— J'en ai bien peur.

— Allons, maître, ne vous tracassez pas. Il est bien naturel de céder à une certaine sensibilité de temps à autre. Nos émotions sont à fleur de peau. Pardi, ces derniers jours ont été rudes !

Prindalles acquiesça et changea de sujet :

— Savez-vous comment vous allez annoncer les nouvelles à messire le comte ?

— Il va bien falloir lui raconter ce qui s'est passé. Je pense qu'il me faudra être concis et laisser les détails scabreux de côté. Jamais je n'oserai évoquer devant lui certaines atrocités que nous avons rencontrées.

— Il l'apprendra tout tôt ou tard.

— Rien n'est moins sûr et, dans tous les cas, ce ne sera pas de ma bouche.

— Vous comptez lui cacher une partie de la vérité ?

— Non, comme vous y allez. Toutefois la mort du vicaire est assez perturbante en soit, pas besoin de rajouter du sensationnel.

Prindalles demeura songeur, pas certain de partager l'avis de son compagnon.

— Les preuves que vous avez accumulées contre Montbel sont-elles solides ? reprit-il.

— Oui. Cet imbécile se figure qu'il pourra vendre les restes de maître Bruno, alors qu'il n'est pas canonisé.

— C'est à se demander s'il n'est pas complètement idiot. Et pour le coffret ?

— Là, en revanche, il ne s'est pas fourvoyé. D'après la description que les moines m'en ont faite, il pourra en tirer une jolie somme.

— Avez-vous été à même de déterminer le déroulement de la nuit ?

— Le soir, ils ont mangé tous ensemble. Ce repas a laissé un souvenir douloureux aux chartreux. Il n'a été question que de gueuserie et de concupiscence. Et ensuite…

Hanguis marqua une pause, avant de poursuivre non sans une certaine émotion.

— À partir de là, le cauchemar prend de l'ampleur. Après avoir assassiné le jeune novice qui tentait de fuir, Guigues est retourné chercher Bérard dans sa cellule, l'a attiré dehors et lui a… vous savez. Le plus vraisemblable est qu'il pensait qu'il y avait plus d'argent caché quelque part. Il a torturé le vieil homme pour lui faire avouer l'emplacement de ces richesses. Il a fui face à l'énormité de son acte, sans aucun doute dans un état proche de la panique puisqu'il a laissé la moitié de son larcin derrière lui.

Prindalles hésita à peine une seconde avant de déclarer :

— Frère Ebbon m'a confié que les ossements ne se trouvaient en réalité pas dans leur boîte. Il les avait cachés.

— Vous dites ? s'exclama Hanguis en se tournant vers lui.

— Il les avait enterrés dans un coin du potager, pour les protéger. Ne pensez-vous pas que Montbel ait pu torturer Bérard pour savoir où ils se trouvaient ?

— C'est possible. Mais je n'en reviens pas ! J'ai passé des jours avec les moines, à tenter de les aider et, en retour, ils ne m'ont livré qu'une partie des faits ! Quand vous a-t-il mis au courant ?

— Au cours de l'une de nos promenades, mentit Prindalles, mal à l'aise.

Il se tut, conscient de n'avoir rien à dire pour la défense des chartreux. La posture du clerc finit par se détendre et il poursuivit d'une voix à peine teintée de ressentiment.

— Au moins, cela fournit un mobile aux agissements de Montbel. J'aurais apprécié le savoir avant.

— Cela n'explique toutefois pas tout. Il reste la question des grenouilles.

— Par le Ciel, je vous ai dit et redit que ce n'était là qu'un acte barbare ! Cessez donc de rabâcher et laissez-moi réfléchir.

Piqué au vif, Prindalles ralentit sa monture pour que celle du clerc le dépasse. Il décida toutefois de ne pas gâcher cette belle journée et, renonçant à bouder, il le rejoignit quelques minutes plus tard. Le sculpteur devina au pli amer qui lui déformait la bouche qu'Hanguis fulminait toujours.

Pour la première fois, Prindalles se demanda si la mort du vicaire avait quelque chose à voir avec sa mission et le parchemin caché dans la doublure de son manteau.

Le lendemain, Prindalles se leva très tôt et se rendit au château bien avant tout le monde. Pendant son absence – qui lui avait paru durer une éternité alors qu'il ne s'était déroulé qu'un peu plus de deux semaines – Nycolet avait terminé et consolidé la partie des fondations qui lui avait causé tant de peine. En quelques pas, Prindalles suivit la tranchée de la nouvelle portion, bien entamée.

Il entra ensuite dans la loge et découvrit avec plaisir qu'elle était bien tenue. Peu de temps après son arrivée, Janin se présenta à son tour et accueillit son maître avec joie.

— Alors, Janin, comment cela s'est-il passé ?

— Très bien, maître. Colin et Gilet ont accompli le travail que vous leur aviez confié.

— Les chapiteaux qui sont là ? Je vais les examiner. Qu'en est-il de toi ?

— Je me suis permis de faire quelque chose de mon côté, annonça le jeune homme d'une petite voix.

— Montre-moi.

Janin le guida vers la partie de la loge que lui-même occupait habituellement et posa devant lui un bas-relief de taille modeste. Il recula ensuite pour laisser son maître juger de son travail.

Janin avait représenté un arbre de Jessé [1]. En bas de l'illustration, le personnage principal était assis et semblait dormir. Du dossier de sa chaire émergeait un tronc qui, sur ses nombreuses branches, soutenait les ancêtres du Christ jusqu'à la Vierge Marie portant Jésus dans ses bras.

— Je me suis inspiré de la représentation qu'en a fait Gaston Fébus dans son *Livre de chasse* [2], expliqua Janin. L'intendant m'a aidé.

— C'est très réussi. Une simple remarque, cependant. Peut-être les angelots qui tiennent les banderoles ne sont pas indispensables. Sans eux, l'ensemble aurait été plus aéré et donc plus lisible. C'est de l'excellent travail, Janin.

Le jeune homme s'inclina, le sourire aux lèvres, et le quitta. Prindalles se sentait revivre. Il retrouvait ses outils et l'atmosphère de la loge avec allégresse. Nycolet arriva à son tour et ne put s'empêcher de lui broyer la main dans les siennes.

— Ah ! Tu es enfin de retour. Le travail n'a pas la même saveur quand tu n'es pas là !

— Allons, n'en fais pas trop. Toi aussi tu m'as manqué et tu n'imagines pas à quel point je suis soulagé d'être rentré.

— Regarde-moi, Prindalles.

Le sculpteur leva les yeux vers son ami et rencontra ses sourcils froncés. Le maçon déclara :

— Tu as une sale tête, ma parole.

— Tu as conservé ton franc-parler, c'est rassurant.

---

1. Représentation schématique de la généalogie supposée de Jésus, en partant de Jessé, père du roi David.

2. Ouvrage de vénerie datant des années 1380.

— Tu es pâle comme un linge. On dirait que tu n'as pas dormi depuis des jours et que tu as perdu au moins huit livres [3]. Ils ne t'ont pas nourri, ces moines ?

— Bien sûr que si !

— Alors qu'est-ce qu'il y a ?

Le sculpteur se détourna et fixa le bout de ses pieds.

— Je t'en parlerai à deux conditions, Nycolet. La première, c'est que tu ne sauras pas tout de l'histoire, car j'ai promis de ne révéler certains éléments à personne. J'en ignore moi-même toutes les ramifications.

— D'accord. Et la seconde ?

— C'est que tu devras garder le secret toi aussi. Tu ne diras rien. Même pas à Jeannette.

— Tu t'es encore fourré dans la mouscaille ! Très bien, je me tairai.

— Viens à la maison ce soir, je te raconterai.

Prindalles passa la journée à régler les problèmes qui s'étaient accumulés pendant son absence. Il eut un entretien houleux avec l'intendant des comptes, qui avait malencontreusement oublié de rémunérer les sculpteurs durant ces deux semaines. Il vérifia les travaux en cours, aida ses compagnons là où ils rencontraient des difficultés et rectifia les projets à venir. Il décida d'interrompre la production de chapiteaux et de s'attaquer aux frises.

Au cours de la journée, il apprit que Nycolet avait enfin trouvé le nombre de manouvriers efficaces dont il avait besoin et que le creusement des fondations avançait désormais à bonne allure. Cette disposition plongeait le maçon dans une humeur joyeuse et plus d'une fois l'on entendit les échos de son rire résonner dans la cour.

Adèle se réjouit du retour de son maître, même si elle s'inquiéta de le trouver si *maigriot*. Les retrouvailles avec Sibylle furent douces et pleines de tendresse, comme Prindalles les avait imaginées.

Il reçut la visite d'Hanguis le jour suivant. Le clerc lui annonça qu'ils étaient convoqués le lendemain au château, le comte étant revenu de son séjour à Burgeto.

— Vous lui ferez donc votre rapport ?

— Oui. Vous serez présent pour détailler votre travail.

---

3. Environ 4 kg.

— Je ferai de mon mieux. Restez-vous pour dîner ? Les talents culinaires d'Adèle sont loin d'égaler ceux de maître Jacquet, mais elle fait des tourtes délicieuses.

— Avec plaisir.

Expositio

VÊTU de sa tenue de cérémonie, Prindalles se rendait au château. Il redoutait la réaction d'Amédée et réfléchissait dans le même temps à un moyen de communiquer avec la comtesse.

Il retrouva Hanguis et ils furent guidés vers une petite pièce où le comte avait pour habitude de travailler. À ses côtés se dressait comme toujours l'inébranlable Odon de Villars.

— Messieurs, je suis ravi de votre retour, les accueillit Amédée. Comment se portent ces chers chartreux ?

Devant leurs mines déconfites, son sourire s'effaça. Prindalles et Hanguis échangèrent un regard, puis le clerc prit une grande inspiration.

— Monseigneur, autant vous le dire d'emblée, les informations que nous détenons sont désastreuses. Nous nous sommes mués malgré nous en messagers de malheur et espérons que vous nous pardonnerez.

— Allons, Hanguis, ne me faites plus languir. Parlez.

— Le monastère a été attaqué et pillé la veille de notre arrivée.

Devançant la réaction du comte, le clerc leva une main polie.

— Si vous permettez, monseigneur. Ce n'est, hélas, pas le pire. Le prieur vicaire ainsi qu'un novice ont trouvé la mort lors de ces évènements.

Amédée sembla se transformer en statue de pierre, les bras à plat sur ses accoudoirs. Les sourcils d'Odon se froncèrent pour se rejoindre en une ligne blanche et touffue. Comme le silence se prolongeait, Hanguis jeta un coup d'œil indécis vers Prindalles.

— Monseigneur, reprit-il, peut-être m'autoriserez-vous à vous conter ce qui s'est passé ?

Amédée revint à lui et hocha la tête. Hanguis relata alors leur arrivée dans le monastère encore en émoi. Il aborda la découverte du corps de Bérard, dans une version édulcorée. Enfin, il dressa une brève énumération des biens volés. Sans s'en rendre compte, Prindalles intervint plusieurs fois au cours du récit. Il coupa la parole à son compagnon à deux reprises et apporta quelques précisions qui lui paraissaient utiles. Il ne perçut pas les regards agacés que lui lançait Hanguis.

— Vous ne m'avez toujours pas dit qui a pu commettre de telles horreurs, nota le comte.

— Guigues de Montbel, monseigneur.

Un changement radical s'opéra dans l'attitude d'Amédée. Abattu et atterré un instant plus tôt, il se redressa d'un seul coup et parut immense. Ses yeux devinrent furibonds et son visage d'habitude si noble s'enlaidit d'un rictus de colère. Il se mit à maudire le sort qui lui infligeait de tels fardeaux, fulminant contre les membres de cette lignée infâme qui désobéissaient à leurs seigneurs depuis plus d'un siècle.

Alertée par ce raffut, la comtesse entra dans la pièce par une galerie ouverte.

— Que se passe-t-il, mon aimé ? s'enquit-elle. On vous entend tempêter dans tout le château.

— On m'a offensé, ma mie, et plus grave encore, on a offensé le Seigneur ! Mon vassal s'est cru au-dessus des lois des hommes et de Dieu, et a eu le front de s'en prendre au monastère.

Comme elle n'obtenait rien de plus que des propos indignés, Odon finit par lui résumer les faits d'une voix dure trahissant son trouble. Marie se laissa choir sur une chaise, une main posée sur son ventre. Amédée se porta aussitôt vers elle.

— Ma douce, ne vous alarmez pas. Retournez dans vos appartements, je ne crierai plus.

— Qu'envisagez-vous de faire ? demanda-t-elle en se tournant vers lui comme si elle ne l'avait pas entendu. Vous ne pouvez accepter cela, n'est-ce pas ?

Amédée la gratifia d'un regard étrange. Il se détourna et commença à faire les cent pas.

— Il s'agit d'un acte inqualifiable qui ne restera pas impuni !

Il poursuivit sur ce ton pendant de longues minutes. Embarrassés et impuissants, les messagers attendaient qu'on leur réclame des preuves ou qu'on leur donne congé.

Marie se raidit soudain, comme si une idée déplaisante lui avait traversé l'esprit. Elle chercha le regard du sculpteur qui, les bras dans le dos, fixait les petites volutes de damas brodées sur le tapis et parvint à l'accrocher. Elle tenta de deviner à son expression s'il avait pu accomplir sa mission malgré le décès du vicaire. De son côté, il aurait souhaité pouvoir la rassurer. Odon surprit cet échange et Prindalles détourna les yeux. Marie baissa la tête et se mit à jouer avec la lourde bague qu'elle portait à l'index.

— Merci, messieurs, les congédia Odon. Nous allons nous concerter et reviendrons vers vous dans la journée.

Prindalles et Hanguis s'inclinèrent et quittèrent la pièce avec empressement, tandis que le comte ouvrait grand la fenêtre et se laissait fouetter le visage par l'air piquant de ce début d'automne.

Prindalles fut prévenu peu après sexte qu'on le convoquait à nouveau. Il fut contraint d'abandonner son ouvrage et dut courir chez lui pour quitter sa tenue poussiéreuse. Il parvint essoufflé devant l'entrée du cabinet de travail d'Amédée où l'attendait Hanguis visiblement contrarié.

— Enfin vous voilà ! Vous êtes presque en retard.

— Je sais, reconnut le sculpteur, surpris par la nervosité du clerc.

— Il n'y a pas de mal, se radoucit Hanguis. Soyez aimable, laissez-moi parler cette fois. Vous n'avez cessé d'intervenir ce matin. Cela ne fait qu'embrouiller monseigneur.

Prindalles serra les lèvres et hocha la tête.

— Merci, mon ami. Allons-y.

Amédée avait l'air plus calme que lors de leur dernière rencontre. Odon se tenait dans le fond de la pièce, le regard errant à travers la claire-voie tandis que la comtesse s'était assise dans un coin, un ouvrage de broderie à la main.

Hanguis s'inclina et posa son rapport sur la table de travail le séparant du comte. Il exposa ensuite plus en détail les éléments de l'affaire, taisant ce qu'il considérait comme trop choquant, surtout en présence de la comtesse. Amédée adopta une attitude concentrée tout au long du récit. Odon l'interrompit par quelques questions. Prindalles se tenait silencieusement aux côtés du clerc, se sentant scruté par Marie.

Une fois l'exposé terminé et le recueil de preuves feuilleté, le comte remercia Hanguis pour son travail. Il se tourna ensuite vers Prindalles et lui demanda de circonstancier son propre ouvrage. Le sculpteur s'exécuta sans s'attarder, conscient que les questions lui étaient posées pour la forme.

— Merci à tous deux, finalisa Amédée. Sachez que des mesures vont être prises à l'encontre de ce vassal qui n'en a que le nom. J'ai déjà envoyé des messagers.

Après les salutations et révérences d'usage, Prindalles et Hanguis furent invités à quitter les lieux. Une fois dans la cour, le clerc se tourna vers le sculpteur et lui tendit la main.

— Cher maître, nous avons fait du bon travail. C'est à présent au comte de s'occuper de cette sombre histoire. Je vais quant à moi m'employer à rendre tout ceci cohérent. Je vous envie un peu, vous pouvez laisser cela de côté et reprendre le cours de votre vie. Quel soulagement ce doit être, n'est-ce pas ?

— Je ne l'aurais pas mieux dit ! J'ai confiance en votre travail, Hanguis. Le juge n'aura qu'à suivre les lignes que vous lui avez tracées.

Le clerc le remercia et salua Prindalles, qui retourna chez lui une fois de plus pour se changer. *Tout est terminé !* En marchant, il se fit la réflexion qu'il s'emballait un peu vite. Il lui fallait encore trouver le moyen de communiquer avec la comtesse.

Prindalles et ses compagnons s'attelèrent à la création d'une série complète de chapiteaux, en dépit de ses résolutions. Seul changement, ceux-ci ne seraient pas ornementés de décorations à thème religieux. Entre ceux que l'on avait déjà exécutés, les statues, les vitraux et autres peintures murales, il y aurait bien assez de saints, de crucifixions et de chemin de croix… Prindalles occupa ses nuits à tracer dans la cire les images bucoliques qui lui envahissaient l'esprit.

Après tous ces jours passés dans l'atmosphère triste et macabre du monastère, il avait besoin de se retrouver, de rechercher à nouveau la beauté du monde à travers son art. Sibylle lui était d'une grande aide. Pour elle, il créa une saynète édénique – une fontaine trônant sur un parterre de fleurs – destinée à orner un écoinçon [1]. Quand Gilet vit le croquis, il avoua ne pas se sentir capable de le sculpter. Il y avait là bien trop de délicatesse, assurait-il. Prindalles lui proposa de le réaliser à quatre mains, pour affiner à la fois sa technique et sa sensibilité.

1. Partie de mur placée au-dessus de la montée d'un arc ou entre la montée de deux arcs successifs.

Les journées passaient ainsi très vite, et il les partageait entre son travail et Sibylle. Nycolet s'était gentiment moqué de lui en relevant qu'on ne parvenait plus à lui décoller son air béat du visage et qu'il était de bien plus aimable compagnie qu'avant son départ.

Prindalles avait en effet l'impression que la vie lui souriait, comme si le Ciel voulait se faire pardonner les dernières semaines en ôtant de son passage toute contrariété. Dans ces conditions, son esprit était apaisé et il pouvait donner libre cours à sa créativité.

Arrestum

Guigues rentrait d'une partie de chasse, crotté et transpirant. Il avait couru un énorme sanglier pendant de longues heures. Épuisé par cette fuite, l'animal s'était finalement laissé prendre et avait rejoint les cuisines où il allait mariner dans du vin et des épices pendant deux jours.

Guigues ordonna qu'on lui prépare un bac pour son bain et qu'on lui envoie les deux nouvelles filles qui étaient arrivées au château la veille. Tandis qu'il se rhabillait, propre et détendu, il entendit les pas d'un cheval résonner dans la cour. Il descendait aux nouvelles lorsqu'on lui annonça la venue d'un messager.

Dans la grande salle se dressait un homme vêtu aux couleurs de Savoy. C'était la visite que Guigues attendait et redoutait à la fois. Le coursier lui tendit un parchemin duquel pendait un sceau imposant. Il l'envoya aux cuisines et s'installa dans son fauteuil. Une fois seul, il décacheta le rouleau et le déchiffra lentement. Le contenu se résumait ainsi :

Sire Guigues, seigneur d'Entremont et de Montbel, de Buriasco, de Dolomieu, de Frossasco, de Dullin, de Grésy, du Montellier, de Nattages, de Pierre-Chatel, Prémorens, Saint-André de Briord, de Saint-Mauris, de Verel et de Novalaisia…

— C'est plutôt reluisant, annoncé tout d'un coup comme ça, se rengorgea-t-il.

Après les formules d'usage, la lettre prenait un autre ton :

Monseigneur Amédée, comte de Savoy, d'Aoste et de Maurienne, vous fait informer qu'à la suite de la plainte déposée contre vous après du procureur fiscal au nom des moines du monastère de la Grande Chartreuse, un processus inquisicionalis[1] *a été engagé. Selon cette plainte,*

1. Instruction.

vous avez violé la loi en vous attaquant au monastère de la Grande Chartreuse, très aimé de monseigneur le comte, en pillant ce lieu de piété et en assassinant avec grande violence deux bons moines, ce qui est un acte ignoble.

La loi stipule que le curial chargé de cette affaire dispose d'un mois pour clore cette procédure, de même que le plaignant dispose du même temps pour trouver le moyen de soutenir son accusation. Des preuves ayant déjà été amassées en nombre contre vous, les plaignants renoncent à ce délai.

Le vice châtelain de Camberio et le vice châtelain de Montemeliano ont été chargés de saisir vos possessions, à savoir vos châteaux de Verel de Montbel, de l'Épine, de Novalaisia et de Nattages. Vous ne devez en aucun cas quitter votre résidence actuelle, jusqu'à ce qu'il vous soit ordonné de le faire…

— Et voilà, lança Guigues à l'adresse d'Arnaut qui arrivait, c'est fait. Bon Dieu de bordel, ils y sont allés fort ! Ils ne me laissent que Château-Neuf. Ce grand seigneur d'Amédée a déjà envoyé des troupes pour confisquer mes châteaux. Et je n'ai pas le droit de quitter celui-ci. Je vais être obligé de rappeler ma femme !

— Renvoyez-la chez son père, avec la morveuse.

— Bonne idée. Fichtre, les moines n'ont pas tardé à ouvrir leurs grandes gueules. Je pensais les avoir assez effrayés pour qu'ils se tiennent tranquilles un moment. J'aurais dû foutre le feu et tous les vouer aux Enfers !

Arnaut gratifia son maître d'un long regard pénétrant.

— Pourquoi vous l'avez pas fait, alors ?

— Parce que je vais déjà être jugé pour le meurtre de deux moines *très aimés de monseigneur*. Imagine ce que j'encourrais si j'en avais occis une vingtaine ! Ce sont des hommes de Dieu, quand même ! Et même si Amédée paraît doux comme un agneau, je préfèrerais ne pas avoir à vérifier jusqu'où il faut aller pour le pousser à la vengeance. Le but était de mettre fin à mon infortune, pas de m'attirer ses foudres.

Arnaut s'esclaffa.

— Monseigneur, vous êtes comme un marmot. Vous regrettez pas le moins du monde d'avoir tué ces hommes, mais de vous être fait prendre. Si vous les aviez tous massacrés, on aurait mis des mois à s'apercevoir qu'ils avaient disparu et personne n'aurait pu vous accuser. Vous avez trop peur pour vous donner les moyens d'agir.

— Ces meurtres n'auraient pas dû être commis du tout ! Fous le camp d'ici et rends-toi utile, au lieu de raconter des âneries.

Arnaut le laissa seul, le sourire aux lèvres, ce qui était assez inhabituel pour préoccuper son maître et effrayer tous ceux qu'il croisa. Au fond de lui, Guigues savait qu'Arnaut avait raison, même si jamais il n'aurait pu se résoudre à massacrer ainsi autant de moines. Il ne craignait pas tant la colère du Seigneur que celle du comte et il redoutait la pendaison plus que tout.

Il regarda dans la direction où Arnaut était parti. Il se fit la réflexion qu'il avait passé de nombreuses années à ses côtés sans jamais l'entendre parler autant. Il ne savait rien de lui, ou très peu. Il éprouva la désagréable sensation qu'il vivait avec un étranger.

Quelques jours plus tard, Guigues apprit la clôture officielle de l'instruction. Il devait comparaître devant la cour de haute justice afin de recevoir une copie du procès dans les cinq jours.

Secreto

L'OCCASION de rencontrer la comtesse se présenta bientôt. En pénétrant dans sa loge, Prindalles eut la surprise de découvrir Janin et Emma en plein badinage. Son second, nonchalamment appuyé contre le rebord de la table, faisait face à la suivante de Marie dont les yeux pétillaient. Le sculpteur fit du bruit pour qu'ils l'entendent arriver et les jeunes gens rétablirent aussitôt une distance décente entre eux. Prindalles s'avança vers son second :

— Janin, n'as-tu pas autre chose à faire que flagorner ?

Alors que le jeune homme se remettait au travail, la tête basse, Emma se tint droite face à lui, les mains croisées dans son giron. Il lui lança un clin d'œil discret.

— Quant à vous, vous devriez avoir honte de venir jusqu'à ma loge pour distraire mes compagnons.

Elle se laissa guider jusqu'à la sortie dans une attitude contrite. Abandonnant son air impérieux, le sculpteur lui glissa à voix basse :

— J'ai besoin de vous. Pourriez-vous organiser une entrevue avec la comtesse ?

Emma gloussa :

— C'est pour cela que je suis ici, maître. Ma dame m'a chargée de vous prévenir que vous pourriez vous rencontrer par hasard dans les jardins, juste après none.

— Parfait. Dites-lui que je serai là.

Prindalles rentra à nouveau dans la loge. Janin suivait du regard la silhouette d'Emma qui s'éloignait. Se rendant compte que son maître l'observait, il courba l'échine et s'activa de plus belle. Prindalles vint examiner son travail de plus près et lui murmura :

— Tu as bon goût, mon garçon, elle est très jolie. Mais prends garde, elle pourrait te faire perdre la tête. Et reste concentré sur ton art.

Prindalles lui donna une petite tape sur l'épaule et le laissa finir ses feuilles de laurier.

À l'heure dite, il quitta sa loge et traversa la cour pour rejoindre les jardins. Il se promena dans les allées, croisant quelques officiers. Prindalles appréciait ces journées agréables où les montagnes ressortaient plus contrastées qu'à l'ordinaire.

Il trouva la comtesse assise sur un banc. Il se fit la remarque que même si les contours de son visage s'étaient arrondis et sa silhouette épaissie, elle conservait cette grâce naturelle qui la caractérisait. Comme souvent, elle était vêtue avec recherche mais sans ostentation, à l'exception de la coiffure – savant mélange de nattes, perles, rubans et bourrelet. Alors que Prindalles se demandait comment elle faisait pour ne pas plier sous le poids d'un tel attirail, elle tourna le regard dans sa direction et lui offrit un sourire. Tandis qu'il s'approchait, elle le salua :

— Bonjour, maître. Venez-vous profiter de ce magnifique soleil ?

— C'est tout à fait cela, ma dame.

— Joignez-vous à moi.

Il avança et s'installa sur le banc à ses côtés, tout en prenant garde à ne pas la toucher. À voix basse, elle commença :

— Merci de prendre sur votre temps de travail pour me rencontrer. J'espère ne pas vous mettre dans l'embarras.

— Pas le moins du monde.

— Bien. J'irai droit au but. Je n'ai pu m'empêcher de remarquer que lorsqu'Hanguis a fait ce rapport désastreux à mon époux, vous sembliez désireux de compléter ses propos.

— Il est vrai qu'il a été édulcoré. Je suppose qu'il garde les détails pour le juge.

— Je vous en prie, maître, dites-moi tout.

— Ma dame, ce n'est pas un récit convenable…

— S'il vous plait, faites.

Il raconta alors tout ce qu'Hanguis avait omis, la découverte du corps, la tête posée à l'envers, la bouche cousue, les grenouilles, le repas du soir, tout. Marie l'écouta, les yeux baissés, choquée par ce qu'elle entendait.

— Seigneur, souffla-t-elle quand le sculpteur eut terminé. Je ne pensais pas…

Elle garda le silence quelques instants puis demanda :

— Pour la mission que je vous avais confiée, avez-vous pu faire quelque chose ?

— J'ai mis du temps à me le procurer, mais j'ai en ma possession le parchemin.

— Vraiment ? s'écria-t-elle en se tournant vers lui. Ah, maître, comme je suis soulagée ! Comment avez-vous fait ?

Prindalles lui parla d'Ebbon et du fait que Bérard lui avait confié les biens les plus précieux dont il avait la charge.

— Je pense que vous devez savoir encore une chose, ma dame. Frère Ebbon semble connaître le fond de l'histoire. Je suppose que Frère Bérard a dû le lui avouer.

— C'est qu'il devait avoir toute confiance en lui.

— Je le crois également.

— Ce moine, cet Ebbon, vous a-t-il révélé quoi que ce soit ?

— Non. Et je n'ai rien demandé.

Marie l'observa du coin de l'œil. Il semblait en effet peu désireux d'en savoir plus et cela la désarçonnait.

— Le document est-il en sécurité ?

— Je n'ai pas trouvé d'endroit qui me paraisse assez sûr, alors je le garde toujours avec moi. Je peux donc vous le confier dès maintenant.

Il plongea la main dans son manteau. Marie l'arrêta d'un geste.

— Pas ici. Marchons un peu.

Elle se leva et fit quelques pas. D'un bond, Prindalles se porta à ses côtés. Elle s'appuya sur son bras, le prenant par surprise. Ils déambulèrent un moment le long des allées aux arbres rouges. Elle le guida sans en avoir l'air jusqu'au parapet d'où ils purent admirer la vue sur les toits de la ville, dos aux jardins.

— À présent vous pouvez me le remettre, si vous le voulez bien.

Prindalles tira le papier enroulé de tissu de sa poche et le confia à Marie qui le glissa dans sa manche. Il se sentit libéré d'un poids immense.

— Maître, je ne sais comment vous remercier pour ce que vous avez fait. Soyez assuré que vous trouverez en moi une alliée en toutes circonstances.

Prindalles inclina la tête.

— Le soleil commence à baisser et la température avec, poursuivit-elle. Je vais rentrer. Ils se quittèrent ainsi, tous deux plus comblés qu'ils ne pouvaient l'exprimer bien que pour des raisons différentes.

Legatum

Ebbon préparait une infusion de fleurs séchées de sureau et de bourrache, afin d'apaiser le coup de froid dont Albin était venu se plaindre. Le nez rouge et la gorge irritée, ce dernier le regardait faire en admirant son geste sûr. L'infirmerie était dépeuplée. Ne restait que le vieil Hugues, qui s'accrochait à la vie malgré ses souffrances.

— Martin avait raison, admit Albin. Tu devrais transmettre ton savoir.

— J'y ai déjà réfléchi. Je pensais que Péret pourrait être intéressé.

— Excellent choix. Je l'ai souvent surpris le nez plongé dans les ouvrages de botanique. Et puis cela le distraira peut-être de ses peines.

— Nous avons tous besoin de nous immerger dans la prière et dans le travail pour guérir.

— Si tant est que nous le puissions un jour.

Ebbon observa Albin et remarqua que ses joues autrefois replètes avaient perdu de leur rondeur. Les épreuves qu'ils avaient vécues les avaient tous atteints d'une manière ou d'une autre.

— Nous devons nous souvenir que tout ce que nous traversons est la volonté du Seigneur et qu'Il est bon et miséricordieux. Avec le temps, Il séchera nos larmes.

Albin se moucha. Pressé d'aborder le sujet qui l'avait réellement amené ici, il affermit sa voix :

— Maintenant que tous ces profanes sont partis pour de bon, j'aimerais que nous parlions de certaines choses.

— Te voilà bien loquace, mon frère. C'est le signe que tu vas mieux.

— Hum, oui. Depuis plusieurs jours, je suis à la recherche d'un acte et je ne parviens pas à le dénicher.

— Montbel a mis un certain désordre dans une partie de nos archives…

— Je ne pense pas que ce que je cherche s'y trouve.

— De quoi s'agit-il ?

— C'est… quelque chose de très important et qui pourrait se révéler dangereux.

Les deux moines s'affrontèrent du regard. Chacun tentait de deviner ce que l'autre savait et à quel point il était susceptible de céder.

— Dis-moi où est caché ce document, réclama Albin.

— Je ne vois pas de quoi tu parles.

— Bien sûr que si. Et tu as peur, je peux le lire dans tes yeux. N'as-tu pas confiance en moi ?

Ebbon hésitait.

— Je suis ton frère devant le Seigneur, rappela Albin. À ce titre, accorde-moi quelque crédit. Je poursuis le même but que toi. Il faut nous protéger.

— Je suis étonné que tu connaisses l'existence de ce parchemin, se borna à répondre Ebbon en éludant la question de la confiance.

— Il y a beaucoup de choses qui te surprendraient. Et toi, comment es-tu au courant ?

Ebbon baissa les yeux. Cela suffit à mettre Albin sur la bonne piste.

— Bérard, bien sûr. Il t'a tout dit, n'est-ce pas ? Il avait foi en toi.

— Il se sentait proche de la fin et pensait que quelqu'un d'autre devait protéger ce qui devait l'être. Si tu avais été moins enclin aux cachotteries et que tu lui avais parlé, il aurait accueilli ton aide avec reconnaissance.

— J'en doute. Tu sais donc où est ce document ?

— Pourquoi le cherches-tu ?

— Je veux le mettre en sécurité, de manière efficace cette fois. On a frôlé la catastrophe avec Montbel.

— Il ne l'aurait jamais trouvé. Il est en lieu sûr.

— Où ça ?

Ebbon regarda par la fenêtre avant de se résoudre à dire la vérité.

— Il n'est plus ici.

— As-tu perdu la tête ? Ebbon, qu'as-tu fait ?

— Nous n'étions plus en mesure de le protéger, tu en conviendras. Je l'ai donc mis à l'abri.

Albin se leva et frotta ses mains sur son visage.

— Tu l'as donné au clerc ! Pas au sculpteur quand même ? Réponds-moi !

Comme il n'obtenait rien de plus, Albin quitta l'infirmerie. Il avait une lettre à écrire.

Traditor

Où est Arnaut ?

Depuis la veille, Guigues ne l'avait pas revu et commençait à s'impatienter. Quand il arrivait au reître de s'absenter, il lui en demandait toujours l'autorisation au préalable. Pas exactement, rectifia Guigues en pensée. *En réalité, il m'informe qu'il ne sera pas là pendant tant de jours. Jamais il n'attend d'approbation pour quoi que ce soit. Je ne sais même pas ce qu'il fait alors.* Il ordonna à Gaspard de le chercher.

Son *arrestum* [1] lui minait les nerfs. Il ne supportait pas l'idée d'être forcé de rester derrière ces murs qui, pour le moment, lui appartenaient encore. Il n'aurait de toute manière pas quitté son château de Montbel, mais le fait de savoir qu'il ne pouvait pas en bouger lui donnait l'impression de suffoquer.

Il avait besoin de sentir de la fermeté autour de lui et il ne connaissait personne de plus solide qu'Arnaut. Sa présence silencieuse, souvent chargée d'affront, lui apportait un apaisement dont il ne soupçonnait pas l'importance jusqu'ici.

Gaspard revint lui annoncer qu'Arnaut était introuvable.

— Il lui est p't-être arrivé que'que chose, suggéra-t-il.

— Non, cet homme est fait d'une autre chair que la nôtre. Je ne crois pas qu'il puisse lui arriver quoi que ce soit sans qu'il l'ait anticipé.

— N'empêche qu'on l'trouve pas.

— C'est que tu as mal cherché ! Retournes-y !

Guigues fit appeler Adenet. Ce dernier se présenta en tremblant, redoutant ce que son maître allait lui demander cette fois. Il masquait sa main mutilée sous un gant de cuir fin que Guigues lui avait offert, parce que la vue de ces moignons lui soulevait le cœur.

— Sais-tu si Arnaut a déjà pris contact avec l'homme dont il m'a parlé ?

Adenet ne comprit pas et cela dut se lire sur son visage, car Guigues s'impatienta :

1. Assignation à résidence.

— Le gars à qui il dit pouvoir vendre le reliquaire !

— J'ai appris qu'ils ont échangé quelques mots au village et c'est tout. Arnaut n'a pas pour habitude de me tenir au courant de ses agissements, messire.

— Moi non plus et c'est bien ce qui m'ennuie.

Guigues chassa le prêtre d'un geste nerveux. Il fit les cent pas dans sa chambre, se refusant à formuler l'idée qui lui trottait dans la tête.

La nuit tombante n'apporta pas plus de réponses. Personne n'avait aperçu Arnaut depuis la veille.

Alors qu'il achevait son souper, l'intendant du château demanda à le voir. Tordant son bonnet de grosse toile entre ses mains, il annonça d'une voix misérable qu'il manquait un cheval à l'écurie. Il s'abrita le visage lorsque Guigues lui lança un plat en pleine tête et se recroquevilla dans un coin quand il le dépassa à grandes enjambées pour rejoindre sa chambre.

Une fois en haut, Guigues se mit à vider tous ses coffres. Il retourna les papiers, les vêtements et les bottes, les quelques babioles de valeurs qui lui restaient, créant un désordre sans nom. Il fonça ensuite dans celle qu'occupait Arnaut, à l'étage en dessous.

La pièce était sommairement meublée et ne laissait apparaître aucune affaire personnelle. Guigues renversa la table, la chaise et le coffre et creva la paillasse à l'aide de la dague qu'il portait toujours à la ceinture.

L'évidence se fit un chemin dans son esprit et il se sentit pris d'une soudaine faiblesse. Il s'adossa contre un mur et, serrant ses doigts contre sa bouche, il tenta de se maîtriser. Il jura en se frappant la tête de ses poings fermés, au bord de la crise de nerfs. Échevelé, essoufflé, il finit par s'assoir sur le matelas défoncé.

Gaspard apparut dans l'encadrement de la porte et l'interrogea du regard.

— Il l'a emporté. Cette saloperie a volé mon reliquaire.

— Il veut p't-être l'vendre pour vous.

— Même moi je ne suis pas assez crétin pour y croire.

Guigues se leva sans un mot, trop désespéré pour s'énerver. Il se contenta de rejoindre son lit d'un pas lourd.

Non, Arnaut ne s'était pas emparé du reliquaire pour le marchander et gentiment lui rapporter l'argent. Et il n'avait pas volé un cheval pour revenir la bouche en cœur lui faire des courbettes. Guigues devait désormais se débrouiller tout seul.

Imprudentia

PRINDALLES attendait que son repas chauffe, un exemplaire des *Quatre fils Aymon* à la main. Il avait eu très froid le matin lors de sa promenade dominicale et une potée fumante lui ferait le plus grand bien. À son grand déplaisir, quelqu'un frappa à sa porte. Il posa son livre et ouvrit. Jean Robert s'engouffra dans la maison en lançant des regards de chien fou.

— Il faut que vous m'aidiez. J'ai besoin d'aide…

Dans la cuisine, Adèle lâcha par mégarde une écuelle humide. Le garçon sursauta et s'accrocha au col du sculpteur.

— Il ne faut pas qu'on me voie !

Prindalles l'envoya à l'étage. Adèle arriva juste au moment où il atteignait le haut de l'escalier.

— J'ai cru entendre frapper, maître.

— Ce devait être la porte d'à côté, prétendit le sculpteur.

La servante repartit s'occuper en cuisine et Prindalles monta les marches. Il entra dans sa chambre et découvrit Jean dans le coin derrière le coffre, la tête entre les mains.

— Ils vont m'arrêter. Ils vont venir me chercher et je finirai au bout d'une corde !

— Qui ça, *ils* ? Qu'as-tu fait encore ?

Il fit asseoir le garçon sur une chaise.

— Je veux bien t'aider, mais il va falloir que tu m'expliques. Alors respire, détend-toi et raconte.

Jean s'exécuta.

— Les gardes vont venir m'arrêter pour avoir mis le feu au château au mois de mai, prononça-t-il d'une traite.

— C'était toi ? s'exclama Prindalles.

Jean se leva et commença à faire les cent pas en évitant son regard.

— Quand ma mère m'a envoyé me coucher, ce soir-là, je n'y suis pas allé. J'ai volé le trousseau qu'elle avait laissé dans sa chambre et je suis sorti par la fenêtre.

— C'est pour ça que la serrure était intacte, comprit Prindalles.

— J'étais en colère, humilié. Alors j'ai pris les devants par rapport au plan et j'ai mis le feu à la cuisine. Si vous n'aviez pas tout gâché, ça aurait ravagé le chantier. Ça l'aurait détruit, mon père, et c'était ça que je cherchais. Lui briser son cœur misérable !

— Tu as manqué de me tuer, gronda Prindalles après quelques secondes de silence.

— Je jure que je ne voulais pas ! Vous n'étiez pas censé être là. J'ai juste allumé le feu et je suis parti.

— Pourquoi devrais-je te croire ?

— Parce que je ne suis pas un meurtrier !

Prindalles scruta les yeux du jeune homme et hocha la tête.

— Non, en effet. Tu es un menteur, un lâche et, je le crains, un imbécile, mais pas un assassin.

Depuis le mois de mai, il était persuadé que quelqu'un – Montbel en l'occurrence – avait tenté de lui faire quitter ce monde. Au bout du compte, ce n'était qu'un lamentable malentendu.

— Tu parlais d'un plan tout à l'heure, reprit-il d'une voix sèche. De quoi s'agit-il ?

— Quelque temps avant, on est venu me voir pour me confier une mission. Je devais incendier le château.

— Pourquoi ?

— On ne m'a rien dit et je n'ai pas demandé.

— Évidemment. Qui était ce *on* ?

— Il se faisait appeler Oreste.

— Qu'est-ce que c'est que ce nom ?

— Aucune idée. Je n'ai jamais vu son visage, il est resté caché sous un manteau noir à capuchon tout le temps.

Prindalles réfléchit. Il s'était senti observé cette nuit-là. Peut-être était-ce cet Oreste, l'ombre que Nycolet avait aperçue. Il se tourna vers Jean en secouant la tête.

— On vient te voir pour t'ordonner de mettre le feu et tu acceptes, sans même savoir pour qui ni pour quoi ?

— J'ai été payé pour ne pas poser de questions.

— Je ne suis qu'à peine surpris.

— Ne prenez pas cet air méprisant avec moi !

— Et toi tu supporteras ce que j'ai à dire si tu veux mon aide !

— De toute façon, comme je n'ai pas agi selon le plan, je n'ai eu qu'une partie de la somme convenue, bougonna le jeune homme.

— Comment les gardes ont-ils appris que c'est toi qui es derrière tout ça ?

— L'autre soir, j'étais à la taverne et j'avais trop bu. Il y avait ce gars qui se vantait d'avoir fait tout un tas de choses. Il m'a énervé, parce que rien de ce qu'il racontait n'était vrai. Et quand il a dit que c'était lui l'incendiaire, je lui ai expliqué que ce n'était pas possible. Cette raclure a dû aller cafarder !

Prindalles haussa les sourcils.

— Je ne parviens pas à décider ce qui me désole le plus dans cette histoire, que tu t'enivres à ton âge ou que tu sois assez crétin pour te dénoncer tout seul.

Jean baissa la tête.

— Pourquoi es-tu venu me voir, moi ?

— Je sais que vous tenez à mon père, alors vous ferez tout ce que vous pourrez pour lui éviter le spectacle de son fils se balançant au bout d'une corde.

— Tu ne seras peut-être pas condamné à mort.

— Je ne peux pas prendre le risque.

— Tu ne me laisses pas le choix, admit Prindalles d'une voix sombre. Reste caché ici.

Prindalles avait certes accepté d'aider Jean mais il ne voulait rien faire dans le dos de Nycolet. Le garçon protesta avant de céder à contrecœur.

Le sculpteur sollicita une entrevue urgente avec la comtesse. Par chance, elle le reçut le jour même. Il était dans ses petits souliers.

— J'ai un service à vous demander, ma dame.

— Je m'en doutais, sourit-elle, intriguée par le manque de formes usuelles des courtisans avec lequel Prindalles s'exprimait. Expliquez-moi.

— J'aurai besoin que vous aidiez un jeune homme à quitter la ville. Le plus vite possible et de manière discrète.

— Eh bien, je ne m'attendais pas à cela.

— Je sais, ma dame, j'avoue ne pas être très friand de ce genre de démarche. Mais j'ai fait une promesse.

— Je vois. De qui s'agit-il ?

— Du fils de maître Robert. Il… Je ne peux, hélas, vous en donner les raisons.

— Je suis pourtant curieuse de savoir ce qui peut vous pousser à vous mettre dans une telle situation, maître.

— Ma dame, sans vouloir me montrer impoli, vous m'avez assuré il y a fort peu de temps que vous seriez toujours prête à me venir en aide, au vu de certains services que je vous ai rendus.

Prindalles se sentit rougir jusqu'aux oreilles. Marie afficha quant à elle un léger sourire.

— Vous vous familiarisez avec l'esprit de la cour, finalement. Vous avez raison. Je vais m'arranger pour que votre protégé quitte Camberio dès demain. Où veut-il aller ?

— À Padova [1].

— Entendu.

Comme l'avait promis la comtesse, le jour suivant, tout était réglé pour le départ de Jean. Une monture avait été louée pour lui et un passe-droit l'exonérait des péages qu'il rencontrerait sur la route.

Prindalles avait entretemps parlé à Nycolet. Ce dernier était fou de rage. Il se sentait stupide et humilié. Jamais il n'aurait pu imaginer que son fils lui voulait tant de mal. Prindalles s'était contenté de lui assurer qu'il avait tout prévu pour le départ de Jean, sans fournir plus de détails.

Le garçon prépara ses affaires dans la précipitation. Il releva la tête de son paquetage et croisa le regard de son père. Nycolet l'observait dans l'espoir de deviner qui était cette personne issue de son propre sang et qui lui demeurait étrangère.

— Tu ne veux pas dire au revoir à ta mère ? Ni à tes frères ?

— Je n'ai pas le temps. Et puis ce sera plus facile comme ça, sans toutes les larmes.

— Plus facile pour toi, rectifia Nycolet d'une voix glaciale.

Quittant la maison qui l'avait vu grandir, Jean enfourcha le cheval que Prindalles tenait par la bride. Une fois en selle, il lui serra la main.

— Je ne sais pas comment vous avez fait, mais merci.

1. Padoue, en Italie.

Il se redressa et lança un dernier regard plein de mordant à son père. Il éperonna ensuite sa monture et disparut dans les rues de la ville qui s'éveillait à peine. Nycolet rentra chez lui, suivi de Prindalles. Debout devant la fenêtre, le maçon laissait libre cours à son chagrin. Sans rien dire, Prindalles s'approcha, pour lui montrer qu'il était n'était pas seul. Nycolet se tourna vers lui :

— Jeannette ne me le pardonnera jamais.

Epistula

Alors que la première neige recouvrait à gros flocons les toits du monastère, un messager se présenta. Une fois la missive remise à qui de droit, on lui offrit le gîte pour la nuit dans la maison d'hôtes. Dans l'infirmerie, la lettre fut ouverte à la lueur d'une chandelle.

Cher Ebbon,

Comme promis, je suis de près l'affaire qui vous concerne. Sachez que monseigneur le comte s'est montré profondément choqué par les vils agissements de son vassal. Il a pris des mesures de représailles qui vous prouveront, je l'espère, le grand cas qu'il fait de votre amitié. Je ne cacherai pas que c'est grâce aux conseils de messire Villars et, j'ose le dire, au bon sens de ma dame la comtesse, qu'il a pu prendre une décision sans plus différer.

Monseigneur a envoyé une troupe imposante se saisir des résidences de Montbel, avec à sa tête le vice châtelain de Camberio, Guillermet Chabod de Jacob et celui de Montemeliano, Aymon Belletruche. Ils ont investi tous ses châteaux, ne lui laissant que celui de Château-Neuf, où il a été consigné jusqu'à il y a peu. Il a ensuite été convoqué à Camberio, dans le but de se soumettre au jugement de son seigneur pour ses crimes sanglants et ignobles. Pour cela, messire Amédée a fait appel au juge mage de Camberio réputé, paraît-il, pour son intégrité.

Cependant, à peine arrivé en ville et après avoir déposé les armes à l'entrée comme le veut l'usage[1]*, Montbel a une nouvelle fois fait preuve de perfidie. La crédulité du lieutenant de monseigneur le comte l'a, il faut l'avouer, bien aidé.*

Avant d'être conduit à la prison du château, afin d'y attendre le jugement qui lui avait été promis, Montbel a réclamé le droit de se rendre à l'église. Il a choisi comme prétexte de quémander le pardon du Seigneur pour tous les péchés qu'il a commis envers votre communauté. Le

1. Depuis le 26 juillet 1396, il était interdit de porter en ville des couteaux plus longs qu'un pied et demi, poignée comprise. Un pied correspondait à environ 32 cm.

lieutenant lui a fait jurer sur son honneur qu'il ne causerait pas d'ennuis. Vous l'aurez deviné sans peine, ce n'était là qu'une ruse. Une fois à l'intérieur des murs sacrés, le fourbe s'est empressé d'implorer le droit d'asile, ce que personne ne peut lui refuser. Il est en outre allé jusqu'à se moquer du malheureux lieutenant qui lui a attribué un sens de l'honneur dont chacun sait qu'il est dépourvu. Dorénavant, il est protégé par ce lieu saint, sous l'autorité directe de Dieu. Personne ne peut plus l'atteindre. Il avait, semble-t-il, tout prévu. Depuis, il se terre dans cet abri dont il est indigne, sous prétexte qu'il ne fait pas confiance au juge. Il se murmure qu'il craint qu'on l'ait déjà condamné à la pendaison.

Cette situation crée une certaine tension en ville. Personne ne veut plus se rendre dans cette église qui est pourtant la plus grande et, au sein de la population, le manque de confiance en la justice du comte de la part de l'un de ses vassaux fournit un sujet de débat peu favorable à monseigneur.

Ce dernier ne décolère pas et seul l'état de son épouse l'empêche de s'exiler le temps que l'affaire soit réglée. Je doute que ses devoirs lui permettent de rester longtemps encore.

Je regrette de ne pouvoir vous donner plus de satisfaction pour le moment. Gardez en mémoire que Montbel est ici inoffensif et que, pour beaucoup, sa peur est révélatrice de sa culpabilité. Je vous écrirai à nouveau dès que la situation aura évolué.

Ne perdez pas espoir. Je ne doute pas que, tôt ou tard, justice vous sera rendue. Votre, et cetera desunt,

J. Prindalles.

Auxilium

GUIGUES se réfugiait dans l'église depuis un peu plus d'une semaine. Il s'était allongé sur l'un des bancs qui accueillaient habituellement les fidèles et tentait de percer l'obscurité qui avait envahi l'édifice. Il avait emprunté quelques cierges qu'il avait disposés auprès de lui. Ainsi, un faible halo orangé l'encerclait. Il ne distinguait pas le plafond, qui était trop haut, et pouvait à peine discerner les colonnes aux peintures usées qui l'entouraient. Comme la plupart des églises, celle-ci avait été bâtie en longueur – environ une trentaine de mètres – orientée vers le couchant et froide. Les soins qu'on avait apportés à la construction transpiraient, mais le tout paraissait daté et mal entretenu. La seule touche de modernité résidait dans le fait que son clocher abritait l'horloge publique, qui avait été déménagée du château une quinzaine d'années plus tôt. De l'intérieur, Guigues ne pouvait pas la voir.

Depuis son arrivée, le lieu avait été déserté. Cela l'amusait d'effrayer à ce point la populace. Seul le prêtre, qui logeait dans un ensemble de pièces adossées au bâtiment, lui rendait une visite quotidienne pour lui apporter de quoi manger et boire. Il supposait que Gaspard et le Rouquin, qui l'accompagnaient lors de son arrivée, avaient été arrêtés et croupissaient dans une cellule.

La veille, le prêtre avait tenté de le convaincre de partir en tremblant, ou du moins de trouver refuge dans une autre église. Guigues l'avait envoyé sur les roses. C'est curieux, se disait-il, mais si cette vieille fripouille de Bérard me l'avait demandé, je l'aurais sans doute fait.

Le lieutenant était revenu maintes fois pour tenter de le convaincre de sortir et de se laisser emmener au château, allant jusqu'à le supplier. Guigues avait bien ri du tour qu'il lui avait joué.

Seules distractions, certaines conversations tenues sur le porche de l'église lui étaient parvenues. Il avait ainsi entendu des clercs, des juristes, des religieux débattant de la situation ou des gardes postés aux quatre coins du bâtiment pour s'assurer qu'il ne s'échappe pas. *Jusqu'à quel point fallait-il respecter cet asile ? Combien de temps pouvait-on tolérer cette situation ? Ne pouvait-on le forcer à sortir ? Le comte était-il furieux ?*

L'un de ces bavards rapporta qu'en 1339, un homme avait été condamné à mort pour meurtre. Son exécution dut être différée pour une raison oubliée et il resta plus de huit mois en prison. Il parvint à s'échapper et trouva refuge, comme Guigues, dans l'église Saint-Léger où il demeura très longtemps. Montbel n'entendit pas la fin de l'histoire et ne put apprendre ce qu'il était advenu de lui. La perspective de rester enfermé des mois durant minait sa volonté.

Il ignorait au juste ce qu'il cherchait en se réfugiant ici. Il savait en revanche que s'il sortait, il serait condamné et mené à Calcibus [1]. On le pendrait, peut-être après l'avoir amputé de quelques membres, lui avoir crevé les yeux ou encore percé la langue. Il aimait mieux rester.

Guigues était sur le point de sombrer dans le sommeil quand un bruit métallique le fit sursauter. Il se redressa, l'oreille tendue. Ce n'était pas une situation inédite. Il croyait souvent entendre quelque chose et finissait par se promener un cierge à la main dans le noir, à la recherche d'un intrus inexistant. Il concluait alors que le son venait de la charpente qui craquait, de la pluie sur les vitraux, des petits rongeurs qui couraient le long des murs.

Ce soir-là en revanche, il sentait une présence. Il se leva et arpenta une fois de plus les lieux, un lourd crucifix à la main. Alors qu'il pénétrait dans le déambulatoire et dépassait une à une les absidioles, une voix profonde s'éleva.

— Bonsoir, monseigneur.

Guigues se retourna en brandissant son arme improvisée et s'efforça de distinguer la personne qui lui parlait. Un petit gloussement s'échappa du transept à sa droite et le fit frissonner.

— Montrez-vous !

— Ne soyez pas si couard, je vous en prie. Nous nous connaissons bien, tous les deux.

Une ombre bougea et Guigues eut un mouvement de recul. Comme la silhouette se déplaçait et se posta face au jubé, il avança à pas comptés, sa lumière devant lui. Il distingua alors une forme sombre, la tête

---

1. Leschaux, situé entre Chambéry et Annecy, dans le Massif des Bauges. C'était là qu'avaient lieu les exécutions.

dissimulée sous une large capuche et les épaules recouvertes d'une pelisse. Encore incertain, il demanda :

— Si je suis censé savoir qui vous êtes, pourquoi est-ce que vous vous cachez comme ça ?

— Parce que c'est ainsi que vous m'avez toujours vu.

Guigues posa le crucifix et alla s'asseoir sur le premier banc à sa gauche.

— Bon Dieu, Oreste, vous m'avez filé une peur bleue !

— Je sais. Je vous demanderais bien de m'excuser, mais c'était tout à fait divertissant.

Guigues lui lança un regard mauvais.

— Où étiez-vous passé ? J'ai cru que vous m'aviez abandonné. Le plan a dérapé.

— C'est pour ça que je suis là.

Oreste fit quelques pas le long du transept.

— J'ai été surpris par vos dernières péripéties, je ne vous imaginais pas choisir une église pour résidence. Il faut admettre que vous avez du goût, celle-ci est très belle, bien que vétuste. Et elle abrite de nombreuses chapelles, à ce que je vois. Ici celle du Saint-Esprit, à côté de celle de Saint-Jean.

— Oui, et là-bas il y a celles de Saint-Sébastien et de la Vierge, c'est passionnant.

— Je vous ennuie déjà ? Alors parlons sérieusement. Comment avez-vous pu merder à ce point ? Je vous rappelle que nous avions établi un plan parfait.

— Je sais, se défendit Guigues, les mains en avant. Personne ne m'en aurait trop voulu pour quelques piécettes et deux ou trois charrettes de victuailles volées. Le reliquaire aurait été vendu bien avant qu'on ne puisse me le reprendre. Et j'aurais pu récupérer les terres que ces foutus moines ont accaparées, en falsifiant les contrats. Tout aurait eu l'apparence de la légalité…

— Le profit aurait été plus élevé que les amendes dont vous auriez écopé. À peine une tape sur les doigts ! Vous avez tout gâché. La mort du novice aurait peut-être pu vous être pardonnée car il n'avait pas de famille, mais avec celle du vicaire, vous ne vous êtes laissé aucune chance.

— J'ai compris tout ça, bon sang ! Si vous êtes venus pour me faire des reproches, vous pouvez tout aussi bien repartir.

Oreste l'observa un moment avant de reprendre sur un ton de conversation :

— Que faites-vous ici au juste, monseigneur ?

— Ça ne se voit pas ? Je me cache. Je n'ai aucune envie d'être mené à la potence ! Ils me croient tous coupable et jamais ils ne m'écouteront.

— Parce qu'en fait, vous n'êtes qu'un pauvre innocent ?

— Ce n'est pas ce que j'ai dit…

— Si vous vous rendez au château dans ces dispositions, il est certain que c'est la mort qui vous attend. Vous pourriez tout aussi bien vous défendre.

— Ah oui ? Et que pourrais-je invoquer dans ce cas ? Pardon, je ne voulais tuer personne, mais ces satanés moines refusaient de m'obéir ? Pardon, je ne voulais rien voler, mais je manquais d'argent ?

— Je n'ai pas parlé de vous chercher des excuses. S'il est assez intelligent, la peine encourue par un meurtrier n'est pas forcément l'exécution capitale. Êtes-vous assez intelligent, monseigneur ?

Guigues se renfrogna, trop conscient de la réponse. Il avait une folle envie de mornifler celui qui se disait son allié. Il sentait dans le même temps que ce dernier tentait de l'amener plus loin que la constatation de sa petitesse d'esprit. Il réprima sa colère et attendit qu'il poursuive.

— Savez-vous comment se déroulera votre procès ?

— Quand je sortirai, je serai interrogé. Après, je disposerai de trente jours pour former ma défense, la rédiger et la faire parvenir au juge.

— Exact. De ce fait, je suppose que votre plan ne consiste pas à vous cacher ici indéfiniment. Quelle est la suite ?

Guigues fixa le bout de ses bottes.

— Monseigneur a le sens de l'humour. Vous avez forcément une idée ?

Oreste se pencha et l'observa pendant de longues secondes par-dessous sa capuche. Il lui parla comme à un enfant :

— Connaissez-vous un homme du nom de Poncet ?

— Non.

— M'est avis que vous allez très vite le rencontrer. Il est célèbre dans la région. Tout le monde le craint en raison de son métier. Il est bourreau.

Le sang de Guigues se glaça.

— Si vous prêtez attention à mes propos, messire, et que vous agissez selon mes conseils, il se peut que vous ne rencontriez jamais ce tranche-tête.

Quelques heures plus tard, au prix d'une grande persévérance et d'un violent mal de crâne, Guigues avait retenu la stratégie. Il savait ce qu'il avait à faire et la première chose était d'attendre que le comte rentrât du sud où il avait été forcé de se rendre. Ensuite, il déclarerait qu'il n'avait pas besoin du délai pour mettre en place sa défense. Cela plairait sans aucun doute, car les législateurs avaient le souci constant d'appliquer une justice rapide. Pour la première fois depuis des jours, son estomac se décontracta.

Oreste alluma un nouveau cierge et revint près de Guigues de son pas tranquille.

— J'espère que vous êtes encore bien éveillé. J'ai besoin que vous vous concentriez.

— Pour quoi faire ? On vient de tout régler.

— Maintenant que votre affaire est en bonne voie de s'arranger, je voudrais vous entretenir d'un autre sujet important. Je possède des informations sur l'un des chartreux susceptibles d'intéresser notre ami commun.

Montbel releva la tête, tiré de sa léthargie.

— Voilà en effet de quoi me tenir éveillé encore une heure ou deux.

Chimaera

PRINDALLES ébauchait la forme d'un corps humain dans un bloc de calcaire quand il reçut une nouvelle visite d'Emma. Avec une moue coquette à l'adresse de Janin, elle lui tendit une enveloppe qu'il rangea dans sa poche intérieure. Il trouva le moment opportun de la lire dans l'après-midi, alors qu'il ne restait presque plus personne dans la loge. Décachetant le sceau délicat de la comtesse, il déchiffra le message qui le déconcerta.

La nuit dernière, deux hommes qui se battaient ont été arrêtés. Ils ont déclaré avoir vu une silhouette à capuche vêtue de noir sortir de l'église Saint-Léger. Montbel semble avoir un allié en ville. On a doublé la garde, même si le mal est sans doute déjà fait. Restez vigilant.

M.

Le sculpteur replaça le mot dans l'enveloppe et reprit son travail sans plus se préoccuper de cette histoire. À la fin de sa journée, la forme d'une tête surmontant une nuque gracile se dessinait au sommet du bloc. Il rangea ses affaires et quitta le château. Il devait se rendre chez Sibylle et passer la soirée en sa compagnie.

Tout en traversant les rues qui s'assombrissaient, il réfléchissait à ce que la comtesse lui avait appris. Pourrait-il s'agir de l'homme qui avait chargé Jean d'incendier le château, cet Oreste ? Si c'était bien de la même personne, son retour en ville représentait peut-être un danger. D'autant plus qu'il n'hésitait pas à s'allier à Montbel. Prindalles ne comprenait pas ce qui poussait ce dernier à se terrer dans cette église.

Il salua quelques commerçants de sa connaissance et songea qu'il devrait chercher à rencontrer les bagarreurs nocturnes qui avaient témoigné. Sans doute n'avaient-ils pas été interrogés de manière efficace, dans la mesure où peu de personnes suivaient la piste de l'homme à capuche. S'il sollicitait la comtesse, il obtiendrait peut-être la permission de s'entretenir avec les témoins.

Alors qu'il passait devant une sombre ruelle, un parfum familier lui caressa les narines. Brusquement tiré de sa réflexion, il jeta des coups d'œil frénétiques autour de lui. Son attention fut attirée par une femme aux épaules recouvertes d'un châle orné de dentelle blanche. Cette tache éclatante, perdue au milieu des teintes ternes des vêtements communs, frappait le regard. Il ralentit et, comme hypnotisé, suivit la petite silhouette qui marchait à quelques pas devant lui.

La femme tourna la tête et Prindalles aperçut un profil gracieux vite masqué par une boucle blonde s'échappant du bonnet immaculé. Son cœur marqua un temps d'arrêt et il se mit à trembler. C'était comme si la foule qui l'entourait s'était estompée. Il ne distinguait plus que cette créature féérique. Il s'élança en avant et la devança en quelques enjambées nerveuses. Il fit ensuite halte à l'étal garni d'un boulanger et simula un grand intérêt pour les beignets. Au moment où elle le dépassa, il se dégagea d'elle une odeur particulière, la même qui l'avait tiré de sa songerie. Il se retourna et lui emboita le pas, s'enivrant des fragrances anisées qui flottaient autour d'elle. Il bouscula plusieurs personnes et ne perçut aucune de leurs protestations jusqu'à ce qu'un homme ventripotent le rabroue. Prindalles le regarda comme s'il sortait d'un songe. Il s'excusa avant de se détourner. Il avait perdu des yeux la jeune femme.

À cette heure de la journée, les rues étaient bondées. Il aurait voulu s'envoler, échapper à cette masse bavarde et grossière pour pouvoir poser à nouveau son regard sur elle.

Il dut se rendre à l'évidence, elle avait disparu. Il était incapable de la retrouver, d'autant plus qu'elle avait dû avancer de son côté et s'éloigner de lui. Peut-être était-elle entrée dans une échoppe ? Sur cette idée, il grimpa sur un tas de caisses entreposées le long du mur. Juché ainsi, il pensait pouvoir repérer le bonnet blanc.

À son grand désarroi, ne s'offrait à sa vue que la vie habituelle de la voie encombrée, coupée en son centre par la rivière. Il se tenait sur la rive gauche, dans la rue du Bourg-Neuf. Au-dessus de sa tête, les habitations se rejoignaient par des ponts situés au deuxième étage, bloquant ainsi une grande partie de la lumière. Un flot incessant de commerçants et de bonnes gens arpentait le passage, obligeant Prindalles à plisser les yeux sous l'effet de la concentration.

Il resta là jusqu'à la nuit tombée, incapable de se défaire de ce parfum délicieux qui emplissait tout son être. Quand la rue se fut peu à peu vidée, il se rendit compte qu'il grelottait. Il descendit de son perchoir et prit la direction de son logis, se retournant sans arrêt chemin faisant.

Il se retrouva devant sa maison sans savoir comment il était arrivé là. Il s'assit dans son fauteuil face à la cheminée et y resta, grelottant dans l'obscurité. Adèle, qui avait terminé de récurer les sols de l'étage, descendit les escaliers et couina en le trouvant ainsi.

— Maître ! Vous m'avez fait une de ces frayeurs ! Que faites-vous donc dans le noir ? Je vais allumer quelques chandelles.

Abandonnant son seau au pied des marches, elle s'exécuta sans s'apercevoir que Prindalles n'avait pas prononcé un mot. Une fois la pièce éclairée, elle comprit que quelque chose n'allait pas. Elle s'approcha de lui et observa son teint blafard, son regard perdu dans le vide et ses membres frissonnants.

— Vous ne vous sentez pas bien, messire ?

Elle posa une main hésitante sur son épaule. Au contact de ces doigts fermes, Prindalles tressaillit. Il leva les yeux vers elle et se frotta le visage.

— Tout va bien, maître ? insista-t-elle.

— Adèle. J'ai vu… j'ai cru voir…

Prindalles tentait de se ressaisir, mais son esprit s'enfonçait toujours plus loin. Adèle le prit par le bras et le guida vers les escaliers. Il chancela au bout de quelques marches. La servante le soutint jusqu'en haut, peinant en silence sous son poids.

Dans la chambre, elle le déshabilla jusqu'à la chemise et le mit au lit. Elle jeta un tas d'édredons sur lui et posa la main sur son front. Comme elle le craignait, il était à la fois humide et brûlant.

— Je reviens.

Elle réapparut avec une couverture supplémentaire et un gobelet au contenu fumant qu'elle lui fit boire. Elle étala ensuite la grosse laine au-dessus des autres.

Adèle tira la chaise de l'écritoire et s'y installa, le regard fixé sur Prindalles qui semblait disparaitre sous le poids des couvertures. Lorsque sa respiration se fit plus régulière, elle redescendit dans sa propre chambre. Elle prit un châle épais, son ouvrage de couture et remonta veiller son maître.

Animi demissio

Au matin, l'état de santé de Prindalles ne montrait aucune amélioration. La fièvre persistait et son sommeil demeurait agité. Adèle était restée à ses côtés toute la nuit, somnolant par intermittence et se réveillant dès qu'il bougeait. Elle lui passait alors un linge humide sur le visage et remontait les couvertures. Elle lui redonna du grog peu après le lever du jour.

En fin d'après-midi, elle eut la satisfaction de sentir que son front ne présentait plus les symptômes de fièvre. Il dormit encore toute la soirée et la nuit entière, toussant de temps à autre. Épuisée, Adèle s'assoupit peu avant l'aube, le menton posé sur la poitrine. Elle fut réveillée par des coups frappés à la porte.

— Bonjour, maître Robert, salua-t-elle en ouvrant.

— Que se passe-t-il, Adèle ? Je n'ai pas vu Prindalles depuis avant-hier.

— Il est malade, je le crains.

Tout en replaçant ses mèches folles dans son bonnet, elle lui raconta les deux jours écoulés.

— Je ne sais pas de quoi il souffre, avoua la servante en écartant les bras en signe d'impuissance. Le matin, il est parti au travail et tout allait bien. Le soir, je crois qu'il devait voir… son amie. À la place, il est revenu ici dans l'état que je vous ai décrit. Je ne comprends pas. J'ai même pensé qu'il avait été agressé, mais il ne porte aucune trace de coup.

Nycolet prit les choses en main.

— Aujourd'hui, c'est dimanche. Je vais rentrer chez moi pour prévenir, puis je vais passer la journée ici. Vous avez besoin de dormir, Adèle, alors allez vous mettre au lit.

— Je me coucherai à votre retour. Je vais préparer un autre grog et un peu de brouet, au cas où.

Nycolet agit selon ses dires et revint au bout d'une vingtaine de minutes. Adèle l'accueillit avec soulagement cette fois et s'allongea sans plus insister.

Le maçon monta dans la chambre et fut effaré de la teinte cirée qu'arborait le visage de Prindalles. Il entrouvrit les volets afin d'aérer, car une odeur de transpiration malsaine avait envahi la pièce. Prindalles dormait toujours, pourtant un pli soucieux barrait son front.

Nycolet promena son regard sur la chambre, s'étonnant du désordre qui y régnait. Quelques vêtements avaient été jetés sur un trépied, des gobelets traînaient aux pieds du lit et un tas de feuillets recouvrait l'écritoire. Assis sur la chaise qu'Adèle avait occupée ces derniers jours, il commença sa veille.

Prindalles n'avait aucun symptôme de maladie, plus de fièvre, pas de plaques rouges sur la peau, à peine une légère toux, rien qui aurait pu le mettre sur la voie. Cependant, le soir venu, il n'était pas sorti de sa torpeur et paraissait toujours aussi faible.

En accord avec Adèle, Nycolet décida de faire appel à un médecin. Installé au bureau de Prindalles, il chercha un papier au milieu des croquis et adressa une requête de son écriture maladroite, ne cachant rien de l'inquiétude que lui causait l'état de Prindalles.

Dès que Marie reçut le mot, elle envoya Emma escortée d'un garde quérir maître Dyonisius de Lyza. Le médecin se présenta chez Prindalles peu de temps après. Il demeura un moment dans la chambre tandis que les autres patientaient au rez-de-chaussée.

— Sa vie n'est pas en danger, assura-t-il en redescendant. Il a pris un simple coup de froid.

— Pourquoi est-il dans cet état alors ? demanda Nycolet.

— Je pense que c'est un mal intérieur, qui se loge dans sa tête. A-t-il enduré une épreuve douloureuse dernièrement ?

— Il a subi quelques bouleversements, mais c'était il y a des semaines !

— Il a dit avoir vu quelque chose le jour où il est tombé malade, intervint Adèle. Il n'a plus rien prononcé depuis et j'ignore de quoi il parlait.

— Il semble être en état de choc, constata le médecin. Si son état ne s'améliore pas, je reviendrai pour le saigner.

Emma le régla et repartit en même temps que lui. Adèle se tourna vers le maçon :

— Pourquoi étiez-vous si certain que ma dame la comtesse enverrait un médecin et qu'elle le payerait elle-même ?

— C'est une personne loyale.

Il fallut à Prindalles encore une journée complète pour sortir de son état. À son réveil, il parla peu. Il se contenta de remercier Adèle qui avait si bien pris soin de lui et d'envoyer un mot à la comtesse. Malgré les réticences de sa gouvernante, il voulut retourner au travail, car il ne supporterait pas de rester inactif plus longtemps.

Il se montra sur le chantier le jeudi, pâle comme un linge. Nycolet aurait souhaité l'interroger, mais il devina qu'il n'obtiendrait aucune réponse, du moins dans l'immédiat. Quand le sculpteur avait le front ainsi plissé et la bouche pincée, on ne pouvait rien en tirer. Prindalles reprit la taille de sa statue, à gestes lents, faisant son possible pour ramener ses pensées dans le temps présent et maîtriser ses tremblements.

Guigonet, le secrétaire des comptes de la chapelle, vint lui rendre visite au cours de la journée. Il se posta derrière lui et attendit. Comme Prindalles gardait le silence, il n'eut d'autre choix que de parler le premier.

— Bonjour, maître.

Prindalles se borna à lui renvoyer un salut laconique tout en essuyant son outil avec un chiffon.

— J'ai entendu dire que vous avez été souffrant, poursuivit le secrétaire dérouté. J'espère que vous vous sentez mieux.

— Je vais très bien.

Guigonet l'observa et s'approcha pour lui parler un peu plus bas.

— Comme vous avez été absent plusieurs jours, je venais vous informer que ces journées seront déduites de votre pa…

— En quoi cela peut-il m'intéresser ? interrompit Prindalles.

Il empoigna son marteau et son burin et cogna dans ce qui serait le socle de sa statue. Un gros morceau se détacha et manqua de tomber sur le pied de Guigonet. Ce dernier quitta la loge furibond. Janin, Colin et Gilet échangèrent des regards surpris. Le maître était quelquefois difficile, et le secrétaire avait tendance à l'agacer, mais jamais il ne s'était montré si méprisant.

Nycolet, qui avait également assisté à la scène, se grattait la tête. Qu'était-il donc arrivé à Prindalles pour lui ôter jusqu'à son savoir-vivre ? Il décida de lui laisser encore quelques jours pour reprendre ses esprits.

Consiliator

COMME Oreste l'avait prédit, le comte revint à Camberio la première semaine de novembre. Guigues se gaussait en imaginant sa réaction en apprenant qu'il s'était réfugié dans l'église. Ce modèle de droiture l'avait sans aucun doute jugé veule, lâche et méprisable. *C'est le problème avec les gens bien, ils sont toujours surpris par la roublardise des autres.*

Guigues se sentait toutefois à l'étroit entre les murs froids de la bâtisse. Le vin de la sacristie avait vite été épuisé et il n'eut bientôt plus de cierges à découper. Il avait établi une sorte de routine : tous les matins, il mélangeait les sièges situés aux premiers rangs, ceux réservés à la noblesse de la ville. Chacun était orné du blason de la famille qui s'y asseyait, gravé et peint sur le dossier. Le vieux franciscain qui le nourrissait s'échinait à tout remettre en place mais lui-même commençait à s'embrouiller. Messire de Girard se trouvait désormais derrière la veuve du sieur de Ravais, ce qui ne manquerait pas de provoquer un scandale.

Un jour, alors qu'il tentait de forcer la serrure du tabernacle, la grande porte s'ouvrit et laissa entrer un petit homme replet arborant la tonsure des clercs. Il avançait à petits pas mesurés, jetant des coups d'œil nerveux autour de lui. Guigues sortit du chœur et se porta à sa rencontre. Le visiteur se présenta, la voix mal assurée.

— Bonjour, messire. Je me nomme Hanguis et je suis au service de monseigneur Amédée. Je viens à vous pour que nous trouvions un terrain d'entente.

Guigues observa en silence le visage aux rondeurs légèrement affaissées, les yeux cerclés de cernes, la bouche fine.

— Enfin on se décide à m'envoyer quelqu'un. Prenez place, l'invita-t-il en désignant le banc le plus proche.

— Messire, cette situation a assez duré, vous vous terrez ici depuis la Sainte-Adeline [1]. Il vous faut quitter cet endroit.

1. 20 octobre.

— Je suis d'accord. Seulement je refuse de me jeter dans la gueule du loup.

— Personne n'a jamais comparé monseigneur Amédée à un loup. Que craignez-vous au juste ?

— D'être condamné d'avance et d'être pendu dans moins d'une semaine.

— Je peux vous assurer que ce ne sont pas là les intentions de monseigneur le comte.

— Et qu'est-ce qui me le certifie ?

— Ma parole. Et la sienne.

— Pour ce que ça rapporte, la parole d'un homme…

— J'ignore la valeur que vous accordez à une promesse, messire, en ce qui me concerne, et plus encore en ce qui concerne monseigneur, il s'agit d'un serment inviolable. Si je dis que vous serez jugé avec équité, c'est que ce sera le cas.

Guigues réfléchit, puis il se leva et arpenta la nef.

— Je refuse d'être enfermé en prison.

— Cela ne durera pas, juste le temps que tout se mette en place et que le verdict soit prononcé.

— C'est encore trop pour moi.

— Une cellule a été aménagée avec tout le confort et les avantages dus à votre rang, spécifia Hanguis d'un ton narquois.

— J'ai l'impression que vous ne m'appréciez pas beaucoup, le clerc.

— Je n'ai pas à vous aimer ou vous détester, je dois juste mener à terme la tâche qui m'a été confiée. Mais sachez que c'est moi qui ai enquêté au monastère après votre passage. J'ai recueilli les témoignages des moines et suivi de loin la sépulture de deux d'entre eux.

— Ah.

— Alors oui, poursuivit Hanguis d'une voix emplie de colère contenue, mon sentiment est que le comte est encore trop clément à votre égard, et si cela ne tenait qu'à moi, vous auriez été sorti de cette église par la force, droit d'asile ou pas. Fort heureusement pour vous, ce n'est pas à moi d'en juger.

Guigues remarqua les pieds du clerc s'agiter sous sa robe.

— Je vous trouve bien courageux d'oser me parler ainsi, alors qu'à l'évidence je vous fais peur.

— J'ai vu de quoi vous êtes capable, seul un fou se sentirait en sécurité auprès de vous ! Je pense toutefois que vous ne me ferez pas de mal aujourd'hui.

— Vous voilà bien sûr de vous.

Hanguis s'autorisa un sourire sardonique et se pencha en avant.

— Vous n'êtes pas réputé pour votre finesse, messire, mais si vous souhaitez échapper à une pendaison expéditive ou aux flammes de l'enfer, si tant est qu'elles vous effraient encore, il serait mal avisé de vous attaquer à l'envoyé du comte au sein même de la maison du Seigneur.

Pour toute réponse, Guigues partit d'un grand rire qui masquait sa vexation.

— Je ne sortirai d'ici qu'à certaines conditions, reprit-il. Je refuse de loger dans une cellule, je préfère une bonne auberge de la ville. Les deux hommes qui m'accompagnaient doivent être libérés. Et je veux la promesse formelle que je serais jugé comme n'importe qui.

— Comme n'importe quel vassal ayant désobéi à son seigneur ? Ceci, je peux vous le garantir dans l'immédiat. Quant aux autres conditions, il n'est pas en mon pouvoir de vous les accorder. Je me permets cependant de vous faire remarquer qu'elles sont loin d'être raisonnables.

— Ça m'est égal. Rapportez mes propos au comte et arrangez-vous pour qu'il les accepte.

— Je ferai de mon mieux. Avant cela, je dois à mon tour obtenir de vous l'assurance que vous ne fuirez pas, ne vous livrerez à aucun acte répréhensible si vous veniez à loger dans une auberge, de même que vos soldats s'ils étaient libérés. Et enfin, vous vous plierez au verdict, quel qu'il soit.

— Je vais méditer tout ça pendant que vous discutaillez avec Amédée.

— Je vous laisse à vos réflexions.

Hanguis se leva et quitta l'église, arborant l'air satisfait du domestique qui a bien servi son maître. Debout dans l'allée centrale, les bras croisés sur sa poitrine, Guigues le regarda partir. Ce petit clerc agaçant avait raison. Il soupira à la pensée qu'il lui faudrait se tenir à carreau encore le temps du procès. Il entendait à nouveau l'ennui tambouriner à sa porte.

Benignus clericus

Il y avait longtemps que Prindalles n'avait été pris d'une telle mélancolie. Depuis sa prétendue maladie – il ne parvenait pas à nommer son trouble ainsi – l'apathie morale ne l'avait plus quitté. Après quelques rebuffades, Nycolet cessa d'insister et le laissa se morfondre dans son coin. Prindalles se concentra alors sur son travail, ce qu'il faisait toujours en cas de défaillance.

Il reprit sa sculpture là où il l'avait interrompue. La première étape – l'ébauche – était déterminante. À l'aide d'outils adéquats, ciseau, burin, maillet et pointerolle [1], il dégrossit la pierre et donna une allure imprécise à la future statue. La silhouette ainsi dessinée, Prindalles passa au raffinage. Avec une gradine, il l'affina en créant des lignes parallèles et par là même de la texture. Ensuite, il utilisa une râpe qui élimina les imperfections de la pierre, puis un rifloir [2] pour travailler les détails du tissu, des cheveux et de la peau. La forme définitive apparut enfin.

Le mardi, alors qu'il était en train de polir un côté du piédestal à l'aide d'une râpe fine, Prindalles sentit une présence dans son dos. Escomptant une visite de Guigonet ou de la servante de la comtesse munie d'une énième mauvaise nouvelle, il se retourna, prêt à chasser l'importun.

— Oh, c'est vous.

— Je vous dérange sans doute ? salua Hanguis avec sa bonhommie coutumière. Je peux repasser plus tard…

— Pas du tout, c'est un plaisir de vous voir. Cela fait un moment.

— C'est que cette histoire de jugement m'occupe toujours et je dois en plus rattraper le travail à la Chancellerie que j'ai laissé de côté depuis.

— Vous ne chômez pas, j'imagine.

— Non, en effet. J'ai même trouvé le temps de rendre visite à ce lâche de Montbel.

— Je ne vous envie pas ! Où en est-on ?

---

1. Barre en acier avec une extrémité plate et l'autre pointue.
2. Sorte de lime qui permet un travail plus précis.

— Il devrait sortir d'ici peu. Je mène une négociation entre lui et messire le comte, afin que les conditions qu'ils ont posées chacun de leur côté soient acceptées.

— Ce sera un soulagement pour beaucoup de gens. On m'a rapporté que Saint-Antoine, Saint-Pierre-sous-le-château et Saint-François débordaient lors de la messe de dimanche matin. Comment l'avez-vous trouvé ?

— Il a l'air d'en avoir assez de rester enfermé. Quel homme effroyable ! Mais je ne me plains pas. Tout est préférable à cette terrible inactivité qui nous a été imposée au monastère. J'ai au moins l'impression de me rendre utile.

— Vous l'êtes, mon ami. Vous êtes même le premier à me faire décocher un sourire depuis des jours. Demandez à Nycolet, il vous le confirmera.

— J'ai ouï dire que vous aviez été souffrant en effet, c'est pour cela que je suis venu aux nouvelles. Comment vous sentez-vous ?

— Je n'étais pas malade à proprement parler. C'était plutôt une grande faiblesse de l'âme.

— Que s'est-il passé pour vous mettre dans un tel état ?

— Je ne saurais le dire avec précision. J'ai vu… un revenant.

Devant l'air sceptique du clerc, il ajouta :

— J'ai conscience du ridicule de ce que je raconte, Hanguis. J'ai cru reconnaître quelqu'un et… C'est absurde.

— Je ne suis pas d'accord, cher maître. Lorsque l'on perd quelqu'un, il est courant de le croiser à chaque coin de rue.

— Je sais. Seulement, je pensais avoir dépassé ce stade depuis longtemps. Cela remonte à tant d'années… Je ne comprends pas ce qui a pu se passer.

— Le principal est que vous alliez mieux maintenant.

— Sans doute. Mais depuis, je ne peux m'empêcher de la chercher dès que je sors.

— C'est donc une femme qui vous a tant troublé ?

Prindalles se raidit et Hanguis détourna le regard. Puis le clerc désigna l'ébauche de statue.

— Elle est bien plus grande que celles que je vous ai vu réaliser au monastère.

— Il faut du monumental pour la chapelle du comte.

— Est-ce plus difficile à travailler que les œuvres réduites ? Celle-ci est impressionnante.

— Les deux tailles présentent leurs inconvénients. Les petites sont plus rapides à sculpter, mais les ornementations doivent être exécutées sur des surfaces très restreintes. En revanche, si on est plus à l'aise sur les grandes, chaque détail doit être opéré à la perfection car ils sont plus visibles.

— Vous arrive-t-il d'en rater ?

— Hélas, oui.

— Et que faites-vous dans ce cas ? Vous abandonnez et recommencez ?

— Non, j'évite de travailler en pure perte. J'ai une parade. Je place la statue imparfaite en hauteur, sur un corbeau [3] ou un corbelet [4], selon sa taille. Ainsi, personne ne s'aperçoit de ses défauts.

Hanguis rit de bon cœur.

— Je m'attendais à quelque chose de moins… prosaïque, mais c'est malin tout de même. Cependant, cela m'inquiète, ajouta-t-il en adoptant un maintien préoccupé. Vous dites que personne ne remarque que ces statues sont ratées. Moi, je suis sûr que quelqu'un peut le voir. Et que ça pourrait l'offenser.

Face à l'incrédulité du sculpteur, il pointa son index vers le haut et chuchota :

— Le Seigneur.

Prindalles fixa son visage rebondi, ne sachant sur quel pied danser. Puis, apercevant la petite lueur de malice qui passait dans les yeux d'Hanguis, il partit d'un grand rire, suivi par le clerc.

— Nous ne devrions pas nous moquer, se reprit Prindalles. Sans doute les prêtres vous donneraient raison. Serez-vous assez aimable pour garder mon secret ?

— Comptez sur moi. Je suis heureux de voir que vous êtes en meilleure forme. Je vais vous laisser. Essayez tout de même de ne pas abimer celle-ci, recommanda-t-il en désignant la statue, elle a l'air magnifique. Ce serait grand dommage.

— Je ferai de mon mieux.

---

3. Elément saillant d'un mur qui soutient une poutre, une voûte, un arc ou une statue.
4. Petit corbeau.

Hanguis le quitta et Prindalles le regarda partir. Comme toujours, un petit élément de rien du tout – la simple visite d'un ami en l'occurrence – avait suffi à lui redonner un peu d'énergie. Sortant la tête de son repaire, il héla Nycolet.

— Ferons-nous une promenade, ce soir ?

— Avec plaisir, s'il ne pleut pas des cordes.

Nycolet avait décidé de ne plus s'étonner de rien. Un jour, songea-t-il en souriant, un jour je lui dirai qu'il m'agace avec ses états d'âme.

Sacrificium

PRINDALLES était attablé devant une écuelle fumante à laquelle il n'avait pas encore touché, trop absorbé par ses pensées. Adèle l'observait depuis la cuisine. Les mains sur les hanches, elle vint se poster face à lui :

— Ma tourte est-elle avariée ?

— Je ne crois pas.

— Elle sent mauvais, peut-être ?

— Bien au contraire.

— Dans ce cas, faites-moi plaisir et mangez un peu. Vous jeûnez depuis une semaine ! Maître Robert m'a fait promettre de prendre soin de vous, alors je ne vous laisserais pas dépérir pour qu'il pense que je ne sais pas m'occuper de mon maître.

Prindalles souffla entre ses joues gonflées puis croisa le regard d'Adèle. Elle le traitait comme un enfant et l'entourait d'attentions exaspérantes. Il lui sourit pour faire disparaitre son air sévère et avala une grosse bouchée en la fixant dans les yeux. Satisfaite, elle hocha la tête et le laissa manger en paix.

Il songea à Nycolet, qui s'était montré aussi présent que discret ces derniers jours. Il se rendit compte qu'il ne l'avait même pas remercié. Il lui parlerait le lendemain. Des coups frappés à la porte interrompirent son souper.

— Je m'en occupe, Adèle.

Il se leva et ouvrit. Il se retrouva face à une femme emmitouflée dans une épaisse cape de laine.

— Sibylle…

— Vous vous souvenez de mon nom, c'est une bonne chose. Je venais m'assurer que vous étiez toujours en vie. Maintenant que c'est fait, je peux rentrer chez moi. Les nuages sont lourds et je voudrais éviter la pluie. Bonsoir.

— Sibylle, attendez…

Elle le repoussa et s'enfonça dans la rue sombre sans se retourner. Prindalles referma la porte en se fustigeant. Depuis le jour où il était censé la retrouver et où il était tombé malade, il ne lui avait pas donné signe de vie. Il ne comprenait pas comment une telle chose était possible, mais elle lui était sortie de l'esprit.

Il se rendit chez elle le lendemain. Elle songea à lui claquer la porte au nez. À la vue de son regard auquel elle n'avait jamais pu résister, elle le laissa entrer.

— Vous allez mieux ? demanda-t-elle pour rompre le silence inconfortable.

— Je n'étais pas malade, d'après le médecin. C'était juste une grande fatigue morale, semble-t-il.

— Je suis rassurée que ce ne soit pas plus grave. Pour autant, cela n'adoucit en rien ma colère. Avec vos idioties, je suis partie de chez vous sans lumière hier soir et je me suis fait amender. Presque 5 florins, c'est une sacrée somme pour quelques pas dans le noir !

— Je suis désolé.

— Cela ne suffit pas.

— Je sais. J'ai beaucoup de choses en tête ces temps-ci et j'avoue ne pas vous accorder toute l'attention qui vous est due.

— Vous êtes toujours préoccupé. Vous n'êtes jamais totalement avec moi.

Prindalles serra les poings et fronça les sourcils.

— Ce n'est pas vrai.

— Il y a eu ce maudit incendie, votre passé que vous refusez d'évoquer, des expéditions dans la montagne qui durent des jours et des jours, et d'où vous revenez changé ou encore des maladies incompréhensibles. Et je ne parle pas des problèmes liés au chantier ou à votre inspiration qui peuvent surgir à tout instant.

— Je vous trouve bien injuste !

— Et le pire, s'échauffa Sibylle, c'est que vous ne partagez rien de tout ça avec moi. Vous gardez vos petits secrets bien cachés dans votre tête et ne vous ouvrez jamais !

— Sibylle, allons, calmez-vous…

Prindalles se mordit les lèvres en se traitant d'idiot sous le regard furieux qu'elle lui lança.

— Ce n'est pas ce que je voulais dire, battit-il en retraite. Vous exagérez. Je partage des choses avec vous. Je ne me suis pas livré à quiconque comme je l'ai fait avec vous depuis des lustres.

— Qu'est-ce que ça donne quand vous êtes renfermé, alors ? Vous ne m'intégrez pas dans votre vie, sanglota-t-elle. La preuve, vous m'avez oubliée. Oubliée pendant plus d'une semaine !

Prindalles passa une main sur son front. Il se savait impardonnable sur ce point.

— De cela je me repens infiniment ! Je ne comprends pas ce qui m'a pris.

— Je suis sûre que si. Vous refusez juste de m'en parler, comme toujours !

— Il suffit ! s'énerva-t-il à son tour. Je vous ai incluse dans ma vie, ne dites pas le contraire. Je vous ai donné maintes preuves de mon affection. Seulement, c'est comme si vous n'en aviez jamais assez !

Sibylle plissa les yeux. Le calme soudain de son ton ne présageait rien de bon.

— Que me reprochez-vous, en somme ?

— Rien ne vous convient jamais. Vous réclamez sans cesse des changements ! *Parlez-moi plus, racontez-moi votre passé, votre mission, soyez plus attentif, ouvrez-vous, soyez plus joyeux, cessez de râler, d'être aussi têtu…* C'est à se demander ce que vous me trouvez ! Pourquoi vous accrocher si j'ai tant de défauts ?

— À présent c'est vous qui vous emportez !

— Je cède à vos réclamations, au contraire. Vous vouliez savoir ce que j'ai dans la tête, vous allez être servie. Vous êtes incapable de comprendre qu'on puisse être différent de vous. Puisque ma dame l'exige, pourquoi ne pas évoquer un passé qui me fait horreur ? Pourquoi ne pas trahir mon serment et vous raconter par le détail les missions que la comtesse me confie ? Et puis pourquoi ne pas renier tout ce qui fait que je suis moi et rire tout le temps, être de bonne composition, être joyeux quand vous le souhaitez, et aussi sérieux ou encore affectueux selon ce qui vous agrée ? Je devrais peut-être cesser d'être fatigué à la fin de ma journée, afin d'arborer une humeur plus conforme à vos attentes.

— À vous entendre, je suis d'une extraordinaire exigence…

— Oui, vous l'êtes. Et je m'en accommode tant que cela reste raisonnable.

— Et mes désirs ne le sont pas ?

— C'est tout à fait ça ! Vous êtes comme une enfant que l'on a contrariée et qui s'énerve parce que les gens autour d'elle ne se plient pas à ses désirs. Je ne peux pas être ce que vous voulez que je sois à chaque instant et je suis épuisé d'essayer de correspondre à vos attentes. Je suis moi, avec mes failles et mes défauts, et cela me convient !

Il fit une pause alors qu'il arpentait le petit salon.

— J'ai en effet des centaines de choses graves en tête, dont vous ne soupçonnez pas l'importance.

— À présent, c'est moi qui me demande pourquoi vous restez si je vous tyrannise tant.

Prindalles se tourna vers elle. Maintenant qu'il lui avait dit ce qu'il avait sur le cœur, il se sentait mieux. Dans le même temps, une évidence s'imposait à lui et un poids tomba sur sa poitrine. Il s'approcha d'elle et prononça d'une voix attendrie :

— Parce qu'en dehors de cela, vous êtes la douceur personnifiée et possédez une force admirable. Vous me faites rire et, malgré ce que vous pensez, vous avez insufflé une légèreté bénéfique à ma vie.

Il l'attira dans ses bras et la serra contre sa poitrine. Les larmes de la jeune femme mouillèrent son pourpoint.

— Et je suis profondément désolé de vous avoir oubliée, répéta-t-il en l'étreignant plus fort encore. Je ne saurais me l'expliquer ni me le pardonner. Je pense toutefois que c'est symptomatique d'une vérité.

— Laquelle ? renifla Sibylle dans son cou.

— J'ai tant de choses à régler, dans les semaines à venir. Je crains de n'avoir ni le temps ni l'énergie de subir ces crises.

Sibylle se détacha de lui et plongea son regard dans le sien.

— Qu'est-ce que cela signifie ? Vous n'avez plus rien de tout ça pour moi ?

— Pas dans ces conditions. Je ne peux ni ne veux me préoccuper de ces histoires pour le moment.

Il la vit déglutir et ravaler ses larmes. Une petite flamme de défi éclaira son regard.

— Vous êtes conscient que si cela ne vous intéresse pas maintenant, je n'ai peut-être pas envie, moi, d'attendre que vous changiez d'avis ?

— Oui.

— Et cela ne vous fait rien ?

— Au contraire, cela me cause beaucoup de chagrin. Mais je ne peux faire autrement et il serait injuste de ma part de vous retenir ainsi.

Elle se détourna pour masquer sa douleur. D'une main douce, il caressa une fois encore sa longue chevelure. Elle entendit la porte s'ouvrir puis se refermer sur lui. Sibylle pressa ses paupières aussi fort qu'elle le put pour ne pas voir qu'elle était seule.

Responsum

PRINDALLES rentra chez lui, prêt à passer une morne soirée. Une lettre l'attendait. Il attrapa le papier que lui tendait Adèle sans un mot et monta à l'étage pour s'effondrer sur le lit. La tête sous le traversin, il tentait de dissiper le bourdonnement qui lui vrillait les oreilles. Toutes sortes de pensées incontrôlées lui traversaient l'esprit, les reproches de Sibylle, la lâcheté de Jean, la honte de Nycolet, les horreurs que les moines avaient vécues, et cette odeur tenace d'anis qui refusait de quitter sa mémoire olfactive. Il aurait voulu pouvoir stopper ce flot incessant. Il ne parvenait qu'à s'embrouiller toujours plus.

Il tenta de se concentrer sur une mélodie toute simple qu'il connaissait depuis qu'il était enfant. Petit à petit, la chansonnette recouvrit le son des autres pensées et prit le dessus. Il se tourna sur le dos et se mit à fredonner à voix haute, les yeux fermés. Enfin, le calme revint. Il ne ressentait plus à présent qu'une profonde lassitude.

Il eut l'impression de somnoler pendant un moment, puis il souleva les paupières et se rendit compte qu'il devait être tard. À tâtons dans la pénombre, il chercha la bougie de sa table de chevet et l'alluma. Il ouvrit la porte et appela :

— Adèle, ne préparez rien, je n'ai pas faim.

— J'ai cuisiné du cochon, comme vous aimez, et il est en train de cuire, rétorqua-t-elle en se postant au bas de l'escalier. Quand ce sera prêt, vous serez assez gentil pour en manger au moins une petite assiette.

— Puisque je n'ai pas le choix, bougonna le sculpteur.

En refermant la porte, il sourit en pensant qu'Adèle avait pris de l'assurance. Et elle avait raison, maintenant que l'odeur de viande l'avait gagné, il n'était pas contre quelques bouchées. Il déplia la lettre et s'assit au bord du lit, près de la lumière. Elle était d'Ebbon.

Cher maître Prindalles,

Je vous remercie de me tenir au courant de l'avancée du jugement de Montbel. Cependant, je crains de disposer d'une information qui pourrait tout changer. J'ai reçu une confidence pour le moins étonnante de la part d'Albin.

Depuis votre départ, il se trouvait dans un état d'agitation exagérée et cela a empiré lorsque je lui ai appris que ce que je vous ai remis n'était plus en notre possession. Il m'a révélé avoir caché des éléments à notre compréhension et celle de votre ami le clerc, qui de ce fait, n'a pu conclure l'enquête de manière exacte.

Selon Albin, ce n'est pas Montbel qui aurait assassiné notre cher Bérard. Il dit avoir connaissance d'un homme vêtu de noir, dont il n'a pu distinguer le visage et qui aurait été le dernier à le voir vivant ce soir-là. Je n'ai pas encore réussi à démêler toute l'affaire, car Albin se montre réticent à tout révéler, mais il me semble que ce simple fait méritait de vous être rapporté. Je ne remets point sa parole en doute, il m'a paru sincère.

Je ne sais que penser de tout ceci. Il n'est pas dans mon intention d'innocenter Montbel, mais qu'il soit jugé pour les crimes qu'il a réellement commis : le meurtre de Lancelin, l'attaque et le pillage. Ce sont là d'assez lourds péchés pour un chrétien et je crains qu'ils ne soient pas les seuls dans le cas présent. J'espère que vous trouverez les mots pour convaincre Hanguis de rapporter ces informations à qui de droit. Je regrette de ne pouvoir fournir des preuves de ce que j'avance.

Dans votre lettre, vous avez demandé de nos nouvelles. Les circonstances étant ce qu'elles sont, nous allons bien. Nous avons enterré frère Hugues, qui s'est éteint il y a quelques jours. Nous avions le cœur lourd de devoir dire adieu à nouveau à l'un des nôtres. Je crois néanmoins que cela nous a soulagés de pouvoir agir pour lui comme nous aurions aimé le faire avec Bérard, en l'entourant de nos prières. Il est parti avec piété, selon notre coutume.

Une lettre de notre Très Révérend Père, toujours à Rome, nous est parvenue. Il s'est dit bouleversé et déplore de ne pouvoir rentrer. Il a néanmoins approuvé et entériné le choix de Martin en tant que prieur vicaire.

La vie reprend peu à peu son cours, nous tentons de recouvrer un peu de sérénité à force de prières. Je ne peux toutefois me libérer de mon inquiétude au sujet d'Aymon, qui semble incapable de trouver la paix. Il m'a dit se sentir seul depuis que Bérard n'est plus. Je suis impuissant à le soulager.

Vous avez dû retrouver votre chantier et votre vie, j'imagine que cela doit vous réjouir. J'espère que vous me pardonnerez de vous importuner. J'ai confiance en vous et je sais que vous ferez ce qu'il faut.

Amitiés,

F. Ebbon

Prindalles se renversa sur son lit. Si ce qu'Ebbon avait écrit était vrai, il ne pouvait garder le silence. Oui mais voilà, si c'était vrai. Prindalles ne doutait pas un instant de sa parole. Il émettait en revanche plus de réserve au sujet d'Albin. Ce soir, il se sentait trop fatigué pour réfléchir. Il reposa la lettre sur sa table de nuit et descendit pour voir si le repas était prêt.

Triste verum

Après une nuit de sommeil, les idées de Prindalles étaient plus claires. Il voulait comprendre. Il n'avait pas le temps d'écrire une nouvelle lettre à Ebbon et d'attendre une réponse.

Il partit donc le matin, après avoir expliqué en quelques mots l'urgence de l'affaire à Nycolet. Il loua une monture en masquant son irritation à l'annonce de la somme exorbitante qu'on lui réclamait et fit la route aussi vite qu'il le put.

Il arriva au monastère le soir, sous une pluie glacée. Il tapa à la porte assez fort pour être entendu dans toute l'enceinte, s'abritant tant bien que mal derrière son cheval en attendant que quelqu'un vienne. Le judas finit par s'ouvrir et un visage apparut, éclairé par une lanterne à la lumière jaunâtre.

— Frère Anselme, c'est maître Prindalles. Pardonnez-moi, il s'agit d'une affaire importante. Je voudrais voir les frères Albin et Ebbon.

Surpris, Anselme pria Prindalles de patienter dans la maison d'hôtes et s'empressa de prévenir le prieur vicaire. Martin jugea que si le sculpteur se donnait la peine de faire toute cette route, c'est qu'il devait avoir une bonne raison.

— Je les envoie, décida-t-il.

Prindalles avait couru jusqu'au bâtiment qu'il connaissait bien. Il avait abrité sa monture dans l'appentis et était rentré se mettre au sec. Une fois à l'intérieur, il put retirer son manteau dégoulinant et entreprit de faire du feu.

Lorsqu'Albin arriva, il paraissait de mauvaise humeur. Ebbon le suivait, la mine sombre. Cette entrevue ne lui plaisait pas plus qu'à son frère bien qu'il en soupçonne l'utilité.

Prindalles proposa de partager la collation qu'il avait fait emballer à l'auberge. Les chartreux refusèrent. Ils s'installèrent dans les sièges en bois garnis de peaux, devant la cheminée. Les cheveux mouillés, Prindalles attaqua en douceur :

— Je vous remercie d'être venus si vite.

— Hum, oui, répondit Albin. À l'avenir, évitez de me convoquer ainsi. Si vous avez besoin de me parler, faites comme tout le monde, envoyez une demande et patientez.

— Hélas, des clarifications doivent être apportées sans délai.

— Je vous écoute.

Prindalles croisa ses longs doigts et se lança :

— Les conclusions d'Hanguis ne me conviennent pas. Elles comportent trop de lacunes et des questions restent sans réponse.

— Que voulez-vous que ça me fasse ? Les faits ont été recueillis par votre ami, je ne vois pas pourquoi vous les ressassez une fois de plus. La perte de nos frères nous a bouleversés et vous ne trouvez rien de mieux que de revenir sur des évènements auxquels nous ne pouvons rien changer ! Et Hanguis a déjà dû faire son rapport au comte. À quoi cela sert-il ?

— Vous le savez très bien.

— Maître Prindalles, vos insinuations sont agaçantes. Vous avez partagé ces moments avec nous et avez promis d'en rendre compte à monseigneur Amédée. Le sujet est clos. Je dois regagner ma cellule. Il faudrait aussi songer à rentrer chez vous.

Prindalles n'était pas d'humeur à lâcher-prise. Il chercha l'appui d'Ebbon qui observait résolument ses mains posées sur ses genoux. Il changea donc de tactique.

— Savez-vous qui a vu Bérard en dernier ?

— Cette question a déjà été évoquée à maintes reprises et la réponse est oui. Nous étions tous ensemble dans le réfectoire, puis nous avons été envoyés dans nos cellules.

— Et vous, Albin, êtes-vous resté dans la vôtre ?

Le moine se dandina sur son fauteuil. Il hacha ses mots :

— Bien sûr, pourquoi serais-je sorti ? Il y avait des hommes armés partout. Cela suffit, vous me faites perdre mon temps et le vôtre par la même occasion. Une longue route vous attend, maître. Bonsoir.

Il s'apprêta à se lever. Prindalles se pencha en avant et l'agrippa par le bras tout en lui parlant d'une voix pressante :

— Écoutez-moi, maintenant. Le petit jeu a assez duré. Je sais que vous cachez quelque chose à propos de la mort de Bérard. Alors soit vous me racontez tout dès ce soir, soit vous prenez le risque qu'en rentrant à Camberio, je demande au comte de vous envoyer un enquêteur officiel, et professionnel – il appuya sur le dernier mot. Vous êtes au fait des méthodes de ces gens-là, n'est-ce pas ? On dit que leurs moyens de persuasion sont imparables.

Albin se rassit lentement. Le sculpteur le menaçait de le livrer à la torture. Il se connaissait, il ne résisterait même pas à la vue des instruments. Prindalles retenait sa respiration et faisait de son mieux pour ignorer le regard chargé de reproches que lui adressait Ebbon. Il était surpris de sa propre hardiesse. Il était peu probable qu'Amédée envoie un autre enquêteur ici, mais l'intimidation semblait avoir anéanti les défenses du moine.

— Je ne sais rien, contesta Albin d'une voix à peine audible, rien du tout.

— Ce n'est pas vrai, mon frère, intervint Ebbon avec douceur.

Albin se tourna vers lui, surpris, car il avait presque oublié sa présence.

— Tu le lui as dit, n'est-ce pas ?

— Oui.

— Je t'avais raconté cela en confidence.

— C'est exact, tu as refusé de te confesser. Tu te doutais bien, mon frère, que cette information était trop importante pour que je la garde pour moi.

— Vous ne me laissez pas le choix dans ce cas.

Albin baissa la tête. Il avait perdu toute sa superbe.

— Je vous écoute, l'encouragea Prindalles en se calant dans son fauteuil.

Le moine rassembla le peu de vaillance qui lui restait et commença :

— Vous avez raison, le soir de l'attaque, j'ai désobéi et j'ai quitté ma cellule. Et je n'étais pas seul.

Il jeta un coup d'œil furtif vers Ebbon, conscient que ce qu'il allait raconter anéantirait le respect qu'il lui portait.

— Lorsque le calme est revenu et que les soldats de Guigues se sont réunis au bout du couloir, quelqu'un s'est introduit dans ma chambre.

— Qui était-ce ?

— Je n'ai pas vu son visage, il était tout de noir vêtu et se cachait sous une grande cape.

Prindalles tiqua. Cette description lui en évoquait une autre.

— Il m'a demandé de me rendre chez Bérard et de le convaincre de me remettre… quelque chose. Il a refusé, il s'entêtait, ne voulait rien avouer. Alors je l'ai fait sortir à son tour et je l'ai conduit à l'homme en noir.

La voix d'Albin se brisa et il prit son visage dans ses mains, incapable de soutenir le regard des autres.

— Il l'a longuement interrogé. Comme Bérard ne cédait pas, il m'a chassé et je ne l'ai plus revu après cela. J'ai découvert ce qu'il lui avait fait en même temps que vous. Je suis un lâche. Je l'ai abandonné, sans défense. Je jure sur le salut de mon âme que je ne souhaitais pas sa mort !

Albin ne savait plus où cacher sa honte. Ebbon s'était détourné de lui, une main sur la bouche. Il ne comprenait pas ce qui avait poussé son frère à agir ainsi. Il lui posa la question sans même le regarder.

— J'avais déjà pris contact avec l'homme, avoua Albin, misérable. Il avait promis de m'aider à obtenir ce que je désirais.

— Qui est-il ? voulut savoir Prindalles.

— Je n'en ai aucune idée.

— Cessez de mentir, Albin, vous vous déshonorez !

— Je l'ignore, je vous l'assure ! Je n'ai jamais vu son visage et je ne l'avais jamais rencontré avant ce soir-là.

Prindalles lâcha un ricanement pour montrer ce qu'il pensait de la valeur de ses paroles.

— Lorsque vous échangiez des messages, cet homme signait-il *Oreste* ?

Albin écarquilla les yeux.

— Ou… oui. Comment le savez-vous ?

Le sculpteur ignora la question.

— Que souhaitiez-vous obtenir de lui ?

— Une fonction de prieur vicaire ici, ou bien de prieur dans un autre monastère.

Ebbon se tourna vers lui, les sourcils froncés et la bouche entrouverte. Albin se détourna en se tassant sur lui-même. Prindalles cala ses mains sur le linteau de la cheminée, les bras tendus. Le chartreux lui donnait envie de vomir. Il avait vendu un ami et caché les circonstances de sa mort. Et lui-même, qu'allait-il faire ? Rentrer à Camberio et annoncer au comte que le vicaire avait été assassiné par un homme encapuchonné au nom étrange et dont on ignorait tout ? Il se retourna vers Albin et le gratifia d'un regard méprisant.

— Ce que cet homme cherchait, c'était un document, n'est-ce pas ?

— Oui, admit Albin, soudain méfiant.

Un silence lourd s'installa. On pouvait presque entendre les rouages du cerveau de Prindalles fonctionner.

— Je dois rapporter au comte comment tout cela s'est déroulé.

Albin se redressa.

— Connaissez-vous le contenu de ce parchemin, maître Prindalles ?

— Non.

— Alors vous ne savez pas de quoi vous parlez. Il serait mal venu d'évoquer son existence devant lui.

— Je partage l'avis d'Albin sur ce point, soutint Ebbon.

Prindalles posa ses mains sur ses hanches, en pleine réflexion. Les moines avaient raison, la comtesse avait dit que son époux ignorait tout de cette histoire et lui avait fait promettre de n'en référer qu'à elle-même. Albin perçut son hésitation et reprit un peu de mordant :

— Vous voyez, maître, il ne sert à rien de se mêler des affaires importantes. Je vais me retirer. Il fait tout à fait nuit à présent, le froid va être cruel. J'espère qu'il ne vous empêchera pas de rentrer chez vous sain et sauf. Adieu.

Il partit, laissant Prindalles et Ebbon dans un état de grande confusion.

— Il va de soi que vous ne reprendrez pas la route avant demain, objecta l'infirmier. Vous pouvez passer la nuit ici. Maître, jamais je ne pourrais assez vous remercier du soin que vous mettez à faire jour sur ces évènements.

— Vous semblez épuisé, Ebbon.

— J'ai l'impression d'avoir cent ans ce soir. Je ne sais comment agir envers Albin, dit-il en regardant par la fenêtre.

— La nuit porte conseil. Dormez un peu, priez et vous trouverez.

Ebbon lui fut reconnaissant des efforts qu'il faisait pour le rassurer. Il lui souhaita bonsoir et le quitta.

Une fois seul, Prindalles resta dans son fauteuil, inconscient du temps qui passait et du feu qui se mourrait. Ce fut le froid qui le sortit de sa réflexion. Il prit un papier et une plume sur la table derrière lui et nota tout ce qu'il venait d'apprendre. Il se coucha ensuite. Avant de sombrer dans un sommeil agité, il se demanda ce qui pouvait lier l'incendie du château et le meurtre du moine, à l'exception de la présence de cet Oreste. D'ailleurs, quitte à se choisir un nom, pourquoi un si singulier ? Un Jean ou un Pierre serait passé plus inaperçu.

Persuasio

Le retour à Camberio fut éprouvant. Prindalles quitta le monastère peu avant l'aube et fit la route d'une traite. Il arriva chez lui par une nuit noire et froide. Au réveil, il envoya un mot à Hanguis pour lui demander de le rejoindre dès qu'il aurait un moment. Ils se retrouvèrent le soir même. Prindalles déclara d'emblée qu'il détenait de nouvelles informations sur l'affaire qui les occupait.

— Vous avez toute mon attention, cher maître, si vous me servez un petit quelque chose, sourit le clerc en s'installant.

— Bien sûr. Adèle, apportez-nous de quoi nous rafraîchir.

La gouvernante revint avec en mains un pichet du vin et deux gobelets d'étain.

— Merci, ma bonne. Vous pouvez aller vous coucher, je n'aurai plus besoin de rien ce soir.

Prindalles lui exposa ensuite tout ce qu'il venait d'apprendre, la présence d'un mystérieux homme vêtu de noir se faisant appeler Oreste, l'implication d'Albin et, en conséquence, la partielle innocence de Montbel.

Hanguis avait perdu son sourire. À la fin du récit, il demeura circonspect, d'une part parce qu'il ne faisait pas forcément confiance à Albin, d'autre part parce qu'il était difficile de disculper un homme tel que Montbel. Prindalles comprenait ses doutes, il fit toutefois remarquer :

— Pour quelle raison Albin chercherait-il à blanchir Montbel ?

— Aucune, en effet.

— Et si c'était son objectif, pourquoi inventer un individu entouré de mystère dont il est difficile de croire à l'existence ?

— Cela n'aurait que peu de sens, reconnut Hanguis en se frottant le menton.

— Je pense que cela s'est déroulé ainsi. Montbel et ses sbires ont attaqué le monastère et, pendant la nuit, Albin a mené Bérard à cet inconnu, qui a fini par le tuer d'une manière atroce.

— Et donc, quel serait le mobile de ce meurtre ?

Prindalles retint ses mots au dernier moment. Bien sûr, il ne pouvait dire la vérité à Hanguis et évoquer le fameux parchemin. Alors il donna la seule explication qui lui vint.

— Le même que celui que nous avions attribué à Montbel, la recherche des reliques et de l'or.

Hanguis se tut à nouveau et Prindalles lui laissa le temps de tout assimiler.

— Si ce que vous dites est vrai, reprit-il, cela change en effet toutes mes conclusions. Montbel ne serait coupable que du meurtre du novice, si je puis m'exprimer ainsi, du pillage et de l'attaque. Et l'assassin serait en ce moment en liberté.

— C'est juste, je n'y avais même pas songé.

— Je n'aime rien de tout cela, maître. J'ai besoin de réfléchir, pour pouvoir éventuellement le présenter au comte et au juge. Puis-je conserver la lettre ?

Prindalles la lui tendit et raccompagna son ami à la porte. Ce dernier s'enfonça dans la nuit, sa lanterne à la main.

Trois jours plus tard, Prindalles fut convoqué par la comtesse. Elle choisit comme prétexte un problème avec l'approvisionnement des pierres. Marie le reçut en compagnie de quelques dames occupées à jouer aux cartes, avec chaleur comme toujours.

— Maître Prindalles, merci de venir me rendre visite.

Il s'inclina en s'interrogeant sur cette manie qu'avaient les puissants de convoquer leurs sujets et de les accueillir ensuite comme si la rencontre était le fruit de leur propre volonté. Il sourit néanmoins à la comtesse et prit place sur l'escabeau qu'elle lui désignait.

— J'ai appris que vous ne vous êtes pas présenté sur le chantier, mardi dernier. Allez-vous bien, maître ? Seriez-vous retombé malade ?

— Non, ma dame, je me porte comme un charme.

— Puis-je alors me permettre de vous demander où vous étiez ?

— Au monastère de la Grande Chartreuse.

Masquant sa surprise, la comtesse pria ses compagnes de bien vouloir aller s'assurer que tout était prêt pour recevoir l'évêque de Tarentaise qui devait arriver le lendemain. Emma s'installa à l'autre bout de la pièce et se concentra sur sa broderie.

Prindalles raconta ce qu'il savait à voix basse. Il parla de la lettre d'Ebbon, de la confession d'Albin, d'Oreste. Marie l'écouta, le front plissé. Prindalles insista sur les interventions de l'inconnu, qui semblait tout relier. Comme il ne pouvait l'éviter, il évoqua le fils de Nycolet et les raisons qui l'avaient poussé à incendier le château.

— Vous m'avez demandé d'aider un criminel à s'enfuir ! s'indigna-t-elle. Je vous pensais assez honnête pour ne pas avoir à poser de questions.

— Croyez bien que j'en suis désolé, ma dame. Si je vous avais révélé la vérité, vous auriez fait arrêter le garçon.

— Cela n'aurait été que justice ! Mon mari aurait pu être atteint. Dans quelle situation serions-nous alors aujourd'hui ? Un comté sans héritier… C'est miracle qu'il n'y ait pas eu plus de dégâts.

Et cela grâce à maître Prindalles, murmura une petite voix dans sa tête. Marie se leva et arpenta la pièce.

— Ah, maître, pourquoi me mettez-vous dans cette situation ?

— Je n'ai aucune excuse, ma dame, si ce n'est que j'ai voulu épargner un profond chagrin à maître Robert et à son épouse.

— J'admire votre loyauté et je suis dans le même temps effarée par la sournoiserie dont vous avez fait preuve.

Le sculpteur baissa la tête. Marie se rassit en évitant son regard.

— Toujours est-il que cela ne nous permet pas d'identifier ce mystérieux Oreste. Vous avez parlé de cela avec Hanguis, je suppose ?

— Oui. Il devait en faire part à monseigneur votre époux.

— Avant de partir, Amédée a en effet eu une entrevue avec le juge. Il m'a confié que l'affaire semblait se compliquer, mais que la difficulté en question ne tenait en réalité pas la route. Je comprends à présent à quoi il faisait allusion. Il semble que le clerc n'ait pas réussi à le convaincre. D'un autre côté, qui aurait envie de croire à l'innocence de Montbel ?

— Je sais bien, ma dame, pourtant…

Prindalles avait la tête et les épaules basses.

— Ne désespérez pas, maître, le secoua Marie d'une voix plus sèche qu'à son habitude. Le principal n'est-il pas qu'il soit mis hors d'état de nuire ?

— Sans doute. Mais que faire pour l'autre, cet Oreste ?

La comtesse eut une mimique embarrassée puis plongea son regard dans le sien.

— Je veux vous croire, maître. Seulement tout cela paraît bancal. Votre thèse est basée sur la présence supposée d'un homme que personne ne connaît si ce n'est un moine à l'honnêteté discutable.

— Le fils de Nycolet l'a croisé lui aussi.

— Et comment pensez-vous que le juge recevrait le témoignage d'un incendiaire ?

— J'ignore ce que je peux faire de plus, alors.

— C'est que vous êtes arrivé au bout. Au moins, vous ne me jouerez pas d'entourloupe aujourd'hui.

— Je vois. Pouvez-vous cependant me promettre une chose, ma dame ?

Marie se contenta d'un prudent :

— Je vous écoute.

— Si jamais Oreste réapparait quelque part, voudriez-vous me prévenir ?

Marie scruta son regard. Il avait agi ainsi parce qu'il était loyal. Elle avait conscience qu'il l'était tout autant envers elle qu'envers le maçon. La preuve, il se démenait encore pour déceler la vérité. Dans le monde de Marie, on trouvait peu d'alliés aussi précieux. D'une voix radoucie, elle s'engagea donc :

— Je le ferai sans faute. Vous pouvez disposer. Et, maître ? le retint-elle au dernier moment. À l'avenir, j'aimerais que vous soyez tout à fait franc envers moi. Si vous avez d'autres services à me demander, faites-le sans détour et sans omettre la moitié des informations.

— Je vous en donne ma parole, ma dame.

Prindalles se sentait désemparé. Il était passé proche de la catastrophe avec l'histoire de Jean. Plus grave encore, il n'avait convaincu personne. Le comte, le juge et même Hanguis devaient penser qu'il avait le don de se faire baratiner par les épateurs [1]. Il se rendit dans sa loge et exigea que personne ne le dérange jusqu'à la fin de la journée.

1. Menteurs, conteurs d'histoires.

Paralysis

Allongé sur un lit moelleux, Guigues savourait le bruit de la rue qui lui parvenait depuis la fenêtre entrouverte. Il faisait froid mais il s'en moquait. Après la solitude à laquelle il s'était lui-même contraint, il écoutait avec plaisir le fracas des roues et des sabots sur les pavés, les invectives des marchands, les bavardages des commères et les cris des colporteurs.

La veille, alors que les cloches sonnaient la Sainte-Cécile-de-Rome [1], le lieutenant était venu lui annoncer que ses conditions avaient été acceptées par le comte. Guigues avait rassemblé ses affaires avec empressement et l'avait suivi à l'extérieur. Ayant rêvé pendant des jours du contact du soleil sur sa peau, il avait été déçu d'être accueilli par quelques flocons de neige. Sous les regards craintifs ou haineux que les gens lui lançaient, il avait relevé la tête et adopté une démarche fière. Il s'était demandé s'il n'était pas en train de foncer tête baissée dans un piège avant de se rassurer en songeant qu'Amédée faisait partie de ces personnes insupportables qui, lorsqu'ils faisaient une promesse, la respectaient. On l'avait d'ailleurs conduit au *Logis de l'Ange*, où l'attendaient le Rouquin et Gaspard. L'auberge avait été réquisitionnée pour eux et les gardes chargés de les surveiller.

Gaspard lui conta de quelle manière ils avaient été enfermés dans les cachots du château et les efforts qui avaient été déployés pour les pousser à convaincre leur maître de quitter son refuge.

— Ils nous ont même pas torturés ! Ils ont juste réduit les portions de barbaque jusqu'à un pauv' bout d'pain. Au bout de quelques jours à peine, c'est red'venu normal.

— Et vous n'avez pas été tentés de leur céder ?

— On vous connaît, messire, argua le Rouquin, ça aurait été dépenser d'la salive pour rien. Et vous nous aviez bien dit d'rester à not' place et d'rien faire sans un ord' de vous. Alors on a attendu la suite du plan.

1. 22 novembre.

— Vous avez bien agi. Regardez-nous, on est comme des rois, ici.

— Ouais, si on veut, ronchonna Gaspard en désignant les gardes postés un peu partout dans la pièce.

— Bah, plus on fait peur, plus on est mignoté [2]. À ce sujet, il faut qu'on se tienne à carreau tout le temps qu'on restera ici. Alors pas de badinage avec les filles du tavernier, pas de coups ni rien de ce genre.

— Vous voulez qu'on devienne de bonnes gens, messire ?

— C'est ça. À la moindre bavure, c'est ma tête sur le billot et les vôtres au bout d'une pique. Pas de couillonneries, compris ?

— Oui, messire, répondirent en cœur les deux reîtres.

Ils devaient demeurer dans l'auberge quelques jours, le temps que le comte règle les démêlés qui l'accaparaient dans le sud. Guigues était désormais impatient que le jugement advienne.

Cette attente était toutefois plaisante. Il pouvait sortir tous les jours s'il en éprouvait l'envie, flanqué du lieutenant et des gardes. Il était même presque certain que s'il demandait poliment, on lui laisserait le loisir de profiter d'une présence féminine, à ses frais.

Un après-midi pluvieux, alors qu'il était plongé dans une partie de mérelle [3] avec Gaspard, un visiteur se présenta. Le lieutenant le fit entrer et Guigues chassa Gaspard de sa chaise pour qu'il s'installe en face de lui.

— Messire le clerc. Je m'attendais à vous voir plus tôt.

— Hélas, monseigneur, je suis fort occupé. Votre nouveau logis vous plait-il ?

Hanguis prit place et remercia le tenancier qui venait de poser une coupe en étain devant lui.

— Mieux que cela. Vous avez bien choisi. Les draps sont blancs et le vin est bon, que demander de plus ?

— Vous m'en voyez ravi. Pas d'incident à signaler ? s'informa le clerc auprès du lieutenant.

— Pas un seul. Nous ne les lâchons pas d'une semelle.

— Ce drôle m'apprécie tant qu'il m'accompagne même au coin d'aisance, confirma Guigues.

— C'est le souhait de monseigneur Amédée.

---

2. Dorloté.

3. Mérelle ou marelle, jeu très populaire dès le XVIe siècle. Sorte d'ancêtre du trictrac et du backgammon.

— Je ne le pensais pas si vicieux.

Hanguis le gratifia d'un regard méprisant puis, sans le quitter des yeux, il s'adressa à nouveau au lieutenant :

— Et les deux autres ?

— Il faut sans arrêt les maintenir à distance des filles, mais ils n'ont pas mal agi jusqu'à présent.

— Et ils ne le feront pas, affirma Montbel. Vous pouvez dire à Amédée que je respecte ses conditions à la lettre. Quand rentre-t-il ?

— Dans quelques jours.

— Le juge a-t-il été mis au courant que je renonce au mois auquel j'ai droit pour monter ma défense ?

— Oui. Votre affaire ne devrait plus tarder à être réglée. Je vous enverrai un message pour vous informer de la date.

— Mes hommes seront jugés en même temps que moi ?

— Je pense que oui.

— Très bien. Vous ferez bien une partie avec moi ?

Guigues désigna la table de jeu.

— Je n'en ai ni le loisir ni le goût.

Hanguis quitta l'auberge et Gaspard reprit sa place en soupirant. Guigues tenta de lui remonter le moral autant qu'à lui même :

— Moi aussi j'aurais aimé en savoir plus sur la date du jugement. Mais tu l'as entendu, ce ne sera plus très long. À toi de jouer.

⁂

Depuis qu'il avait appris que Montbel logeait en ville, Prindalles vivait dans l'angoisse. Des sueurs froides l'envahissaient dès qu'il s'imaginait rencontrer ce fou dangereux. Il évitait en outre de penser à Sibylle et au regard empli de larmes qu'il lui avait vu la dernière fois.

Il agit comme toujours en pareil cas et se concentra sur son travail. Il avait choisi de lancer une première série de pilastres. Il ébaucha quelques esquisses qui lui permirent de se rendre compte que ce n'était pas là l'effet qu'il voulait donner. Il mit donc la tablette de cire de côté et prit un feuillet, sûr de son geste cette fois.

Il lui était toutefois difficile de se concentrer et il dut rappeler à l'ordre ses compagnons à plusieurs reprises. Toute la ville jasait à propos de Montbel et sa loge n'y échappait pas. Il leur martela que Montbel était évidemment sous bonne garde et qu'il n'était pas autorisé à se promener en toute liberté. Malgré tout, Prindalles ne parvenait pas à se rassurer totalement et il se garda bien de protester quand Nycolet se mit à le raccompagner chez lui tous les soirs.

Bannum concordatum

IL régnait une chaleur étouffante dans la salle de la Cour du conseil résident [1]. À l'extérieur, le froid avait distillé une atmosphère engourdie tandis qu'à l'intérieur le nombre de personnes et l'excitation avaient fait monter la température.

On avait installé une longue table au fond de la pièce où siégeait le juge flanqué du curial, du procureur fiscal, de notaires et autres juristes. Au cœur de la salle, sur une estrade moins haute se dressait Guigues, Gaspard et le Rouquin derrière lui. Hanguis se tenait devant les magistrats, un tas de feuillets à la main. Il représentait les moines de la Grande Chartreuse, en d'autres termes l'accusation. Étaient venus tous ceux qui souhaitaient assister au jugement, si bien que la salle était bondée. Seuls les premiers rangs étaient assis sur des bancs étroits, où Prindalles avait sa place.

Le comte était absent, car il ne voulait pas qu'on lui reproche d'influencer le verdict par sa présence. La comtesse avait envoyé Emma qui se tenait dans un coin, discrète.

Le procès de l'année, comme on le surnommait déjà, débuta par la lecture des accusations. La liste était longue, le style ampoulé et redondant, comme toujours. Le juge, un vieil homme au visage émacié et à la détermination intacte, s'exprimait sans se presser. Il demanda ensuite à Hanguis s'il désirait compléter ce qui venait d'être dit. Le clerc déclara que tout avait été évoqué et qu'il n'avait rien à ajouter. On donna alors la parole à Guigues. Ce dernier se racla la gorge et s'exprima d'une voix claire.

— Vous m'accusez, soit. Je ne chercherai pas à me disculper de l'assaut, ce serait un mensonge.

Il marqua une pause étudiée et regarda les magistrats bien en face.

— J'ai en effet attaqué le monastère de la Grande Chartreuse pour le dépouiller de ses richesses. Avant tout, mon but était de récupérer

1. Fondé en 1329, ce conseil était composé de juristes professionnels. Le Conseil chambérien permettait à tous les sujets du comté de faire appel contre les décisions des cours locales, qu'elles soient princières ou seigneuriales.

ce que je pensais être à moi, à savoir des terres honteusement cédées par mes ancêtres.

Il observa un nouvel arrêt au son des murmures qui bruissaient un peu partout dans la foule.

— En ce qui concerne le meurtre ignoble commis sur le prieur vicaire, je n'y suis pour rien !

Hanguis se mit sur la pointe des pieds et lança :

— Et pour le novice ?

Guigues hésita une seconde.

— Je… je ne me rappelle pas avoir tiré la flèche. Je crois que c'était l'œuvre de mon homme de main.

— Il faudra un peu plus que des suppositions, messire, brusqua le juge. Nous avons en notre possession une série de témoignages contre vous. Je ne vois même pas pourquoi nous perdons notre temps ici, si vous voulez mon avis.

Guigues laissa échapper un tic nerveux. Il avait eu raison de se méfier. Il relâcha les traits de son visage et raffermit sa voix.

— J'aimerais vous remettre en mémoire un cas vieux d'il y a quelques années.

— Je ne saisis pas bien dans quel but, maugréa le juge.

Le curial assis à sa droite murmura quelque chose à son oreille et il hocha la tête en soupirant.

— Soit, qu'avez-vous à dire ?

— Je souhaite évoquer l'affaire de Jean Trovati.

Les épaules du juge s'affaissèrent. Dans la salle, on échangea des regards surpris, chacun s'enquérant auprès de son voisin si ce nom lui était familier.

— Messire…

— Laissez-moi m'expliquer, je vous prie.

— Bon, allez-y.

— Vous souvenez-vous du cas de Jean, le fils du jurisconsulte André Trovati ? Il fut accusé d'avoir assassiné son serviteur que l'on nommait Crucifix [2]. Jean Trovati, bien qu'accusé de meurtre, échappa à la peine capitale. On décida de lui imposer une amende, certes conséquente, puisqu'elle s'élevait tout de même à 200 florins d'or bon poids.

2. Jean Fournier de son vrai nom, assassiné en 1368.

— Je me souviens de ce cas, messire, commenta le juge d'une voix glaçante, et la sanction était de 300 florins.

— Ah ? Vous devez avoir raison.

Agrippé au banc, Prindalles ne comprenait pas. Où Guigues voulait-il en venir ? Et d'ailleurs, comment était-il au fait de cette histoire, vieille de plus de quarante ans s'il en croyait les bavardages qui l'entouraient ?

— Et si vous souhaitez m'entraîner dans ce petit jeu, rebondit le juge, je suis prêt à vous suivre. Puisque vous voilà si porté par les choses du passé, peut-être avez-vous connaissance de l'affaire Pierre Comblou ?

— Je dois admettre que non, confessa Guigues, déstabilisé.

— Laissez-moi vous éclairer. En 1387, Rodolphe de Chissé, archevêque de Tarentaise, fut assassiné alors qu'il était en réunion avec des chanoines dans son château. Pas un seul occupant des lieux ne fut épargné. Beaucoup de gens furent arrêtés, puis relâchés un à un, jusqu'à que le coupable soit démasqué. Savez-vous ce qu'il est advenu de lui ?

Guigues secoua la tête, peu désireux de l'apprendre en réalité. Toute l'assistance était pendue aux lèvres sévères du juge.

— Les archives disent qu'il *a été tué pendant sept jours*.

— Foutaises ! lâcha Guigues. Un homme mort est un homme mort. Point.

— Comme vous êtes naïf, messire. Le châtiment a commencé le 15 juin, jour où on lui trancha la main droite. Après quoi, on le remit en prison. Le 19, on le mena encore à l'échafaud pour lui couper la gauche. On le laissa souffrir à nouveau jusqu'au 22 où, pour la troisième fois, il fut conduit à son supplice sur une charrette. On le punit tout le long du trajet à l'aide d'un brasier, alimenté par deux sacs de charbon complets. Une fois sur place, on lui offrit un peu de vin avant de le pendre. Ensuite, le bourreau le décapita et le démembra et les parties de son corps furent envoyées dans différentes villes à l'exception de sa tête, que l'on exposa sur place.

Un silence de mort s'abattit sur l'assistance. Le juge, certain de son effet, lui lança un regard narquois. Guigues toussa, les lèvres sèches.

— Je vois que vous connaissez votre métier, c'est tout à votre honneur.

Il prit une grande inspiration et se domina.

— Je vous répondrais néanmoins par l'exemple de Pierre Betto de Montfort, fils de Péronet Betto, accusé du meurtre d'un certain Jean Fontanel de Saint-Sulpice [3]. Il fut convoqué à plusieurs reprises par le tribunal mais ne se présenta jamais. Cependant, là encore, lorsqu'il fut retrouvé, il ne paya qu'une amende de 15 livres.

— Je ne peux nier que certains confrères ont fait preuve d'une clémence proche de la faiblesse, déplora le juge. En attendant, je ne saisis pas en quoi le fait d'échanger le récit de vieilles condamnations fait avancer notre affaire.

— Je souhaite démontrer que l'accusation de meurtre n'est pas nécessairement suivie d'une peine capitale.

Hanguis réclama alors la parole. Le juge donna son accord d'un léger signe de tête.

— Je me nomme Hanguis et je suis le clerc qui a récolté les témoignages des moines chartreux peu de temps après la… visite que leur a rendue messire de Montbel, énonça-t-il à l'adresse de la foule. Les arguments et les exemples avancés ont été choisis avec pertinence. Mais dans le cas présent, des circonstances aggravantes sont à prendre en compte. Pour commencer, il n'a pas assassiné n'importe qui. Il s'est attaqué au prieur vicaire de la Grande Chartreuse, un homme de Dieu, pas à son serviteur ou quelque obscur paysan.

— Je n'étais pas seul ! se défendit maladroitement Guigues.

Le juge le coupa d'un geste agacé.

— De plus, poursuivit Hanguis, le meurtre a été perpétré avec une sauvagerie que je n'évoquerai pas ici, mais dont vous connaissez les détails. Je veux bien confirmer en revanche que messire de Montbel n'était pas seul à attaquer le monastère.

— C'est ce que je disais, s'impatienta Guigues. Il y avait une dizaine de soldats avec moi.

— Où sont-ils, ces hommes ? s'enquit le juge.

— Deux se trouvent ici avec moi, indiqua Guigues en désignant le Rouquin et Gaspard. Et les autres, je n'en sais rien. Je les ai payés pour accomplir une tâche et nous nous sommes séparés.

— Y avait Arnaut aussi, monseigneur, souffla Gaspard dans son dos.

3. En 1391.

— Oui, il y en avait encore un. Celui-là, il m'a trahi. Il m'a dérobé… un bien de valeur et s'est empressé de quitter mon service.

— J'ai là le témoignage d'une personne qui a aperçu votre homme à Camberio il y a quelques jours, déclara le procureur fiscal en feuilletant les papiers qui étaient posés devant lui. Il a affirmé l'avoir suivi dans une taverne où il a vendu ce qui semblait être un coffret de grande valeur provenant du monastère. Voudriez-vous nous faire croire que ce n'était pas pour votre compte ?

— Je peux vous l'assurer, grogna Guigues. Je n'ai pas vu ce merdeux depuis des semaines. C'est l'une des pires crapules que je connais !

— Messire, on pourrait dire qu'c'est lui qui a buté l'vicaire, chuchota Gaspard à son oreille.

— Que dites-vous ? demanda le juge.

Guigues réfléchit quelques secondes. Pourquoi pas ? Maintenant qu'il l'avait trahi, il ne voyait aucun inconvénient à tout lui mettre sur le dos.

— Je pense que c'est lui l'assassin du prieur vicaire, proclama-t-il.

— Messire, il ne sert à rien de mentir.

— Je ne mens pas. Je ne l'ai pas tué. Arnaut l'a fait. Il en est capable. C'est un homme froid, très dangereux. Qui plus est, quand on était là-haut, il a disparu pendant un long moment. Je n'ai aucune idée de ce qu'il faisait alors. Il aurait très bien pu s'occuper du prieur.

Guigues se fit la réflexion que c'était une hypothèse tout à fait plausible, après tout. De son côté, Prindalles retenait son souffle. Les dires de Guigues confirmaient ses propres doutes.

— Les moines m'ont assuré que c'était vous l'auteur du meurtre, insista Hanguis.

— L'un d'entre eux m'a-t-il vu en train de tuer le vieil homme ?

— Non, admit le clerc après une seconde d'hésitation.

— Alors ça pourrait tout aussi bien être Arnaut. Je suis là pour me défendre, mais vous n'êtes pas prêt à croire en mon innocence. Voilà pourquoi j'ai évoqué les cas Trovati et Betto.

— Veuillez clarifier, exigea le juge.

— Le premier parce qu'il a été reconnu coupable et n'a écopé que d'une forte amende. Le second parce qu'il appartenait à une grande maisonnée. Il a été prouvé qu'il était un meurtrier, il ne s'est même pas présenté devant le juge et il n'a été condamné qu'à payer une somme dérisoire. J'ai un avantage sur chacun d'entre eux. Je suis de sang noble et je suis venu sans me défiler. Plus encore, ces deux hommes ont un point commun qui n'est pas dénué d'intérêt.

— Lequel ?

— Ils ont composé.

Une vague d'exclamations indignées souleva l'assistance. Le juge pinça l'arête de son nez, Hanguis jeta ses papiers devant lui en se détournant tandis que certains criaient au scandale. Comme il ne parvenait pas à rétablir le silence, le curial ordonna de faire sortir tout le monde jusqu'à ce que le calme soit revenu.

Dans la cohue qui envahit le hall, Prindalles retrouva Hanguis. Celui-ci avait l'air furibond.

— Hanguis, que se passe-t-il ?

— Cette ordouse [4] va composer et s'en tirer indemne !

— Je ne comprends pas, qu'est-ce que cela veut dire ?

— La composition ou *bannum concordatum* est un principe juridique qui s'applique en Savoy. C'est plutôt rare pour des cas aussi graves.

— En quoi cela consiste-t-il ?

— La justice ne tranche pas. Elle ne décide pas si l'accusé est coupable ou innocent. Il est soumis à une amende, soit en faveur de la famille outragée, soit en faveur du comte.

— C'est impossible ! Il ne peut pas faire ça.

— Hélas, mon cher, il le peut tout à fait.

— Alors, c'est ainsi que ça va se terminer ? Il va payer et il pourra retourner chez lui comme si de rien n'était.

— Attendons de voir ce qu'en dit le juge. Rentrons.

La foule s'engouffra une fois de plus dans la grande salle au son des murmures mécontents. Nombreux étaient ceux qui gratifiaient Guigues de regards hostiles. Ce dernier avait patienté, un demi-sourire au coin des lèvres, ravi de l'effet de sa petite mise en scène. Le juge se réinstalla à son tour, l'air furieux.

— Vous réclamez la composition et c'est votre droit. Sachez qu'étant donné la gravité de vos actes, je suis loin d'y être favorable.

4. Ordure.

Hanguis se pencha par-dessus de la table et lui murmura quelque chose à son tour. Ses traits se tendirent tandis qu'il fixait le clerc dans les yeux. Hanguis lui adressa un haussement d'épaules fataliste. Le juge se tourna alors vers Guigues et s'accorda quelques secondes de réflexion.

— Il semble que le sort soit en votre faveur, lâcha-t-il à contrecœur.

Un vertige de soulagement s'empara de Guigues. Gaspard s'approcha de lui :

— J'savais qu'ce jour nous porterait chance, messire.

— Pourquoi ça ?

— Parce que aujourd'hui, c'est l'26 novembre.

— Et alors ?

— C'est la Saint-Innocent, monseigneur.

Guigues baissa la tête pour masquer son sourire. Le juge farfouilla dans ses documents puis sembla trouver celui qu'il cherchait. Montbel reprit son sérieux. Restait à savoir à combien allait s'élever la somme à payer.

— Je suis censé me référer au tarif de base fixé par les franchises, commença le juge. Dans la mesure où vous avez vous-même évoqué des cas équivalents, je choisirai comme point de départ l'exemple dont vous nous avez fait part et dont l'amende s'élevait à 300 florins d'or…

Guigues s'était attendu à cette possibilité, c'est pourquoi il avait tenté de diminuer la somme. Il n'était en revanche pas au courant de l'existence de telles franchises qui fixaient le prix pour chaque délit.

— … et si je prends en compte le degré de malice des actes en cause, il me paraît juste que dans un premier temps, vous restituiez tout ce que vous avez dérobé aux chartreux. Ensuite, vous paierez pour la réparation de ce que vous avez saccagé. Puis vous déclarerez publiquement que jamais plus vous ou vos descendants ne tenterez quoi que ce soit contre ces moines. Vos hommes devront agir de même. Et puisque c'est quelqu'un de votre maison qui l'a dérobé, vous rembourserez la valeur du fameux coffret.

Guigues accepta sans ciller. Cela représentait beaucoup, mais il n'avait pas le choix.

— Ça, c'était pour les moines. À présent pour le comte, que vous avez offensé au plus haut point, il vous faudra vous acquitter de la somme de 500 florins d'or bon poids. Et 100 pour chacun de vos amis derrière vous.

Cette fois, Montbel pâlit.

— Je ne possède pas une telle somme !

— Alors peut-être devriez-vous renoncer à composer, dans ce cas.

Guigues serra les dents.

— Non. Je trouverai.

— Fort bien.

La séance se termina par la lecture de la sentence contenant la formule *ad voluntatem domini*, pour bien rappeler que la justice était rendue au nom du comte. Ensuite, le curial remit au juge le ban dans lequel il avait enregistré le procès et son issue. Enfin, Guigues, le Rouquin et Gaspard jurèrent de laisser les moines en paix et ils furent libérés.

Guigues se répétait qu'il était en vie et qu'il avait le droit de retourner chez lui pour se convaincre que c'était bien réel. Bientôt, cette histoire ne serait plus qu'un mauvais souvenir.

Repulsa

DANS les appartements de la comtesse où régnait d'ordinaire une paisible atmosphère, les protestations de Marie résonnaient crûment. Emma lui avait rapporté la décision du juge et personne n'était parvenu à la calmer depuis. Elle faisait les cent pas en soutenant son ventre d'une main.

Dans un coin de la chambre, deux suivantes à la mine effrayée attendaient que l'orage passe. Seule Emma conservait un visage impassible. Elle connaissait sa maîtresse et savait que, d'ici quelques minutes, celle-ci s'affalerait sur son faudesteuil et que la désillusion prendrait le pas sur la colère.

La plus jeune des domestiques se pencha à l'oreille de la favorite et lui chuchota :

— Elle devrait prendre garde, elle pourrait perdre l'enfant.

— Taisez-vous, petite sotte, la gronda Emma. Rendez-vous plutôt aux cuisines pour qu'on lui prépare du lait avec du miel et des épices.

La suivante fit une légère révérence et partit s'acquitter de sa tâche tout en se demandant pourquoi la préférence de la comtesse allait à ce dragon déguisé en jupon.

Emma soupira face à la naïveté de sa cadette. Tout le monde avait dans son entourage une femme ayant perdu au moins un bébé, peu importait la prudence que l'on adoptait. Lors de ses précédentes grossesses, la comtesse avait évité autant que possible toutes les émotions un peu vives, ce qui n'avait pas suffi à maintenir ses enfants en vie. Néanmoins, les colères de Marie étaient rares et c'est cela qui lui causait le plus de souci. Elle parvenait la plupart du temps à se contenir et se murait au contraire dans le silence. Ce jour-là, elle semblait incapable d'adopter sa réserve coutumière.

Marie se savait trop contrariée pour tenter de retenir quoi que ce soit. Il fallait qu'elle évacue sa rage une bonne fois pour toutes. Ce système de composition lui donnait la nausée. Elle avait beau chercher, elle ne pouvait y déceler aucune forme de justice.

Alors qu'elle parcourait une énième fois la longueur du tapis, elle leva la tête et se retrouva nez à nez avec Amédée. Il l'observait, l'air surpris, presque accusateur. Elle lui tourna le dos, en éprouvant un vif sentiment de honte, comme toujours lorsqu'il lui avait cette expression. C'était en partie à cause de cela qu'elle conservait un calme apparent en toute circonstance.

Emma avait remarqué que la suivante qu'elle avait envoyée aux cuisines était revenue en même temps que le comte. Sous son regard réprobateur, la jeune fille baissa les yeux. Emma veillerait à ce que dorénavant, elle ne soit plus au service direct de la comtesse.

Marie parvint tant bien que mal à contenir les émotions dont elle était la proie et fit face à son époux. Elle ordonna à ses dames de les laisser et attendit qu'elles aient quitté la chambre pour parler. Amédée la devança :

— Puis-je savoir, ma mie, ce qui vous plonge dans un tel état ?

— Vous ne vous en doutez pas ?

— Ce doit être en lien avec le jugement de Montbel, mais je peine à m'expliquer pourquoi cela vous met tant en colère.

— Et moi j'ai du mal à comprendre comment vous pouvez rester impassible face à ce simulacre de justice !

— Vous savez que la composition est légale.

— Oui. En revanche, je ne soupçonnais pas que vous seriez faible au point de le tolérer en de telles circonstances !

Marie regretta aussitôt les mots qu'elle venait de prononcer. Le visage d'Amédée exprima un mélange d'indignation et de chagrin qui lui serra le cœur. Elle se tendit vers lui.

— Pardonnez-moi, mon aimé.

Elle poursuivit sur un ton plus maîtrisé :

— Je ne comprends pas ce qui vous a poussé à prendre une telle décision. Le recours à la composition est même interdit dans le cadre d'une éventuelle condamnation à mort depuis des années [1] !

— C'est le cas, mais cette règle n'est guère appliquée en pratique. Songez, ma dame, que si j'avais puni Guigues de Montbel aussi sévèrement qu'il le mérite, je l'aurais jeté lui et ses proches dans les bras du Dauphin. Les Montbel comptent parmi nos vassaux et, même s'ils

1. Statuts de 1379.

s'accommodent mal de cette place, je préfère les savoir de mon côté. L'appui qu'ils pourraient apporter au Dauphiné pourrait se révéler dangereux.

— Je me doutais qu'il s'agissait de politique. Je ne peux m'empêcher de me sentir révoltée !

— Imaginez donc ce que je ressens en mon for intérieur.

Marie plongea ses yeux dans le regard de l'homme qu'elle aimait et y lut toute la frustration et les efforts qu'il devait faire pour s'en tenir à une décision qui le révulsait. Alors, au lieu de l'accabler encore plus, elle lui prit la main et se chargea d'une partie du poids qui pesait sur ses épaules.

Prindalles était avachi dans son fauteuil, un verre de vin entre les doigts. À ses côtés, Nycolet observait du coin de l'œil son air renfrogné. Le maçon était venu le visiter peu de temps après l'annonce du verdict. Quand il l'avait questionné sur son ressenti, Prindalles s'était contenté de répondre :

— Je suis écœuré.

Depuis, il s'était muré dans le mutisme. Nycolet lui avait demandé s'il préférait être seul et Prindalles avait secoué la tête. Il était donc resté et respectait le silence imposé.

Prindalles n'en revenait pas que Montbel s'en sorte à si bon compte. Et il ne pouvait croire que l'on n'ait rien tenté pour retrouver Arnaut, puisqu'il avait été admis qu'il pourrait être l'assassin de Bérard. C'était somme toute le principe de cette étrange composition. *La justice ne tranchait pas*, avait dit Hanguis.

Au bout d'un long moment, l'obscurité commença à envahir la pièce. Nycolet se leva et se chargea lui-même d'allumer les lumières. Il se posta ensuite face à la cheminée, savourant la chaleur qui en émanait et posa une main réconfortante sur l'épaule du sculpteur.

— Essaie de te souvenir que tout a été fait selon la loi.

— C'est bien ce qui me chagrine, Nycolet. En utilisant le droit à son avantage, Montbel est libre de continuer à mener sa vie immorale.

— C'est aussi dans l'intérêt du comte. L'amende est salée et elle va remplir ses caisses. Une condamnation à mort ou un châtiment corporel ne lui aurait rien rapporté et lui aurait même coûté quelques florins. Je me demande où Montbel va pouvoir trouver tout cet argent.

— Il va le voler, j'imagine.

— Ce ne serait pas judicieux, à moins de vouloir être condamné à mort cette fois. Il va plutôt emprunter à des gens qui ne pourront pas lui dire non. Ou bien vendre l'un de ses châteaux.

— Ce n'est rien en comparaison de ce qu'il mériterait.

— Tu as raison.

— Te rends-tu compte que…

— Prindalles, c'est assez ! interrompit Nycolet. Certes, ce n'est pas la fin que tu espérais, mais c'est la fin tout de même. Tu peux laisser tout ça derrière toi et passer à autre chose. Et ça, c'est une bonne nouvelle, non ?

Prindalles hocha la tête et offrit un sourire désabusé à son ami.

— Tu es la raison personnifiée, Nycolet. À mon âge, je ne devrais plus être surpris par la dépravation du monde.

Le maçon était dans le vrai. Pourquoi se tourmenter pour quelque chose qu'il ne pouvait changer et qui, en plus, ne le concernait pas ? Mieux valait laisser ces préoccupations d'ordre moral à ceux qui en avaient la charge.

In vino veritas

Les deux compères étaient attablés autour d'une volaille à moitié décortiquée. La salle était pleine à craquer et le brouhaha de la foule leur semblait étrange, comme s'il les maintenait dans une bulle lointaine.

Deux jours après le procès, la colère de Prindalles avait fini par s'atténuer. Il éprouvait encore quelques difficultés à s'empêcher de se poser des questions, mais dans le même temps, il sentait peu à peu le poids qui lui avait alourdi l'estomac pendant des semaines s'alléger. Nycolet l'aidait en ramenant sans cesse son attention sur le chantier et, dans cette dynamique, l'avait invité à la taverne. Ils évoquaient les travaux qu'il faudrait effectuer au printemps.

Prindalles parlait pilastres et culs-de-lampe [1] quand il fut interrompu par un éclat de rire. Une silhouette chancelante s'approcha d'eux et vint les accoster. Le sculpteur eut un mouvement de recul en découvrant Guigues de Montbel. À l'évidence aviné, il se dressait devant eux le sourire aux lèvres.

— J'étais à la table juste derrière, ânonna-t-il, pour régler quelques affaires. Et là, je t'ai reconnu, l'artiste.

Prindalles écarquilla les yeux, pris de panique.

— Allons, ne fais pas cette tête. T'es pas content de me voir ?

— Je vous en prie… Laissez-nous, bredouilla Prindalles.

— Pourquoi ? Je viens à peine d'arriver.

— Il y a beaucoup de gens ici…

— Mais qu'est-ce que tu crois ? pouffa Guigues. Que je suis là pour t'écorcher vif ? C'est pas que ça m'aurait pas fait plaisir, mais c'est de l'histoire ancienne.

Il secoua sa main pour montrer qu'il n'y attachait plus d'importance.

— Si vous ne nous laissez pas en paix, je fais appeler la garde, prévint Nycolet qui était loin d'éprouver la même peur que son ami.

1. Élément en forme de pyramide inversée, placé en saillie sur un mur pour supporter une colonne, une statue, un pilastre…

— Tu n'aurais pas le temps de prononcer un mot que je t'aurais déjà embroché, fanfaronna Guigues en se laissant tomber sur le banc à côté de lui. Je vais te dire une chose, l'artiste, enchaîna-t-il en se tournant vers Prindalles. Aujourd'hui, je me sens du genre clément. Le sort a été bon pour moi. Alors comme je suis un chic type, je vais faire pareil pour toi et je ne vais pas t'embêter. Parole.

Pour appuyer ses propos, il leva la main droite. Prindalles et Nycolet échangèrent un regard déconcerté.

— Je peux prendre de votre vin ? demanda Guigues tout en se servant.

Il vida sa coupe d'une traite et la reposa sur la table dans un bruit sourd.

— Alors comme ça, tu as participé à l'enquête qui a suivi ma petite visite aux moines, hoqueta-t-il. Non seulement tu refuses de payer les péages que je mets en place pour les fol-en-cul dans ton genre, mais en plus tu essayes de me faire condamner. C'est toi qui m'en veux en réalité !

Sans même remarquer qu'il parlait tout seul, Guigues poursuivit sur le même ton pâteux.

— Le clerc y est allé fort, je trouve. À l'entendre, je pourrais être le diable personnifié.

Prindalles s'abstint de commenter. Guigues se resservit et prit cette fois son temps pour vider son gobelet. Prindalles et Nycolet ne cessaient d'échanger des coups d'œil. Guigues pointa son index vers le sculpteur.

— Je ne suis pas si idiot que ça. Je sais que tout le monde pense que je suis une brute sans cervelle. Ça me convient, parce qu'ainsi, les gens me craignent. Mais là, je sens derrière mon dos des regards qui me déplaisent. On me croit coupable.

— Et vous ne l'êtes pas ?

— Si, bien sûr ! J'ai commis un tas d'actes horribles dont je ne parlerai pas. Avec ta nature délicate, tu ferais des cauchemars.

— Alors, qu'est-ce qui vous chiffonne ? s'impatienta Nycolet en lui arrachant le pichet des mains.

— Je n'aime pas être accusé de quelque chose que je n'ai pas fait. En plus, j'ai l'impression d'avoir été piégé.

Il s'exprimait avec lenteur, comme si sa langue s'obstinait à rester collée à son palais.

— Comment cela ?

— Les moines ont dû te dire que j'ai quitté le monastère un peu précipitamment.

— Ils ont pensé qu'affolé par les répercussions du meurtre, vous avez préféré vous enfuir.

— Il y a du vrai là-dedans. Si j'ai eu si peur, c'est parce que ce n'est pas moi qui ai tué le vieux.

Prindalles le toisa avec dégoût.

— Et Lancelin ?

— C'est qui ça ?

— Le novice.

— Ah, là, il se pourrait que ce soit moi, qui sait ? répliqua Guigues, en étirant les lèvres vers le bas. Il s'échappait, je ne pouvais quand même le laisser faire !

Nycolet faisait rouler son gobelet entre ses paumes, à deux doigts de le fracasser sur sa tête. Inconscient de ce danger, Montbel s'évertuait à poursuivre :

— Mais pour Bérard, c'était pas moi.

— Alors qui est-ce ?

Guigues se redressa et fixa le vide comme s'il revoyait la scène, désignant du doigt des choses invisibles.

— Je suis sorti de l'infirmerie, j'ai aperçu une lueur dans le coin de l'enceinte. J'ai cru que c'était les moines qui tentaient encore de s'échapper. Alors j'y suis allé et ce que j'ai trouvé m'a fichu la frousse de ma vie.

— Vous ne pensez pas que ça aurait pu être l'un de vos hommes ?

— Cette nuit-là, ils m'ont accusé et ils avaient l'air d'avoir peur aussi. Je ne crois pas qu'ils y soient pour quoi que ce soit.

— Il faudrait les retrouver, suggéra Nycolet. Ils ont peut-être vu quelque chose qui pourrait nous éclairer.

— Ça va être difficile de mettre la main dessus, gloussa Guigues en frottant son menton mal rasé. Ils tapissent le fond de la forêt et servent de repas aux vers.

— Tudieu !

Nycolet glissa sur le banc et tourna le dos à Guigues, au bord de l'explosion.

— Comment pouvez-vous annoncer ça avec une telle nonchalance ? réprouva Prindalles.

— Arrêtez de faire vos mijaurées. C'est pas ça qui compte. Ce qui est important, c'est que je n'ai pas tué le vicaire.

Prindalles et Nycolet se regardèrent à nouveau d'un air entendu. Le maçon hocha la tête tandis que le sculpteur pianotait sur la table devant lui :

— Vous restez sur ce que vous avez évoqué lors de votre procès et confirmez quelque chose que je soupçonne depuis un moment.

— À savoir ?

— Un des moines a avoué qu'un inconnu s'est entretenu avec Bérard ce soir-là. Un homme vêtu de noir, caché sous une capuche qui ne laisse jamais voir son visage.

— Ça me rappelle un type que je connais. Oreste.

— C'est ça ! s'enflamma Prindalles. Le même qui a incité le fils de Nycolet à incendier le château et s'est introduit dans l'église où vous vous étiez réfugié.

— Et qui m'a aidé à mettre ce plan en place, compléta Guigues, brusquement dégrisé.

— Comment ?

— Peu importe. J'y ai pensé moi aussi. Ce que j'ai dit au juge n'est pas totalement idiot.

Prindalles se pencha en avant.

— Arnaut ?

— Arnaut, confirma Guigues.

⁂

Les tapisseries accrochées aux murs de la *magna aula* avaient été dépoussiérées, les dalles du sol briquées et les carreaux des claires-voix rincés. Tous ceux qui comptaient avaient été réunis. Dans un silence empreint de gravité, Amédée récompensa les hommes qui l'avaient si bien servi. Hanguis fut nommé clavaire de cour [2] et recevrait désormais

2. Archiviste.

un salaire de 40 florins. Prindalles quant à lui perçut 1 florin 11 deniers gros par statue, c'est-à-dire 5 florins et 9 deniers gros au total.

Au moment où ces chiffres furent annoncés, Hanguis se pencha vers Prindalles et lui murmura :

— Ils auraient tout de même pu arrondir à 2 florins par statue, ça aurait été plus simple à calculer [3].

— Je n'ai pas de souci à me faire, badina Prindalles sur le même ton. Maintenant, j'ai de riches amis chez qui je pourrai venir quémander.

Ils pouffèrent comme des garçons avant de reporter leur attention sur les propos du comte. La suite de la cérémonie traîna en longueur et s'acheva au son des bâillements à demi étouffés.

Prindalles avisa Emma au milieu de l'assemblée et lui demanda de l'introduire auprès de la comtesse. Marie perçut l'appel discret de sa favorite et s'excusa pour les rejoindre, elle et Prindalles.

— Maître, vous me sauvez d'une conversation interminable ! Marchons.

Ils déambulèrent dans la pièce éclairée de centaines de bougies, Emma à quelques pas derrière eux.

— Je suis toujours ravi de vous rendre service, ma dame. Je me dois de vous rapporter des propos que je tiens de Montbel lui-même.

Marie s'écarta d'un groupe de convives et afficha une mine surprise. Prindalles lui relata alors l'étrange conversation que lui et Nycolet avaient partagée avec Montbel et, surtout, la conclusion à laquelle ils étaient tous parvenus. Marie l'écouta en promenant un regard aimable sur l'assistance.

— Le procès a déjà eu lieu et Montbel a composé, acheva Prindalles. Pourquoi chercherait-il à se disculper d'un meurtre dont on ne l'accuse plus ?

— En effet, c'est étrange, reconnut-elle. Quoi qu'il en soit, je ne vois pas ce que je peux faire. Les moines ont obtenu un semblant de justice ; Montbel a conservé sa tête et aura eu assez peur pour se tenir tranquille pendant quelques années au moins ; mon mari est débarrassé de cette affaire déplaisante. Tout le monde est gagnant.

Avant qu'il la contredise, Marie se tourna une dernière fois vers lui et lui enjoignit d'une voix douce :

3. Sachant que 1 florin équivalait à 12 deniers.

— Maître Prindalles, ne pensez plus à tout cela. C'est derrière nous maintenant.

Elle le quitta et rejoignit son mari. D'abord furieux de ne pas être entendu, Prindalles haussa les épaules. *Qu'ils se débrouillent !* Il partit en quête d'Hanguis dont la conversation saurait le distraire.

Orestes

PRINDALLES rentra chez lui après une longue journée. Il héla Adèle avant de se souvenir qu'elle était au chevet de sa nièce qui venait d'accoucher. Il essora son couvre-chef gorgé de pluie puis gagna la cuisine où il trouva la marmite de porée de poireaux aux saucisses qu'elle lui avait laissée.

Il profita d'une accalmie pour se rendre au cabinet d'aisances, dans la cour arrière. Au passage, il prit quelques rondins entassés sous un petit abri. Au moment de rejoindre la maison, il entendit un bruit à l'avant, ce qui lui fit presser le pas. Il ne découvrit personne en ouvrant la porte d'entrée. Il haussa les épaules et posa son tas de bois dans le panier près de l'âtre.

Nycolet lui avait à nouveau proposé d'aller *s'arroser le gosier*, cette fois-ci sous le prétexte de célébrer à l'avance la fin de l'année de travail. Le maçon allait profiter de cette trêve pour avancer les réparations dans les autres châteaux du comte. Prindalles, lui, appréhendait cette période à venir. Peut-être partirait-il quelque temps.

Il n'avait rien promis à Nycolet pour la soirée, car sur le moment l'idée ne l'avait pas séduit. Il changea d'avis et décida de le rejoindre à la taverne. Auparavant, il enfila une tenue sèche et redescendit réchauffer son dîner. Si Nycolet avait l'intention de le faire boire, autant avoir le ventre plein.

Il alluma ensuite quelques bougies dans la salle à manger et se laissa tomber dans son fauteuil armé d'un livre. Au bout d'à peine quelques minutes, il releva la tête, frissonnant. *Je vais peut-être faire un feu. Je le couvrirai au moment de partir.* Alors qu'il allait se lever, il perçut un mouvement furtif sur sa droite et ses cheveux se dressèrent sur sa nuque. Avant même qu'il n'ait pu prononcer le moindre son, une chape de plomb s'abattit sur lui et il sombra dans l'inconscience.

Lorsqu'il revint à lui, Prindalles éprouva des difficultés à ouvrir les yeux. Quelque chose l'empêchait en outre de bouger. Il réalisa que ses bras avaient été attachés à un dossier, ses mains reliées dans le dos, et que ses jambes avaient été nouées aux pieds de la chaise qu'il occupait.

— Bonsoir, maître. Prenez votre temps, j'ai besoin que vous soyez en possession de tous vos moyens.

Le sculpteur se redressa et tenta de discerner d'où provenait cette voix. Une silhouette encapuchonnée se dressait dans le coin séparant la cuisine du reste de la maison.

— J'espère que vous me pardonnerez de m'être présenté sans avoir été invité. Comment va votre tête ? Je n'ai pas frappé très fort, vous ne devriez pas souffrir outre mesure.

Prindalles sentait pourtant une vive douleur émaner de l'arrière de son crâne ainsi qu'un filet visqueux couler le long de sa nuque. Il balbutia :

— Qui êtes-vous ? Que faites-vous chez moi ?

— Mettons les choses au clair dès le début. Je poserai les questions, et vous, vous y répondrez. Vous serez assez aimable pour respecter cette consigne, je ne me sens pas d'humeur accommodante ce soir.

Prindalles avait la bouche pâteuse et voyait trouble de l'œil gauche. Combien de temps était-il resté inconscient ? L'inconnu reprit la parole tandis qu'il tentait de juger à quel point les nœuds qui lui entravaient les poignets étaient serrés.

— J'ai besoin de quelque chose qui se trouve actuellement sous votre protection. Vous accéderez à ma requête sans faire d'histoire. Demain, lorsque votre servante reviendra, elle vous découvrira ici et vous libèrera. Vous pourrez alors laisser cette histoire derrière vous.

— Qu'est-ce qui me garantit qu'une fois que je vous aurais obéi vous ne me tuerez pas ?

— Vous tuer ? Voyons, je n'en ai pas l'intention.

Prindalles bougea la tête pour secouer ses idées. Pourquoi l'intrus se montrait-il si courtois ?

— Que voulez-vous ? demanda-t-il en cessant de gigoter – les nœuds étaient bien trop serrés.

— Ah, vous avez compris qu'il ne servirait à rien de se débattre. Vous êtes un original.

— Vous séquestrez souvent les gens, pour faire ce genre de remarque ?

— Tatata, pas de questions. Passons au vif du sujet. Vous êtes en possession d'un parchemin que je cherche depuis trop longtemps maintenant.

Prindalles redressa la tête. Tout le ramenait à ce fichu bout de peau barbouillé d'encre. Que contenait-il qui soit d'une telle importance ?

— Je vois que vous savez à quoi je fais allusion, constata l'homme.

— J'ai beaucoup entendu parler de vous, *Oreste*.

Prindalles voulait gagner du temps. Dans quel but, il l'ignorait, cela lui semblait juste être la chose à faire.

— Ceux avec qui je me suis entretenu n'ont pas dressé un portrait très flatteur de vous.

— Ceux ?

— Pour commencer, Jean Robert, que vous avez chargé d'incendier le château.

— Ah oui. Il m'a presque pris de court, l'imbécile, en agissant trop tôt. Au bout du compte, mon nouveau plan s'est révélé bien plus intéressant.

— Frère Albin a lui aussi gardé un mauvais souvenir de votre rencontre.

— Je ne pourrais l'en blâmer. Mais revenons à ce qui m'amène. Je veux que vous me remettiez ce document.

— C'est hors de question.

Prindalles fut surpris de sa propre fermeté. Oreste s'approcha et se pencha à quelques centimètres de son visage en posant ses mains sur les accoudoirs. Le sculpteur ne pouvait toujours pas distinguer ses traits, mais il pouvait sentir son haleine sur ses joues.

— Je vous ai prévenu que je n'ai que peu de patience aujourd'hui. Donnez-le-moi.

— Je ne l'ai pas sur moi.

— Dites-moi donc où il est.

— Non. Je n'ai pas peur de vous.

Prindalles mentait et l'autre s'en rendit compte, car il se mit à rire.

— En fait, vous aviez raison. Il m'est arrivé de pratiquer ce genre d'activité assez souvent, ces temps-ci. Et j'en retire de l'expérience. J'ai tué le vicaire parce que je pouvais lire dans ses yeux qu'il ne parlerait jamais, quels que soient les supplices que je lui infligerais.

— Cela ne vous a pas empêché de vous livrer à des actes ignobles !

Oreste se redressa, recula d'un pas et frotta ses mains l'une contre l'autre.

— Il se peut que je me sois laissé aller à quelques débordements. Je peux lire en vous que vous ne possédez pas la même force que le chartreux.

Prindalles déglutit avec difficulté. Son agresseur ne lui accorda pas le temps d'envisager le pire. Il lui assena un coup dans la mâchoire d'un revers de la main.

— Où est le document ?

Comme le sculpteur était trop choqué pour fournir une réponse, Oreste empoigna un bougeoir et l'écrasa sur son genou droit. Prindalles poussa un hurlement et ne vit pas venir le troisième coup, porté à l'arcade. Sonné, il sentit le sang couler le long de sa joue. Lorsqu'il releva la tête, des étincelles flottaient devant ses yeux. Il bâtit des cils et distingua la silhouette d'Oreste qui lui tournait le dos et soufflait bruyamment, les bras enserrant ses épaules.

— Veuillez me pardonner. Le sens du devoir et l'urgence me tiennent, et je refrène avec peine mes mauvais instincts. Rassurez-vous, je ne répèterai pas les mêmes erreurs. Et j'ai de plus le sentiment que ce n'est pas la bonne méthode à employer avec vous.

Il se retourna pour faire face à Prindalles, qui se tassa sur sa chaise.

— Je pourrais vous arracher les dents et les ongles, vous découper les paupières, vous briser quelques os et vous percer la langue. Mais je n'ai pas le savoir-faire d'un professionnel, j'aurais peur de vous tuer avant que vous parliez.

Il s'assit en face de lui. Il leva son bras et Prindalles ferma les yeux. Oreste se contenta de dégager son visage des mèches collantes qui le recouvraient.

— La violence permet de résoudre une majorité de problèmes, dit-il d'une voix à nouveau maîtrisée. Cependant, il arrive parfois qu'elle soit impuissante. Il faut alors se faire inventif.

— Je sais qui vous êtes ! cria Prindalles.

Il n'éprouvait aucune curiosité quant aux moyens destinés à le faire parler et jouait sa dernière carte.

— Vous êtes Arnaut ! Inutile de dissimuler davantage votre visage. Vous étiez au monastère la nuit où le vicaire a été tué. Vous avez rendu visite à votre maître dans l'église pour l'aider. Vous avez vendu le reliquaire pour lui. Et vous avez fait en sorte d'incendier le château de messire Amédée, car votre seigneur le hait et le veut mort !

Il y eut un instant de flottement, puis Oreste se mit à rire.

— Vous m'avez donc démasqué !

Les paroles du sculpteur ne semblèrent pas perturber ses plans puisque d'un minuscule sac de toile, il sortit un petit flacon fermé par un bouchon de liège.

— Je crois que vous allez me dire tout ce que je veux savoir.

Prindalles le regarda sans comprendre, tandis qu'Oreste se plaçait un linge sur le bas du visage. Il déboucha ensuite la fiole et la tendit sous le nez du sculpteur. Ce dernier sentit une sorte de confusion enténébrer peu à peu ses pensées, sa conscience et même le présent. Il n'y avait plus que les fortes exhalaisons qui s'échappaient du flacon et cette voix feutrée qui commença à l'interroger.

Exilium

MALGRÉ la vie qui reprenait son cours, paisible et régulier, Albin éprouvait la plus grande difficulté à retrouver le calme qui était le sien avant l'attaque. Maintenant qu'il avait avoué son rôle dans cette affaire, il craignait de voir débarquer les soldats du comte venus pour l'arrêter et le mener à l'échafaud. Il sursautait au moindre bruit et ne pouvait s'empêcher de penser qu'un jour, au détour d'un bosquet, la lame vengeresse d'Oreste viendrait se ficher entre ses côtes. Il devait également surmonter sa déception de ne pas succéder à Bérard. D'un autre côté, s'il l'avait fait, sans doute Ebbon – qui évitait à présent tout contact direct avec lui – aurait révélé son implication aux autres. Et Albin devait bien le reconnaître, Martin se montrait en tous points digne de sa nouvelle charge, même s'il était plus brusque que le regretté Bérard.

Les évènements ne cessaient de défiler dans sa tête. Il ne pouvait empêcher son esprit fatigué d'imaginer à quel point les choses auraient pu être différentes s'il avait mieux agi. Lorsqu'il tentait de prier, les mots lui semblaient creux et vides de sens.

Ses joues habituellement roses et rebondies avaient pris une teinte cireuse et commençaient à s'affaisser. Les traits ainsi tirés par le bas, il paraissait avoir vieilli d'une dizaine d'années en à peine quelques semaines.

Les seuls moments où son caractère belliqueux refaisait surface, c'était lorsqu'il croisait Aymon. Par sa simple existence, il mettait de nombreuses personnes en danger et Albin ne pouvait s'empêcher de le tenir pour responsable de la mort de Bérard. Les chartreux n'accepteraient jamais de le chasser sans raison valable, il en avait conscience. À leurs yeux aveugles, Aymon n'avait commis aucune faute. Pour qu'il soit envisageable de se séparer de lui, il faudrait que lui-même avoue toute l'histoire et le rôle qu'il y avait joué. Albin prit le parti de mettre à profit ses longues séances d'insomnie pour imaginer une solution.

Plusieurs jours s'étaient écoulés quand Albin trouva enfin le courage d'aborder Aymon après la prière de none pour lui réclamer une entrevue. L'oblat, qui s'était senti affreusement seul depuis le décès de Bérard et le départ du sculpteur, accepta malgré le peu de sympathie qu'il ressentait pour lui.

Il se rendit au noviciat à l'heure convenue et frappa à sa porte.

— Entre et assieds-toi, Aymon. J'ai des choses importantes à te dire. Elles ne vont pas être faciles à entendre, alors je te prie de faire appel à toute la modération dont tu es capable.

— Je ferai de mon mieux, répondit Aymon, sur la défensive.

— J'ai été amené à en savoir plus sur tes origines, déclara Albin en plongeant son regard dans le sien, bien plus que ce que l'on a bien voulu te dire.

Le pouls d'Aymon marqua un temps d'arrêt et s'accéléra presque dans le même temps.

— Ne te fais pas trop d'illusions, je n'ai aucun nom à te donner.

Les épaules du jeune homme s'affaissèrent tandis qu'Albin poursuivait sur le même ton brusque.

— On t'a raconté que tes parents t'avaient abandonné à la naissance et qu'on ne les avait jamais revus. C'est vrai, en partie. Ton père est décédé depuis de nombreuses années. Ce n'est pas le cas de ta mère, qui demeure loin d'ici.

— Je ne comprends pas. Si elle est en vie, pourquoi ne veut-elle pas me rencontrer ?

— Elle fait bien, crois-moi. Ils t'ont confié à d'autres en raison de la couleur de ta peau, comme tu dois t'en douter.

— Pourquoi ? Je ne suis personne et mes parents ne comptaient pas plus.

— C'est là que les mensonges entrent en jeu.

— Quels mensonges ?

— Ceux de ton ami le plus cher. Car tu es de sang noble.

— C'est cruel de votre part de vous rire de moi, se défendit Aymon en tremblant.

— Pourquoi penses-tu que tu sois si peu enclin à prononcer tes vœux ? Que la vie en communauté te soit si difficile ? Tu n'étais pas destiné à être enfermé entre quatre murs, mais à donner des ordres et à briller en société.

Aymon assimilait avec peine ce qu'Albin lui livrait.

— Je ne vous crois pas, protesta-t-il d'une petite voix.

— Tes parents étaient tous deux issus de grandes familles et occupaient une place de la plus haute importance à la cour.

— Je ne vous crois pas ! répéta Aymon en serrant les poings.

Albin se leva et se dressa face à lui.

— Tu es leur premier-né, Aymon, et ils ont été terrifiés à la vue de ta peau décolorée. Quel péché ignoble avaient-ils pu commettre pour que Dieu leur inflige ce châtiment ? Que seraient devenues leurs possessions si l'héritier de cette grande lignée avait été frappé d'une telle malédiction ? Quelle famille aurait été assez folle pour te laisser épouser l'une de ses filles ? Il leur fallait se débarrasser de toi, mais ils n'ont pas eu le cœur de t'exposer, alors ils ont cherché un endroit isolé pour t'y placer.

— Je ne comprends pas. Je ne suis pas un monstre…, sanglota Aymon.

Albin martela, implacable.

— Ils ont engagé un paysan pour t'emmener ici alors que tu n'avais que quelques jours. Bérard t'a réceptionné.

Aymon releva la tête.

— Bérard ?

— Lui-même. Il a accepté de te cacher et de jouer la comédie devant tous les autres. Par charité et par compassion pour la vie qui serait la tienne, les moines s'accordèrent pour te garder. Toute cette histoire n'était qu'une mascarade !

Aymon ne retenait qu'un élément parmi tous ceux qu'Albin lui jetait.

— Bérard savait ?

— Fais-toi à cette idée, mon garçon, il t'a menti. Durant toute ta vie.

— Toutes ces années, il aurait pu m'expliquer… Et il n'a rien dit.

Aymon s'affala sur le sol et se laissa submerger par les larmes de chagrin, de désillusion et de fureur. Il se sentait trahi par le seul homme qu'il avait jamais aimé.

Prenant une grande inspiration, Albin se pencha sur lui et en arriva au point crucial de cet entretien :

— Tu n'as plus rien à faire ici. En tant que maître des novices, je refuse ton ordination.

Aymon se redressa à demi et mit quelques secondes à répondre.

— Je pourrais être convers, suggéra-t-il.

— Tu n'as pas la vocation et tu le sais tout autant que moi.

— Alors je peux rester en tant que serviteur !

— Je te l'ai déjà dit, ta place n'est pas ici. Tu nous apportes le malheur.

Aymon tendit les mains en un geste suppliant.

— Mon frère, je n'ai pas d'autre chez-moi !

— Tu n'es pas l'un des nôtres !

— Je ne viens de nulle part, je peux donc être d'ici…

— Tu sais désormais que c'est faux.

— Je vous en prie !

Albin le secoua par les épaules pour le faire taire. Aymon se raidit soudain et se dégagea de son emprise.

— Comment êtes-vous au courant de tout cela ?

— J'ai… hum, surpris la confession de Bérard.

Aymon se releva et s'essuya le nez d'un revers de main rageur.

— Alors vous aussi, vous connaissiez mon histoire et me l'avez cachée !

— Bérard voulait te protéger, justifia Albin, contre l'extérieur et contre toi-même. Il avait peur que tu t'enfuies en apprenant la vérité. Quant à moi, je n'étais censé être au courant de rien. À quoi cela t'aurait-il avancé de savoir tout ça ?

— Pourquoi me le dire aujourd'hui dans ce cas ?

— Bérard est mort et la faute te revient. Je ne veux plus risquer la vie de personne.

Comme Aymon restait prostré, Albin insista.

— Bérard était ton seul ami et il t'a trahi.

— Et les autres ? Eux aussi me rejettent ?

— S'ils savaient la vérité, ils te diraient de partir.

Aymon posa une main tremblante sur ses yeux.

— Pourquoi me chassez-vous de l'unique refuge que j'ai jamais connu ?

— Je me dois de protéger les miens et de t'épargner une vie de réclusion.

— Vous me condamnez !

— Tu t'en sortiras. Sinon, ce sera la volonté du Seigneur. Je préserve ainsi ce qui m'est cher. Maintenant, va-t'en !

⁂

Aymon s'apprêtait à passer la grande porte, insensible aux morsures de la neige fraîche et du vent glacial qui s'engouffrait dans les replis de sa cape. À son épaule pendait une besace remplie de quelques affaires et d'un peu de nourriture qu'il ne se souvenait même pas avoir emballées. Il n'avait croisé personne depuis les révélations d'Albin et soupçonnait que nulle âme ne viendrait le retenir. Il rabattit sa capuche sur sa tête et se retourna une dernière fois vers la demeure qui l'avait abrité pendant tant d'années. Puis il ouvrit son sac, y piocha un objet et le jeta à terre. Il tourna ensuite le dos à son ancienne vie et franchit la porte.

Plus tard, alors que le soleil était déjà passé derrière la montagne, Ebbon remarqua par la fenêtre de son infirmerie une forme blanche qui voletait dans le potager. Il sortit et l'attrapa juste avant qu'une nouvelle bourrasque le déplace. C'était le vieux manteau de Bérard.

Pimpinella anisum

Dans la brume qui lui engluait le cerveau, Prindalles avait la vague impression d'entendre des questions. Peut-être lui étaient-elles adressées, quoi qu'il en soit il était incapable de leur fournir une réponse. Il les trouvait sans intérêt et incompréhensibles pour la plupart, l'effet combiné de sa blessure et des philtres ayant bien fait son œuvre.

Des visions sans queue ni tête se formaient devant ses yeux. Il aperçut une rangée de statues qui avancèrent et reculèrent à plusieurs reprises avant de se lancer dans une danse lente et vaporeuse. Elles le fixaient de leurs orbites vides. Chaque fois qu'il tentait d'en identifier une, ses traits se muaient en une forme floue pour en former d'autres. Il vit ainsi défiler plus de visages qu'il n'en connaissait, discernant quelques-uns de manière fugace sans pouvoir en être certain.

— Qui êtes-vous ? s'émut-il, à la fois effrayé et fasciné.

De loin, une voix inflexible lui parvenait :

— Concentrez-vous. Ne perdez pas le contrôle.

Alors qu'il tentait d'effacer ces visions étranges en clignant des yeux, elles se transformèrent, comme dans un rêve. Il n'y avait plus qu'une pâle silhouette devant lui, celle d'un homme qui lui ressemblait. Prindalles fut presque heureux de rencontrer un être familier, avant de réaliser à quelle activité il se livrait. Tout en le fixant de ses yeux brumeux, il peignait sa main gauche qui n'apparaissait qu'à moitié, comme flottant dans les airs. De la même manière, il lui manquait une jambe et la partie droite du visage. De la pommette jusqu'à l'oreille, on ne percevait que les ténèbres. Le reste de ses traits demeuraient impassibles, indifférents à leur solitude incongrue.

— Que faites-vous ? s'affola Prindalles. Ce n'est pas terminé ! Vous allez tomber si vous ne peignez pas l'autre jambe !

Il entendit un juron puis sentit que l'odeur musquée qui l'enveloppait jusqu'alors s'éloignait pour être remplacée par une nouvelle, fraîche et familière.

Prindalles cligna des yeux plusieurs fois, se demandant où était parti son double. Il eut l'impression de dériver entre passé et présent, alors même qu'il aurait souhaité reléguer ces souvenirs dans l'oubli à tout jamais. Les émanations qui s'échappaient du flacon lui torturaient l'âme plus cruellement que l'aurait fait une lame dans sa chair. Il secoua la tête pour tenter de s'y soustraire. Trop tard.

Une barrière de feu s'éleva devant lui et il écarquilla les yeux de terreur. Il distingua une silhouette menue ornée d'un bonnet blanc et d'un châle de dentelle avec, à ses côtés, une seconde plus petite. Elles étaient la proie de flammes immenses. Il pouvait voir leur peau se boursouffler et fondre sous l'effet de la chaleur. Il entendait leurs cheveux crépiter. Il percevait leurs cris du plus profond de son être.

La voix qui lui susurrait à l'oreille se fit caressante, envoûtante et lui parut de plus en plus claire. Il ne laissa échapper qu'une suite de gémissements pitoyables.

— Il ne tient qu'à vous de faire cesser ce supplice, disait la voix. Ne vous entêtez pas plus. Parlez-moi du parchemin.

— Je ne peux pas…

— Encore un petit effort et ce sera terminé.

— J'ai promis…

— Je peux moi aussi vous faire une promesse. Plus vous vous obstinez, plus ce sera long et désagréable.

— Pitié, c'est insupportable ! sanglota Prindalles.

— Dites-moi où est le parchemin, qu'on en finisse.

— J'ai juré à la comtesse de ne rien dire à personne !

— C'est elle qui est derrière tout ça ? C'est bien, nous avançons.

Prindalles se débattait et gigotait sur sa chaise. Il serra les lèvres et les paupières pour échapper à la vision des corps qui flambaient à l'intérieur de sa tête. Les mots s'extirpaient de sa bouche sans qu'il puisse les retenir.

— Elle aussi avait promis. Que je n'aurais plus à m'occuper de ça…

— C'est elle qui possède le document, n'est-ce pas ?

— N… non.

Prindalles savait qu'il devait convaincre la voix mais tout était embrouillé. Avait-il eu cette conversation avec la comtesse ou l'avait-il rêvée ? Il sentait son esprit sombrer toujours plus dans la démence. Cette odeur ! Si elle ne disparaissait pas sur-le-champ, il allait devenir fou à lier.

Dans son délire, il se fit la remarque que derrière la fraîcheur qu'il connaissait bien, il y avait autre chose, un arôme presque fétide. Ou plutôt comme un relent de pomme pourrie. Cette idée l'amusa et il se mit à rire, à rire de plus en plus fort, à s'en faire mal à la mâchoire.

Une violente gifle le calma. Le parfum envoûtant s'estompa peu à peu et, lorsqu'il ouvrit les yeux, il constata avec surprise que la pièce était intacte. Il n'y avait personne d'autre que lui et son agresseur.

Oreste lui tournait le dos et rangeait les flacons dans sa bourse. Prindalles tenta de réorganiser ses pensées, la bouche pâteuse et la gorge sèche. La seule idée qui lui paraissait claire, c'était qu'il ne fallait pas le laisser partir. Il prit une grande inspiration et, ignorant la douleur qui lui tenaillait les tempes, il demanda :

— Vous avez obtenu ce que vous vouliez de moi. Allez-vous me libérer, maintenant ?

— Je vous l'ai dit, vous passerez la nuit ici. C'est votre servante qui vous délivrera demain matin.

— Elle posera des questions…

— C'est inévitable.

— Vous allez faire croire à un larcin en mettant ma maison sens dessus dessous ?

— Votre tête fonctionne à nouveau. Vous voyez, cela n'aura pas été si terrible, après tout.

Il se rendit à l'étage et Prindalles l'entendit retourner les meubles. Le désespoir lui fit monter les larmes aux yeux. Les brumes qui avaient envahi son esprit s'estompaient mais il se sentait vidé de toute énergie. Oreste redescendit et entreprit de fouiller les coffres du rez-de-chaussée. Prindalles l'observa avec plus d'attention.

— C'est amusant, je vous croyais plus grand. Bon sang, qu'est-ce qu'il y avait dans ce maudit flacon ? Ça m'a retourné la cervelle !

— *Mandragora*, indiqua Oreste sans se relever.

— Il me semble qu'il y avait autre chose…

Il se tortilla à nouveau. Une pensée se frayait un chemin dans son esprit engourdi, et plus elle devenait limpide, plus il luttait contre elle. Non, ce ne pouvait pas être. Il devait encore délirer et Arnaut lui paraissait plus petit dans sa folie. Quant au parfum…

Prindalles ne pouvait y croire, ne voulait y croire. Une boule de chaleur aussi soudaine que désagréable submergea son estomac et le sang lui monta à la tête. Tandis qu'il commençait à imbriquer les pièces du puzzle les unes dans les autres, une sourde colère s'empara de lui et lui donna un regain de force.

— Je sais que c'est contraire aux consignes établies au début de notre entretien, amorça-t-il, mais j'aimerais tout de même vous poser une question.

— C'est que vous allez mieux, l'effet de la mixture s'estompe.

— C'est à ce sujet que je m'interroge. Vous dites avoir utilisé de la *mandragora*, que j'ai reconnue à son odeur de pomme pourrie. Ensuite, ça a changé.

Sans répondre, Oreste se dirigea vers la porte d'entrée. Au moment où sa main allait s'emparer de la poignée, Prindalles lança :

— Comment avez-vous su pour l'anis ?

Oreste suspendit son geste.

— J'ai mis du temps à l'identifier à cause des autres substances que vous avez utilisées, mais je reconnaîtrais cet arôme entre tous. Comment avez-vous appris que cette odeur me tourmentait à ce point ? Qu'il suffit de quelques secondes d'inhalation pour me renvoyer dans un passé marqué par le chagrin ?

Oreste semblait réfléchir. Prindalles tira une nouvelle vigueur de cette hésitation.

— Il n'y a qu'une seule personne auprès de qui j'ai fait allusion à ce souvenir. Alors je me demande comment vous, Arnaut, en avez appris l'existence.

— Vous êtes intelligent, maître.

Il fit demi-tour et se dirigea vers le buffet. Il ouvrit la partie inférieure et en sortit une nappe blanche, qu'il étala sur la grande table.

Prindalles plissa les yeux et grinça à travers ses mâchoires serrées :

— Qui êtes-vous ?

— Je suis sûr que vous l'avez deviné à présent.

— Cette idée m'est tellement insupportable que j'ose à peine y songer.

— Quel sentimental vous êtes.

Il se tourna vers Prindalles et sembla perdu pendant un instant. Puis, retrouvant la tempérance que le sculpteur lui connaissait, il lissa les plis de la nappe par des gestes méticuleux. Sa tâche achevée, il se redressa et retira sa capuche. Prindalles lui découvrit un air amusé, comme si la situation revêtait un aspect comique qui lui échappait. Les sourcils froncés, il dut convaincre son esprit que le visage qui lui faisait face était bien réel.

— Hanguis, au nom du Ciel ! s'écria-t-il.

— Je vous en prie, cher maître, un peu de retenue.

La colère de Prindalles menaçait de lui faire exploser la tête. Tandis qu'il se remémorait les événements un à un, une quantité de questionnements l'assaillit.

— C'était vous, avec cette femme dans la rue ? Vous l'avez mise sur mon chemin et lui avez ordonné de se parfumer ?

— J'ai demandé ce petit service à l'une de mes amies. C'est l'avantage de choisir ses alliés parmi la fange de la société. Ces gens acceptent de faire à peu près tout pour quelques pièces. Vous furetiez un peu trop alors j'ai voulu vous éloigner. Il m'aurait été pénible de vous occire à ce moment-là. Et quelle erreur cela aurait été ! Je ne sais pas au juste à quoi correspondent tous ces éléments que vous m'aviez fournis, et j'ignorais quels seraient les résultats, mais vous avez dépassé mes espérances. Vous êtes resté à l'écart pendant trois jours et vous avez laissé tomber votre enquête. J'en avais apporté ce soir, pour le cas où la classique mandragore ne ferait pas d'effet.

— Alors tout n'était que mensonge ? Ce que vous m'avez montré de vous n'était que faux-semblants et manipulation ? Vous vous êtes inventé un véritable personnage, un passé, un air sympathique et des histoires sentimentales. Tout ça dans le but de m'attendrir et d'excuser vos sautes d'humeur ! Vous vous êtes même abaissé à me rendre visite après ma crise, pour vérifier l'effet de vos infâmes manigances !

— Ce n'est pas tout à fait exact, vous avez goûté une part de ma personne. Et c'est lorsque je vous ai confié mon histoire d'amour malheureuse, qui est authentique, que j'ai réalisé que je vous appréciais sincèrement.

— Vous avez percé et exploité mes pires angoisses pour me torturer. Ce n'est pas là ce que j'appelle l'amitié. Je doute même que vous soyez capable de tels sentiments !

— Je ne vous laisserais pas m'accuser de sécheresse émotionnelle ! Je vous aime bien, Prindalles, et je vous tiens en haute estime. Vous avez réussi à me berner pendant tout ce temps et avez comploté avec les moines et la comtesse derrière mon dos. C'est admirable !

— Je ne suis pas aussi perspicace que vous semblez le penser. Il me manque encore des éléments. Le soir de l'incendie, vous m'avez assommé et laissé pour mort, n'est-ce pas ?

— C'est là que j'ai compris que le Ciel était avec moi. En gage de son amitié, Montbel avait demandé à mon alter ego, Oreste, de se charger d'un petit maître sculpteur insolent. Il se trouve que par le plus pur hasard, j'avais eu vent de l'invitation de maître Robert et je savais que vous seriez dans les parages. De la même manière que vous, les flammes ont attiré mon attention. J'aurais pu vous tuer alors mais votre ami est arrivé et vous a sauvé. Vous avez tout fait rater. Cela n'a au fond plus d'importance. J'ai trouvé le moyen d'atteindre Amédée de manière plus profonde. Jamais il ne s'en relèvera.

— Comment avez-vous fait pour le monastère ?

— Ah, là, je pense que vous allez être stupéfait.

Hanguis, visiblement heureux de dévoiler l'ingéniosité de son plan, s'installa en face du sculpteur, jambes croisées et sourire aux lèvres.

— Sous l'identité d'Oreste, ô nom mythique, je me suis rendu à Entremont où j'ai gagné la confiance de ce crétin de Montbel. Je l'ai convaincu d'attaquer la Grande Chartreuse en lui faisant miroiter des richesses et des reliques qui n'existent pas. Il a été assez aimable pour me tenir informé de la date à laquelle il comptait passer à l'action.

— Vous avez alors décidé le comte à vous envoyer au monastère. Je suppose qu'il vous a laissé choisir le jour ?

— Tout à fait. Mais Amédée ne fait rien sans en référer à sa tendre épouse. Il lui a parlé de ma mission et elle l'a persuadé de mander quelqu'un pour m'accompagner.

— J'ai donc à nouveau bouleversé vos plans.

— Vous n'avez fait qu'ajouter un peu de travail, en réalité. Je devais arriver pendant l'attaque, profiter des troubles créés par Montbel pour trouver le parchemin avant de quitter les lieux sans être vu. Je serais revenu le lendemain sous les traits d'Hanguis. Votre venue a légèrement modifié cette configuration. Nous sommes partis de Camberio le matin même où Montbel attaquait, comme prévu. Il resterait deux jours sur place, selon le plan. Lorsque nous nous sommes promenés autour de l'auberge, je me suis foulé la cheville. Et vous ne m'avez plus revu jusqu'au lendemain.

— Maître Jacquet m'a assuré qu'il vous avait apporté un repas dans la soirée et que vous étiez cloué au lit.

— Ne vous avais-je pas dit qu'il était de mes amis ?

Prindalles commença à entrevoir la suite.

— Oh, non…

— Et si. J'ai quitté l'auberge et j'ai gagné le monastère. Je suis entré par la poterne détruite par Guigues et j'ai rejoint Albin dans sa cellule. C'est lui qui m'avait révélé le secret du fameux document. Cette barrique ne demandait qu'à jouer un rôle de premier ordre au moins une fois dans sa vie et il s'est confié à moi presque sans scrupule. Il semble souffrir d'une maladie tout humaine, il est dévoré d'ambition… J'ai des amis puissants. Alors contre l'assurance de mon appui et du leur, il s'est montré coopératif. Il s'est au final révélé inutile car il ignorait où se trouvait le parchemin. Je lui ai donc ordonné de me mener à qui savait et il m'a livré Bérard.

— Et l'interrogatoire a dégénéré ?

— C'est à peu près ça. Le vicaire refusait de parler et, comme je vous l'ai indiqué tout à l'heure, il n'aurait jamais rien avoué.

Hanguis baissa les yeux et frotta à nouveau ses mains l'une contre l'autre.

— Je… je ne sais pas ce qui m'a pris. J'avais perdu la raison. Je n'avais aucune envie de le mutiler mais à cause de lui, tout mon plan s'effondrait. Ce… ce n'était plus moi, vous comprenez ? Je n'ai réalisé ce que j'avais fait qu'après, dans l'infirmerie.

— Vous saviez donc de quoi vous parliez, lorsque vous m'assuriez qu'il ne s'agissait que de l'acte d'un fou furieux avide de barbarie ?

— Hélas, oui. J'avais connaissance d'un ouvrage où étaient représentés des monstres et des démons ignobles dont la bouche était remplie de grenouilles et de batraciens.

— Le *Liber Floridus*.

Le visage d'Hanguis s'éclaira d'un large sourire.

— Quel plaisir de discuter avec des gens cultivés ! Cette image terrifiante est gravée au plus profond de ma mémoire depuis l'enfance…

— Alors quand vous avez aperçu celles qui barbotaient dans le bassin du monastère, vous n'avez pas résisté.

— Je me revois agir, pourtant c'est comme si je ne me rappelais plus avoir élaboré cette mise scène effroyable. J'ai plongé les petites bêtes dans la chaux et les ai fourrées dans les orifices de ce foimenti[1] !

Hanguis joua un instant avec ses doigts, le regard baissé.

— Je suis retourné à l'auberge dans un état second. Le lendemain, mes idées étaient plus claires. Je m'éveillais dans une rage folle, car je me retrouvais sans parchemin et je venais d'assassiner la seule personne qui connaissait sa cachette. Il fallait tout de même continuer la comédie. Quand les moines ont réclamé mon aide pour l'enquête, j'y ai vu une nouvelle chance de m'en emparer.

— Mais vous n'avez rien trouvé. C'est pour cela que vous étiez si impatient de repartir.

— Oui. J'ai tout mis sur le dos de Montbel. Oreste est un allié fidèle et lui a fourni les clés de sa défense.

— C'est vous qui lui avez parlé de ces anciens cas de composition ? Je me demandais comment il avait pu faire preuve d'une telle ruse.

— Vous savez maintenant. Une fois en ville, j'étais désemparé. Devais-je retourner au monastère et torturer tout le monde jusqu'à ce qu'on me réponde ? Devais-je attendre, encore ? J'avais juste à vous éloigner de l'enquête, car têtu comme vous êtes, vous ne pouviez vous empêcher de fureter.

Prindalles sentit venir une bouffée de rage au souvenir de la supercherie qui l'avait tant bouleversé.

— C'est alors qu'un message d'Albin m'est parvenu, enchaîna Hanguis.

— Connaissait-il votre véritable identité ?

— Vous êtes le premier à voir mon vrai visage, maître. Le mot d'Albin disait qu'Ebbon avait placé le parchemin en sécurité, hors du monastère. Bérard avait donc un complice. Ebbon, puisque c'était lui, avait confié ce précieux document à une tierce personne, mais qui ? Un homme qui m'était inconnu ? Un moine d'une autre chartreuse ? Puis, j'ai réfléchi. Ebbon se fiait à vous, tout le monde s'en est rendu compte. Il vous avait même mis dans la confidence au sujet des reliques. Ce ne pouvait être que vous.

1. Menteur.

— Si j'avais su quels ennuis cela me causerait, jamais je n'aurais accepté de l'aider.

— C'est faux. Je pense que vous l'auriez tout de même fait. Enfin, cela m'a fait plaisir de partager tout cela avec vous. C'est le problème lorsqu'on agit dans l'ombre, on ne peut jamais tirer aucune gloire de son ingéniosité. Hélas, votre perspicacité vous a perdu, mon ami.

— Non, attendez…

Hanguis porta un coup à son genou déjà meurtri et se leva. Prindalles cria alors que le clerc poursuivait comme si de rien n'était.

— Croyez-moi, cela me cause du chagrin de n'avoir d'autre choix que de vous tuer. Je vous regretterai, soyez-en certain, car il y avait longtemps que je n'avais eu un tel ami.

Tout en parlant, Hanguis s'empara de la cape de Prindalles pendue à l'entrée, la roula en boule et la coinça dans le conduit de la cheminée. Il préleva ensuite quelques morceaux de petit bois dans le panier à côté et les empila. Il positionna enfin deux grosses bûches sur le tas de branches.

Prindalles le regardait faire, paralysé par la peur. Hanguis se mouvait avec décontraction, comme si la situation était tout à fait naturelle. Lorsqu'il se mit à fredonner, Prindalles songea qu'il avait perdu la tête. Il agissait en revanche avec une telle froideur et une telle détermination qu'il était difficile de le prendre pour un fou.

Hanguis chercha le briquet qu'il dénicha dans une boîte posée près de la cheminée et s'employa à allumer un feu.

— C'est prêt, déclara-t-il en observant le petit bois s'embraser avec une sorte de tendresse.

Il empoigna une nouvelle branche dans le panier et la présenta au foyer. Il approcha ensuite la torche improvisée des rideaux et les enflamma. Il agit de même avec la nappe, le tapis et les coussins qu'il avait disposés un peu partout.

— Arrêtez ! cria Prindalles. Hanguis !

Le clerc afficha une mine attristée tandis que la fumée commençait à envahir la pièce.

— Je serais bref, mon ami, car je ne suis pas doué pour les adieux. Merci pour votre aide, elle m'aura été précieuse.

Il ouvrit la porte d'entrée et, après avoir vérifié que personne ne se trouvait dans la rue, il rabattit sa capuche et sortit.

Prindalles rugit et se débattit comme un forcené. Il ignora la douleur que lui causait le frottement des cordes et tira sur ses liens de toutes ses forces. En poussant avec ses pieds, il parvint à se déplacer et s'éloigner de l'épais tapis qui se consumait. Il bascula et se retrouva sur le dos, le souffle coupé. Il se tortilla et réussit à se tourner sur le côté. Le feu commençait à s'attaquer aux meubles. La fumée qui stagnait au niveau du plafond finirait par descendre et engloutir toute la pièce. Il risquait de mourir d'asphyxie avant même que les flammes ne le touchent.

Ça ne peut être vrai. Je ne vais pas terminer ainsi !

Il continuait de remuer, essayant par tous les moyens de libérer ses bras. Il bougea tant et si bien qu'à force, la corde qui lui nouait la main gauche se détendit légèrement. Il tira trop brusquement dessus et cela ne fit que resserrer les nœuds. Il réfléchit un instant et se résolut à la seule option qui lui restait.

Il se tortilla vers le tapis et présenta ses poignets aux flammes qui grappillaient l'épais tissu, grimaçant tandis que le feu s'attaquait à la fois à ses liens et à sa peau. Au bout de quelques secondes interminables, il tira un coup sec et les nœuds cédèrent enfin. En s'aidant de ses bras, il s'éloigna à nouveau du foyer.

Alors qu'il essayait de libérer ses jambes, il se rendit compte que le feu s'attaquait désormais aux gros meubles. Ses gestes étaient empressés et maladroits, et il craignait de devoir poser également ses chevilles sur les flammes. La fumée se faisait de plus en plus intense et il commença à tousser. La panique le submergea. Il s'éloigna de l'incendie pour se coller à la porte d'entrée.

Il allait mourir. Le feu l'avait déjà épargné une fois, il ne le laisserait pas s'en tirer une seconde.

Soudain, il entendit des coups frappés dans son dos.

— Prindalles ? Qu'est-ce qu'il se passe ?

Le sculpteur voulut crier mais une violente quinte de toux l'en empêcha. Il sentit qu'on tentait de pousser la porte mais il la bloquait sans même s'en rendre compte. Il essaya de se déplacer alors que le souffle lui manquait. La fumée lui piquait les yeux et les rendait larmoyants. Il réunit ses dernières forces et cogna sur la porte avec son dos, ses bras, sa tête. Aucun son ne lui parvint en retour.

À bout de forces, il s'allongea sur le sol et ferma les paupières. Il laissa la fumée pénétrer dans ses poumons et attendit que la mort l'emporte.

Causa

Le vacarme fit trembler les murs. Prindalles garda les yeux clos car il refusait de voir le plafond de sa maison s'effondrer. Une voix lointaine lui parvint. Dans sa demi-conscience, il se rendit compte que des mains vigoureuses l'empoignaient et le dégageait de ses derniers liens. Il eut ensuite l'impression qu'on le soulevait.

Il éprouva soudain le contact rugueux de l'air froid et de la bruine sur sa peau. Un frisson parcourut son corps meurtri tandis qu'on lui talochait les joues de plus en plus fort.

— Assez, gémit-il…

— Te voilà revenu ! glapit Nycolet.

Prindalles toussa pendant de longues secondes. Il releva la tête et se découvrit dans la rue. Des gens se massaient autour de sa demeure. Il y avait des personnes à l'intérieur et des cris retentissaient de toutes parts. On essayait d'éteindre l'incendie avant qu'il atteigne les maisons attenantes. La fine pluie qui tombait ne suffirait pas à le faire mourir.

— De l'eau, réclama-t-il.

Nycolet avait la barbe roussie et les cheveux en bataille. Il le guida vers la fontaine, au bout de la rue, où on piochait pour éteindre les flammes. Prindalles plongea la tête dedans sans réfléchir. L'eau glacée lui fit l'effet d'un coup de fouet. Il y glissa ensuite ses mains jusqu'aux coudes en grimaçant.

— Que fais-tu là, Nycolet ? demanda-t-il d'une voix enrouée.

— Je voulais te convaincre de venir t'enivrer avec moi.

— C'était quoi ce bruit ?

Prindalles palpa sa tempe ensanglantée.

— La porte ne s'ouvrait pas alors je suis passé par la fenêtre. J'ai fait quelques dégâts. Écoute, Prindalles, c'est pas que ça me gêne de t'avoir une fois de plus sauvé la vie mais j'aimerais bien comprendre, ajouta Nycolet en montrant un des liens qui lui était resté dans la main.

Prindalles se redressa, ruisselant, et lui lança un regard fou.

— Oh Seigneur ! Il faut à tout prix qu'on aille au château.

Le maçon s'élança à sa suite. Arrivé devant la bâtisse, Prindalles fut stoppé à la poterne latérale par le garde en poste. L'homme le reconnut mais, depuis le mois de mai, il avait pour consigne de ne laisser entrer personne après la fermeture de la grande porte.

— Eh, où allez-vous comme ça ?

— Il y a un intrus dans le château, prévenez les autres ! parvint à crier Prindalles, à bout de souffle.

Il le dépassa et pénétra dans l'enceinte en boitant. À l'intérieur, il fut pris d'une nouvelle quinte de toux sans pour autant s'arrêter de courir.

— Quoi ? bafouilla le soldat.

— Vite ! hurla Nycolet en s'engouffrant à son tour dans la cour.

Il eut la satisfaction d'entendre sonner une corne, signe que le garde avait réagi. Des lumières apparurent un peu partout dans le château. Prindalles croisa quantité de valets tandis qu'il empruntait la porte du bâtiment où se trouvaient les appartements privés. Dans le couloir de l'étage, il percuta quelqu'un qu'il bouscula sans façon.

— Maître Prindalles, nom de D… ! s'exclama le comte. Que faites-vous là ? Avez-vous entendu la corne ? Encore un incendie ?

— Monseigneur ! coupa le sculpteur, la gorge en feu, vite ! Hanguis… un traître !

— Qu'est ce que vous racontez ?

— La comtesse est en danger ! Où se trouvent ses appartements ?

— À l'étage. Nycolet ! Au nom du Ciel, que se passe-t-il ?

— Il n'y a pas le temps, monseigneur ! Nous montons.

— Attendez ! Il y a deux entrées. Prenez la porte de gauche en haut des marches. Je bloquerai la seconde.

Nycolet courut pour rattraper le sculpteur qui était déjà presque au sommet de l'escalier. Prindalles, épouvanté à l'idée de ce qu'Hanguis pourrait faire subir à la comtesse, gagna le deuxième étage et entendit Nycolet lui indiquer la direction à prendre.

Il passa un seuil, talonné de près par le maçon, traversa la garde-robe et arriva devant une autre porte, qu'il ouvrit à la volée. Il avait enfin atteint la chambre de la comtesse.

Hanguis se tenait au milieu d'un désordre sans nom, la tête dans un coffre et une lame à la main. Toute la pièce avait été retournée, pas un meuble qui n'avait été vidé de son contenu, pas un bibelot qui n'avait été brisé, pas une boîte qui n'avait été renversée.

Marie et Emma, l'air terrifiées, s'étaient réfugiées sur le lit dont les rideaux étaient arrachés et le matelas éventré. La suivante avait visiblement reçu des coups au visage.

Hanguis se redressa et leur lança un regard chargé de haine :

— Encore vous, Prindalles ! De quel bois êtes-vous fait que vous ne puissiez brûler ?

— Hanguis, c'est terminé ! Rendez-vous.

Le clerc laissa échapper un rire hystérique.

— Parce que vous pensez que cela s'achèvera avec moi ? Mais voyons, ce n'est que le début !

— Soyez raisonnable. Libérez les femmes !

— Elles ne veulent pas me dire où est caché ce fichu parchemin !

Tandis qu'Hanguis s'agitait, Nycolet amorça un mouvement pour rejoindre le lit. Hanguis s'en aperçut et s'élança aussitôt. Comme Emma se posait en écran entre lui et sa maîtresse, il lui agrippa le coude et la menaça avec sa dague. Marie cria et se recroquevilla en protégeant son ventre.

— Hanguis, vous ne pouvez vous en sortir ! lança Prindalles. Vous n'avez plus d'issue.

Alors qu'il prononçait ces mots, la seconde porte de la chambre s'ouvrit et laissa entrer le comte et Odon de Villars flanqués de trois gardes. Hanguis avait les yeux fous. Amédée et les autres firent corps vers lui, épées en avant.

— Un pas de plus et je lui tranche la gorge ! menaça Hanguis.

Le comte marqua un temps d'arrêt alors que Marie psalmodiait des supplications. Les gardes, eux, avançaient toujours. Vif comme l'éclair, Hanguis repoussa Emma vers ses opposants. L'un d'eux la réceptionna et la guida hors de la chambre. Dans le même temps, avant que Prindalles ou Nycolet puissent faire un pas, Hanguis attrapa Marie par les cheveux. Il lui tordit le bras dans le dos et posa sa lame sur son cou. Plus personne n'osa faire un geste. Hanguis eut un rictus nerveux.

— Ah, ce n'est plus pareil, là ! Reculez !

Prindalles sentit une noire colère l'envahir :

— Hanguis, pourquoi vous abaissez-vous à de tels actes ?

— Vous ne savez rien, je vous interdis de me juger !

— C'est vrai. Je ne connais que les mensonges que vous m'avez versés. Alors expliquez-moi.

Hanguis cligna des yeux et sembla hésiter. Menaçant toujours la comtesse, il vérifia que personne n'en profitait pour l'atteindre. Au bord de la folie, il se décida à parler.

— Mon père était au service d'Amédée VII. Et il était loyal envers Bonne de Berry [1]. Après les troubles causés par la minorité de votre seigneurie, siffla-t-il à l'adresse d'Amédée, vous et cette sale carne d'Odon avez épuré les rangs des serviteurs. Mon père a été exclu. Vous l'avez dépossédé de tout ce qu'il avait, car il avait choisi le mauvais camp. Savez-vous ce que c'est, poursuivit-il en se tournant vers Prindalles, de devoir quitter votre foyer pour une vie de misère ? Pouvez-vous imaginer ce que vous auriez ressenti à la vue de votre père, un homme instruit et distingué, en être à réduit à se vendre à la journée ?

Il marqua une pause, réajustant la dague sur le cou délicat de la comtesse.

— Toutes mes perspectives d'avenir se sont effondrées. Et ma pauvre mère n'a pas survécu à cette humiliation. Elle avait un frère qui avait été plus malin que mon père et avait pu maintenir sa place à la cour. Il m'a pour ainsi dire sauvé en m'accueillant et en me donnant son nom. Lorsque j'ai eu l'âge, il m'a fait engager comme clerc au château. Je l'aurais adoré plus encore que mon propre père s'il n'était pas aveuglé par une ridicule idolâtrie à l'égard du comte. Il vénérait ce jeune pisseux qui avait fait de ma famille des parias !

— Vous avez nourri une grande haine à son égard, résuma Prindalles. C'est compréhensible.

Il craignait qu'Hanguis égorge la comtesse dans une perte de contrôle dont il le savait capable. Il remarqua que, sans en avoir l'air, Odon se rapprochait petit à petit du clerc. Il fallait le faire parler, le détourner.

— Oui ça l'est ! Je me suis attaché à son service, obtenu sa confiance, j'ai même partagé certains de ses secrets. J'ai tenté à plusieurs reprises de me débarrasser de lui, mais il est veillé constamment et Villars ne le quitte jamais.

1. Pour rappel, Bonne de Berry était la veuve d'Amédée VII et donc la mère d'Amédée VIII.

Amédée serra les lèvres tandis qu'Odon s'immobilisait.

— Alors vous avez trouvé le moyen de vous venger de lui de manière plus définitive, insista Prindalles pour attirer son attention.

— Il ne devait jamais se relever de ce qu'il y a dans ce parchemin ! Et vous avez tout gâché !

— C'est à moi que vous en voulez, intervint Amédée. Libérez ma femme !

— La ferme ! hurla Hanguis en resserrant son étreinte.

Une petite goutte de sang apparut sur la gorge blanche de Marie qui laissa échapper une plainte. D'un signe de la main, Prindalles intima au comte de ne pas intervenir.

— Éloignez-vous de la comtesse, Hanguis. Je suis persuadé qu'au fond de vous, vous n'éprouvez nul désir de lui faire du mal. Vous ne souhaitez pas qu'elle finisse comme le vicaire, n'est-ce pas ?

— Vous savez que je ne le voulais pas !

— Vous avez maintes fois essayé de me le dire et je l'ai compris à présent. Je l'ai enfin compris, insista-t-il d'une voix rauque.

— Je ne veux pas le refaire. J… je jure que j'effectuerai un pèlerinage pour expier mes actes ignobles. J'obtiendrai le pardon…

Hanguis semblait prêt à fondre en larmes. Il cligna des yeux plusieurs fois, comme s'ils étaient irrités, puis soudain ses traits se muèrent en une grimace haineuse.

— N'essayez pas de m'amadouer, Prindalles, j'ai saisi votre petit manège !

Il baissa le regard sur la comtesse et croisa le sien. Il se fendit d'un sourire qui lui glaça le sang. De sa main libre, elle tenta d'écarter la dague mais le désespoir décuplait les forces d'Hanguis. Toujours en la tenant serrée contre lui, il recula de quelques pas et lança un coup d'œil par la fenêtre, derrière lui. La cour était pleine de gardes armés de torches, prêts à l'arrêter. Il se retourna vers les autres, le visage déformé par la démence.

— Je pourrais lui trancher la gorge sans frémir. Ou enfoncer ma dague dans son gros ventre.

— Non ! cria Marie.

— Vous ne le ferez pas ! contra Prindalles.

Il tremblait de tous ses membres. Il affirma pourtant :

— Si vous vous obstinez, Hanguis, nous ne pourrons plus parler. Parce que c'est bien de cela qu'il s'agit, n'est-ce pas ? Votre père a été rejeté et laissé dans l'oubli. Vous ne voudriez pas terminer comme lui ?

— Je vous ai dit comment il est mort ?

La voix d'Hanguis se brisa.

— Il s'est pendu ! À son enterrement, il n'y avait que moi, mon oncle et mes deux stupides cousins qui n'arrêtaient pas de ricaner.

Hanguis riait et pleurait à la fois. Prindalles surprit un regard qu'échangeaient Odon et Marie. Lui-même serra le bras de Nycolet pour lui signaler de se tenir prêt. Le maçon se plaça lentement devant lui.

Soudain, Marie se pencha en arrière autant que son ventre le lui permit et envoya de toutes ses forces son coude dans l'estomac d'Hanguis. Sous l'effet de la surprise, il la lâcha. Il donna coup de dague à l'aveugle et quelques gouttes de sang giclèrent dans les airs. Marie poussa un cri avant de s'écrouler.

Nycolet s'élança en avant. En deux enjambées, il fut sur Hanguis et l'immobilisa. Ce dernier se débattait comme un diable et, malgré sa puissance, le maçon peinait à le retenir. Odon lui vint en aide. Les trois hommes s'affrontèrent tandis qu'Amédée se précipitait vers sa femme.

Hanguis luttait avec les ultimes forces qui lui restaient. Elles étaient bien maigres face à celles conjuguées de Nycolet et d'Odon et il se sentit épuisé en peu de temps. Il recula. Odon voulut le retenir et se jeta sur lui. Trop impétueux, il trébucha et le heurta violemment. Hanguis s'effondra contre la claire-voie qui se brisa en une multitude d'éclats scintillants. Il laissa échapper un râle sinistre et tenta de s'accrocher à l'une des tentures qui entouraient la fenêtre mais sa main glissa sur le tissu. Il perdit l'équilibre et bascula dans le vide sans même pousser un cri, sa sombre houppelande tournoyant dans les airs. Alors qu'il s'écrasait sur les dalles claires, le son de ses os brisés retentit dans la cour et souleva une clameur horrifiée.

Odon et Nycolet se penchèrent à la fenêtre en même temps pour ne distinguer qu'une forme noire aux angles étranges, autour de laquelle se répandait une flaque rouge et visqueuse. Le conseiller se retourna et secoua la tête pour signifier à son maître que c'était terminé. Prindalles se laissa aller contre le montant de la porte, soudain conscient de la douleur qui émanait de tous ses membres.

Explicit liber

Tout le monde était réuni dans la garde-robe de la comtesse où régnait une certaine émotion. Assise sur un pouf, Marie était en train de faire bander la main, une ronde de suivantes tournoyant autour d'elle tandis qu'elle adressait des mots rassurants à son mari et à sa favorite. Elle et son enfant se portaient bien pour autant qu'elle pouvait en juger.

Odon distribuait des ordres à qui passait à proximité. Il fallait enlever le corps, rincer les dalles, ranger et nettoyer la chambre de la comtesse, et prévenir la cour puis le peuple qu'un intrus s'était introduit dans le château dans le but de piller les appartements comtaux. Il avait sauté par la fenêtre lors de sa fuite et était mort sur le coup.

Nycolet et Prindalles étaient avachis sur deux beaux fauteuils. Le sculpteur conservait des traces de l'incendie et des coups qu'il avait reçus. Il dégageait une odeur de graillon et se sentait poisseux. Nycolet gratouillait le bout de sa barbe qui avait brulé.

Au bout d'un moment, Amédée demanda à tous ceux qui n'avaient pas assisté aux événements de quitter la pièce. Il affichait une mine légèrement ahurie et, tout en gardant la main de son épouse entre les siennes, il s'adressa aux autres :

— Tant de questions me viennent à l'esprit que je ne sais par où commencer. Hanguis… je ne comprends pas.

— C'est pourtant clair, monseigneur, assura Odon. Hanguis était un traître, comme son père en son temps.

— Il semblerait. Mais quel est donc ce parchemin dont il parlait ? Il a dit que je ne pourrais me relever de ce qu'il contient.

— Nul ne sait à quoi il a bien pu faire allusion, monseigneur. L'homme avait de toute évidence perdu l'esprit.

— Ma douce, insista Amédée, avez-vous connaissance de ce dont il s'agit ? Et pourquoi le cherchait-il dans vos appartements ?

Marie lança un regard furtif à Odon avant de le tourner vers son mari. Sa voix se fit chevrotante :

— Je l'ignore, mon aimé. Emma allait comme chaque soir me peigner les cheveux lorsque j'ai aperçu Hanguis dans l'encadrement la porte. Je lui ai ordonné de partir mais il a refusé. Emma a voulu appeler la garde et c'est là qu'il l'a frappée. Il a ensuite sorti une dague et nous a menacées. Il disait que j'avais en ma possession un parchemin que je devais lui donner. Je ne savais pas de quoi il parlait, alors je ne le pouvais pas.

Ses yeux s'emplirent de larmes et elle baissa la tête. Amédée l'apaisa en se penchant vers elle :

— Calme-toi, mon cœur. Tout va bien maintenant.

Marie le remercia d'un regard. Maîtrisant avec peine ses émotions, elle reprit le fil de son récit :

— Il s'est à nouveau attaqué à Emma parce qu'elle a essayé une seconde fois d'appeler à l'aide. Il s'est ensuite employé à fouiller partout. Plus il vidait les coffres, plus il s'énervait. Oh Seigneur, que serait-il advenu si vous n'étiez pas venus à notre secours ?

— Allons, ma dame, la consola sa suivante, ne pensez pas à cela.

— Et vous messieurs, demanda le comte à Prindalles et Nycolet, comment êtes-vous arrivés ici ?

— Hanguis s'est rendu chez moi avant, raconta le premier. Il m'a menacé et incendié ma maison.

— Pourquoi diable ?

— Pour les mêmes raisons, monseigneur, il cherchait un document.

— Et vous, savez-vous ce que c'est ?

— Non, monseigneur, répondit Prindalles après une seconde d'hésitation.

Le comte soupira et interrogea Nycolet du regard.

— Je venais pour convaincre Prindalles de m'accompagner à la taverne. Je suis arrivé juste à temps pour le sortir des flammes.

— Ma parole, maître Prindalles vous est doublement redevable ! Comment avez-vous deviné qu'Hanguis serait ici ?

— Lorsqu'il me retenait prisonnier, expliqua Prindalles en détournant les yeux, je l'ai entendu mentionner la comtesse à plusieurs reprises.

— Je vois. Donc personne ne sait en somme ce qu'il comptait faire ?

— Non, monseigneur, régla Odon. Nous sommes en revanche certains qu'il a abusé de votre confiance dans le but d'exercer une vile et basse vengeance personnelle. Il est mort, vous n'avez plus rien à craindre.

— Je vais aller parler aux gardes. Odon, veillez sur mon épouse jusqu'à mon retour, je vous prie.

La comtesse demanda à s'entretenir un instant avec Prindalles et Nycolet.

— Je voudrais remercier comme il se doit mes anges gardiens.

Le comte les laissa après avoir déposé un baiser sur son front. Elle dut ensuite insister auprès d'Emma pour qu'elle accepte de la quitter – elle affichait un œil gonflé et une lèvre fendue qui nécessitaient également quelques soins. Une fois en la seule présence d'Odon, du maçon et du sculpteur, Marie déclara d'une voix mal assurée :

— Messieurs, ma reconnaissance vous est acquise à jamais, mais ce n'est pas pour cela que je vous ai gardés. Maître Prindalles, j'ai besoin d'en savoir plus. Maître Robert, je ne vous retiens pas plus longtemps. Votre ami vous racontera ce qu'il jugera utile.

Après le départ de Nycolet, Prindalles rapporta les révélations d'Hanguis, sans omettre aucun détail. À la fin de son récit, Marie était pâle comme un linge. Odon masqua son embarras derrière un ton brusque :

— Croyez bien que lorsque j'ai réclamé votre intervention, j'étais loin de me douter que les choses prendraient une telle tournure… Si j'avais su, j'aurais agi différemment.

Le regard du sculpteur oscilla de l'un à l'autre en signe d'incompréhension. Marie posa sa main valide sur son avant-bras.

— C'était une idée d'Odon que de vous charger de récupérer le document. Il est passé par mon entremise, car il était d'avis que je serais plus à même de vous convaincre de nous aider.

— Ne faites pas cette tête, l'ami, bougonna Odon. J'ignorais ce que cela déclencherait. Qui aurait soupçonné le paisible Hanguis d'être un tel monstre ?

Le silence pesa quelques instants dans la petite pièce, finalement brisé par Prindalles :

— Il y a certains éléments qui me reviennent en mémoire et que je comprends à présent. Hanguis s'est montré à plusieurs reprises agressif ou agacé lorsque je le questionnais sur l'avancée de son enquête ; il ne voulait pas donner les détails de la mort de Bérard à votre époux, ma dame, parce que je crois qu'il en avait honte ; enfin, son scepticisme quant à la confession d'Albin n'était qu'une ruse.

— A-t-il expliqué pourquoi il a choisi ce pseudonyme étrange ?

— Non, mais j'ai ma petite idée à ce sujet. Il a dit que c'était un nom mythique et il me semblait en effet familier, sans que je fasse le lien avec la légende grecque sur le moment. Peut-être connaissez-vous le récit des enfants du roi Agamemnon ?

— Un destin tragique, si je me souviens bien ? s'avança Odon, les mains croisées dans le dos.

— Selon l'histoire, le jeune Oreste est poussé par sa sœur Electre à venger la mort de leur père Agamemnon, assassiné par l'amant de leur mère. Le garçon les tue, elle et son soupirant. Pour cela, les Dieux le puniront et il sera en proie à des crises de folie passagère. Il finira par être pardonné après avoir effectué un acte pieux. Il achèvera même sa vie dans le bonheur, après avoir régné et engendré un héritier pour lui succéder.

— Cette histoire me revient à présent. Mais quel rapport avec Hanguis ?

— Je pense que, tout comme le fils d'Agamemnon, il avait le sentiment d'appliquer une juste vengeance en s'attaquant au comte, qu'il tenait pour responsable de la mort de son père. Peut-être prenait-il ses crises de folie meurtrière pour un châtiment divin. Vous l'avez entendu, il a parlé d'un pèlerinage et de pardon, à l'image du personnage mythique. La légende rattachée à ce nom devait lui donner de l'espoir. Sans doute s'imaginait-il vieillissant dans un petit domaine avec la satisfaction du devoir accompli.

— Nous ne le saurons jamais. Quoi qu'il en soit, il nous a tous bernés ! tonna Odon.

— Je ne l'appréciais pas, songea Marie à haute voix, mais jamais je n'aurais imaginé… Enfin, vous devez vous demander ce que ce document peut bien receler qui mérite une telle débauche de violence. Vous avez amplement gagné le droit d'obtenir des réponses, maître. C'est également mon cas, qu'en dites-vous, Odon ?

Prindalles la regarda avec surprise. En fin de compte, elle était aussi ignorante que lui. Il ravala sa colère et s'exprima lentement :

— Je pense en avoir deviné une partie.

Odon l'invita à parler d'un signe de la main.

— Tout cela doit avoir un rapport avec un jeune moine, cet Aymon à la peau si pâle. Le mystère plane sur sa naissance. Les dates coïncident. Et les grenouilles placées à l'intérieur de Bérard étaient barbouillées de blanc.

— Vous êtes perspicace, maître. L'affaire tourne en effet autour de son identité.

Odon hésita un instant, puis il prit une profonde inspiration avant de lâcher :

— Il est le fils d'Amédée VII et de Bonne de Berry. Leur fils aîné.

Marie porta la main à sa bouche. Prindalles écarquilla les yeux et éructa un petit rire nerveux.

— Vous voulez dire…

— En tant que puîné, Amédée ne devrait pas siéger là où il est aujourd'hui. C'est Aymon qui devrait être comte.

— Vous avez pris d'immenses risques ce soir, ma dame, pour vous et votre enfant, sans même savoir pourquoi, attesta Prindalles après un moment de réflexion.

— Même si ce fameux parchemin n'était plus en ma possession et que j'en ignorais le contenu, Odon m'avait fait comprendre qu'il renfermait une information dangereuse pour mon époux et qu'il fallait le protéger. À n'importe quel prix.

Elle serra ensuite les lèvres pour retenir les insultes qu'elle aurait voulu lui jeter à la tête. Odon les avait utilisés comme des pions ! Le risque n'aurait-il pas été encore plus grand si toute l'affaire avait été révélée au grand jour ? se demanda-t-elle.

Prindalles lança un regard noir au conseiller qui par ses secrets et ses manigances, les avait mis lui-même, l'épouse du comte et son héritier en danger. Il frotta son front douloureux et leva les yeux sur lui.

— Que sait Aymon de tout ceci ?

— Absolument rien. Il a été placé au monastère quelques jours après sa venue au monde et frère Bérard a tenu sa parole. Il était le seul à être au courant.

Prindalles rappela qu'Ebbon et Albin l'étaient désormais. S'il ne craignait rien de la part de l'infirmier, le maître des novices ne lui inspirait aucune confiance.

— Cela n'a pas d'importance, martela Odon. L'unique preuve de l'origine du jeune homme, le parchemin, est en notre possession. Personne ne pourra l'utiliser contre mon seigneur.

— Où est-il ?

— En sûreté, maître, en sûreté.

Hibernum

La fin de l'année de travaux fut déclarée le jour de la Sainte-Barbe [1] alors même que la première véritable chute de neige s'était employée à napper la ville d'un manteau immaculé. Enroulé dans une pelisse doublée de laine, Prindalles effectuait les derniers rangements dans la loge. À cause des évènements récents, il n'avait pas pu venir à bout de tout le travail qu'il avait prévu. Tant pis, il retrouverait tout cela au mois de mars de l'année prochaine.

Dès le lendemain de la mort d'Hanguis, il s'était attelé à tout mettre en ordre en vue de la trêve. Janin avait dressé l'inventaire de toutes les œuvres réalisées et Prindalles avait songé qu'il faudrait ralentir le rythme, car sa loge débordait déjà de chapiteaux et de frises. Sur ses conseils, ses compagnons avaient prévu de partir dans le sud durant l'hiver pour faire le tour des chantiers provençaux et italiens.

Nycolet entra, à la recherche de son fils cadet avec qui il jouait. Comme le sculpteur lui indiquait la porte latérale par laquelle Pierre s'était échappé un instant plus tôt, il le gratifia d'un sourire amical.

Nycolet était heureux de l'arrivée de la pause hivernale. Les fondations étaient presque toutes creusées, il ne resterait plus qu'à dégager celles correspondant au transept sud. En attendant, il avait maintenu un petit nombre de maçons sur le chantier de la nouvelle cuisine. Le comte l'avait chargé de faire la tournée de ses autres châteaux, Ripaille, Burgeto et Yvoire, afin d'y effectuer les rénovations les plus urgentes. Avec une pointe de jalousie, Prindalles songea en l'observant qu'il n'avait pas l'air plus mal en point que d'habitude. Seule sa barbe, plus courte d'un côté, témoignait de leur mésaventure. Il conservait la force et l'optimisme qui lui étaient coutumiers.

Prindalles ressentait un grand épuisement, tant physique que moral. Ses blessures étaient en partie guéries, mais il garderait une petite cicatrice au-dessus du sourcil gauche. Il n'avait pas revu la comtesse, qui était partie à Thonon pour s'y reposer durant le dernier mois

1. 4 décembre.

de sa grossesse. Il se réjouissait en secret qu'elle ne soit plus là pour le solliciter. De la même manière, il espérait que messire Villars oublierait jusqu'à son existence.

Un traître. Il avait offert son estime à un traître. Comment avait-il pu se montrer aussi naïf ? À sa décharge, Hanguis était un simulateur de talent. Prindalles avait réellement cru en son amitié parce que ce sentiment avait été imité à la perfection. Il se sentait néanmoins ridicule. Malgré ses protestations lorsqu'il le retenait prisonnier, Prindalles ne pouvait le juger capable d'attachement.

Il avait pris la décision de tout révéler à Nycolet, l'implication de la comtesse et d'Odon, la véritable identité d'Aymon. Nycolet l'avait très vite interrompu :

— Attends. Pourquoi me racontes-tu tout ça ?

— Parce que tu m'as aidé à secourir la comtesse et que tu m'as ramené à la vie deux fois. Tu mérites de savoir pourquoi tu t'es donné tant de mal.

— En vérité, Prindalles, je suis prêt à sauver tes miches aussi souvent qu'il le faudra et à aider la comtesse et monseigneur Amédée dès que je le pourrais. Mais je ne tiens pas à entrer dans leurs intrigues. Connaître leurs petits secrets peut s'avérer dangereux. Mais merci quand même de la confiance que tu m'accordes.

Prindalles lui avait offert un pâle sourire. Le maçon avait raison, une part de lui-même regrettait d'être détenteur d'un tel fardeau.

Nycolet sortit de la loge et rugit en empoignant son fils tapi derrière un amoncellement de pierres. Le petit poussa un cri strident, mi-effrayé, mi-amusé, et se dégagea de ses bras pour courir retrouver sa mère en jouant avec la buée blanche qui s'exhalait de sa bouche.

Nycolet rejoignit Prindalles à l'intérieur.

— Tu sais que Nette me parle à nouveau ? lança-t-il avec un sourire béat.

— J'ignorais qu'elle ne t'adressait plus la parole…

— Depuis le départ de Jean, tu t'en souviens ? Elle m'en voulait parce que je n'ai pas réussi à le retenir pour qu'elle lui fasse ses adieux.

— Pourquoi ne m'en as-tu pas parlé plus tôt, Nycolet ? J'aurais pu essayer de la raisonner.

— Oh non, crois-moi, c'est une sacrée tête de mule. Il lui fallait juste du temps. Elle est toujours triste, mais elle n'est plus en colère contre moi. Et puis comme je serai absent pendant des semaines, elle aura tout le loisir de se rappeler quel homme exceptionnel est son mari. Que vas-tu faire, de ton côté ?

— Cela me paraît une éternité. Je reviendrai sans doute avant, je ne tiendrai pas aussi longtemps. En attendant, il faut que je fasse réparer ma maison. Messire Amédée m'a offert de se charger des dépenses. Landot a proposé de me prêter deux charpentiers, mais j'aurais besoin d'un ou deux maçons également.

— Petit et Chabert vont rester, ils t'aideront. Et ensuite ?

— Je pensais retourner en Bourgogne, voir les avancées qui ont été faites sur le chantier. Ou alors je pourrais m'attarder ici. Cela dépend d'une décision qui ne m'appartient pas.

Nycolet lui lança un regard taquin avant de quitter la loge. Prindalles redressa les épaules. Il avait encore une tâche à accomplir. Après cela, quoi qu'il arrive, il pourrait s'octroyer un repos bien mérité.

Penitentia

Dans l'obscurité de la petite chapelle, Albin s'abîmait en prières qui restaient sans effet. En dépit de ses efforts, il était toujours rongé par sa propre infamie. Ebbon s'approcha dans son dos, les mains jointes sous ses larges manches. Albin sursauta et se retourna. Croisant son regard, il baissa aussitôt le sien.

— Tu sembles préoccupé, Albin.

— J'ai tellement mal agi, je ne me comprends pas moi-même. J'ai été aveuglé par mon ambition, que je croyais juste.

Comme Albin se murait à nouveau dans le silence, Ebbon l'encouragea :

— Souhaites-tu soulager ta conscience ?

— J'ai bien trop honte…

— La honte est comme toute chose sur cette terre, elle n'a rien d'éternel. Si tu préfères, je peux faire des suppositions et tu me diras si j'ai raison.

Albin se contenta de baisser la tête, ce qu'Ebbon interpréta comme un signe d'acquiescement.

— C'est toi qui as révélé le secret du document concernant Aymon, commença-t-il doucement.

— Je n'ai fait que confirmer son existence. Oreste connaissait son contenu depuis des années. Pendant la période où il s'efforçait de gagner ma confiance, nous nous sommes écrit. Il m'a conté que lorsqu'il était enfant, il fut recueilli par un oncle. Il était aussi en bons termes avec le second frère de son père, qui était prêtre. Un jour, cet oncle se retrouva au chevet d'une mourante, afin d'entendre sa dernière confession. Accoucheuse de métier, elle avait mis au monde l'enfant monstrueux de la comtesse Bonne et, après avoir signé son acte de naissance, avait participé à dissimuler son existence. Elle se tut contre de l'argent, et aussi parce qu'elle savait que si le bruit courait qu'elle avait été en contact avec cet enfant du démon, plus aucun homme sensé ne la laisserait s'approcher de sa femme. Aux dires d'Oreste, cette confession pesa lourd sur la conscience du prêtre qui, une fois rentré chez lui, la coucha dans son journal, s'interrogeant sur la nécessité de révéler la supercherie.

— Il a de toute évidence considéré que cela plongerait le comté dans les affres de la guerre.

— Sans doute. Il n'a toutefois pas détruit son carnet. Un jour où il lui rendait visite, Oreste – peut-être devrais-je l'appeler Hanguis à présent – est tombé sur ce récit et depuis, n'a eu de cesse de trouver la preuve de l'existence de cet héritier. Il l'a pourchassé pendant des années, tandis qu'il entrait au service du comte, privilégiant les monastères. Discrètement, patiemment, il a pris contact avec tous les établissements qu'il rencontrait, à la recherche de personnes ambitieuses.

— Et c'est comme ça qu'il est tombé sur toi.

— Il m'a écrit pendant longtemps. Je lui ai avoué que j'avais surpris la confession que Bérard t'a faite. Il a ensuite monté toute l'opération et, je ne l'ai compris que trop tard, envoyé Montbel pour se couvrir.

— Si tu avais gardé le silence, rien de tout cela ne serait arrivé.

— Oui. Il m'a eu en échange de bas avantages.

— C'est toi qui as mené Bérard à son bourreau le soir de l'attaque.

— Oui. Parce qu'il a refusé de me donner le parchemin.

— C'est encore toi qui as prévenu Hanguis que nous ne le possédions plus.

— Oui, parce que j'ai cédé à la panique.

— Et c'est toi, enfin, qui as révélé à Aymon sa véritable identité.

— Non, je ne lui ai pas dit qui il est exactement.

— Mais tes propos l'ont amené à quitter le refuge qu'on lui offrait.

— De cela, je ne peux me repentir, réfuta Albin en se tournant vers Ebbon. J'ai éloigné le danger de cet endroit que j'aime et je lui ai évité de devenir un moine sans vocation.

— Cela, tu n'en sais rien. Quel autre choix a-t-il que de se réfugier dans le premier monastère qui voudra bien l'accepter ?

— Je l'ignore et cela ne nous concerne plus.

— J'ai retrouvé le manteau de Bérard, abandonné dans le potager. Il doit se sentir trahi.

— Peut-être. Sa place n'était de toute façon pas parmi nous.

— Il était l'un des nôtres, Albin, et notre devoir était de le protéger.

— Non, mon frère, notre devoir est de nous protéger nous-même, ainsi que notre Ordre. On nous avait confié une tâche que nous ne pouvions assumer et les évènements survenus ces derniers mois nous le prouvent. C'est chose réglée désormais. J'ai agi selon ma conscience à ce sujet, affirma Albin après une seconde d'hésitation.

Il se détourna pour fuir le regard d'Ebbon.

— Que va-t-il se passer, maintenant ?

— Le Très Révérend Père a accepté la solution que Martin lui avait soumise. Tu vas être transféré dans une autre chartreuse.

— Vous me chassez à mon tour ?

— Tu ne nous as pas laissé le choix. Là-bas, tu prendras un nouveau départ. Une chance s'offre à toi de recommencer et de faire le bien cette fois.

— Tu as raison. J'aimerais tant tout oublier moi-même ! Comme tu dois me haïr, mon frère…

— Il n'y a pas de place pour cela, Albin. Je suis seulement triste pour toi, car tu vas devoir vivre toute ton existence avec ce poids attaché à ta conscience. Il te faudra t'en accommoder.

Albin se tassa et une grosse larme coula le long de son nez pour venir s'écraser sur le dos de sa main. Ebbon posa une dernière fois ses doigts osseux sur son épaule et lui fit ses adieux.

— Je prierai pour toi.

Cineres

TOUTE la détermination de Prindalles fondit lorsqu'il se retrouva sans travail urgent à mettre en route ni aucun souci en tête. Dès cet instant, il ne pensa plus qu'à rejoindre la femme qu'il aimait et la serrer dans ses bras. Il lui fallut quelques secondes pour réaliser que s'il se présentait chez Sibylle à l'heure actuelle, il serait accueilli comme la peste.

Par l'intermédiaire de son messager fétiche, le petit Pierre, il sollicita donc une visite le dimanche suivant. Sibylle mit trois jours à répondre, ce qui le plongea dans une attente nerveuse digne d'une jouvencelle. Elle finit par accepter de le revoir.

À l'heure dite, Prindalles se présenta chez elle, à l'étage de sa boutique. Elle le reçut dans ce qu'elle appelait son salon, tandis qu'il essuyait ses mains moites sur sa robe. Prindalles prit place sur une chaise et Sibylle s'installa de l'autre côté de la table, en face de lui, le visage insondable.

— J'ai ouï dire que vous aviez aidé à sauver la comtesse, il y a peu. Vous étiez enlisé dans une sombre affaire.

— C'était le cas, en effet.

— Il se raconte qu'on s'en est pris à votre vie…

Sibylle n'osait le regarder. En apprenant tout ce qu'il avait traversé, elle se sentait stupide et égoïste de lui avoir adressé tant de reproches. Si la moitié de ce que les rumeurs colportaient était vrai, il s'était en effet montré bien patient. Il ne lui était cependant pas facile de le reconnaître.

— Sibylle, je ne suis pas venu pour parler de cela. Vous… vous me manquez.

La jeune femme sentit flancher sa mauvaise foi.

— Je sais que je n'ai pas été le compagnon idéal, même si je ne suis pas le seul fautif. Vous aviez toutefois raison, je ne me suis ouvert à vous qu'à moitié. Et bien que cela me soit très pénible, je vais tout vous raconter. J'aime mieux encore cela que vous perdre.

Sibylle leva enfin les yeux sur lui. Il gardait les paupières baissées et jouait avec une fleur prélevée dans le vase qui ornait la table.

— Auriez-vous un peu de vin ? réclama-t-il.

Elle ouvrit le vaisselier derrière elle et en sortit une bouteille et deux coupes. Prindalles les servit et but une grande rasade, avant de déclarer :

— Il y a quelques années, j'avais une famille. Une femme, Marit, et une petite fille nommée Ada.

Sibylle se rassit lentement. Il évoquait enfin ce qu'elle avait en partie deviné. Il avala une nouvelle gorgée et décida d'en finir une bonne fois pour toutes :

— J'ai rencontré Marit alors que j'étais apprenti. Nous nous voyions souvent car nos pères étaient bons amis. Je ne vivais que pour la sculpture. Elle, en revanche, me voulait déjà, se souvint-il avec un sourire nostalgique. Je suis enfin devenu compagnon et je me suis rendu compte que Marit était encore jeune fille, alors qu'elle était en âge de se marier. Elle était instruite, douce, obéissante, pieuse. Elle portait toujours sur elle un petit sac rempli d'anis qui embaumait. Quand je lui posai la question – pourquoi était-elle célibataire – elle me traita d'idiot et répondit qu'elle attendait ma demande. Je l'ai épousée l'année suivante. Et notre Ada est née l'année encore d'après. C'était la période la plus heureuse de toute ma vie. Plus tard, mon maître Claus Sluter a été appelé à Divio, par le Duc lui-même. Il m'a encouragé à l'accompagner et je n'ai pas pu refuser. J'avais conscience que ce serait dur. Marit ne voulait pas quitter Brucella, elle avait toute sa vie là-bas, ses sœurs, ses amies… Je suis donc parti seul pour la Bourgogne et j'en étais heureux. Si j'avais su…

Sibylle se servit à son tour et le laissa parler à son rythme.

— Je rentrais dès que je le pouvais. C'était difficile, on passait des semaines et même des mois sans se voir. Marit ne m'a jamais rien reproché, elle sentait combien mon travail comptait pour moi. Ada n'avait pas son indulgence. Elle ne comprenait pas pourquoi je les abandonnais si souvent. La dernière fois que je suis rentré, ça a été mieux. Je les ai quittées joyeux, certain que tout irait de mieux en mieux. Huit semaines plus tard, je recevais un message de mon père, me sommant de revenir au plus vite car il y avait eu un incendie chez nous. Il me disait qu'Ada n'avait pas survécu, mais que Marit était entre la vie et la mort.

Prindalles s'interrompit et acheva d'arracher les pétales de la fleur qu'il torturait.

— Je suis parti dans l'heure et j'ai chevauché aussi vite que possible. Quand je suis arrivé, tout était terminé. Il ne restait plus rien. Plus de maison, plus de famille, juste un immense tas de cendres. Je conserve très peu de souvenirs des jours qui ont suivi. Je n'ai rien gardé de l'enterrement ni de ce que mon père a bien pu dire alors. Au bout d'une semaine, je suis retourné en Bourgogne parce que je n'avais rien d'autre à faire. J'étais dans un état second, je ne crois pas avoir pris une quelconque décision consciente durant cette période. Une lettre de Marit m'attendait. Elle avait dû l'envoyer quelques jours avant l'incendie et elle était arrivée pendant mon absence. Elle m'y annonçait qu'elle était enceinte.

— Mon Dieu, Prindalles…

Le sculpteur se racla la gorge pour masquer son émotion. Maintenant qu'il avait commencé à se livrer, il avait l'impression de ne plus pouvoir s'arrêter.

— Je crois qu'après cela, j'ai quelque peu perdu mes esprits. La seule chose que maître Claus ait trouvée fut de me placer face à un bloc avec mes outils dans la main. Au début, je n'ai fait que le fracasser. Je frappais de toutes mes forces, j'y jetais toute ma rage et mon chagrin. Puis un jour, j'en ai eu assez de défoncer la pierre pour rien. J'ai recommencé à tailler des formes, des visages, des fleurs et je me suis investi dans mon travail de toute mon âme. Et c'était ainsi jusqu'à présent. Lorsque je suis tombé malade, il y a quelques semaines, c'était à cause de cela. J'ai cru apercevoir Marit et cela m'a rendu fou.

Sibylle se leva. Elle arpenta la pièce, bouleversée par sa douleur, avant de poster près de lui.

— Je n'ai plus jamais prononcé leur nom, mis à part avec mon père. Il est mort lui aussi.

Prindalles se sentait vidé de s'être une fois de plus replongé dans le passé. La voix de Sibylle le ramena :

— Je regrette ce que je vous ai dit. J'ignorais que vous aviez tant souffert. Jamais je n'aurais pensé…

— Vous ne pouviez pas savoir, l'interrompit-il. Vous n'êtes pas la première femme à me faire des reproches, mais je n'ai jamais ressenti le besoin de me justifier auprès d'elles. Vous me manquez. Tu me manques. Ta voix, ton rire, ta douceur. Sibylle...

Trop émue pour dire quoi que ce soit, la jeune femme se contenta de serrer sa tête contre sa poitrine. Il glissa sur sa chaise pour se mettre face à elle et, de ses longs bras, il l'enlaça.

Appendix

17 décembre 1410

GUIGUES se cloîtrait dans sa chambre depuis son retour de Camberio. Parfois, il partait pour de longues chevauchées solitaires dont il revenait plus affligé encore. Il avait échoué. Médiocre il était, médiocre il resterait.

Il avait eu tout le temps de se remémorer ses entrevues avec le mystérieux Oreste. Ce dernier ne lui avait pas une seule fois montré son visage et ils ne s'étaient jamais rencontrés qu'en tête à tête. Il aurait très bien pu être Arnaut, qui s'était évanoui dans la nature. Guigues avait appris la mort de son *allié* ainsi que sa véritable identité avec consternation. Le clerc l'avait berné au même titre que les autres, alors qu'il se croyait maître de la situation. Même le secret qu'il lui avait confié dans l'église restait obscur. Que faire d'une telle information ? De toute façon, il n'avait plus le courage de se lancer dans une nouvelle tentative. Malgré les nombreux bains qu'il prenait, il sentait toujours la déchéance suinter à travers les pores de sa peau.

Château-Neuf respirait plus que jamais la solitude et la mélancolie. La seule différence était qu'à présent, cela laissait le maître des lieux indifférent. Guigues avait le sentiment d'être fini. Sa lignée se mourrait avec lui dans la honte.

Un matin, alors qu'il ne parvenait pas à s'extraire de son lit bien que le jour soit levé depuis plusieurs heures, on vint frapper à sa porte.

— Messire, des gens du Villard ont apporté que'que chose, lui annonça-t-on.

— Qu'est-ce que ça peut bien me foutre ?

— Vous devriez descendre, insista Gaspard.

Guigues se leva et, sans même prendre la peine d'enfiler un vêtement, ouvrit la porte.

— Je t'ai dit que je ne voulais voir personne, alors fous le camp d'ici avant que je te fasse fouetter !

— Faut qu'vous veniez, monseigneur !

Guigues attrapa des chausses et une chainse et le suivit dans les escaliers. *Si je ne descends pas pour une bonne raison, il va me le payer!* Il arriva dans la grande salle où il s'installa de mauvaise grâce sur son fauteuil.

Quatre villageois lui faisaient face, un cinquième homme placé entre eux, la tête enfouie sous une large cape crottée. Leur mise était désordonnée et ils sentaient fort. L'un d'entre eux, celui qui semblait être le chef, s'inclina devant Guigues avant de parler.

— M'sire, on voulait pas vous déranger, mais on a comme un problème qu'on sait pas quoi en faire.

— Je n'ai pas toute la journée, alors fais vite, le brusqua Guigues, fatigué d'avance par ces formulations maladroites.

— Oui, m'sire. Voilà, avec les gars, on était d'garde, comme tous les mardis, quand on a entendu des grands cris v'nir d'la ferme du vieux Vial, à la sortie du village. Vial, m'sire, y faut savoir qu'y a souvent du barouf et d'la margaille vers chez lui. Mais là, c'taient des cris d'bonnes femmes et d'frousse si vous voyez, qui glacent vot' sang dans vos veines.

— Je ne saisis toujours pas en quoi ça me concerne.

— J'y viens, m'sire. Donc avec les gars, en entendant ça, on a pas réfléchi à deux fois, comme c'était nous les gardes, et ben on est allé voir à la ferme de Vial. Et là, y avait un grand foutoir. Ses filles et sa femme couraient partout et même les garçons d'ferme, y se compissaient d'ssus. Y en a un qu'est parti à travers champ, et j'sais pas si y r'viendra un jour, le piaf!

Lui et les autres villageois ricanèrent.

— Et donc?

— Et donc, m'sire, on a trouvé Vial qui s'cachait dans sa maison, tapi sous son lit, en laissant ses femmes et ses gens sans défense. Y claquait si fort des dents qu'on avait du mal à comprendre c'qu'y disait. Y montrait dehors et refusait d'sortir. Faut avouer qu'avec les gars, on en a ri à s'faire dilater la rate!

— Et vous avez vu ce qui l'a mis dans un tel état? coupa Guigues, à deux doigts de les chasser à coups de pique.

— Pour sûr, m'sire. Et pour être vrai, ça nous a coincé l'rire dans la gorge! Même que Gilles qu'vous voyez là, dit-il en désignant le plus jeune des villageois, y voulait fuir à son tour. Mais on pouvait pas laisser les gens comme ça, y fallait faire que'que chose.

— Je vous préviens, si vous n'en venez pas au fait, je vous renvoie chez vous morceau par morceau !

Le paysan s'épongea le front.

— C'qu'on a fait, m'sire, c'est qu'on vous l'a amené.

— Quoi donc ?

— Ben l'monstre qui faisait peur à tout l'monde.

Il s'écarta et poussa le cinquième homme devant lui. Guigues remarqua alors qu'il était plus grand que la moyenne. Il put distinguer ses épaules osseuses et légèrement voûtées sous son ample vêtement.

— Allez, démon, montre-toi, lui intima le villageois en s'éloignant de trois pas.

Avec stupeur, Guigues vit l'inconnu s'avancer et, d'une main blanche comme la mort, se débarrasser de sa capuche. Montbel se redressa de surprise. Au moment où Aymon le reconnut, une lueur de haine traversa son regard, avant de s'éteindre et de laisser place à un profond désespoir.

Pendant un moment, personne n'osa parler, les villageois parce qu'ils avaient peur de cet incube à forme humaine, Guigues parce qu'il réfléchissait, et Aymon parce qu'il se savait perdu.

Depuis son départ du monastère, il n'avait connu que des déboires. Il avait marché pendant des heures dans de sombres forêts avant de tomber sur un chemin. Il s'était abreuvé à une rivière et avait mangé les quelques provisions qu'il avait emportées, ne croisant personne pendant des jours. Puis il était arrivé au fond d'une vallée où il avait aperçu une ferme et s'y était rendu pour quémander quelques vivres. Les gens avaient poussé de grands cris et lui avaient jeté des pierres pour le faire partir. Il avait relevé sa cuculle et avait fui en se dissimulant dans la bordure de la forêt. Après cela, il avait erré pendant des jours et il était égaré lorsqu'il était tombé sur un mazot. Il s'y était abrité pendant longtemps, se protégeant du froid avec la vieille peau de mouton qu'il y avait dénichée.

Rongé par la faim et la solitude, Aymon était redescendu plus bas dans la vallée, vers les villages. Il était entré dans celui qu'on appelait le Villard et l'avait traversé sans trouver le courage de faire la mendicité, sachant que dès qu'on apercevrait sa main tendue, on le rejetterait. Il avait rejoint une ferme à la sortie de l'unique rue où il avait tenté de dérober des provisions, mais une enfant l'avait surpris et avait rameuté les autres. Personne n'avait écouté ses protestations de bonne foi. Les gardes étaient arrivés et on l'avait arrêté. Maintenant, il se retrouvait chez ce fou de Montbel et il allait mourir.

Guigues se rassit lentement, frottant son menton recouvert d'une barbe de plusieurs jours. Il n'aurait su l'expliquer mais, sur le moment, il sentit la chance tourner.

— Vous avez bien fait de me le livrer, déclara-t-il à l'adresse des villageois. Vous pouvez rentrer chez vous, il est sous bonne garde.

— J'dois vous dire, m'sire, risqua le chef, y nous a causé pas mal d'soucis, c't'animal. Et on a tout bien fait dans les règles et tout en vous l'amenant ici.

— C'est exact. Et pour cela, vous pouvez jouir de ma gratitude.

— C'est que, sans vouloir abuser, on aurait bien aimé récolter que'ques pécunes, voyez.

— Ma reconnaissance ne vous suffit donc pas ?

— Si, bien sûr, m'sire ! intervint un autre villageois. Merci, m'sire.

Tirant son compagnon par la manche sans quitter Guigues des yeux, il le pressait :

— Fais pas l'idiot, allons-nous-en !

Le chef ne l'entendait cependant pas ainsi.

— M'sire, on est d'bons gars et on a fait un travail pénible. Alors si vous êt' satisfait, y s'rait généreux d'votre part d'nous récompenser un peu.

Fixant sur lui un œil torve, Guigues se fendit d'un sourire et se tourna vers Gaspard qui se tenait près de lui.

— Veux-tu bien veiller à ce que ces hommes soient dédommagés pour leurs efforts ?

— Merci, m'sire, se réjouit le villageois. Vous êtes un bon seigneur ! L'plus grand !

Le reître avança avec nonchalance vers son maître et s'inclina devant lui. Les paysans agirent de même. Au moment où le chef se redressait, Gaspard se glissa derrière lui avec agilité, lui tira la tête en arrière en l'agrippant par le front et lui trancha la gorge. Une giclée de sang macula l'avant-bras de Gaspard et le corps s'effondra, les yeux emplis de surprise fixant le plafond, tandis que les dalles se nappaient d'un tapis visqueux. Guigues essuya une petite goutte qui avait taché ses chausses et observa les villageois qui s'agrippaient les uns aux autres.

— L'un de vous souhaite également obtenir une récompense ?

Les pauvres hommes se jetèrent à genoux en joignant leurs mains pour le supplier de les épargner.

— Fichez le camp d'ici. Et attention, si jamais j'ai vent de rumeurs au sujet du monstre, vous subirez le même sort que cet imbécile, menaça-t-il en donnant un petit coup de pied au cadavre.

Sans demander leur reste, les villageois se relevèrent et quittèrent la pièce à toutes jambes.

Aymon, quant à lui, ne pouvait retenir les sanglots qui le secouaient. Il s'appuyait contre le mur pour ne pas s'effondrer, incapable de détourner ses yeux du corps.

Gaspard se retira tandis que Guigues se levait et s'étirait. Il se retourna vers Aymon et lui lança un regard curieux. Il fit de son mieux pour masquer sa répugnance et se montrer courtois :

— Ne crains rien, je ne te ferai pas de mal. Suis-moi, laissons les larbins nettoyer ce bordel.

Voyant qu'Aymon restait prostré, il se fit caressant.

— Viens, je te dis. Tu as l'air d'avoir fait une longue route et tu dois avoir faim.

— Vous avez tué Bérard !

Les mots étaient sortis de la bouche d'Aymon sans qu'il l'ait souhaité. Chaque fois qu'il regardait cette brute, il ne pouvait s'empêcher de l'imaginer en train de torturer le vieil homme. Il ne pouvait supporter d'être à proximité de son assassin.

— Tu n'es pas au courant ? comprit Guigues.

Il lui effleura le coude en grimaçant et le guida vers les appartements.

— Je ne suis pas à l'origine de la mort de ton ami.

Aymon sonda son regard. Devait-il le croire ? Pourquoi lui mentirait-il ? Montbel était plutôt homme à se vanter de ses méfaits au lieu de s'en disculper.

— Allons, viens, insista-t-il, je vais te faire préparer un bain et un bon repas. On pourra discuter. Je te raconterai tout ce que tu as manqué pendant ton voyage.

Aymon hésitait encore. Il y avait visiblement de nombreuses choses qu'il ignorait. Jetant un dernier regard au corps du paysan, il finit par passer la porte de la grande salle. Guigues lui emboita le pas, un sourire de victoire au coin des lèvres.

Note historique

Tout est parti d'un travail de recherche effectué lors de mes deux années de Master. Je me suis intéressée au chantier d'une nouvelle chapelle comtale entrepris par Amédée VIII. Après m'être aidée des études réalisées avant mon arrivée, notamment celles de Marie-Aude Deragne et de Guido Castelnuovo, je me suis plongée dans les *Comptes de la Fabrique de la Sainte Chapelle du château de Chambéry*. Là, parmi beaucoup d'autres noms, celui de Jean Prindalles s'y trouvait. Voici ce qu'on pouvait en retenir : le maître sculpteur Jean Prindalles, ou Jan van Prindael, est arrivé à la cour de Savoie en 1408 pour y demeurer plusieurs années, comme en témoignent ses premières apparitions dans les comptes traitant des années 1408-1410 (SA 5615). Dans des sources plus lointaines, on évoque sa formation à Bruxelles aux côtés des célèbres sculpteurs Claus Sluter et de son neveu Claus de Werve, ainsi que des conditions de son embauche en Bourgogne et enfin en Savoie (tels que rapportées dans le roman). Le duc de Bourgogne Philippe le Hardi engagea Claus et son atelier pour bâtir un tombeau somptueux. Il les chargea également d'une partie de l'ornementation de la Chartreuse de Champmol. Prindalles œuvra pour sa part au portail de l'édifice et au Puits de Moïse – un calvaire doublé d'une fontaine situé au centre du cloître.

Je me suis rapidement sentie frustrée de n'avoir qu'un aperçu de sa vie à travers ces sources et, au fur et à mesure, l'idée d'en faire le héros d'une histoire inédite s'est imposée. Je souhaitais inscrire les éléments romanesques dans un contexte historique réel ou tout au moins plausible, en incluant autant que possible des personnages ayant existé.

Dans cette optique, les modalités de rémunération sur le chantier, ainsi que les noms du secrétaire des comptes, des manouvriers, des maçons et des sculpteurs sont tirés des *Comptes de la Fabrique*. C'est le cas par exemple de maître Werve, en visite au début des travaux à titre consultatif (en réalité en janvier 1408), des maçons Petit, Chabert et de tous les sculpteurs.

Le vrai chef de chantier était, semble-t-il, maître Nycolet Robert (avec le charpentier Landot). Il était marié à une Jeannette, dont il eut trois fils, Claude, Jean et Pierre. Nycolet Robert œuvra au service du comte de Savoie depuis le début du chantier, jusqu'en 1427. Il travailla à Chambéry à la chapelle et la nouvelle cuisine et aux réparations ponctuelles dans le château. Amédée VIII semblait l'apprécier car il l'a également employé aux rénovations et aménagements de ses autres demeures, Ripailles, Le Bourget-du-Lac et Thonon entre autres.

L'histoire du comté de Savoie et d'Amédée VIII contée par Hanguis (personnage créé pour le roman) est fidèle à ce que les sources affirment ou à ce qui était admis.

Amédée VIII se révéla bon diplomate et grand amateur d'art. Contrairement au roman, il semble que la comtesse Marie n'ait tenu aucun rôle politique. Le personnage d'Aymon et la prétendue usurpation involontaire du siège comtal par Amédée relèvent de la fiction.

Quelques libertés ont été prises afin de rendre le récit plus vivant. À titre d'exemple, l'interruption des travaux extérieurs avait lieu bien plus tôt, le 1er novembre, et s'achevait le 2 février.

Quelques modifications ont également été apportées à certains personnages. En 1408, Guigues ou Guy de Montbel avait presque 50 ans puisqu'il serait né vers 1360. Pour les besoins du roman, il a été rajeuni d'une bonne vingtaine d'années. En 1387, il épousa Catherine de Maubec, fille de François de Maubec et d'Alix de Grolée, dont il eut une fille, Alice. Les deux femmes ont également été rajeunies.

Il est avéré que les Montbel ont parfois été en conflit avec les moines de la Grande Chartreuse, avec lesquels ils ont pourtant fait quelques affaires. En 1403, l'animosité entre le sire de Montbel et les chartreux aurait abouti au pillage du monastère et à un meurtre, dont on ignore les circonstances exactes (Demotz Bernard, *Le comté de Savoie du XIe au XVe siècle. Pouvoir, château et État au Moyen Âge*, Éditions Slatkine, Genève, 2000). Ce sont ces évènements qui ont inspiré l'intrigue du roman. L'incident a été retardé de quelques années, afin de permettre l'intervention de maître Prindalles.

Tous les moines ont été créés, mais le déroulement de leurs journées ainsi que les funérailles organisées pour Bérard et Lancelin sont calqués sur la réalité (Guigues Ier le Chartreux, *Coutumes de Chartreuse*, Sources chrétiennes n° 313, Les Éditions du Cerf, Paris, 2001).

De même que pour le personnel du chantier, quelques-uns des individus croisés au cours du roman ont réellement existé, tels le médecin Dionysos de Lysa qui exerça son métier au service de la ville jusqu'en 1412, le bourreau Poncet, les taverniers et leurs établissements (excepté celui situé sur la route entre Chambéry et la Grande Chartreuse).

Les noms des nobles et des courtisans ont été empruntés aux familles végétant autour du pouvoir dans ces années-là. Enfin, les cas juridiques cités pendant que Guigues de Montbel était à l'abri dans l'église ou durant son procès ont bel et bien existé. Le tout a été tiré de Chapperon T., *Chambéry à la fin du XIVe siècle*, Dumoulin, Paris, 1863.

Bibliographie simplifiée

Brondy Réjane, Demotz Bernard, Legay Jean-Pierre, *La Savoie de l'an mil à la Réforme, XIe-début XVIe siècle*, Rennes, 1984.

Carrier Nicolas, « La justice pour rétablir la « concorde » : la justice de composition dans la Savoie de la fin du Moyen-Âge (fin XIIIe-début XVIe siècle) », in *Actes de congrès de la Société des historiens médiévistes de l'enseignement supérieur public*, 31e congrès, Angers, 2000.

Castelnuovo Guido et Deragne Marie-Aude, « Peintres et ménétriers à la cour de Savoie sous Amédée VIII (1391-1451). Salaires, statuts et entregents », dans *Regards Croisés, Musique, musiciens, artistes et voyageurs entre France et Italie au XVe siècle*, Minerve, Paris, 2002.

Chapperon T., *Chambéry à la fin du XIVe siècle*, Dumoulin, Paris, 1863.

Demotz Bernard, *Le comté de Savoie du XIe au XVe siècle. Pouvoir, château et État au Moyen-Âge*, Éditions Slatkine, Genève, 2000.

Deragne Marie-Aude, *Les artistes à la cour de Savoie sous Amédée VIII (1391-1451)*, Mémoire de maîtrise, Université de Savoie, 1999.

Guigues Ier le Chartreux, *Coutumes de Chartreuse*, Sources chrétiennes n° 313, Les Éditions du Cerf, Paris, 2001.

Guilleré Christian et Palluel-Guillard André, *Le Château des ducs de Savoie : Dix siècles d'histoire*, Altal Éditions, 2011.

Levenu Mathilde et Mataouchek Victorine, *Dictionnaire d'architecture*, Éditions Jean-Paul Gisserot, Luçon, 1999.

Lopez Camille, *Sculpteurs et Maçons à la cour de Savoie XIVe-début XVe siècle*, Mémoire de M1 sous la direction de Guido Castelnuovo, Université de Savoie, 2009-2010.

Micha Alexandra, *Fabliaux du Moyen-Âge*, Flammarion, France, 2007.

Pascal André, *Le désert de la Grande-Chartreuse ou Histoire des Chartreux d'après leurs archives*, Imprimerie et lithographie Joseph Baratier, Grenoble, 1892.

Roggen Daniel, « Les artistes à Genève avant la Réformation : Jan van Prindaele, sculpteur bruxellois », dans *Genava*, XIV, 1936.

Sadaune Samuel, *Le fantastique au Moyen-Âge*, Éditions Ouest-France, Rennes, 2009.

Salaün Mélina, *Les plantes du jardin médiéval*, Editions Jean-Paul Gisserot, mémo Gisserot, Luçon, 2011.

Viollet-le-Duc, *Encyclopédie Médiévale*, Taschen, Tours, 2008.

La Grande Chartreuse, par un Chartreux, 12e édition, SADAG, Bellegarde, 1976.

Le Grand Silence (Die große Stille), film de Gröning Philip, 2005.

Pour retrouver l'auteure sur Internet :

www.axelletavernier.com

ISBN : 978-2-9558326-8-4

www.axelletavernier.com

Couverture : Les Deux Dandys

Printed in Poland
by Amazon Fulfillment
Poland Sp. z o.o., Wrocław

83399474R00226